新　潮　文　庫

山本五十六

上　巻

阿川弘之著

新　潮　社　版

2107

山本五十六

上巻

第一章

一

今私の手もとに、古ぼけた一枚の記念写真がある。

山本五十六《やまもといそろく》が大佐当時、兵学校の同期生二十数人と一緒に撮ったもので、時代は大正の末か昭和の初め、場所はどこかの水交社の玄関らしい。

堀悌吉《ほりていきち》、塩沢幸一、吉田善吾《よしだぜんご》、嶋田繁太郎《しまだしげたろう》ら、のちに山本と共に帝国海軍の枢要《すうよう》な地位に就き日本の運命を左右する立場に立つ幾人かの提督たちの壮年の顔が見える。

不敵な豪傑風の笑みを浮べている者もあれば、鬼瓦《おにがわら》みたいないかつい顔の人男もいる。そのころの風習で半数が鼻下に髭《ひげ》をたくわえていて、皆なかなか立派な海のつわものどもであるが、中で山本は、髭も無いし、一番小さく、妙にやさしげに乃至《ないし》は淋《さび》しげに撮れている。戦争中よく新聞に出た、「聯合《れんごう》艦隊司令長官山本五十六大将」の写真は、写す方、公表する側で何らかの配慮をしたのか、見る者にあまりそういう印象を与えなかったが、この写真の山本は、はっきり小柄《こがら》で、背をまるめ加減に少し憂《ゆう》鬱《うつ》そうな顔をして写っている。

彼の風貌《ふうぼう》を知らない人々を集めて来て、この二十余人の中から一人、後年真珠湾攻撃を立案し実行した艦隊長官をあててごらんなさいと言っても、正しく山本を指す人はとてもいないだろうという気がする。

事実、山本五十六は、小さな人であった。

昭和十八年の四月十八日、彼がラバウルの飛行場から死出の旅にたつ時、初めてその姿を眼《ま》のあたりに見た陸攻二番機の主操縦員、長身の林浩飛行兵曹《へいそう》は、

「長官、俺《おれ》の半分くらいしかない人だな」

と思ったそうである。

背丈は五尺二寸五分、体重は十五、六貫程度、骨組みも華奢《きやしや》な方であったらしく、彼と親しかったある料亭《りようてい》の女将《おかみ》は、指など女性ピアニストのような指をしていたと語っている。

もっとも山本は手の指が八本しか無かった。昔、日本海海戦の時、少尉《しようい》候補生として乗組んでいた軍艦「日進」にロシヤの砲弾が命中して、彼の左手の中指と人差指を、

根元から持って行ってしまった――ことになっている。

「巨弾一発轟然《がうぜん》として残れる前部八吋《インチ》左砲に命中、毒烟濛々《どくえんもうもう》として艦の前半を蔽《おほ》ひ大風に吹き飛ばされし如《ごと》き心地して思はず二三歩よろめけば首に掛けたる記録板は飛んで影を失ひ左手二本指はポツキと折れて皮を以《もつ》て僅《わづ》かにつながる」

と、山本自身書き残しているくらいだから、長い間そう信じられていたが、実際はどうも「日進」主砲の膅発《とうはつ》によるものであったらしい。膅発とは、連続射撃で熱し切った砲身の鉄材が波をかぶってもろくなり、火薬のガスの圧力に耐えかねて白爆をおこすことで、こちらが事実とすれば彼は乗艦の事故によって手指を失ったのである。

新橋の花柳界《かりゆうかい》では、女どもが彼のことを「八十銭」と呼んでいた。

当時、芸妓《げいぎ》のマニキュア代が両手で一円で、

「山本さんなら、八十銭ね」

という意味であった。

山本の身体《からだ》には、手指のほかにも、その時のすさまじい傷痕《きずあと》が残っていた。

しかし山本が小男で指が八本だったから、それで特にどうということは無い。この写真でも、彼の顔は理智《りち》的によく引締っていて、決して貧弱ではない。一見猛将の面《おも》影《かげ》が無いからといって彼が聯合艦隊の長官に不向きだったなどとは言えない。

ただ、この一枚の記念写真を眺《なが》めていると、あの時代を識《し》る者には考えても由《よし》なき、さまざまな思いが湧《わ》いて来るのは事実であろう。

山本が海軍次官の時、軍務局長をつとめた井上成美提督は、戦後の海軍側責任者の種々の記録を検討して、ある人に「あの上等兵曹（某大将のこと）の言ひしことなど、まことに噴飯に耐へず」と手紙をよこしたというくらい口の悪い人で、海軍には同じ大将でも一等大将と二等大将とがあったと言っている。

海軍兵学校三十二期は、一クラスから、塩沢、吉田、山本、嶋田と四人の大将を出した珍しい期であるが、井上の説にしたがえば、山本以外は、全部一等大将としては落第ということになる。

吉田善吾は山本の前任の聯合艦隊司令長官で、吉田が大臣になって海軍省へ帰って来るのと入れかわりに、山本は艦隊へ出て行った。

山本は、吉田になら米内光政《よないみつまさ》や自分の後事を託せると思っていたらしいが、彼の期待に反して、吉田はあまり長くは海相の職に留《とど》まらなかった。

嶋田繁太郎は、東條内閣の成立以後、開戦の時も、山本が戦死した時も、昭和十九年の七月サイパンが陥《お》ちて東條がいやいや内閣を投げ出す寸前まで、東條の言うなりになって、東條の副官とかげ口をたたかれた海軍大臣であった。

山本五十六はやはり、ある時機に中央へ帰るべき人ではなかったであろうか。彼がもし艦隊を去って海軍大臣の職についていたら、日本の運命は変ったのではあるまいか。

もっとも山本が、大臣になったら、アメリカの戦闘機乗りの手を煩《わずら》わすまでもなく、それよりずっと前に、日本人の刺客《しかく》が彼を殺していたかも知れない。

こういう話は、あとでもっと詳しく書かねばなるまいが、山本の閲歴を中心に、前の戦争の歴史を見ていると、「もしもあの時」という思いに度々突きあたる。

「歴史上の必然と偶然の問題は、いくら話しても種は尽きない」という書き出しの、「必然と偶然」と題する随筆の中で、小泉信三《こいずみしんぞう》は、「歴史上の『若しも』ifsということについて」、これを「興味本位に取り扱うことは勿論《もちろん》禁物であるが、しかしまた、それは十分考察に値する問題であることも思うべき」だと言っている。

小泉は、学者文人の中で個人的に山本を識っていた少数の人の一人であった。「必然と偶然」は山本のことを扱ったものではないが、私は、山本五十六をめぐるたくさんの「もしも」の中の、ごく小さな一つの「もしも」からこの物語を始めようと思う。

二

それは、彼が聯合艦隊司令長官に親補されたちょうどその日におこった――正確に言うと、おこらなかった。

反町栄一《そりまちえいいち》という人の名は、知っている人が少なくないであろう。

山本と同じ長岡《ながおか》中学の出身で、山本より五つ年下だが、郷里長岡での古い友人である。

当時長岡中学に、坂牧善辰《さかまきよきたつ》という、昔夏目漱石《なつめそうせき》と東大英文科で同級だった校長がいて、反町が五年生の時、ある石油会社の重役の子を落第させたことからこの校長に圧迫がかかり、山から坑夫を連れて来て脅しが加えられたりしたことがあった。その時、反町は在校生有志の頭株になって校長を護《まも》る運動を起し、坂牧の意志を通し抜かせたのを、すでに海軍に入っていた山本が、聞いて、たいへん喜んだ手紙をよこした。

漱石は坂牧善辰をモデルにしてのちに「野分《のわき》」を書いている。越後《えちご》の町の中学教師として石油会社の役員の暴慢を罵《ののし》る「白井道也」という「野分」の主人公は坂牧の人《ひと》柄《がら》を彷彿《ほうふつ》とさせると言われているが、このことがあって以来山本は反町としたしくなった。

反町栄一の著わした「人間山本五十六」という上下二冊の本は、山本の家系、出生、生い立ちから詳細を極めたもので、郷党の人の、あばたもすべてえくぼ式、都合の悪いことはあまり書いてないという難を除けば、他に得がたい資料で、誰《だれ》もこの本を無視して山本五十六を書くことは出来ない。反町は現在も長岡に住んでいて、山本五十六の崇拝者であり、研究家である。

昭和十四年八月三十日の朝、この反町が、所用があって羽越《うえつ》本線新発田《しばた》の駅から上りの急行に乗りこむと、二等車の中に陸軍中将の軍服を着た石原莞爾《いしはらかんじ》が坐《すわ》っていた。反町は、石原莞爾を前から識っていたので、

「やあ、これは石原閣下、どちらへ？」

と聞くと、石原は、十六師団長に補せられることになって今から東京へ行くが、東京へ出て陛下に拝謁したら自分はこの戦争（日華事変）をこれ以上つづけてはならないと、陛下にもそれから秩父宮《ちちぶのみや》殿下や高松宮殿下にも意見を申し上げるつもりなのだと答えた。

「自分のまわりに乗っているのは、みんな私服の憲兵と特高だがね、このまま日支事変をつづけていたら日本は亡《ほろ》んでしまうよ」

とも言った。

石原はそれから、

「実は山本次官にも会いたいと思っている。海軍で戦争をやめさせることの出来る人は、山本さんしかいない。九月三日に訪ねて行きたいが、あなたからあとで電話で一つ連絡をとっておいてくれないか」

と反町に頼んだ。

石原は山本に、前々から一応の面識はあった。ある時陸海軍首脳の懇親会で、二人はたまたま隣り合った席に坐り、石原が並みいる陸軍のお偉方《えらがた》の方を顎《あご》でしゃくって、

「陸軍もああいう連中がやってるんじゃ駄目《だめ》なんだ」

と言うと、山本が言下に、

「そういう事をいう奴《やつ》がいるから陸軍は駄目なんだ」

と言った、さすがの石原莞爾が閉口して黙りこんでしまった、という話が伝えられている。

この頃《ころ》日華事変はすでに三年目に入って、いわゆる泥沼《どろぬま》の様相を呈し始めている時であった。石原が当時、陸軍部内で異端視されていたことは、人の知る通りである。

石原は熱烈な日蓮宗《にちれんしゅう》の信者で、仏滅ののちほぼ二千五百年、西暦二〇〇〇年ごろに、今の言葉で言えば世界国家のような統一世界が実現し、それに至る過程において前代《ぜんだい》

未聞《みもん》の人類大闘争が起るという、一種独特の予言者的史観をいだいていた。

彼は、「五族協和」の一種の理想国家を満洲《まんしゅう》に作ろうとして満洲事変を企画した人であり、山本のものの考え方とはへだたりがあったかも知れないが、日華事変の勃発《ぼっぱつ》に際してはすぐ不拡大方針の主張をしているし、人類の最終戦争までもうみだりに兵を動かしてはならぬ、事変は出来るだけ早く解決して米英と今早急な対決は避けるべきだというその主張には、山本も共鳴し得るところが少なくなかったであろう。

それより三年半前の、二・二六事件の時、軍事参議官の荒木貞夫《あらきさだお》が、事を起した青年将校たちを叛乱軍《はんらんぐん》として処分するのは好ましくないという意見で、

「彼らの間から叛徒が出たとあっては、陸軍全体の威信にかかわる」

と、戒厳司令官の香椎浩平《かしいこうへい》に強談判《こわだんぱん》に及んだ際、参謀本部の一部長であった石原が、傍《かたわ》らからいきなり立ち上って、

「あなたはどなたですか」

と、荒木に食ってかかったという逸話が残っている。

荒木は、初めぽかんとしてあっけに取られた様子であったが、すぐ、

「俺《おれ》は荒木大将だ。貴様は何者だ？　貴様の顔は上官を侮辱しておる顔だ。事と次第によっては許さんぞ」

と言って怒り出した。

それに対し石原は、

「軍人が天皇陛下の兵を私《わたくし》に動かし、皇軍の武器を勝手に使って人を殺すなどということは、断じて許されません。そのような大罪を犯した者を厳重に処罰するのが、なぜ軍の威信にかかわりますか。陸軍の恥だから彼らに叛徒の名をつけるななどとは以ての外で、大将だと仰有《おつしや》るが、かように愚かな陸軍大将が日本にいるとは自分には信じられません」

と言い返した。

この話は、中山正男の書いたものの中に出て来る。

石原莞爾が陸軍部内で異端視されたのは、当然であったと言えよう。

憲兵と特高が聞き耳を立てているというから、反町は小声で、

「閣下はいつまで東京に御滞在ですか？　それじゃあ、山本さんには私からすぐ伝えておきます」

と、山本五十六へ連絡をとることを約し、それから長岡まで、車中約一時間半の間、あとは雑談になって、長岡駅で石原莞爾と別れた。

反町の用事というのは、長岡の一つ次の宮内《みやうち》駅から大分山の奥へ入った古志郡《こしぐん》竹沢

という村の小学校で講演をすることであった。

竹沢村へ着いて、午後三時から講演をはじめ、それがおわって、灯《ひ》ともしごろ、反町が山の上の旧家で関係者一同と手打蕎麦《てうちそば》の馳走《ちそう》になっていると、

「講師の先生へ急報だ」

と言って、村役場の男が、息せき切って上って来た。

今ラジオのニュースを聞いていたら、山本海軍次官が聯合艦隊の司令長官になんなすったそうだ、さっき宮中で親補式が済んだとこだそうだという報《しら》せであった。

みんなは、わッといって立ち上った。

「列席の村長以下、一同思わず万歳を三唱した」

と、反町栄一は書き、

「明月や満目の山河どよむばかり」

と、その時の非常な喜びを述べている。

彼はそれから急遽山《きゆうきよ》を下り、車で長岡の家へ帰り着くと早速東京へ電話を申込んだ。

電話が通じて、反町が、

「山本さん、おめでとうございます」

と言うと、山本は、

「おウ、ありがとう」

と答えた。

電話で話しているうちに、反町は突然の喜びごとで忘れかけていた石原莞爾の依頼を思い出した。

「そりゃそうと山本さん、わしは今朝汽車の中で偶然、石原莞爾閣下にお逢《あ》いしてなあ」

と、話を切り出すと、

「そりゃ残念だな。僕はあした発《た》って艦隊へ行かねばならんので、お会い出来んがなあ。君から今度、石原さんによろしく言ってくれよ」

と、山本は言った。

山本五十六の聯合艦隊司令長官発令が、もう四、五日おくれていたら、石原莞爾の望んだ会見は或《あるい》は実現していたであろう。実現したら、日華事変の前途と日本の将来とに何か変った動きがおこったかどうか、それは分らない。

ともかくしかし、小さな一つの可能性はこうして消え、山本は海へ出て、その後その死までついに石原莞爾に会うことは無かった。

三

この日午後五時半、山本五十六は、宮中での聯合《れんごう》艦隊司令長官兼第一艦隊司令長官親補式を了《お》えて、海軍省の赤煉瓦《あかれんが》の建物へ帰って来た。

当時の新聞は、

「波さわぐ洋上へ

六年ぶりの出陣

沈黙の威圧、山本提督」

と題して、彼の第一声を伝えている。

「純白の服に包んだ逞《たくま》しい身体、感激と決意に引締つた頼もしい面構《つらがま》へ、堂々たる足どり。中将は省内に入つて記者団と会見した。日頃は嗜《たしな》まないビールを、この日ばかりはぐつと一息、うまさうに飲んでさて提督としての第一声――。

色々と問題はあつたが自分としては出来るだけの努力をした。別に感想はない。この度身に余る重任を拝して恐懼《きょうく》に堪へないが、微力に鞭《むち》うつて御奉公するつもりだ。聯合艦隊司令長官と云《い》へば武人としてこれ以上の名誉はない。この意味で自分の決意も決つてゐる」

真っ白な歯を出して笑っている山本の写真が添えてあり、記事はこの前後もっと長いが、そのころの新聞としてはまずこの程度以上のことは書けなかったであろう。

広田、林、近衛《このえ》、平沼と、四代の内閣にわたって、次官としての山本は、海軍省詰めの新聞記者たちに至極受けがよかった。

「君たちが何を聞いても、俺はイエスかノーかだけは必ず答える。ただし信義は守れ」

と言って、新聞記者に相当突っこんだことまで話して聞かせた。

のちには、首相官邸詰めの記者までが、海軍省に廻《まわ》って山本次官に会っておかないと大事な点を摑《つか》みにくいという風になっていた。

政治的な嘘《うそ》をつかず、はっきりしていて、

「俺ア、あんな奴はきらいだ」

とか、

「そんなことを言う奴は、バカだよ君。陸軍の誰《だれ》だい？　ここへ呼んで来い」

とか、妙に伝法な口をきくこともあったという。

「近衛公をどう思いますか」

と、一人の新聞記者が質問したことがある。

山本は、

「うん」

と言って黙っていたが、重ねて聞かれると、

「君、人間なんて、花柳界での遊び方を見りゃ大体分るじゃないか」

と言った。


黒潮会は、日本最古の記者クラブであった。各省記者クラブの中でも腕ききの連中の集まるところで、緒方竹虎《おがたたけとら》、伊藤正徳《いとうまさのり》、細川隆元《ほそかわたかもと》などみなある時期黒潮会に籍をおいている。山本は省内のこのクラブにも気軽に顔を出して、新聞記者と将棋をさし、雑談をし、深夜でも霊南坂《れいなんざか》の次官官舎で少しもいやがらずに彼らに会い、ウイスキーや葉巻でもてなして、記者が帰る時には必ず自分で玄関へ送って出た。

もっとも「深夜でも」というのは、山本はしばしば深夜まで留守で、勤務時間のおわったあと、何処《どこ》へ消えるのかさっぱり行衛《ゆくえ》がつかめなかったからでもある。

どんな風に「色々と問題があった」のか、どのように「出来るだけの努力をした」か、「別に感想はない」どころか、山本には感想が大ありのはずなのを、海軍担当の新聞記者たちはよく承知していたが、それをはっきり記事にすることは出来なかったのである。

「イソロクは、あれでなかなかスタイリストだよ」

と評する者もあったが、人間的に魅力があり、ニュース・ソースとしても大切で、「イソロク、イソロク」と言って親しんだ山本が洋上へ去るのを、彼らはみな惜しんだ。

聯合艦隊からは、その前日吉田善吾中将を送って新長官の山本を迎えるために、司令部の先任副官藤田《ふじた》元成《もとしげ》中佐が上京して来ていた。吉田と藤田とは旗艦「長門《ながと》」を出てから東京への車中、二人とも私服であったが、勘づいた新聞記者たちが吉田に大臣就任の抱負や感想を語らせようと夜汽車に押し寄せて来、それをかわすのに藤田は一晩中苦労したそうである。

二十九日の朝七時十分、海軍省副官実松《さねまつ》譲《ゆずる》少佐の出迎えを受けて東京駅に着き、大臣官邸へ赴くと、待っていた米内光政が風呂《ふろ》がわいているから入れと言い、吉田が風呂に入っている間に次官の山本も顔を出し、それから米内吉田山本の三人は一緒に朝粥《あさがゆ》を食って話をした。

藤田元成は山本五十六が航空母艦「赤城《あかぎ》」の艦長時代砲術科の分隊長として同じ「赤城」に乗っていて、この時が初対面ではなかったが、これ以後約三ヶ月半にわたって儀礼人事関係の副官としてしたしく山本に接することになる。

次の日親補式に臨む山本を藤田が次官官舎へ迎えに行くと、礼子夫人は軽井沢滞在中で留守とのことで、山本は女中に送られて出て来た。

宮中への車には私服の憲兵が同乗し、坂下門のところまでついて来、式がすんで退出して来るとまた同じ場所で待っていて山本の車に乗りこもうとした。

親補式を了《お》えて正式に聯合艦隊司令長官になった山本は、

「俺はもう次官じゃないんだから、憲兵は要らんな。遠慮してもらえ」

と藤田に命じ、その憲兵を原隊へ追い返してしまった。

陸軍の憲兵が、護衛であると同時にスパイの役をしていたのは、当時海軍省では誰でも知っていたことである。

翌八月三十一日、出発の日は偶然山本の二十一回目の結婚記念日にあたっていたが、夫人は不在であった。朝一人で家を出、海軍省に登庁してから藤田中佐を伴《ともな》って省の自動車で数ヶ所挨拶《あいさつ》まわりをすませると、東京駅へ向った。

午後一時少し前、白い第二種軍装の左胸に勲一等瑞宝章《ずいほう》を飾った山本は、東京駅長に先導されて見送りの顕官将星、近親者、新聞記者、それに、彼が深夜まで行衛不明の原因を成していた新橋の女性たちが立ち並ぶ中を、貴賓階段からプラットフォームへ上って来た。

当時の東京駅は、今に較《くら》べるとずっと規模が小さくて、プラットフォームは四面しか無く、その四番フォームの外側の八番線に、一時発の神戸《こうべ》行各等特別急行「かもめ」が入っていた。「かもめ」は、朝の「つばめ」と並んで、京浜と阪神とを結ぶそのころの花形列車であった。通常編成では展望車がついていないが、この日の「かもめ」は山本のために展望車を一輛《りょう》増結していた。

山本は、のちにずいぶん有名になったあのきれいな挙手の礼で、見送りの人々に正しくこたえながら最後尾の一等車の方へ、駅長のうしろから歩いて行く。展望車のステップの前には絨緞《じゅうたん》が敷いてある。

彼はしかし、こういう儀式張ったことがあまり好きでなかったらしい。

山本の人物評を求められた知友後輩は、大抵まず、

「容態ぶることの大きらいな人」

と答えている。

米内光政は、ひと言、

「茶目ですな」

と評している。

かねて、賭《か》け事《ごと》が三度の飯より好きであった。

高木惣吉《たかぎそうきち》の書いたものによると、

「人には無くて七癖という下世話もある。聖人君子でない山本提督のこと、これはまたこのぐらい賭けごと、勝負ごとの好きな人も珍しかった。（中略）将棋、囲碁、麻雀《マージャン》、玉突き、トランプ、ルーレット等々なんでもござれ、宴会などでは盃《さかずき》を乾《ほ》さない無聊《ぶりよう》を消すために、水を湿すと一、二、三等の文字が浮ぶ紙上の競馬の勧進元になって、よく若い連中とか、席に侍る美人たちに五十銭を賭けさせたものであった」

酒も飲めないのに、新橋、築地《つきじ》の二、三特定の場所へ、堀悌吉と二人、「金魚のうんこのように連なって」よく遊びに行っていた。

女どもと花を引いたり、麻雀をしたりするのが、目的の大部分であったということになっているが、必ずしもそれでは収まらず、数年前から、「遊び」が遊びの限界を越えていたことは、当時身近な少数の友人以外は承知していなかった。夫人の礼子がそれを知っていたかどうかは、よく分らない。

見送りの新橋の女性たちと視線が合うと、山本の顔に何とも言えぬ照れくさそうな表情が浮んだそうである。

「感激と決意に引締った頼もしい面構へ」が、実は眼《め》のところで、そっと照れて笑っているのが、彼女らにはよく分った。

山本が口癖の、

「俺が八十銭だって、出るところへ出りゃ偉いんだぞ」

と、そう言っているようにも見えた。

副官をしたがえて彼が展望車のデッキに立つと、ベルが鳴り始めた。

午後一時定時、大勢の視線を一身に集める中を、山本の乗った「かもめ」は静かに動き出した。

山本は海軍の別れの作法通り、軍帽を脱いでそれをゆっくりとまるく振った。フォームでは何処《どこ》の誰とも分らぬ日蓮《にちれん》の行者が三人、列車の見えなくなるまで団扇太鼓《うちわだいこ》を叩《たた》いて送っているのが人眼を惹《ひ》いた。

その後開戦までの二年三ヶ月の間に、彼は艦隊から出張のかたちでは何度も東京へ出て来ている。しかし、自分の住む町として、勤務地としての東京は、この時が最後になった。

山本は数えで五十六、明治十七年に彼が生れた時の、父貞吉《さだよし》と同じ齢《とし》であった。

八月末の真昼の太陽に輝いている、有楽町、新橋あたりの町なみを、山本は展望車のソファから感慨深げに眺《なが》めていた。

四

「かもめ」は途中、横浜、沼津、静岡の順に停車して、名古屋のあたりで日が暮れる。車中にはまたしても憲兵らしい私服の男の姿がちらちら見えていたが、横浜で下りて行ったようで、代って横浜から次々の各停車駅には山本を歓送するため大勢の人々が待っていた。横浜では煙草《たばこ》が、沼津では小田原《おだわら》名産のかまぼこが、たくさんの差入品が展望車の中に積みこまれた。その度に、山本は立ち上って誰とでも気さくに話をし、挨拶《あいさつ》をした。

しかし、列車が動き出して副官と二人きりになると、彼の表情は暗くなり、敢《あ》えてそれを崩そうともかくそうともしなかった。

国のことか、家庭のことか、女のことか、多分そのどれもが彼の心にかぶさっていただろうと思われる。

実はこの日「かもめ」の普通一等車の方に、人眼を忍んで一人の女性が乗りこんでいたのだが、副官の藤田元成は直接そのことには触れず、

「東京駅を発《た》つ時もまことに飄然《ひょうぜん》とした感じであったし、長官の心中は淋《さび》しかったのではなかろうか」

と語っている。

途中、名古屋から大阪の新聞記者が車中談を求めて乗って来た。

山本は、軍服を白い麻の背広に着かえていたが、

「独ソ不侵略条約の締結などを見ると、日本人の道義観念ではちょっと割切れぬものがありませんか」

と、記者が、平沼内閣総辞職の――、したがって海軍大臣と次官更迭《こうてつ》の原因となった問題について質《ただ》すと、

「政治問題について語ることは出来ないが、原則論からいえばだね、だまされてもかまわぬ、正道を行くというのが道義外交で、人間としては実に堂々たる立派な態度だ、しかし政治家としてはまたちがった立場があるだろうじゃないか」

と、含みのある答えをしている。

また当時、男は丸刈りにしろ、女のパーマネント・ウェーブはいけないと、巷間《こうかん》やかましく言われていた非常時下の生活刷新問題について聞くと、

「あんなものは、問題にならないよ。わしは面倒だから昔から五分刈りにしているが、丸刈りだろうが長髪だろうが、そんなことが生活刷新に何の影響があるのかね。海軍の航空隊の軍人は大ていい髪をわけている。頭をぶっつけたりした時に、毛がある方が

怪我《けが》が少なくてすむからな。だらしない奴《やつ》は、丸刈りにしたってやっぱりだらしないよ。要するにどっちでもいいじゃないか。パーマネントだって同じだ。あれは、経済上の関係もあってやっていることだろう。パーマネントもいいし、日本髪もまたよかろうよ。問題にするほどのことじゃない」

と言い、そこへ列車ボーイが食事の用意が出来たと知らせに来たので、

「では、これで失敬するよ」

と言って、藤田副官といっしょに食堂車の方へ立って行った。

「かもめ」は午後九時一十分の大阪到着で、山本は同行の女性と副官と三人で、その晩新大阪ホテルに泊った。

聯合艦隊は、この時、司令長官の更迭によって連合演習を中止し、紀州の和歌之浦《わかのうら》に入港していた。

当時の聯合艦隊は文字通り世界第三位の大艦隊であって、大阪、神戸の場合は、港が小さ過ぎて、一艦隊が神戸なら二艦隊は大阪という風に、分れて入港しなくてはならなかったが、和歌之浦へはそれが全部一時に入ることが出来た。

翌九月一日の朝、山本は見送って来た女と難波《なんば》の改札口で別れて、南海電車で和歌之浦へ向った。

南海の特急には、長官のための特別車が一輛連結されて、特別車には、山本と藤田副官と南海電鉄の秘書課長が一人乗っているだけであった。

難波の駅に、南海の社長の寺田甚吉《じんきち》が見送りに出て、

「山本さん、ずいぶんお疲れでしょう。白浜に宿を用意しておきましたから、艦隊へ着かれたら今夜はそちらでお休みになったらどうです」

とすすめた。

特別車の中の金襴《きんらん》のテーブル掛けでおおわれた机を眺めながら、山本は、

「どうも、やんごとなき人のようだね」

と照れていたそうである。

和歌之浦へ着くと、桟橋《さんばし》に長官艇が待機している。これは、長官専用の小さな内火艇である。

晴れた暑い日であった。

山本が艇内の小室へ入ると、緊張で頰《ほお》を紅潮させているチャージの若い中尉《ちゆうい》の号令で、長官艇はすぐ桟橋を離れた。

沖には、約七、八十隻《せき》の聯合艦隊の艨艟《もうどう》が、明るい紀州の海を圧して静かに碇泊《ていはく》していた。

旗艦は「長門」で、「長門」は開戦後に「大和《やまと》」が就役するまで、この時からずっと山本五十六坐乗《ざじょう》の聯合艦隊旗艦をつとめる。

「長門」の艦上では、舷門《げんもん》から見てデッキの内側に麾下《きか》各艦隊各戦隊の司令官と幕僚、外側に聯合艦隊司令部の幕僚、その二つの列と反対方向に、福留繁《ふくとめしげる》艦長以下「長門」乗組の士官たちが居並んで、新長官の乗った内火艇が近づいて来るのを待っていた。

吉田善吾が海軍大臣になって「長門」を下りたあと、艦内では「あとは誰か」というのが、噂《うわさ》の種であった。

時の第二艦隊司令長官は豊田副武《とよだそえむ》で、普通二艦隊の長官が聯合艦隊へ上るのが慣例になっていたが、それが次官の山本五十六と決った時、

「ほう、これは大した人がやって来るぞ」

と、多くの者が言い合ったという。

艇が「長門」へ横づけになると、山本はひらりと舷梯《げんてい》に飛び移った。海軍のお偉方がランチから本艦に移乗する時、舷門の信号兵がパイプを吹くのは、昔英国海軍あたりでもっこに乗せて吊《つ》り上げた、その合図の名残《なごり》の儀礼だと言われている。つまり司令官や幕僚長はたいていビヤ樽《だる》のように肥《ふと》っていて自分でラッタルを上りにくかった

からであるが、山本はこういう身のこなしが軽く、それに、どちらかと言えばせっかちであった。

山本の足が舷梯にかかると同時に、それまで長官艇にひるがえっていた中将旗が下げられ、「長門」のマストに長官旗が上って旗艦の軍楽隊が定められた長官礼式の奏楽を始める。舷門を入った山本は出迎えの一同に挙手の礼を返しながら、長官ハッチから後部の司令長官公室に入った。

其処《そこ》で彼は、司令部各幕僚、各艦隊指揮官の伺候《しこう》を受けた。

着任の儀式は比較的簡単なもので、それでおしまいである。儀式がすむと、ようやく山本はほっとしたように機嫌《きげん》がよくなって、しゃべり出した。

「おい、長官というのはいいね。もてるね。海軍次官なんてものは君、高等小使だからな」

と、副官に言ったりした。

次官が高等小使かどうかは別として、海軍次官時代、殊《こと》にこの数ヶ月間は、山本にとって仕事の上で苦しいこと、うっとうしいことの連続であった。

海軍が三国同盟に強硬に反対しているその元兇《げんきょう》は彼と見られ、右翼につけねらわれて、山本には生命の危険があった。

六年ぶりに洋上に出て、個人としての山本はほんとうにほっとしていたにちがいない。もしそういう表現をするなら、心も晴々として、黒潮の香りを胸いっぱいに吸いこんだにちがいない。

「副官、もう用事無いんだろ？　行こうか」

と言い出し、その晩は寺田甚吉のすすめにしたがって、藤田中佐と一緒に白浜温泉へ行って泊っているが、それから約二週間あとの九月十五日、笹川良一《ささがわりょういち》にあてた手紙の中には、

「艦隊は其後《そのご》引続き、豊後《ぶんご》水道の一角に於《おい》て、陸岸とは郵便物の接受の外全く絶縁して日夜訓練に従事罷在候《まかりありさうらふ》。本年度の訓練も愈〻《いよいよ》終末に近づき実力殆《ほとん》ど向上の極点に達し居るの感有之《これあり》、如斯《かくのごとき》有為の艦隊を継承せしは誠に心強き限りなると共に、責務の愈〻重大なるを痛感し、兢々蹇々《きょうきょうけんけん》なほ足らざるを虞《おそ》るゝ次第に御座候

若《も》し夫《そ》れ世上の俗事に就ては、一日三回のニュースと二日おきの新聞により僅《わづ》かにその一端を窺《うかが》ふのみにて、夫れすらあの世からなる寝言をきくが如き心地致され候

今や一切を脱却して専心軍事に精進神身共に引きしまるを覚え申候」

という言葉が見える。

笹川良一は国粋同盟の総裁で、右翼人士の中でたった一人、珍しく山本五十六を尊敬し、紋付袴《はかま》姿で、

「先生、先生」

と、よく海軍省へ山本を訪ねて来て、刺客《しかく》が襲って来た場合はどうすれば一番いいかなどということも、彼に教えた人物である。

白浜には二た晩滞在した。

その最初の日、彼が艦隊へ着任した九月一日の夕刻、山本は白浜の温泉宿で、ドイツ軍がポーランドに進撃を開始したというニュースを聞いた。

山本が、白浜から「長門」へ帰って来た九月三日の、日本時間で午後七時十五分に、英国はドイツに対して宣戦を布告した。フランスが六時間おくれて参戦した。

彼は九月四日に嶋田繁太郎あてに出した手紙の中で、

「ヨーロッパで起りつつある大変動に鑑《かんが》みて、独、伊との関係を考へると慄然《りつぜん》とせざるを得ない」

と言っている。

欧洲《おうしゅう》で第二次世界大戦の火の手が挙《あが》ったのが、山本の聯合艦隊司令長官着任と日を同じくしているのは、山本の運命を暗示しているようにも見える。

九月五日、山本は、

「本職図ラズモ大命ヲ拝シ聯合艦隊司令長官ノ重責ニ任ズルニ当リ」云々《うんぬん》という、全聯合艦隊将兵への訓示を発表した。

それの最後は、

「欧洲ノ情勢ハ再ビ世界的大動乱ノ兆《キザシ》、歴然タルモノアリ。コノ間ニ於《オ》ケル帝国海軍ノ使命ハ一層、重且《カツ》大ナルヲ覚エズンバアラズ。麾下一同、益〻《マスマス》自重自愛、日夜訓練ニ努メ、艦隊ノ威力ヲ最高度ニ維持《ヰヂ》シ、以テ国防ノ重荷ニ任ジ、聖旨ニ応《コタ》へ奉《タテマツ》ランコトヲ期スベシ」

となっている。

幕僚の書いた草案に朱筆を加えた程度のものかと思われるが、当時の日本で、彼のような立場の者が公式の発言をする時は、何を言うかより何を言わないかの方がむつかしかったであろう。よく読むと、加藤友三郎の唱えた「不戦海軍論」の思想が、喉《のど》元《もと》まで出かかっているようなところが感ぜられないでもない。

艦隊司令部の幕僚の職に在ったある人の話では、

「じかにその声を聞く者には、ずしりと胸にこたえる響きがありました」ということである。

五

聯合艦隊にはしかし、ヨーロッパの動乱で何か動揺の徴《きざし》が見えるというようなことは、少しも無かった。

成立したばかりの阿部内閣も、九月四日の日に、

「今次欧洲戦争勃発《ぼっぱつ》に際しては帝国は之《これ》に介入せず専《もっぱ》ら支那《しな》事変の解決に邁進《まいしん》せんとす」

という声明を出している。

艦隊の日課は平常通りで、山本の毎日も、次官時代とは打って変ったのびのびしたものになった。

戦技演習でもなければ、聯合艦隊司令長官などというものは、割に閑《ひま》である。山本は、

「おい、一戦やろうか」

と、幕僚を相手に将棋をさしたり、私室でせっせと手紙を書いたり頼まれた書を書

いたりしていた。

もともと越後の大飯食いではあったが、潮風のせいで、食欲も頓《とみ》に旺盛《おうせい》になった。

聯合艦隊司令部の食事は、朝は各自勝手に、和食、それから、欲しい人は前の晩従兵にコーヒーとかオートミールとかを註文《ちゅうもん》しておく。しかし、「オートミールでいくさが出来るか」と言って、大抵の人はやはり、味噌汁《みそしる》に飯であった。

昼が洋式のフルコースで、スープから始まってデザートに終る、銀の食器、フィンガー・ボールの正式のディナーである。

この時、十二時五分から三十分間、司令長官の食事中軍楽隊が後甲板で音楽を演奏する。

軍楽隊の日課訓練を兼ねてではあるが、「軍艦マーチ」などという武張ったものはあまりやらない。「春雨」とか「越後獅子《えちごじし》」「元禄《げんろく》花見おどり」、外国のポピュラー・ミュージックのようなものを演じて聞かせる。山本は、「支那の夜」がたいへんすきだったということである。

司令部以外の乗組員は、早目に昼食をすませて後甲板へこれを聞きに行くのが、楽しみでもあり、聯合艦隊旗艦乗組の一つの余禄でもあった。もっともこれは、艦が碇《てい》泊《はく》中だけの話である。

夜は、また和食。

鯛《たい》の塩焼とか、茶碗蒸《ちゃわんむ》しとか、刺身とか、司令部の烹炊所《ほうすいじょ》には傭人《ようにん》の腕利《うでき》きの料理人がいて、なかなかの御馳走《ごちそう》であった。ただし、海軍では士官は食費を自分で払うことになっていたから、テーブルの末席につらなる若年の司令部暗号長などは、相当ふところにこたえたそうである。

昼と夜の食事の時には、長官を中心にして原則として全員が揃《そろ》う。司令長官公室の、会議用の長方形の大きなテーブルに、白いテーブル・クロスがかけられて食卓に変る。「長門」のような戦艦の司令長官公室は、チーク材を使った、少し古風な客船の一等サロンの如きしつらえで、世界のどこの港へ入ってどんな賓客を迎えても一応羞《は》ずかしくないだけのことはしてあった。

食卓では、中央正面に長官が坐《すわ》り、その向いに参謀長が坐る。山本が着任した時の、聯合艦隊参謀長は高橋伊望《たかはしいぼう》少将であった。

あとは、先任参謀以下各幕僚、副官、暗号長、気象長、艦隊機関長、艦隊主計長、艦隊軍医長、法務長、それから「長門」の艦長が時々同席する。

山本は無口であったが、気むずかしくはなく、いつもにこにこしていた。そしてよく食った。

前任の吉田善吾の食卓に、干いわしが出るなどということはあまり無かったが、山本は土佐のうるめいわしが好物で、美味《うま》い美味いと言って、艦隊が宿毛《すくも》湾に入るとたくさん買いこませておき、頭からガリガリ何尾でも食い、みんなにもすすめた。

吉田は、緻密《ちみつ》な神経質な人ですじの通らないことはきらい、しかも酒を飲まないから発散するところがないだけに何でも気になりつい考えすごす方で、幕僚の起案した書類にも、一々朱筆を入れるし、信号文のテニヲハまで訂正し、参謀にでもがみがみ叱言《こごと》を言っていたそうで、すでにこの頃《ころ》から多少ノイローゼの徴候があったのではないかと思われる。

寒い季節に艦隊が別府へ入港し、みながふぐで一杯やるのを楽しみにしていても、吉田は軍医長に「大丈夫か？」と聞き、それでもなおなかなかふぐを食おうとしなかった。

当時聯合艦隊の砲術参謀は藤田元成と同期の藤間良《とうまりよう》中佐、その前任がやはり同期の川井巌《かわいいわお》中佐で、藤田副官はクラス・メイトの幕僚からよく、

「吉田長官とうまくやれるのは貴様だけだよ。貴様行って御機嫌《ごきげん》とって来てくれ」

と言われていた。

吉田長官と反対に参謀長の高橋少将は大酒飲みで、葱《ねぎ》の臭いのが好物で、コックに

命じて生葱に味噌を出させて始終酒を飲んでいる。出港時のブリッジでもぷんぷん酒の匂《にお》いをさせていた。双方おもてにこそ出さないが、吉田と高橋とはあまり馬が合わなかった。

退艦の時、吉田善吾は自分の肖像写真を記念にといって一同に配ったが、必ずしも有難《ありがた》く思った者ばかりではなかったであろうし、吉田が山本に代って一番嬉《うれ》しかったのは、参謀長の高橋伊望少将だったろうという説がある。

藤田副官が傍《そば》から観察していると、山本にはひどく剛毅《ごうき》なところとひどく気楽なところがあるようであった。福岡生れの藤田元成は、何となく「こりゃ大分ちがうわい。おそろしか長官ばい」と思ったそうである。

山本が白浜温泉から帰って来ると、間もなく艦隊は和歌之浦を出港して、中止中の連合演習をつづけることになった。

聯合艦隊の出港というのは、ひと仕事であった。

八十杯からの大小艦艇を、聯合艦隊命令一つで整然とさばいて出して行かねばならない。聯合艦隊の航海参謀は、相当の切れ者でないとつとまらなかった。

各艦機関科や揚錨《ようびょう》機関係が早くから準備をしている中で、やがて、「出港十五分前、航海当番配置ニツケ」の令がかかると、艦首《ホール》や艦橋《ブリッジ》の空気があわただしくなって来る。

「第二戦隊一番艦、錨《イカリ》ヲ揚ゲテイマス」

というような報告が入って来る。

「出港用意」の喇叭《らつぱ》が鳴る。

潜水艦部隊が、一番先に出て行く。潜水艦は、入港の時は一等しんがりで、出港の時は最初に出て警戒配備につく。

そのころには長官は艦橋に上って来て、双眼鏡を手に、自分でも見ているが、航海科の伝令が一々各艦各戦隊の動きを大声で報告する。

「第四戦隊が出港します」

「『高雄《たかお》』『愛宕《あたご》』『鳥海《ちようかい》』『摩耶《まや》』出ます」

「つづいて『伊勢』出ます。『日向《ひゆうが》』『扶桑《ふそう》』出ます」

「『赤城』『加賀』『蒼龍《そうりゆう》』『飛龍』、第一第二航空戦隊順番号出港します」

藤田元成の六期下で、航空参謀兼後任副官をつとめていた河本広中は、

「聯合艦隊の長官がいいなと思うのは、出港の時ですよ」

と言っているが、一斉《いつせい》に動きを見せ始めたこの大艦隊が、ことごとく自分の部下だと思うことは、特別な感慨であったにちがいない。

諷刺画《ふうしが》の将軍のように、威厳を保って、少々胸を反らせてみたくなっても不思議は

ないが、山本五十六にはそういうところが殆《ほと》ど無かった。

「長門」乗組の若手士官の間では、

「今度の長官は威張らないね」

「持てはやされることが嫌《きら》いらしいから、戦争でもあって凱旋《がいせん》なんて場面になったら、長官はどんな顔をするのかな」

というような話も交わされていたということである。

ただ、この山本が、少しのちに、郷里の反町栄一に向ってだけは、

「旧長岡藩から、長岡中学校から、長岡社から、大日本の聯合艦隊司令長官が出たことを君は胸においてくれるだろうね」

と言っている。反町の本にそう書いてある。

長岡社というのは、山本も昔世話になった郷土の育英機関であるが、これはまた、ずいぶん俗臭のある言い草に見えるがどうであろうか。

山本は、もっと別の意味では充分俗臭のある人であったが、立身出世主義、早く大臣大将になりたくてウズウズしていた人間という匂《にお》いは、彼の晩年の言動をどう突ついてみても他《ほか》には出て来ない。

この言葉は、私たちのいだいている山本五十六のイメージとぴったり重ならないよ

うな気がする。

　もっとも、反町栄一は、竹沢村の山の上で山本艦隊へ行くの報を聞いた時の手記でも、

「長岡人士の七十年来の願望が実現した喜びに満身の血が熱しうずいて来る」

「世の中が変った。長岡が変った。日本が変った」

「月が明るい。山本閣下が司令長官だ。長岡が急に明るくなった。日本が明るくなるのだ」

　と、手放しの感激ぶりであるから、果して山本がこの通りの調子でものを言ったかどうかは分らない。

「長岡藩からも、とうとう聯合艦隊の司令長官が出たじゃないか。君、覚えておいてくれよ」

　という程度の、ニュアンスの少しちがった話であったかも知れない。

　それにしても、いくら気のおけぬ郷里の友人にとはいえ彼がこういうことを言ったというのは、ちょっと不思議な気がするが、反町の手記にも長岡、長岡と度々出て来るように、これは、長岡というものをよほど特殊に考えないと解釈がつかないのではないであろうか。

ここで、長岡の歴史を詳述する余裕は無いが、長岡藩は明治戊辰《ぼしん》の役《えき》で朝敵にまわった藩である。

昔長岡から知事、陸海軍の将官が出ることはきわめて稀《まれ》であった。

海軍に薩州閥《さつしゅうばつ》が強かったことはよく知られている通りで、井上成美なども兵学校に入りたてのころ、教官から出身地を聞かれ、

「なに、宮城県？　それじゃお前、まあ少佐で首だな」

と言われたものだそうである。

昭和期に入ってからはさすがにそんな因習も無くなり、逆に、弊害があるというので鹿児島《かごしま》県出身者を人事局長のポストにつけない処置が採られることになったのだが、山本は元々長岡藩の貧乏士族の負けん気の強い倅《せがれ》で、彼の父、長兄、次兄は戊辰のいくさに加わり、三人とも傷を負うて長い間東北へ流離の旅をつづけている。

古い「長岡人士」にとって、長岡は長州人の長州、薩摩人の薩摩とはまた別の、一種格別のものであったように思われる。長岡に現存の、山本をよく識《し》っている人は、反町栄一と橋本禅巌という禅僧と山本と同年の遠山運平という友人と、三人きりになっているが、遠山運平の祖父など、西南の役の時、

「今度は戊辰のいくさの仇《かたき》を討つんだ」

と言い置いて出陣したという。

昔、父や兄が朝敵の汚名を蒙《こうむ》って長く苦しんだという意識がどの程度山本にあったか分らないが、反町栄一がそうであるように、山本もまた、郷里長岡のこととなると、どうも少し異常なほどの感情を露出する傾向はあったらしい。

それはしかし、余談である。

新しく山本五十六を長官にいただいた聯合艦隊は、潮の上に何十本もの航跡を残して、和歌之浦を出て行った。

山本の、聯合艦隊司令長官としての生活が、こうして始まった。

第二章

一

ここで、聯合艦隊のことはしばらくそのままにしておいて、話を五年ほど前に戻《もど》さなくてはならない。

山本五十六の乗った「長門《ながと》」が和歌之浦《わかのうら》を出て行った時からちょうど満五年前の、昭和九年九月七日、当時少将で軍令部出仕兼海軍省出仕のポストにいた彼は、ロンドン海軍軍縮会議予備交渉の、海軍側首席代表に任命された。

山本が海軍部内で急に頭角をあらわして来たのは、この時からである。日本国内ではもとより、アメリカや英国やドイツの政府、海軍上層部で、その名を知られるようになったのもほぼこの時期からであった。

反町《そりまち》の著書によると、昭和二、三年ごろ、「文藝春秋《ぶんげいしゆんじゆう》」の六号記事に山本のゴシップめいたものが出ていて、それが世間に彼の名のあらわれた最初だろうということだが、この記事は今さがしても見つからない。もっとも、この時（昭和九年）より三十年も前に一度、田山花袋《たやまかたい》が山本のことを文章にしたことがあった。博文館発行の「日露戦争実記」というものに、花袋の筆で、

「去る五月二十七日の大海戦に名誉なる戦傷を受け、横須賀《よこすか》海軍病院に目下入院静養中なる海軍少尉候補生《せうゐ》高野五十六氏は」云々《うんぬん》

とあるのがそれで、これはしかし話が別であろう。

私が見いだしたのは、同じ「文藝春秋」昭和九年十月号の、「山本五十六」と題する、似顔絵入りの「一頁《ページ》人物評論」で、筆者は匿名《とくめい》で、こんなことが書いてある。

「ロンドンの軍縮予備会商に海軍首席帝国代表として山本五十六少将が派遣されると決つたとき、

『ウム、あれならよからう』

彼を識《し》るものは、みなさういつて期待をかけてゐる口吻《こうふん》だつた。松平大使の舵《かぢ》とりにはもつてこいの嵌《はま》り役《やく》だ、いや舵をとるどころか、ことと次第によつては、大使なんか構はず自分でやつてのけかねない肚《はら》と実行力とをもつ頼もしい男である。

（中略）

彼は（それから四年前、昭和五年の）ロンドン会議には左近司《さこんじ》政三中将の下で次席専門委員として働いた体験の持主だ。海軍部内にあれほどの衝動を与へ、国内的にも非常な物議を捲《ま》き起す因《いん》となつたロンドン条約で、苦杯を舐《な》めた経験者でもある。だから当時のいきさつはもとより、松平大使の人となりに至るまでよく知りぬいてゐる彼である。殊《こと》に最近は第一航空戦隊司令官から軍縮対策研究委員となり、軍縮問題の調査研究を専門にやつてきた軍縮通のナムバア・ワンである。

帝国政府の軍縮対策は鐚《びた》一文まからぬワシントン条約廃棄通告といふ背水の陣、総トン数主義に基く軍備権の平等を獲得することに態度をはつきりと決めてかかつてゐる。この根本精神を関係列国に徹底せしめようといふのが山本少将の主たる役目だと見てよからう。米国大使館附武官時代《づき》につんだ修業で口のはうも確かで抜かりがない。（中略）（日露戦争で）実戦に臨み死線を越えたほどあつてくそ度胸が据《すわ》つてゐる。ぶつきら棒のお世辞なしだから人づきはとても悪い。が、咬《か》みしめると、するめのやうに味がでる男だ」

この人物評論で見ると、山本は何か「鐚一文まからぬ」非常に積極的な態度で勇ましくロンドンへ乗りこんで行ったように感ぜられるが、事実はそうではなかった。彼はこの時のロンドン行きを、何度も辞退している。

行くと決ってからは、「これでも国家の興廃を双肩にになふ意気と覚悟」で、会議に「全精神を傾倒」する気持になったらしいが、それは当時「文藝春秋」の一般読者が、「一頁人物評論」を見て想像した「意気と覚悟」とは少しちがっていたかも知れない。

「これでも国家の興廃を双肩ににな《ママ》ふ」云々は、さきの「人眼を忍んで『かもめ』に乗りこんでいた一人の女性」にあてた手紙の中に見える文言であるが、その手紙はあとで披露《ひろう》するとして、そのころの部内には、明治維新以来僅々《きんきん》六、七十年で世界第三位の海軍にのし上ったという慢心が、次第に瀰漫《びまん》して来ていた。陸軍ほどではないにしても、

「米英何するものぞ」

というような空気が、一部にあった。

山本はそうはなれなかった。

彼は、大正八年、少佐の時以後、アメリカ駐在が二度、ヨーロッパに出張したことが二度の経験を持っている。

アメリカの実力とアメリカ人の国民性については、特によく承知していたし、彼はアメリカが好きでもあった。

ワシントン駐在の海軍武官当時、郷里の恩師渡部与《あたえ》にあてたポトマック河畔の桜の絵はがきに、彼は、

「当地昨今吉野桜の満開、故国の美を凌《しの》ぐに足るもの有之候《これありさうらふ》。大和魂《やまとだましひ》また我国の一手独専にあらざるを諷《ふう》するに似たり。中央巍然《ぎぜん》たるはワシントン記念塔」

と書いている。

また、同じころ、彼の後任補佐官であった三和義勇《みわよしたけ》少佐が、

「英語の勉強をするのに、誰《だれ》かアメリカの偉人伝でも読みたいと思いますが、武官、誰の伝記がいいと思いますか？」

と聞いたのに、山本は、

「そりゃ、リンカーンだ。僕《ぼく》はリンカーンが好きだね。米国人といわず、人間として偉い男だと思うよ。読むなら、リンカーン伝を読みたまえ。カール・サンドバーグという人の書いたいい本がある」

と、答えている。

行くとすればこれが三度目のヨーロッパで、軍縮の使としては二度目のロンドン行きであったが、山本は、部内一般のある種の空気と、自分の考えとの間に溝《みぞ》があり、「背水の陣」の「根本精神」を「関係列国に徹底せしめ」るのに自分は適任でないと、何度も躊躇《ちゆうちよ》したらしい。

しかし結局ほかに人が無かった。

松平駐英大使と親しいというのも、一つの条件であった。相手国側が、昭和五年のロンドン会議以来、山本を高く買っているのも別の一つの条件であった。

そして山本は、首席代表の任命を受諾した。

二

任命されてから二週間後、九月二十日午後三時横浜出帆の郵船北米航路日枝丸《ひえまる》で彼は日本を離れたが、その前日、海軍大臣官邸で山本の送別会が催されている。時の海軍大臣は大角岑生《おおすみみねお》大将で、井上成美に言わせるとこれがまた典型的な二等大将だったということになるのだが、この会には野村吉三郎も出ているし、海軍の長老連がたくさん列席した。

その席で、少将の山本五十六はこういう発言をしている。

「自分は、第一次のロンドン軍縮会議の時、財部《たからべ》大将、左近司中将のお供をして参りましたが、この時、請訓々々でロンドン・東京間に要した電報代が、合計百万円ちかくかかっております。今度自分は、訓令はいただいて行きますが、その範囲内では、向うから請訓をしないつもりですから、さよう御承知下さい。帰って来て、詳細御報告致しますから、私のやったことが良かったか悪かったかは、その上でご判断願いたいと思います」

少将といえば、艦隊や航空隊へ行けば神様かも知れないが、中央の上層部では未《ま》だ若輩である。山本の挨拶《あいさつ》は、かなり思い切った挨拶であった。

ただし、この話の中の「百万円」という数字は、必ずしも正確でないかも知れない。当時、ロンドン・東京間の電報料金は、一語が一円三十八銭で、至急報にするとその倍であるが、それにしても百万円は少し多すぎるような気もする。

同行は、海軍省官房の書記官で山本の友人であった榎本重治《えのもとしげはる》、副官役の光延東洋《みつのぶ》少佐、海軍省嘱託の溝田《みぞた》主一の三人、ほかに、彼らの荷物、タイプライター、暗号機などを持った海軍一等兵曹《へいそう》の横川晃が、別途、九月十六日横浜出帆の郵船筥崎丸《はこざきまる》で、スエズ経由ロンドンに向っていた。この四人のうち光延東洋は、戦争中イタリヤ駐在武官でローマにいたが、バドリオ政権が出来てムッソリーニが殺される数ヶ月前、オーストリー国境に近いメラーノという町へ避難していた海軍武官室から、ヴェニスに避難中の日本大使館に連絡に出て来、さらに中部イタリヤのドイツ軍基地へ連絡に行く途中、パルチザンに狙撃《そげき》されて死んだ。あとの三人は今も健在である。

溝田は、通称をジョージ・溝田といい、九つの時両親に連れられてアメリカへ渡り、加州のスタンフォード大学の法科を出るまで二十年近くアメリカで暮した、福岡生れの人で、

「日本の海軍は、溝田のおかげで、戦前も戦後もずいぶん得をした」と言われた、有

能な通訳官であった。

後日の話になるが、昭和十六年十二月の開戦と同時に、溝田主一は海軍を首同然の扱いとなって、隠棲《いんせい》させられた。

アメリカと戦争すれば必ず日本が負けると言っていた溝田を部内に留めておくことは、当時の事情が許さなかったのであろう。アメリカが開戦と同時に、少しでも日本の国情を知っているものをかり集め、日本語教育に力を入れ始めたのと事がちょうど反対である。

ただ海軍省の上層部には、いつか溝田の必要な時が来ることを予見していた者があったらしく、彼の許《もと》には戦争中の四年間、黙って毎月、きちんきちんと俸給《ほうきゅう》が届けられていた。そして、遺憾ながらその予見通り、溝田は海軍の終戦処理に大きな働きをすることになった。

溝田主一は、現在大洋漁業の嘱託をしていて、やはり大洋漁業に「ずいぶん得をさせている存在らしい。

山本は、榎本重治に、

「君は将棋の相手に要るけど、今度の会議は、ほんとは溝田一人連れて行きゃいいんだ」

と言っていた。

横川晃は水雷学校の出身で英語も暗号も得意ではなかったが、たまたま軍務局一課別室という軍縮問題担当の部屋で下働きをしていて、山本たちの供に選ばれた。

海軍には国際会議の際各鎮守府《ちんじゅふ》から交替で優秀な下士官を一人、「外務省事務嘱託」の肩書を与えて海外に派遣する慣習があったが、それでも横川のロンドン行きは世間の眼《め》に珍しくうつったらしく、当時の新聞は、

「軍縮代表の随員に選ばれた一等兵曹」

「横川兵曹緊張の檜舞台《ひのきぶたい》へ

　身につかぬ背広姿も軽ろやか」

などと写真入りで大きく書き立てている。

「身につくつかぬ」よりも、各種のマークをはずした下士官の白服を着ていると船内でしばしばボーイとまちがえられるので、横川はずっと背広で通すことにし、筥崎丸の航海中に髪も伸ばした。

この横川兵曹を別として、山本ら一行四人が出立の日には、東京駅頭にも横浜の波《は》止場《とば》にも、山本を牽制《けんせい》するつもりか、それとも何か勘ちがいをしているのか、妙な見送り人がたくさん出ていた。

ある者は、船室まで入りこんで来て山本を起立させ、奉書紙に書いたものを拡《ひろ》げて、激越な調子で何か読み上げたりした。山本は苦り切った顔をしていたそうである。

日枝丸のシアトル入港の前日、彼は船中から、同期の堀悌吉《ほりていきち》に鎮海要港部あてで、

「明日米国に上陸する　出発の際は電報多謝（中略）東京駅や横浜で何とか同盟とか聯合《れんごう》会とかのとても落つかぬ連中が決議文とか宣言書とかを読んで行を壮にしたのは不愉快だつた　あんなのが憂国の志士とは誠にあぶない心細い次第だ（下略）」

とうっぷんをぶちまけたような手紙を書いている。

シアトルの町で、山本は光延にトランプのカードとポーカー・チップスを買って来させ、「グレート・ノーザン」鉄道の大陸横断列車に乗りこむと、早速御開帳に及ぶことになった。溝田は出来るが、光延少佐と榎本重治とはやり方を知らない。一回だけ練習させて、

「あとは現金だぞ」

と、やり始めると、シカゴへ着くまでポーカーとブリッジと賭《か》け将棋のやりづめで、黒人の列車ボーイがあきれた顔をしていたそうである。

ブリッジでも、山本はプレイが早く、読みが早かった。相手がためらってちらりと考えると、もう手の内を読まれているという風があったという。

シカゴで三泊、着いたのが土曜日で、山本は北郊のエヴァンストンへ、アイオワ大学とノースウェスタン大学のフットボール・ゲームを見に行ったりしている。彼はこういうことも好きであった。

シカゴからニューヨークへ、「ニューヨーク・セントラル」の車中でも、途中バッファロを通過してもナイヤガラ見物は割愛で、四人はカードばかりやっていた。ニューヨークでは、アスター・ホテルに泊った。この時、ホテル宿泊の世話から、英船「ベレンガリヤ」号乗船の手続まで、一行の面倒を見たのはニューヨーク在勤の海軍監督官桜井《さくらい》忠武大佐で、この人は「肉弾」を書いた陸軍の桜井忠温《ただよし》の弟である。桜井忠武は機関学校の出身で、前の第一次ロンドン軍縮会議の時山本とともに全権委員随員をつとめ、山本の推輓《すいばん》でこの時ニューヨークに在ってアメリカ航空界の実情を調べる仕事をしていた。また、のちに航空母艦「飛龍《ひりゅう》」でミッドウェー海戦に戦死する山《やま》口多聞《ぐちたもん》が、在米武官としてワシントンにいて、打合せのためニューヨークへ出て来、十月十日山本の出発をハドソン河畔に見送った。

「ベレンガリヤ」号が、サザンプトンの港へ入る前の日、山本が船で催した「さよなら晩餐会《ばんさんかい》」のメニューが残っている。一九三四年十月十五日の日付《ひづけ》入りで、

「Dinner d'Adieu」

として、

「Clam Suimono」「Prawn Tempura」「Suki Yaki」「Shitashimono」「Fresh Fruit」の品書きとともに、

「Rear Admiral Yamamoto and Guests」

と印刷してある。

たまたま「ベレンガリヤ」に乗船していた前駐日チェッコスロバキヤ公使ら数人を招いて、山本が主人役になって一等の別室で開いたパーティであるが、これは大西洋航路の客船で日本食のディナーが出た、よほど珍しい例であろう。デザートにはシカゴの日系人からもらった粉末茶を使って、緑茶のアイスクリームが供された。

どうして蛤《はまぐり》の「Suimono」や海老《えび》の「Tempura」が出来るのか、フランス人の料理長を呼んで聞いてみると、彼はニューヨークの日本人クラブで一週間勉強して来たと言い、もっと何でも出せると、鰻《うなぎ》の蒲焼《かばやき》から奈良漬《ならづけ》まで手品のように取出してみせて、一同を喜ばせた。

翌十月十六日、今から考えるとずいぶん長い旅であるが、東京を出てから二十七日目の午後四時、船はサザンプトンに入港し、一行四人はボート・トレインで夜になってロンドンへ着き、グロヴナー・ハウスに投宿した。

ロンドンには外国の使臣が来た時泊っていいとされているホテルが四つあり、グロヴナー・ハウスはその一つで、日本の代表団が毎度愛用した宿である。現在でも格式の高い古風な建物は昔のままで、狭い駐車場があるが、ロールス・ロイス以外でなら乗りつけない方が無難だというような、ご大層なところである。日本の代表団の部屋はいつも五階——日本流乃至《ないし》アメリカ流にいうと六階であった。

翌朝、溝田主一がベルを押すと、顔馴染《かおなじ》みのボーイが入って来て、

「Good morning, Mr. Mizota. I'm very glad to see you, sir.」

と、よく覚えていた。そして、

「Same breakfast, sir?」

と聞くので溝田が不審に思っていると、ちゃんと、前来た時と同じハーフ・グレープフルーツ、黒パン、つめたいミルクを入れたアメリカ風の薄いコーヒーという溝田の好きな朝飯が運ばれて来た。

こういうのは英国のお国柄《くにがら》でもあるが、山本五十六一行を迎える英国朝野の空気は、決してつめたいものではなかったようである。グロヴナー・ハウスのポーチの上には、慣例によって日の丸の旗が上っていた。

三

その日、山本五十六は、松平大使と初協議を行なってから、連れ立って、英国の外務大臣、海軍大臣のところへ挨拶に行った。翌十月十八日には、アーンリ・チャトフィールド軍令部長を訪問した。

これは、いずれも、単なる儀礼的訪問であったと思われる。山本の正式の仕事は、それから五日後、十月二十三日、ダウニング街十番の英国首相官邸で開かれたイギリス側との初会合、同じく二十四日、アメリカ代表部の宿舎ホテル・クラリッジスで開かれた米国側との初会合を以《もっ》て始まった。

会議は原則として、日英、日米、英米という風に、二国方式で進められる手筈《てはず》になっていた。

ただし、昭和九年のこの軍縮予備交渉が、山本一行のロンドン到着をまって初めて会議の幕を切って落したように書いている本があるが、それは誤りである。

その前に、第一次交渉と呼ばれるものが開かれている。

サイモン英外相の名で、日本、米国、フランス、イタリヤの四ヶ国にこの会議の招請が発せられたのは、その年の五月で、日本側はすぐ、それに応ずる旨《むね》の回答を発し、六月から七月にかけて第一次の交渉を行わせている。

代表は大使の松平恒雄《まつだいらつねお》で、専門委員が大使館附武官の岡新《おかあらた》であった。そのほか、本国から岩下保太郎という大佐が急遽《きゅうきょ》ロンドンに派遣された。

ところが、イギリスとアメリカの間に大きな意見の食いちがいがあることがあきらかになって、七月中旬に交渉は、日英米三国諒解《りょうかい》の下に一旦《いったん》打ち切られることになった。

日本の新しい提案を携えた山本五十六がロンドンに着いた時、したがって会議は休会中で、十月二十三日から開かれたものは、軍縮予備会議のいわゆる第二次交渉である。

この会議でそれでは日本は何を主張し、山本はどんな努力をしたのかということになるが、これが、相当複雑な、わずらわしい問題であって、簡単に説明することが出来ない。

その後十一年で日本海軍そのものが滅亡し、対米英六割も七割も、私たちにとってもはや関係の無い過去の話になってしまったのであるから、煩瑣《はんさ》な軍縮会議の経過などは、こんにちどうでもいいことかも知れない。

だが、山本五十六のものの考え方、このあとの彼の行動、心の陰翳《いんえい》を理解するためには、厄介《やっかい》なロンドン予備交渉と、その背景になった問題とを素通りして行くわけには行かない。それは、何らかの意味でのちの真珠湾にもミッドウェーにも微妙につながっている。記述が煩雑になるのを、読者はしばらく我慢していただきたい。

四

海軍軍縮の問題が、すべて大正十、十一年のワシントン会議にさかのぼることは、ここで言うまでもあるまい。

このワシントン会議で、主力艦に関する英米日、五・五・三の海軍比率が決定したことは、広く知られている通りであり、それにハーバート・ヤードリが「ブラック・チェンバ」という本で素《す》ッ破《ぱ》抜いた通り、当時の日本の外交暗号電報が全部アメリカ側に読まれていたという付録のついていたことも、こんにちでは周知の事実である。

しかし、五・五・三対米英六割というその比率で日本の海軍は一つにまとまって満足し我慢出来たかというと、決してそうではなかった。それは海軍部内に意見の対立を生み、やがて条約派と艦隊派と呼ばれる二つの派閥を発生させる、そもそものもとになった。

この問題に関しては国立国会図書館の角田順の書いた「日本海軍三代の歴史」が委

細を尽しているが、「日本海軍三代の歴史」その他の資料、現存する関係者の話などを綜合《そうごう》してその間の事情の概略を述べれば、アメリカ側が日本の外交電報を解読してつとに承知していた通り、ワシントン会議に帝国全権として臨んだ海相の加藤友三郎は初めから対米英六割の軍縮案を呑《の》む肚《はら》であった。

当時アメリカを仮想敵国とした八・八艦隊（正式には八・八・八艦隊）建設の計画が着々成果をおさめつつあって、その中心人物は加藤友三郎自身であったが、この計画のため大正十年度に海軍費は日本の国家予算の三分の一を占めるようになり、やがて総軍事費が総予算の六割にまで膨張する計算となって、経済上国民の負担能力の限界という壁に突きあたっていた。

加藤は自ら推し進めて来た八・八艦隊の建設を放棄せざるを得なくなり、その決心を固めてワシントンに到着すると、すぐ駐米大使の幣原喜重郎《しではらきじゅうろう》に向って、

「八・八艦隊ナンンか出来ることではないから何かチャンスがあったら止《や》めたいと思っていたのだ。この点では原《はら》（敬《たかし》）首相ともよく話し合って来た」

と言っている。

八・八艦隊というのは対米七割を目標とした海軍であり、これを以て米国を制することは不可能としても、アメリカの艦隊が西太平洋に進攻して来た場合日本がこれと

互角の戦いをするに要する最少限の海軍力であると——少なくとも一般にはそう唱道されていた。

したがって八・八艦隊を葬《ほうむ》って対米六割の軍縮案を呑む決心をするとすれば、その前提である「仮想敵国はアメリカ」という想定をも葬ってしまわねばならない。加藤友三郎は、会議に出向く時にはこの点についてもすでにはっきりした考えを持っていたようで、重要案件が大体片づいたあとワシントンで口述した海軍省あての伝言の中では、

「国防ハ軍人ノ専有物ニ非《アラ》ズ戦争モ亦《マタ》軍人ノミニテ為《ナ》シ得ベキモノニ在ラズ国家総動員シテ之《コレ》ニ当ルニ非ザレバ目的ヲ達シ難《ガタ》シ……平タク言ヘバ金ガ無ケレバ戦争ガ出来ヌト云《イ》フコトナリ……仮リニ軍備ハ米国ニ拮抗《キッカウ》スルノ力アリト仮定スルモ日露戦役ノ時ノ如キ少数ノ金デハ戦争ハ出来ズ　然《シカ》ラバ其ノ金ハ何処《イヅコ》ヨリ之ヲ得ベシヤト云フニ　米国以外ニ日本ノ外債ニ応ジ得ル国ハ見当ラズ　而《シカ》シテ其ノ米国ガ敵デアルトスレバ此《コ》ノ途《ミチ》ハ塞《フサ》ガル……　結論トシテ日米戦争ハ不可能トイフコトニナル……茲《ココ》ニ於《オイ》テ日本ハ米国トノ戦争ヲ避ケルヲ必要トス……斯《カ》ク考フレバ国防ハ国力ニ相応スル武力ヲ整フルト同時ニ国力ヲ涵養《カンヤウ》シ一方外交手段ニ依《ヨ》リ戦争ヲ避クルコトガ目下ノ時勢ニ於テ国防ノ本義ナリト信ズ」

と、日米不戦論、不戦海軍の思想を述べており、軍縮条約締結後の帝国海軍の機構のありようとしても、

「文官大臣制度ハ早晩出現スベシ　之ニ応ズル準備ヲ為シ置クベシ　英国流ニ近キモノニスベシ」

と、シビリアン・コントロールの進歩的意見を披瀝《ひれき》している。

これは角田順が指摘しているように、ステーツマンとして脱皮した加藤友三郎の一つの識見を示すものであったと言えよう。加藤のこの「海軍省あて口述」をワシントンで筆記したのが、当時中佐の随員堀悌吉であった。堀や堀の親友の山本五十六、彼らの先輩にあたる谷口尚真《たにぐちなおみ》、岡田啓介《おかだけいすけ》、左近司政三、山梨勝之進《やまなしかつのしん》、米内光政、後輩にあたる古賀峯一《こがみねいち》、井上成美などは皆海軍の人脈の上で加藤友三郎の系統に属する人々である。

堀悌吉は、ワシントン会議は日本を国際的にも経済的にも救ったと言っているし、古賀峯一も、あれを以て日本が英米の六割で抑えられていると思うべきではない、国力からいっても国土の広さからいっても、むしろ英国と米国とが日本の六分の十で我慢していると考えて然るべきだという意見を持っていた。

こういう考え方は、当然、一部の人々の眼《め》に英米の顔色をうかがっている卑屈な、

まことに歯がゆい弱腰と映った。

中でもワシントン会議に海軍専門委員として列席し対米七割を主張しつづけた加藤《かとう》寛治《ひろはる》提督は、帰国後「満腔《まんこう》の不満をぶちまけ」るようになり、それが海軍の少壮将校はもとより国民の多くに強くアピールすることになった。

強気で勇ましくはあるが現実味を欠いたそういう所論が、どうして一部の人々に非常の人気を博したか、「日本海軍三代の歴史」の中で角田は、

「仮想敵国は米国、その為《ため》の所要兵力は八・八・八艦隊と明け暮れ唱え続け叩《たた》きこまれ続けて来た大勢は到底一朝にこれを転換し得ぬものだったのであろうか」

と書いているが、それ以上に、ひろく国民の、日本人としてのセンチメントにふれるところがあったようにも思われる。

軍艦「土佐《とさ》」は常備排水量三万九千九百噸《トン》、当時世界最強の戦艦の一つになるべき船であったが、ワシントン条約で廃棄処分が決定し、実艦防禦《ぼうぎょ》実験に使われたあと大正十四年の二月、宿毛《すくも》湾の南でキングストン弁を開いて水深三百五十尋《ひろ》の海底に自沈させられた。

「土佐」は三菱長崎《みつびしながさき》造船所で進水の時、艦首の薬玉《くすだま》が割れなかったという不吉な逸話を持つ軍艦であった。廃艦の運命を荷ない運用術の練習艦「富士」に曳航《えいこう》されて、軍

艦旗をかかげないこの巨艦が長崎を出て行く時には、造船所の職員工員たちが皆泣いて見送ったものだそうである。

「土佐」を使っての防禦実験で得られた資料は、のちに「大和」「武蔵《むさし》」の建造にあますところなく利用されたと言われているけれども、いわば日本人の血と汗とで生み出したこのような巨大な戦艦を英米の圧迫と上層部の弱腰とによってむざむざ海底に廃棄してしまうのかと考えると、一部の人たちの国民感情として、それは我慢の出来ないことであったであろう。

加藤寛治は間もなく軍令部次長の地位に就き、その下に末次信正《すえつぐのぶまさ》が坐《すわ》り、一方加藤友三郎は大正十二年の夏に亡《な》くなって、部内から「沢庵《たくあん》の重しがとれ」てしまうと、対米強硬論を唱える加藤（寛）末次一派のいわゆる艦隊派と加藤友三郎の流れを汲《く》むいわゆる条約派との対立は一層はっきりして来、前者の勢力が次第に後者を駆逐していくことになる。

山本五十六の言う「負けるに決った」対米戦争に日本が突入する遠因はすでにこのころにあったわけであるが、ことに、ワシントン会議から八年後、昭和五年のロンドン軍縮会議で、補助艦艇にいたるまで対米英六割の制限を課せられると、国論は沸騰《ふっとう》し、世界の一等国としての屈辱であり、国防上極めて不安であり、これではならぬという強硬論が海軍の部内においても部外においても、さらに勢いを得て来たのは、当然の成り行きであった。

ただし、海軍部内の強硬派を当時から積極的に対米開戦を夢みていた人々と見るなら、それはまちがいである。どんな強硬派でも、昭和十年ごろまでの海軍で、アメリカに戦争をしかけてほんとうに勝てると考えるほど勇ましく無知な人物は、そういなかった。昭和八年の十一月に聯合艦隊司令長官となった末次信正提督など、しきりに米英打倒論を唱えて若手の人気に投じていたが、たとえばもし陛下から御下問があったとしたら、いくら末次といえども「アメリカと戦争になった場合には必ずアメリカを屈伏させて御覧に入れます」とは奉答出来なかったろうと思われる。

昭和五年のロンドン会議時代、軍務局長のポストにいた堀悌吉は、世間の声につられて、部内の者が「無敵艦隊」という言葉を口にするのをきらい、

「スペインの誇った無敵艦隊は、英国海軍にしてやられたじゃないか。そんな思い上った考えを、世間はともかくとして、海軍士官自身が持つようなことでは将来が危《あや》ぶまれる」

とよく言っていたそうで、事実、海軍の責任ある立場の軍人で、当時「無敵艦隊」とか「無敵海軍」とかいう言葉をみだりに用いる者はいなかった。

「無敵艦隊」とは景気づけの形容語であって、のちに海軍の要路者が、自ら、「もしかしたらほんとうに無敵なのではあるまいか」と思い始め、歌謡曲の作者と一緒に「無敵の艨艟《もうどう》」などと唱え出した時、帝国海軍は滅びの支度を始めなくてはならなかったのである。

日本の海軍が実質上守勢の海軍であることは誰しも内心認めていた事実であって、軍令部でも海軍省でも艦隊でも、当時責任ある人々の会議の席では、「六割海軍」とか「七割海軍」とかいって、もっぱら数字に立脚した議論が闘わされていた。

その認識は、条約派にも艦隊派にもひとしく存在したと考えられる。ただ強硬論者には感情面を抜きにしても、強硬論者としての主張と論理とがあった。それは聴かなくてはならない。

戦時における洋上の力関係は、保有兵力Nの自乗に正比例する。静的状態での10対6は、運動を加味すると100対36になる。アメリカに進攻して勝てるとは思わないが、優勢のアメリカ艦隊が日本へ攻めて来た場合、洋上にこれを邀撃《ようげき》して敗れないためには、少なくとも100対49の——、つまり対米七割の海軍兵力が必要であり、そうでなければ国防の責任を負いかねるというのが強硬派の言い分であった。

したがって、彼らの間には、軍縮会議はもうこりごり、条約でしばられるのは真ッ平という空気が強く存在していた。

終戦時大本営海軍部参謀の職にあった、艦隊派の一方の旗頭《はたがしら》と目される石川信吾少将の話を聞いてみると、ワシントン会議での六割制限は主力艦に関してだけのことであった、向うが大きな三角形でもこちらが小型の四角形なら、何とか打つ手が考えられる、しかし、昭和五年のロンドン条約で補助艦艇にまで六割の枠《わく》をはめられてしまうと、日本の海軍は同じ三角形で、アメリカに対し相似的に小さくならざるを得ない、対米七割というのは、アメリカの軍事専門誌も、日本近海における日米決戦の勝敗の岐《わか》れ目《め》として挙げている数字であり、どうしても守らねばならぬ線であったと言っている。

この人たちは、戦前、戦中、戦後を通じ、山本に対し終始極めて批判的である。山本五十六は、誰にも親しまれ、敬愛された人物のように、一般に考えられているかも知れないが、事実は必ずしもそうでない。彼には部内にかなり敵が多かったし、今でも敵は決して少なくない。旧海軍の軍人がみんな、「故山本五十六元帥《げんすい》」を偶像視し鑽仰《さんぎょう》していると思うのは、一種の空想に過ぎまい。

五

それでは、山本五十六自身は、条約の問題をどんな風に考えていたか？

大正十、十一年のワシントン会議以後、無制限建艦競争に突入するまでの十五年間に、日本は都合六回の国際軍縮会議に参加している。

ワシントンから始まって昭和二年のジュネーブ三国海軍軍縮会議、昭和五年のロンドン軍縮会議、昭和七年から八年にかけて国際聯盟《れんめい》主催で開かれたジュネーブ軍縮会議、昭和九年の予備交渉、昭和十年のロンドン軍縮本会議——、このうち山本が直接タッチしたのは、昭和五年のロンドン会議と、九年の予備交渉の二つであるが、昭和五年のロンドン行き以来、彼は軍縮問題についてかなり突っこんだ勉強をした。

それに山本は、アメリカ駐在二度の経験から、

「デトロイトの自動車工業と、テキサスの油田を見ただけでも、アメリカを相手に無制限の建艦競争など始めて、日本の国力で到底やり抜けるものではない」

と、よく言っていた。

六割と七割とわずか十パーセントの差で部内に深刻な対立が生じているが、強硬派の主張する対米七割比率論を以てすればアメリカに対して日本の国防の安泰を期し得

るかと言えば、山本や堀や井上成美の考えではそんなことはあり得ないのであった。

日本が米国と開戦してもし日米両艦隊が全力を挙げて会戦することになれば、十割艦隊からは七割艦隊に攻撃が集中するのに反し、七割艦隊からの攻撃は十割艦隊に向って分散され、殊に相手の開戦後の造船能力や工業力を加味すると、たとい七割乃至《ないし》七割を上廻《うわまわ》る海軍力を保有していてもそれは次第に六割、五割、四割と顚落《てんらく》して行って、時間の経過とともにやがてゼロに達して終る、したがって七割の海軍を持っていたところで結局日米不戦の方針は堅持せざるを得ないというのが、N^2の方程式に対する彼らの見方であった。

日本に不利な条約を結ぶことは好ましくない。しかし、無条約状態に入ることはそれ以上に好ましくない。国際間の交渉は妥協であり、出来るだけ日本に有利な線で妥協点を見出《みいだ》して軍縮条約だけは存続させなくてはならぬというのが、山本の根本的な考えであったと思われる。

ロンドンへ発《た》つ直前、反町栄一が長岡から上京して、青山の家へ祝いを述べに行った時、夕食の席で山本は、

「僕は、河井継之助《かわいつぐのすけ》先生が、小千谷《おぢや》談判で天下の和平を談笑の間に決しようとされた、あの精神で行って来るつもりだ」

という意味のことを、反町に話している。

河井継之助の名は勝海舟《かつかいしゅう》ほど知られていないから、これは解説を要すると思うが、河井は、謂《い》わば長岡藩の勝海舟であった。

慶応四年の四月、西郷隆盛《さいごうたかもり》と勝海舟と会見の結果、江戸城の無血開城と徳川慶喜《とくがわよしのぶ》の水戸謹慎とが決定し、そのあと官軍は、敗走する佐幕派を追うて会津《あいづ》攻めにかかる前に、先ず越後路《えちごじ》へ、長岡藩の攻略に向った。

長岡藩総督の地位にあった河井継之助は、麻裃《あさがみしも》の礼装で、供を一人だけ連れて官軍の本営の置かれていた小千谷の慈眼寺《じげんじ》を訪れ、監軍の岩村精一郎に会見を申し入れ、長岡藩の立場を説いて、局外に立って官軍と会津との調停の労をとりたいと思うから、どうか藉《か》すにしばらくの時日を以てしてほしいということを、穏やかに、恭順の意を表しながら話した。しかし、岩村監軍は、それをきき入れようとせず、

「言を左右にして戦機を延ばし、その間に戦備を調えるつもりであろう。降《くだ》るか戦うか、返答は一つだ」

と言って、席を蹴《け》って立ってしまった。

そのため、長岡藩はとうとう決戦を強《し》いられることになり、やがて河井は重傷を負うて起《た》つことが出来なくなる、代って山本帯刀《やまもとたてわき》が長岡藩総司令官になったが、その帯

刀も官軍に捕えられ、降伏を肯《がえ》んぜず斬《き》られる。

山本五十六の実の祖父、高野秀右衛門貞通も、やはりこの時七十七歳の高齢で敵陣に斬りこんで死んでいる。

山本の父貞吉の日記には、

「父上様御死骸《しがい》を求めて得ず御遺《おのこ》しおかれし御歯を以て長福寺に葬《はうむ》り候《さうらふ》事《こと》
金二両と紋付綿入を和尚《をしやう》につかはす」

というような記述が見える。

山本帯刀は、系譜上五十六の養祖父である。

山本家は代々長岡藩の家老職であったが、帯刀が死んで、維新の際御家廃絶となり、明治十六年になって許された時には跡が絶えていた。他家に嫁《か》していた帯刀の長女鉊《たま》治《じ》が便宜上当主となって家名を再興したが、それから三十一年後の大正四年五月、少佐の時に、高野貞吉の末子であった五十六は望まれてこの山本家の相続人となったのである。

帯刀は、斬られた時が二十三歳、明治十七年生れの五十六はむろん、養祖父帯刀を見たことは無い。しかし前にも書いた通り、父が傷を負い、養祖父が斬られ、祖父が戦死した戊辰《ぼしん》の役《えき》は、山本五十六にとって、単なる歴史物語ではなかったのであった。

彼は河井継之助を尊敬していた。

「河井先生の小千谷行きの時、西軍に一人の西郷がいたら、長岡藩を賊軍の汚名から免《まぬか》れさせ、長岡を兵火から救うことが出来たろうに」

と、しばしば人に語っていたそうである。

彼が、「河井継之助先生の精神で行って来る」と言うのには、これだけの意味と含みとがあったのだが、結果から見ると、山本は河井継之助が小千谷談判で敗れたように、結局ロンドンで敗れたのであった。

相手国に敗れたというより、むしろ「一人の西郷」のいない部内の強硬派と、優柔不断の人々に敗れたのであるが、山本が河井の名を持ち出して河井と同じ結果に終ったことは、何か、彼ののちの運命をも象徴する不吉なめぐり合せのように感じられる。

六

ワシントン条約は、一九三六年（昭和十一年）に有効期限が満了することになっていた。

その二年前に加盟の一国が廃棄通告を出すと、この条約は昭和十一年末を以て自動的に廃棄になる。

ロンドン条約の方も、五ヶ年の期限つきで、やはり一九三五年（昭和十年）に切れる。ただ、その一年前に参加各国は会議を開いて、あとの軍縮問題について協議する約束であった。

英国が、昭和九年の、ロンドン予備交渉の開催を提議したのはそのためで、日、英、米、仏、伊の五ヶ国で、条約の切れたあとの新しい海軍軍縮協定への地固めをしようという趣旨からである。

もっとも五ヶ国といっても、フランスとイタリヤは、海軍国として日英米三国と格段のひらきがあって、特に重視すべき交渉相手ではなかった。

当時日本の国内事情は、ワシントン、ロンドン両条約をそのままの形で今後とも認めることは到底出来ないという空気が支配的で、日本政府の肚《はら》は、ワシントン条約の廃棄にほぼ決っていた。しかし、ワシントン条約廃棄を以て、ただちに無条約状態に入ってよろしいと考えていたわけではないらしい。

現在私たちが見ることの出来る「帝国代表ニ与フル訓令」とか、「海軍々縮予備交渉ニ対スル帝国政府方針」とかいう当時の文書から二、三抜書きをしてみると、

「大正十一年華府《クワフ》ニ於《オイ》テ調印セラレタル海軍々備制限ニ関スル条約ハ帝国々防上之《コレ》ガ存続ヲ不利トシ且《カツ》海軍々備制限ニ関スル帝国ノ根本方針ニ鑑《カンガ》ミ本年末日迄ニ之ガ

廃止通告ヲナスコトトス」

と言っている一方、

「我方ニ於テハ之ガ廃止ヲ為《ナ》スモ海軍々備縮少ニ関スル協定ヲ為サザルコトヲ欲スルニハ非《アラ》ズシテ」

とか、

「帝国ハ出来得ル限リ友好的且効果的ニ予備交渉ヲ行ハムト欲シ廃止通告ハ之ヲ差控ヘ居ル実情ニシテ此ノ際関係国間ノ合意ニ依《ヨ》リ今年中ニ之ガ廃止通告ノ手続ヲ為シ次《ツイ》デ各国協力シテ新条約ノ成立ニ努ムルノ形式ヲ採ルニ於テハ輿論《ヨロン》ノ緩和ニ資スルノ効果尠《スクナ》カラザルベキコトヲ適宜関係国代表ニ説明セラレ局面ヲ右ニ導ク様努力相成《アヒナリタ》度シ」

とか言っている。

要するに、五・五・三のワシントン条約はもうやめにしてもらいたいが、日本が先頭に立ってそれを言い出して、一人国際間の悪い子になるのも困るということである。廃棄通告は、なるべく各国共同の形で出して、あとに感情的なしこりを残さないように、そしてもう少し日本に有利な新しい軍縮案をいっしょに考えて欲しいということである。表現はいかめしいが、内容はそう過激なものではなかった。

訓令には、

「右交渉ニ依リ関係国民ノ輿論ヲ無用ニ刺戟《シゲキ》激化セシムルヲ避クルト同時ニ」

とか、

「帝国々防ノ安固ヲ期スルニ足ル新協定ヲ遂グルノ素地ヲ作リ将来成ルベク国民負担ノ緩和ヲ図リ」

とか、国の内外に眼《め》を配って、いささかおっかなびっくりのところも感じられなくはない。

当時の首相は岡田啓介で、外務大臣が広田弘毅《ひろたこうき》、海軍大臣は前述の通り大角岑生、軍令部総長は伏見宮博恭王《ふしみのみやひろやす》であった。

伏見宮は、軍令部総長として如何《いか》にも有能とは言いかねる存在であったらしい。大体宮様というのはよほどの人材でないかぎり、よく言えば純真、悪く言えば下々のことが何も分らない、海軍部内でも多くは困り者で、伏見総長宮もお育ちの本質から言って、取巻きや煽動者《せんどうしゃ》の言うことをすぐ信じおだてに乗る傾向が多分にあり、握った権力をおもちゃにして面白《おもしろ》がっているようなところがあったようである。

「ああいう方を軍令部総長に据《す》えた人事が大体まちがっている。伏見宮様はぺこぺこして近よる人がお好きで、御機嫌《ごきげん》を取結ばない人間は嫌《きら》われた」

と言っている人もある。

そのために、山本は留守中親友の寝首をかかれるようなことになるのだが、それは少しあとの話で、さて、日本がワシントン条約を廃棄して、新しく取りつけようとした軍縮協定とはどういうものであったかというと、それは不脅威不侵略の原則の確立、その不脅威不侵略の方式は、各国の保有兵力量の共通最大限を規定したい——、つまり、日英米、或《あるい》は仏伊《ふつい》とも、海軍兵力をどの程度まで持っていいかという共通の限界を定めて、その線は各国平等にしてほしい、そのかわり、それを出来るだけ低いところに引いて、攻撃的兵器は廃棄し、防禦《ぼうぎょ》的兵器の充実にお互い力を入れようということであった。

そのために、日本政府は、山本に航空母艦の全廃を主張させている。また、会議のかけひきとしては、代表が主力艦の全廃まで持ち出すことを認めている。

これは相当思い切った提案である。

英国と米国とがこの案をそのまま呑《の》むとは、山本にはとても信じられなかったであろう。

また、海空軍はいずれ、空海軍になる時が来ると思っていた彼にとって、主力艦の全廃はかけひきで航空母艦の全廃は本気だという東京の考え方は、ちと変なものに感じられたであろう。しかし代表になった以上は、彼は日本国の使いであって、政府訓令の線を大きく逸脱した取引をすることは許されなかった。

ロンドンにおける山本五十六の立場は、開戦直前のワシントンにおける野村吉三郎の立場に、少し似ている。

山本は、訓令の線に副《そ》うて何とか英米との間に妥協点を見出し新条約締結の基礎作りをしたいと、その努力をしたのであった。

七

会合は、十月下旬以降何回となく重ねられた。

英国側は、マクドナルド首相以下、サイモン外相、モンセル海相、チャトフィールド軍令部長、リットル軍令部次長、クレーギー外務省参事官らが、衝にあたっていた。クレーギーは、この時から三年後に大使になって日本へ来るサー・ロバート・クレーギーである。

アメリカ側の代表は、ノーマン・デヴィス大使とスタンドレー軍令部長であった。

相手側は、いずれも大臣または大使と軍令部長の大将という組合せで臨んで来ている。日本は、大使の松平はいいとして、それに配する海軍首席代表の山本は少将であった。会議中、十一月十五日付を以て中将に進級したが、それでもなお相手に較《くら》べて格が劣る。

しかし軍人としての位は下でも、山本の手腕は、というより彼のシンセリティは、昭和五年、財部《たからべ》、左近司《さこんじ》の随員としてロンドンに来た時からすでに相手国側に高く買われていた。

この時（昭和五年）、同じく大蔵省からの随員として会議に加わった賀屋興宣《かやおきのり》は、

「議論がどんなに激しくなっても、我意を張るところがなく、調子のいいことは言わない。いつ論じあっても、後味《あとあじ》の悪いことが無かった」

と、山本のことを語っているが、相手国の全権や代表が受けた感じも多分同じであったと思われる。

彼は、日本の新聞記者に、嘘《うそ》、おざなりを言わなかったように、外国人に対しても嘘とおざなりは言わなかった。日本人はいつも、あいまいな微笑をうかべていて心の中と言うこととがまるでちがう、迂闊《うかつ》に信用が出来ないという、彼らの固定観念をくつがえすに足る存在であったようである。それがあった故《ゆえ》に、少将の山本は、英米の大物と互角にわたりあうことが出来たのであった。

英国側と、また米国側と、その都度の議論応答の概要は記録が残っているが、あま

り細々したことは書いても仕方があるまい。

山本は、プツン、プツンとしたしゃべり方ではあるが、ゆずるべきはゆずり突っこむべきところは遠慮会釈《えしやく》なく突っこみ、榎本重治《えのもとしげはる》が傍《そば》で聞いていて胸がすくようだったと言っている。英語は自分でもかなりの程度に出来た。カクテル・パーティなどでは何も不自由はなかったそうである。しかし大切な問題は必ず溝田主一を介して、日本語で論じた。

「通訳に話させていると、時間が倍とれてその間相手の顔色を見ながら考えていられるから得だよ」

と山本は言っていた。

相手国側にも、通訳官はいた。ことに、アメリカ代表団にはユージン・ドウマンという、家へ帰ると寝ころんで漢文の本を読んでいるという男がついていた。

溝田主一がこの前の年の冬、程《ほど》ヶ谷《や》のゴルフ場でプレイをしたあと寒さにふるえながら風呂《ふろ》に飛びこむと、アメリカ人らしい男が一人湯につかっていた。

「It was cold, wasn't it?」

と溝田が話しかけると、アメリカ人は、

「サムカッタネエ」

と言った。

ロンドンに来て会議に出てみたら、その男がテーブルの向う側に坐《すわ》っていて、それがドウマンであった。

ユージン・ドウマンは今年（一九六九年）の一月郷里のコネティカット州リッチフィールドで亡《な》くなったが、父親は宣教師で、大阪で生れ暁星《ぎょうせい》を出て、自然に日本語で発想の出来る、溝田とは好敵手の名通訳であった。したがって言語がこの会議の障害になる心配はまったく無かった。

ある日の記録では、山本は、米国側が、

「ワシントン会議当時、五・五・三でよかったものが、どうして日本は、今それでは困ると言い出すのか？」

と質問するのに、航空機の発達や艦船の洋上補給技術の進歩などを詳細に挙げて、時代が変り海洋の距離が縮まったことを説き、現在では、日本近海においてすらこの比率では兵術的均衡が取れなくなったからだということを答えている。

またある日は、

「均等海軍勢力、必ずしも安全の均等とは言えない」

として、五対三は決して日本に対する脅威にはならないはずだとアメリカ側が言う

のに対し、山本は、

「米国の五の勢力が、日本の三の勢力に対して脅威でないというなら、日本の五の勢力が、米国の五の勢力に対して脅威になるはずが無いではないか」

と言いかえしている。

これらはしかしみな、虚々実々、目的は出来るだけ有利な新協定への道つくりであって、一々の応酬《おうしゅう》が山本個人の考えと同じものであったかどうかは自《おの》ずから別であろう。

山本がアメリカ在勤武官時代、その後任補佐官をつとめた三和義勇《みわよしたけ》の名は、前にも出したが、三和は山本が最も可愛《かわい》がった部下の一人で、海軍兵学校四十八期、生え抜きの航空屋であった。

この年、ロンドンのグロヴナー・ハウスから三和にあてた山本の手紙が二通残っている。その一通は、

「米軍令部長とのブリッジ（彼は米海軍名代の強手のよし）の成績第一回彼−17吾《われ》+55第二回彼+4吾−10」

と、勝負の成績などをしたためた短いもので、省略するが、もう一通は、山本の考えをよく示した手紙と思えるので全文引用してみると、

「

山本五十六

三和少佐殿

十月五日附《づけ》貴《き》翰《かん》拝受

其後手紙をかくひまがないわけにては無之《これなき》も過分の重任に際しなかなか筆とる気分も出《い》で兼ね失礼致居候《いたしをりさうらふ》

会議は予定の如く微力菲《ひ》才《さい》を以而且《もってかつ》帝国の国力を以てしてはなかなか彼等《かれら》を説得する処迄《ところまで》は行かず前途頗《すこぶ》る多難と被察《さつせられ》候

ただ吾人の若輩を以てして英の三相や米の代表並に両国軍令部長等が腹では癪《しやく》にさはりながら表面はおとなしく愚説を傾聴し居るは如何《いか》にしても帝国の国力が華府当時とは雲泥《うんでい》の差あるによるとひそかに自ら驚く次第にて日東の新興無敵の帝国は此《この》際いやが上にも自重し真に国運の進展に精進すべきのときと痛感致居候

大戦前の独国が更に五年乃至《ないし》十年の隠忍をなさば今日欧洲《おうしう》に比肩すべき国家なかりしならむと想像せらるる前轍《ぜんてつ》に鑑《かんが》み吾人は今日こそ冷静自重実力の向上蓄積に努力すべく今次会議は遂《つひ》に成功せずとするも英米を叩頭《こうとう》せしむるの日必しも遠からざるが如く被感《かんぜられ》候

海軍としては何はともあれ航空の躍進こそ急務中の急務なり折角御自重御努力のほど願上居候
満洲飛行は先《ま》づ先づ及第の由《よし》慶賀に不堪《たへず》候此手紙は軍令部宛《あて》にて間違なしと存じ同部宛発信併《あは》せて御栄転を予祝致候　奥様によろしく　出発の際大阪新桟橋《さんばし》よりの祝電は貴兄よりのものなりしか文字不明もし然《しか》らば茲《ここ》に乍延引《えんいんながら》御礼申上候」

日付は、昭和九年十一月十日になっている。

この手紙の中で山本が、「愚説」と言っているのは、どういう意味であろうか？　単に自説を卑下しての「愚説」であろうか。おそらくそうではあるまい。彼は、東京の訓令にもとづいて、自分がしゃべらされている「帝国政府の根本方針」そのものを「愚説」と言いたかったので、現存の山本の友人たちも、明らかにこれはそう読めると言っている。

ただこの手紙で見ると、山本は、日本の将来に未《ま》だずいぶんバラ色の夢を抱いていた。ただし、「自重」という言葉が何度も使われているように、それは第一次大戦でのドイツの轍を踏まないという条件つきであった。

兵力の共通最大限度規定という日本案は、英米とも、なかなかこれを受け容《い》れようとはしなかった。ただ、英国と米国との間には、日本案に対する対し方に微妙なちがいがあった。

八

日本に対し、終始、好意的妥協的な態度を見せていたのは英国であり、比較的冷淡で、非妥協的だったのはアメリカである。

しかしそのアメリカの、ノーマン・デヴィス代表も、

「自分がヒューズに劣るか、日本の山本が加藤に優《まさ》るのか知らぬが、ワシントンでは、アメリカが頭から抑えたものを、今度は山本が逆に自分を抑えにかかって来た」

と言って、山本の鋭鋒《えいほう》には、ひそかに舌を巻いていたそうである。

「加藤」は、むろんワシントン会議の帝国全権加藤友三郎のことである。ヒューズは、国務長官としてワシントン会議の議長をつとめたチャールス・E・ヒューズである。

大体、日本とちがって、アメリカやイギリスは、問題の一貫した会議には、その度毎《ごと》に人を変えることをあまりしなかった。ノーマン・デヴィスは、十四年前、大正九年のワシントン日米通信会議の時から、すでに山本の存在に注目していた節があって、

当時国務次官の彼が幣原《しではら》大使の補佐の一中佐であった山本を、

「あれは誰か？」

と幣原に聞き、

「日本海軍に、なかなかの奴《やつ》がいるな」

と洩《も》らしたという話が伝えられている。

英国外務省のロバート・クレーギーも、やはり山本に深く信を措《お》いていた外国人の一人であった。

クレーギーは、昭和十二年の九月、駐日大使になって東京へ着くと、公式に外務大臣を訪問するより前に個人的に海軍次官の山本五十六を訪ね、そのことで物議をかもした。これはまた、山本が、英米の走狗《そうく》だと中傷を受ける一つの原因にもなった。

英国側が、参事官のクレーギーをふくめて、総体に日本に対し好意的であったのにはしかし、それなりの理由がある。英国の要路には、二つの考え方が存在した。

ワシントン条約はそのままの形で認めていいと思っている一派と、伝統ある世界一の海軍国英国が、ワシントンで新興のアメリカに追いつかれてしまった、この調子でいくと、そのうちいつか追い越されてしまうかも知れないと、それを憂《うれ》えている一派とがあって、あとの方がどちらかと言えば主流であったらしい。

十月三十日の日英二国会談で、サイモン外務大臣は日本側に対し、

「日本がワシントン条約の廃棄通告を出すと、他の国も条約を失うことになり、それは無制限の建艦競争を惹起《じやつき》するおそれ濃厚で、極めて遺憾である」

と言ったあと、

「アメリカは現在、資源財力ともに豊富で、大統領は、ワシントン条約が廃止されたら、巨額の建艦費を支出する決意がある由に聞いているが、アメリカ人の気質としては、その事無きを保しがたい。英国としては、アメリカと建艦競争をするのはまことに好まないところで、憂慮している次第だ」

と、牽制《けんせい》かたがた本音らしいものを吐いている。

そして、日本が「ナショナル・プレステージ」という言葉を持ち出すのに対し、英国はしばしば「バルネラビリティ」という言葉を持ち出して議論をした。

「ナショナル・プレステージ」とは、国の威信のことである。世界三大海軍国のうち、日本だけが六割の劣勢に留めておかれるのは、国家威信の問題だということである。

「ナショナル・プレステージ」を殊《こと》の外重く見る英国としては、日本のその言い分を無視することは出来なかった。

「『ナショナル・プレステージ』の問題はよくよく了解し得る」

と、英国代表は答えている。

ただ、各国は国情によって「バルネラビリティ」を異にする、それを考えてもらいたい、日本案によると、英国のように「バルネラビリティ」の大なる国も、その小なる国も、同一限度の保有兵力となる場合があるが、これで「バルネラビリティ」の大なる国の不安をどうして除き得るかというのが、英国側の疑義であり主張であった。

「バルネラビリティ」vulnerabilityという英語を、溝田は「脆弱性《ぜいじゃくせい》」と訳したそうだが、それだけではちょっと通りが悪いかも知れない。

「バルネラビリティ」が大きいと英国側が言うのは、アキレスの踵《かかと》がたくさんありすぎることである。守備範囲が広すぎて、どこからでも刺されやすいという意味である。

山本自身は、この言葉を生でよく理解出来たろう。何故《なぜ》なら、vulnerableというのは、ブリッジの勝負の時始終使われる言葉であったから。

――一方、アメリカ側には、日本を単独でワシントン条約廃棄の通告を出さざるを得ない羽目に追いこむことを、望んでいる節が見受けられた。

そうすれば、軍縮不成功の責任はすべて日本に負わせることが出来る。無条約時代、無制限建艦競争となれば、苦しいのは日本と英国で、アメリカはそんなにつらいことはない。山本はこれを見抜いており、アメリカのその手に乗ってはならぬと思っていたようであった。

山本としては、結局、比較的好意ある態度を見せている英国側を頼って、何とか三国間の妥協点を見出《みいだ》すことに努めるよりほか無かったであろう。

九

山本のロンドン滞在はしかし、決して毎日重苦しい、四角四面なものではなかった。会議には、予備交渉という性質上からも、いくらかインフォーマルな雰囲気《ふんいき》があったし、アメリカ側が比較的冷淡だといっても、また意見が衝突し喧嘩《けんか》別れになる場合があっても、会談の空気はいつも和やかで友好的であったということである。

彼は、相手国主催のカクテル・パーティや晩餐会《ばんさんかい》にも進んで出席したし、ロンドンの町へ出て上等のスネーク・ウッドのステッキを買ったり、アメリカの軍令部長や英国の軍令部長とブリッジをやって、英国のチャトフィールド大将から二十ポンドまき上げたり、結構ロンドン滞在を楽しんでいるところもあった。

十一月のある土曜日、ロンドン西北郊チェッカーズの英国首相別邸へ、マクドナルドから午餐に招かれたこともある。

チェッカーズの別邸は広大な敷地の中の古城のような建物で、着て行く服が問題になり、松平がモーニングで行こうというのを、岡武官が週末にそれじゃおかしい、笑われるかも知れないと反対し、折衷案でみんな縞《しま》のズボンに黒い上衣《うわぎ》を着、晩秋の美しい紅葉の中をロンドンから三十八マイル、車を駆ってチェッカーズに着いてみると、マクドナルドはゴルフ・ウェアの半ズボン姿で待っていた。

マクドナルド首相は、夫人を亡《な》くして、娘のメアリーがホステス役をつとめていた。マクドナルドは、山本よりずっと年上であったが、態度や話しぶりはまことに懇切で、山本とは意気投合するところさえあるように見えたと、榎本重治は語っている。

ロイド・ジョージの自宅に招かれたこともあった。ロイド・ジョージは眼《め》を悪くしていたが、英国史上初めての「民衆出身総理」で言動の粗野なことには定評のあったこの元宰相は、山本提督、あなたの顔を見ることが出来ないのが残念だからせめて手で撫《な》でさせてくれと言い出し、山本は、ジョージが熊《くま》の手のような毛だらけの手で、自分の顔を撫でまわすのをじっとそのままにさせていた。

山本一行の事務所は、ポートマン・スクエアの日本大使館内に在った。

大使館事務所の四階では、代表団より少しおくれて十一月三日にロンドンに着いた横川一等兵曹《へいそう》が機密書類と暗号機を守っていつも留守番をしていた。横川は、夜は事務室のとなりの部屋でベッドの下にナイフをしのばせて寝た。

いきなり国際会議の檜舞台《ひのきぶたい》へ連れて来られた下士官の横川晃は未だ二十八歳、友達はなし、生れたばかりの長女のことを思ってホームシックにかかり、体重は減るし、次第に顔色は冴《さ》えず、半病人みたいになって来た。

光延東洋が心配して、

「もっと暢気《のんき》にかまえろ。そうオドオドするな。ぬかないからいけないんだろう」

と言って、横川を日本人相手の然《しか》るべき場所へ案内してやり、それで神経衰弱気味の兵曹はやっと落着きを取戻《とりもど》した。

山本たちは、会談や公式の招宴がすむと、この事務所へ帰って来る。それから内輪《うちわ》の打合せなどをすませて、宿舎のグロヴナー・ハウスへ引上げる。

相当疲れているはずなのだが、ホテルへ帰ると山本は、

「さあ、それではちょっと始めるか」

といって、榎本、光延、溝田の三人に召集をかけ、毎晩おそくまでポーカーとブリッジであった。午前三時までは絶対離してくれない。弱くて負けてばかりいる光延少佐などは、一ポンド紙幣を一枚卓の上に置いて、

「これだけ負けたら私は寝ますよ」

と、初めから逃げ腰であったという。

日本からは、連日たくさんの手紙が来る。小学生からまで、

「山本さんは、お国のためにがんばっていますか」

というような手紙が来る。

山本はそれに一々返事を書く。

賭《か》け事《ごと》に忙しいから、宵《よい》のうちは書けない。深夜か夜明けに、手紙を書いて書類を調べる。

一体、山本五十六はどうしてあんなに手紙を書いたのだろうと言う人がある。山本は孤独で、戦前も戦中も、心の中は常に淋《さび》しかったのだろうという説もあり、やはり一種の人気取りではなかったのかという説もあるが、とにかく、小学生の手紙にでも必ず返事を書く。

朝になって、溝田や榎本が、コーヒーを飲みながら新聞を読んでいて、何か思いついたことが出来、パジャマ姿のまま山本の部屋へ行ってみると、山本はすでにブラック・スーツに着替え、会議に出かける支度をしてやはり手紙を書いていた。

いつ寝るのか分らなかった。

「俺《おれ》は軍人だから、食いだめ、寝だめが出来るんだ」

と言っていたが、睡眠時間は連日四時間くらいで平気であったらしい。

十二月に入ってある朝のこと、榎本重治が、

「ゆうべ、堀さんの夢を見たよ」

何気なく言うと、山本は急に眼を見据《みす》え、

「なに？　ほんとか。堀がやられたな」

と言って顔色を変え、一種凄《すさ》まじい形相《ぎょうそう》になった。

榎本は、もしかしたら山本も前の晩同じ堀の夢を見たのだろうとこの時のことを書いているが、それにしても、ものの考え方の合理的な山本が夢見の吉凶を信じるというのは、おかしな話である。

ただ、彼のような図抜けて勝負事に強い人の中なぞに、時々、夢でもうつつでも、不意に近しい人の動静をはっきり察してしまう者がいないことはない。

たとえば志賀直哉《しがなおや》がそうである。志賀は一切の迷信を信じない人だが、自分では若い時から、

「ああ、今、この電車に誰《だれ》が乗って来る」

という風に、はっきり思いあててしまうことが時々あったと言っている。

堀悌吉のことは、東京を離れて以来ずっと山本の心にかかっていたのであるが、榎本の夢の話だけで、彼がそんなにすさまじく顔色を変えたというなら、山本はやはり

はっきり、この時友人の運命を見たのかと考えざるを得ない気がする。

堀悌吉は、山本と海軍兵学校同期で、その海兵三十二期のクラスヘッドであり、山本が最も信頼し敬愛していた友人であった。

山本の遺《のこ》したたくさんの書簡の中でも、彼が心の奥の奥まで打ち明けていると見えるものは、堀悌吉ら二、三の友人あての手紙と、特定の一、二の女性あての手紙だけである。

榎本重治の言によれば、「長岡の、がむしゃらな田舎武士の山本を、あすこまで飼い馴《な》らし洗煉《せんれん》させたのは、結局堀の力だった」。

堀は、山本より一年早く中将に進級したが、考え方は山本と同じで、当時強硬派から山本以上に睨《にら》まれていた。

そのころ、いわゆる艦隊派の面々は、親玉の加藤寛治《かとうひろはる》大将を取り巻いて赤坂の「お鯉《こい》」という料亭《りようてい》に集まり、条約存続派のグループを片っぱしからやっつけることを策していた。中には、相当どぎつい手段まで考えている者もあったという。

角田順の記述をかりれば「八方美人主義の大角が（昭和）八年一月海相に就任すると共に」、加藤寛治、末次信正《すえつぐのぶまさ》、高橋三吉らの一派に迎合したこの大臣のもとで、山梨勝之進を皮切りとして谷口尚真《たにぐちなおみ》、左近司政三、寺島健ら加藤友三郎正統派の将官たちが次々に失脚していったが、つづいて堀悌吉が彼らの槍玉《やりだま》に上り、この年（昭和九年）十二月十日突然待命を仰《おお》せ付けられ、十五日付で予備役に編入されたのである。

山本は、東京を発《た》つ前、堀のことを大臣にも頼み、嶋田繁太郎《しまだしげたろう》を介して、軍令部総長の伏見宮にも頼んで来た。

伏見宮の返事は、自分は人事問題には関与しないからということであったそうであるが、結局宮は軍令部内の強硬派に焚《た》きつけられ、堀に関する中傷を真《ま》に受け、人事に口を入れて堀を首にしてしまった。

堀に対する中傷とは、上海《シャンハイ》事変の際、第三戦隊司令官として卑怯《ひきょう》の振舞があったということであった。その内容は、今詳しくは分らない。

ただ、上陸部隊援護のため、中支沿岸の敵砲台に艦砲射撃を加える時、堀は、砲台の附近に一般住民が未《ま》だ少しいるのを認めて砲撃開始を猶予《ゆうよ》させたことがある。

また、戦後のことであるが、朝鮮事変がおこって、日本赤十字社が国連軍のための供血運動を始めた折、堀は、

「赤十字が、どうして供血を国連軍将兵だけに限るんだ。北鮮や中共の将兵にもやったらいいじゃないか。差別するのは赤十字の精神に反するだろう」

と言っている。

これらを考えると、当時、堀悌吉の受けた中傷というのがどんなものであったか、およそ察せられるように思われる。

ロンドンの山本は、間もなく軍務局長の吉田善吾からの報《しら》せで榎本の夢がやはり凶であったことを知らされた。

山本はすぐ堀にあてて手紙を書いた。

「十二月九日　　五—六

　堀兄《けい》

吉田よりの第一信に依《よ》り君の運命を承知し爾来《じらい》快々《あうあう》の念に不堪《たへず》　出発前相当の直言を総長にも大臣にも申述べ大体安心して出発せるに事茲《ここ》に到《いた》りしは誠に心外に不堪

坂野の件等を併《あは》せ考ふるに海軍の前途は真に寒心の至《いたり》なり

如此《かくのごとき》人事が行はるる今日の海軍に対し之《これ》が救済の為《ため》努力するも到底六《むづ》かしと思はる　矢張山梨《やまなし》さんが言はれし如《ごと》く海軍自体の慢心に斃《たふ》るるの悲境に　旦《いったん》陥りたる

後立直すの外なきにあらざるやを思はしむ
爾来会商に対する張合も抜け身を殺しても海軍の為などといふ意気込はなくなつてしまつた
ただあまりひどい喧嘩《けんくわ》わかれとなつては日本全体に気の毒だと思へばこそ少しでも体裁よくあとをにごそふと考へて居る位に過ぎない
夫《そ》れで事態を混乱させてやらふと少し策動を試みよふとすればあぶながつてとめる大体蔭《かげ》で大きな強いことをいふが自分で乗り出してやつて見るだけの気骨もない連中だけだからただびく〳〵して居るに過ぎないのも已《や》むを得ないがもともと再三固辞したのを引出して置きながら注文もあつたものではない
此手紙の届く迄には引上げて居るかも知れぬが思ふことを話す人もないのは誠にただ寂しい
けふ迄とう〳〵手紙を書く気にもなれなかつた御諒察《ごりやうさつ》を乞《こ》ふ
向寒御自愛をただ祈るのみ」

「坂野の件」というのは、軍事普及部委員長（のちの報道部長）坂野常善《つねよし》少将が、この年の六月、些細《ささい》なことから大角海相の怒りにふれて解職になった事件を指している。

坂野常善は山本と同じ明治十七年の生れで、兵学校は堀、山本より一期下の三十三期、彼らと考えを同じゅうする提督であった。のちの話だが、昭和二十年三月十日の東京大空襲のあと、彼は山本としたしかった古川敏子という女性を訪ねて、

「今下町の様子を見て来たが、こうなるのは分り切ったことだった。天罰だよ、一部の人間が思い上ったための天罰だよ」

と語ったそうである。

坂野は高齢だが、健在で、

「満洲事変のころまでの海軍は陸軍とは明らかにちがっていたが、しまいには段々陸軍と同じことになってしまった」

と言い、軍縮条約の問題についても、

「わずか何パーセントかのものが認められないと、もう日本が負けたように言っていきり立つ。すべてのナショナル・レソーセスということは考えないで、戦争することだけを考えている。それは間違いだと私などは思っていたが」

と言っている。

事件は六月一日、陸軍の宇垣一成《うがきかずしげ》が総理大臣かつぎ出しの運動にのって朝鮮総督の現職のまま東京へ出て来るという日におこった。報知新聞の古い海軍記者で黒潮会の

当番幹事だった鈴木憲一の回想によれば、その日鈴木は坂野に呼ばれ、近頃《ちかごろ》海軍は宇垣内閣に反対しているのかとよく人に聞かれて甚《はなは》だ迷惑している、海軍は別に反対ではないのだからそれを書いてくれと言われた。鈴木はよりによって今そんなことを書けば必ず平地に波瀾《はらん》をおこしてあとで問題になるからと坂野に忠告したそうである。しかし是非とのことで、鈴木は模範原稿なるものを書き上げ、それがもとになって、あたかも海軍の宇垣支持を匂《にお》わすような記事が各紙に出た。

ちょうど東郷平八郎元帥《げんすい》が重態で、大臣の大角岑生は東郷の家へ見舞いに行っていたが、その記事を読むと非常に怒って、人事局の課長を呼びつけ、

「すぐ予備役《よびえき》の書類を作って持って来い」

と言い出した。

この時大角に呼びつけられた海軍省人事局の第一課長は、敗戦の年第二艦隊司令長官として「大和」特攻出撃の指揮をとり、徳之島《とくのしま》西方で乗艦と運命を共にする伊藤整一である。

伊藤はあとで、

「あの時はとてももう、何か言う余地なんか無かった」

と話していたそうであるが、ともかくそれではあまりにひどいと、一応は大臣をい

さめたらしい。伊藤の諫言《かんげん》がきいたのかどうか分らないが、坂野少将はすぐには予備役にならなかった。しかし軍事普及部の坂野の部下で、加藤寛治の信頼のあつかった関根群平大佐などは、黒潮会へ顔を出して露骨に坂野の首切りのジェスチャをしてみせたりしたそうである。

宇垣一成は陸軍の大物、政界の黒幕的存在であったが、陸軍部内からも海軍の強硬派からも反感を持たれていた。加藤寛治大将はもっとも宇垣を嫌《きら》っていた。

その晩坂野が事情を話しに高輪《たかなわ》の大角の私邸を訪ねると、とにかく軍事参議官の加藤大将の気にさわるようなことを言うのがよくないと、それが大角海相の意見のすべてであったという。

条約派の一人で、かつ宇垣と同郷だった坂野は、故意に宇垣の提灯《ちょうちん》を持ったものと見なされ、「海軍部内に反宇垣熱があるということは全然あり得べからざること」との白紙声明が却《かえ》って海軍軍人の政治不干与の原則を破るものとして、委員長の職を解かれ謹慎させられることになった。

原田熊雄述の「西園寺《さいおんじ》公と政局」の中に、

「(坂野の解職は) 極めて異様な感じを世人に与へて、海軍の統制を頗《すこぶ》る疑はせるに至つた」

と記してある。

坂野のもとには上層部からの使いが来て、

「なるべく人眼《ひとめ》につかぬところで暫《しばら》くそっとしていてもらいたい。そのうちいいようにするから」

との伝言があったが、坂野がそれを堀に話すと、堀悌吉は、

「そんなこと、あてになるもんか」

と言った。

そして馬公《ばこう》要港部の司令官に内定していたのを、十二月の定期異動の時、突然堀悌吉と共に予備役に編入されてしまったのである。

アメリカにいた山口多聞は同情して、のちに太平洋艦隊の司令長官になったリチャードソン提督の夫人が、

「坂野を首にするようでは日本の海軍ももう駄目《だめ》だ」

と言ったということを手紙に書いてよこした。

これが「坂野の件」のあらましであるが、堀というもっとも親しい友人の上に同時に同じ運命がふりかかって来て、山本は非常に憤慨もし、悲しみもしたらしい。

「海軍の大馬鹿《おおばか》人事だ」

と言い、

「巡洋艦戦隊の一隊と一人の堀悌吉と、海軍にとってどっちが大切なんだ」

と言い、また手紙に書いた通り、

「仕事をする気力も張合いも無くなってしまった」

と言って、傍《そば》で見ていられないほどの落胆ぶりであったという。

やられたと聞けば、事情はよく分っていた。

「あいつら、よくも堀を首にしやがって」という、艦隊派の人々に対する憎しみと恨みとは、これ以後終生山本の心から消えることはなかったように思われる。

のちのハワイ空襲部隊の司令長官南雲忠一《なぐもちゅういち》はこの時堀を首にする側に廻《まわ》った一人である。ロンドン条約反対の意見書に、南雲は末次信正らと共に名を連ねている。これは、読者に、あとまで憶《おぼ》えておいていただきたい事の一つである。

しかしこういう海軍のお家騒動の本質は、果して単なる用兵思想や軍縮条約についての考え方の相違からだけ生れたものなのか？　この点に関しては、現存の某元海軍中将が次のように語っているのが一つの参考となるであろう。

「これは私の想像に過ぎないことをお断りしておきますが、ああいう空気が出て来たのには、やはり地位や名誉や軍人恩給の問題がからんでいたと思います。海軍大将ともなると、女中の二、三人も使って出入りは海軍省の車で何不自由の無い生活が出来るのですが、一旦予備役に編入されたらとたんにそれがガタッと来ます。元帥は終生ですが大将の定年はたしか六十五歳で、六十五になればどんな優秀な人でも退役しなくてはならない。定年間ぎわになって悟りはひらけていないし自我は強いという人は、どうしてもバタバタしはじめるわけで、実業界のように蓄積のある人はあまりおりませんでしたから、つい一日でも長く現役にとどまりたいと思うのは人情でして、そうなると必然的に子分の若干もほしくなるし、子分を使って色々運動もさせる、相手方の者どもは早く蹴落《けおと》してしまいたい——結局下剋上《げこくじょう》というか、陸軍と同じようなことが起って来るのです。私はその点から軍人恩給の問題をもう少し考え直してみたらどうかと意見を出したこともありましたが、日本のような貧乏国ではと言われて通りませんでした」

十

さてロンドンでの会議の方は、十一月、十二月と進み、英国側には交渉不調を防止し、何らかの方法で局面を打開したいという真剣な様子が見えて、

「量的制限が不可能なら、建艦競争だけでも緩和するために、単艦の噸《トン》数や、備砲の

口径を制限する、質的制限の協定を結びたい」

という風な申出までしているが、アメリカ側は相変らず冷淡で、ロンドン条約の修正、ワシントン条約の原則的存続という線を少しもゆずらず、十二月に入ると、クリスマスを口実に一旦帰国すると言い出した。

山本は、一度散会するにしても再会の期日を約しておいた方がいい、明年二月までという期限つきの休会にしてはどうかと申入れ、自分も一度帰って又ロンドンへ来るつもりであったが、アメリカは漫然再会を約しても意味があるまいと言って言葉を濁《た》し、十二月二十日には、デヴィス大使スタンドレー軍令部長以下全員ロンドンを発って、本国へ引揚げてしまった。

そのあとは、日本と英国との非公式な交渉がつづくことになったのであるが、そのころのある時期、英国の譲歩案に日本案をかませ、それを英国を介してアメリカに諒《りよう》承《しよう》させれば、何とか妥協の道がつくのではないかというところまで来たことがある。

壮行会での言明通り、めったに本国に請訓をしなかった山本は、それやこれやで十二月の十一日と二十五日に、二度東京へ請訓電を発している。

ところがその間に、東京の空気の方は微妙に変って来つつあった。

軍令部一部一課あたりのほんとうの責任者は、決していい加減なことを考えてはいなかったというが、少壮の強硬派や、予備役の連中、まわりの一般の者が、わいわいがやがやと一種の空気を作り上げてしまい、山本にまかせておいて、妙な言質《げんち》でも取られて、来年の本会議でニッチもサッチも行かなくなったらどうするのだというような声が高くなり、それが反映して、山本の請訓電報に対する東京の回答はかなり冷淡なものになった。

「休会になったあとまで、あんまり余計なことをするな」

という意味が、電文の言外に匂《にお》わせてあった。

それでも山本は、ロンドンで正月を迎えて尚《なお》ねばった。

英国側も、やはり非常にねばり強かったようである。

次の昭和十年の本会議には、山本に代って永野修身《ながのおさみ》がロンドンに出向いたが、随行した人々の話を聞いてみても、永野と山本では役者がまるでちがっていて、この時には英米ともも匙《さじ》を投げており、会議は形式的なものに終り、結局山本がねばりにねばった昭和九年十月以降の三ヶ月間が、世界海軍軍縮の——、言いかえれば、無条約時代、無制限建艦競争に突入するか否《いな》かのヤマになったのである。

昭和十年の一月中旬、英国側との非公式会談もこれで打ち切りと決ったその翌日、チャトフィールド軍令部長は、ひそかに溝田主一に電話をかけて来た。

「山本中将に、もう一度だけ会わせてくれ」

というのであった。

「ただし、これは外部には極秘だから、君はついて来ては困る」

と、チャトフィールドは言った。

それで、次の日、それまで一度も山本の傍《そば》を離れたことのなかった溝田は、朝からニッカーボッカーズをはいて、ゴルフ姿で、全権の車に乗って実際にゴルフに出かけてしまった。

溝田はそれから三十数年経《た》った今でも、シニア杯のゴルフでハーフ三十台のスコアを記録するくらいのすぐれたプレイヤーであるが、山本は左手の指が二本無いから、竹刀《しない》を握ってもうまく力が入らないと言っていたくらいで、ゴルフは出来ない。

ホテルのロビーには、日本の新聞特派員や英米の記者たちが大勢張っていたが、通訳の溝田と全権の自動車が出て行くのを見て、きょうはもう何もないと、安心して散って行った。

山本はそのあと、一人、タクシーを拾ってこっそりチャトフィールドに会いに行ったのである。

この時、山本とチャトフィールドの間でどんな話が交わされたかは、今では分らない。しかし、まとまらないものは結局まとまらなかった。

山本一行は一月二十八日、三ヶ月間住みなれたグロヴナー・ハウスを出、松平大使らに送られてロンドンのヴィクトリア・ステーションを発ち、シベリヤ経由で帰国の途につくことになった。

現在グロヴナー・ハウスに、宿帳というかこの日チェック・アウトした人名の記録が残っている。山本の泊った部屋も、多少模様替えをされただけでそのまま残っている。それはパーク・レインに面する五四五・六・七と三間つづきの豪華なスイーツで、一日の部屋代は四ポンド・四シリングであった。

西欧の国の使節なら夫人と共に泊るところであろうが、単身出張の山本はこの部屋に副官格の光延少佐と同居していた。すぐとなりの五五五号室が榎本重治の部屋で、少しはなれた五五〇号室が溝田主一の部屋であった。

この記録を見て、ちょっと興味を惹《ひ》かれるのは、山本たちの出発の直前にMR. De Poorという人が近くの五三八号室から六階（七階）の六三四号室に部屋替えをしていることである。

話が飛ぶが、航空自衛隊の一佐桜井忠成《さくらいただしげ》が昭和三十七、八年ごろ大使館附《づき》武官としてワシントンに駐在中、アメリカの軍人から「ある日本人の在米中の活躍」と題して出版された本を見せられたことがあった。それは桜井忠成一佐の父、すなわち三十年前にニューヨークで山本五十六の世話をした桜井忠武海軍監督官の滞米中の口々の行動を、米国の諜報部《ちょうほうぶ》が克明に観察した記録であった。当時軍縮会議の日本全権団にも各国の諜報機関の眼が光っていたであろうことは想像にかたくないところで、すぐあとに書くドイツのラウマーなどは明らかにそういう人物であるが、推理小説的臆測《おくそく》を働かすなら、このMR. De Poorや溝田のことをよく覚えていたグロヴナー・ハウスのボーイなども、或《あるい》は何国かのすじの何者かであったかも知れないのである。

この度のヨーロッパ旅行では、山本はパリにも、大好きなモナコにも寄らなかった。ただ、途中ベルリンに一泊した。

それは、駐独大使の武者小路《むしやのこうじ》公共《きんとも》の要請があったからである。武者小路大使の要請というより、事実はナチスの領袖《りようしゆう》の要請であった。

武者小路公共は武者小路実篤《さねあつ》の兄で、この時のことを含めた山本五十六回想記を、戦後に書いている。

この随想は、デテイルに多少の誤りがあるがたいへん面白《おもしろ》いもので、それを基にしてしるすと、この年はヒットラーが政権を握ってからちょうど二年目、のちにドイツの外務大臣になったリッベントロップは未《ま》だ無冠の、葡萄酒《ぶどうしゆ》商人上りの一ナチ党員で、しかし党内には相当睨《にら》みの利《き》く大物的存在であったらしい。

リッベントロップは、チャトフィールドやノーマン・デヴィスとは別の観点から、ロンドンに来ている山本五十六に眼をつけていた。

ロンドンで軍縮予備交渉が進められている間に、リッベントロップは、海軍大臣のレーダーと相談して、日本への帰途、山本をベルリンに立寄らせヒットラーに会わせることを画策した。彼は、秘書のラウマーという男をロンドンに派遣し会議の様子をさぐらせると共に、山本にじか談判に及ばせ、帰国の途、是非ベルリンに寄るよう、そしてヒットラーに会ってもらいたいという申し入れをさせた。

山本はどうも、あまり気が進まなかったようである。

米内光政《よないみつまさ》がドイツを信用しなかったように、山本も、ドイツ、少なくともナチ政権下のドイツには、強い不信の念をいだいていた。

だからこそ、リッベントロップは余計に山本をベルリンに立寄らせる必要を感じていたにちがいない。

ラウマーを使ってのじか談判とは別に交渉の仲立ちにされたのはベルリンの日本大使館で、武者小路はその後ドイツ側と度々折衝の末、山本一行出発の前日、ロンドンの日本大使館へ電話をかけて来た。

初め松平と話し、それから山本を呼出して、

「やはり、リッペンとレーダーに会ってもらおう。ヒットラーは、君の意見もあるし、僕《ぼく》も会わぬ方がよいと思うから、ほんの儀礼的訪問を、前いった両人にだけしてくれないか」

とそうすすめた。

山本は承知し、次の日、オランダ経由の列車でベルリンのフリードリッヒ・シュトラッセ駅に着いたのである。

武者小路は、

「彼は駅に着いた時もニコニコしてはいるが、殆《ほとん》どものを言わない。リッペンに会わせ、レーダーに紹介したが、その応対はテキパキして相手に好意を持たせるが、自分から進んで話題を見出《みいだ》そうとは決してしない。確かにこの点は米内に似ている。然《しか》し米内よりは余程鋭角の感じがした」

と書いている。

ここでこそ山本は、ナチスに言質を取られそうなことは口をつぐんで、切言うまいと思っていたにちがいない。

のちに詳しく書くが、この時の日独海軍の親善会談にもかかわらず、山本は次官の

時三国同盟に猛烈な反対をした。しかし山本の反対にもかかわらず、日独伊三国同盟は成立し、日本はやがてドイツの為《ため》に火中の栗《くり》を拾って崩壊への道を歩むことになった。この時のリッベントロップの思惑《おもわく》は、功を奏しなかったというべきだろうか結局功を奏したというべきなのであろうか？

その晩は、日本大使館で、山本一行のために内輪だけの晩餐会《ばんさんかい》が催された。山本はやはり極めて無口であった。ところが、何かのはずみでブリッジ、ポーカー、勝負事の話が出ると、急に別人のようになって大いにしゃべり出した。

ルーレットについては、山本の必勝法は我慢と根気以外に何も無いということであった。

資金を一と晩に二倍にも三倍にもしようと思うからやられてしまう。確実に二十パーセント増しをはかって、根気よくそれをつづけなくては駄目《だめ》だというのであった。溝田主一はこの山本システムを拳々服膺《けんけんふくよう》して、翌年永野修身の供でロンドンへ行ったかえり、モナコに一週間滞在し、ホテル代から食費船賃全部払って五百円残すという成績をあげた。

ベルリンで一泊ののち、一行はポーランドからソ聯《れん》領へ入り、モスクワを通ってシベリヤ鉄道で故国へ向ったが、長いシベリヤの汽車旅の間じゅう、山本はやはり飽きもせず、榎本、光延、溝田の三人を相手に毎日毎晩ポーカーとブリッジばかりやっていた。

酷寒の季節で、列車は駅毎《ごと》に車輛《しゃりょう》の検査をしたり凍《い》てついた床下の氷を叩《たた》き落したりして長い間停車し、長時間の遅れを出していた。在ノボシビルスク日本領事館の小柳雪生領事は、妻の信子に海苔《のり》巻寿司《まきずし》をたくさん作らせ館員と麻雀《マージャン》をしながら待っていたが、やがて列車が着いたという報《しら》せがあって夫婦で駅へかけつけてみると、山本たちが車室の中でカードとポーカー・チップスをいっぱいに拡《ひろ》げて合戦《かっせん》の最中であった。山本は立ち上って、

「御苦労さまです」

と言い、冬のシベリヤで差入れてもらった巻寿司をたいへん喜んだそうである。

十一

満洲《まんしゅう》領に入ると、各地に歓迎の人々が待っていた。

山本は一行と共に、二月七日満洲里《マンチューリ》からハルビンへ向い、朝鮮経由で、二月十二日の午後、五ヶ月ぶりに淡雪の降っている東京へ帰って来た。

東京駅頭には、海軍大臣の大角岑生《おおすみみねお》、外務大臣の広田弘毅《ひろたこうき》ら大勢の顕官が迎えに出

ていた。山本と大角とはしかし、あんまりすっきりした顔で挨拶《あいさつ》を交わせなかったはずである。プラットフォームにはまた、例の新橋の女性たちや、昔山本がハーヴァード大学で一緒に勉強した友人たちも来ていた。この連中の前を通る時、彼は偉い人に気づかれないように、素早くペロッと舌を出して見せた。

それから、駅長の先導で、地下道を抜けて東京駅の表車寄せに出、記帳参内のため自動車に乗ったが、駅前から丸ビル、和田倉門《わだくらもん》の方角へかけて東京市民が人垣《ひとがき》をつくって歓迎に出ているのを見ると、一旦《いったん》乗った車から下り、ふりしきる雪をかぶりながら、二重橋まで歩いて行った。

この話は、山本が物事にこまかく気のつく、心のやさしい誠意の人だったからとも解釈出来るし、一種のスタンド・プレイとも解釈出来るが、そのどちらか一方に無理に割り切ってしまう必要も無いであろう。

二日後の二月十四日の朝、海軍大臣官邸で、伏見軍令部総長宮臨席の下に、大角海相に対する公式の帰国報告会が行われた。その午後、山本は軍事参議官会議でも同様の報告を行なった。

天皇には、二月十九日付で復命書を奉呈した。

その写しは、敗戦のどさくさの際に、宮中でも海軍省でも、焼けたか焼いてしまったかして見あたらなくなっていたのを、のちに旧陸軍の参謀本部の書類の山の中から発見された。

「復命書

謹ミテ昭和十年海軍軍縮会議ノ予備交渉ニ関シ昨年十月以降ノ経過ニ就キ奏上致シマス

臣　五十六」

という書き出しで、本文はずいぶん長いから、経過説明に関するものは全部省略し、最後の部分だけを引用しておこう。

「本予備交渉ニ於《オ》キマシテハ各国代表共ニ終始友好的ナル雰囲気《フンヰキ》ノ裡《ウチ》ニ腹蔵ナク率直ナル意見ノ交換ヲ行ヒ何等《ナンラ》カ協定ノ基礎ヲ発見スル様《ヤウ》真摯《シンシ》ナル努力ヲ致シタノデ御座リマシテ或《ア》ル二国ガ提携シテ他ノ一国ヲ圧迫スルトカ或《アルイ》ハ之《コレ》ヲ疎外スルトカノ如《ゴト》キコトハ全然見受ケラレナカツタノデ御座リマス

特ニ英国側ハ招請国タル関係モアツタ為《タメ》トハ存ジマスルガ軍縮協定ノ成立ヲ熱望シ交渉ヲ円滑ニ進行セシムル如ク終始最モ熱心ニ斡旋《アッセン》致シタノデ御座リマス

而《シカ》シテ英米共ニ我方ノ主張ヲ最モ大ナル関心ヲ以《モッ》テ聴取致シマシタノデ我方ト致シ

マシテハ充分ニ帝国政府ノ根本方針ヲ闡明《センメイ》シ得タノデ御座リマスルガ各国共ニ其ノ立場ヲ異ニ致シテ居《ヲ》リマスノデ未《イマ》ダ各国意見ノ一致ヲ見ルニ至ラナカツタノデ御座リマス

英米側ヲシテ帝国政府ノ主張ヲ容認セシムルニ至ラナカツタコトハ誠ニ遺憾ニ存ズル次第デ御座リマシテ之ガ貫徹ニハ更ニ今後一層ノ努力ニ俟《マ》ツノ要アルモノト信ズルノデ御座リマス

謹ミテ奏上ヲ終リマス

昭和十年二月十九日」

そして、この最後の部分が山本の一番言いたかったことではないかと思われる。もと海軍の軍人で、現在この問題の研究に携っているある人は、

「復命書には、言葉になっていない大きな含みがある」

と言っているが、英国と米国が一緒になって、日本を圧迫し疎外するというような事実は、決して無かったというのは、当時の国内一般の風潮、無責任な臆測《おくそく》に対する強い抗議であった。

ロンドン行きの五ヶ月間に山本五十六の名は頓《とみ》に高くなったが、海軍の上層部の空

気は、帰国した山本に対しつめたかった。海軍大臣の大角などは、山本の言い分を真面目《まじめ》に聞いてやろうとさえしなかった。

山本がロンドンに発つ時与えられた訓令に関しては、陛下より岡田総理に、

「軍部の要求もあることであるから、或はその辺で落付けるよりほか仕方があるまい。しかしながらワシントン条約の廃棄は、できるだけ列国を刺戟《しげき》しないようにしてやってもらいたい」

との御言葉があったという。

山本は、無条約状態に入ることは極力避けねばなりませぬ、そのためには今後とも根強い努力が必要で、堀悌吉を首にしてしまったような、何が何でも軍縮条約をぶちこわしてしまおうとするような、一部の勇み足に動かされてはなりませぬと、陛下に対し、じかに訴えるような思いでこの復命書を書いたのではなかったであろうか。

第三章

一

山本一行とともにロンドンに滞在していた横川一等兵曹《へいそう》は、代表団よりちょうど一ヶ月おくれて三月の十二日に横浜へ帰って来た。彼は一行とは別にロンドンからパリへ出、パリで山本たちに頼まれた色々の買物をすませ、マルセーユからスエズまわりの郵船香取丸に乗船したのであった。

横川晃がパリの伴野《ばんの》商会で購入した品物の明細書を見ると、光延少佐用として口紅三ダース、山本光延両名分として香水大十箇《こ》、小三十箇、ほかにコティの白粉《おしろい》三十三箇などと記してある。

帰国時の心得として彼は光延から、

「軍縮問題に関する話はしてはいけない。荷物については自分の物以外、税関で一切口をきくな」

という覚書を渡されていた。

横川はその後兵曹長から特務少尉《しょうい》、特務中尉《ちゅうい》と昇進し、大尉《だいい》で終戦を迎え、現在横浜の金沢文庫の近くに小さな化粧品店を営んでいるが、商売柄《しょうばいがら》、山本さんたちはあの時どんな色の口紅やどんな香水をあれほど自分に買いこませたのだったかと、おぼろになった記憶を興味を以《もっ》てたどってみることがあるそうである。フランス製の香水や紅白粉の日本での値うちは今とは格段のちがいがあった。光延東洋は嶋田繁太郎夫人の妹婿《いもうとむこ》にあたるなかなかの美青年士官であったが、あの人たちはあれだけ多量の化粧品類をどんな女に配ったのだろうと考えるそうである。

しかし彼の印象によると、なまめかしい土産物を気前よくたくさん買い入れ毎日勝負事ばかりしていたにしては、ロンドンでの山本はいつも独りぼっちのような淋《さび》しそうな顔をしていたという。再び東京の軍務局勤務になった横川の眼《め》にうつった山本中将も、やはり同じであった。

事実、帰朝後の山本は海軍省内の、周囲に書棚《しょだな》のぎっしり並んだ薄暗い一室で憂鬱《ゆううつ》な顔をしてくすぶっていた。

職名は海軍省出仕兼軍令部出仕であったが、仕事は何も無かった。おそらく、彼の生涯《しょうがい》で最も閑《ひま》な一時期であったろう。

この年（昭和十年）のうちに、山本は四度も長岡へ帰省している。長い時は二週間も長岡に滞在した。仕事が与えられていたら、もともとせっかちで活動的な現役海軍中将の山本が、こんな暢気《のんき》なことをしていられるわけは無いのであった。

部内の強硬派の間には、勢いに乗じて、この機会に山本五十六も首にしてしまえという動きがあったらしいが、山本自身もこの頃《ころ》、度々海軍を辞めることを考えたようである。

長岡悠久《ゆうきゆうざん》山堅正寺の橋本禅巌《ぜんがん》禅師は、山本のことを、

「机をはさんで対座していると、机の上に五臓六腑《ろつぷ》ずんとさらけ出して、要るなら持って行けというような感じがあった」

と言い、

「しかし、ある意味では、正体のつかめない人間、ふざける時にはいくらでもふざけるし、一方質実剛健、愛想無《あいそな》しで、底の知れないという、長岡人の典型のような男で、突然ひょいとあんな人物は出て来るものではない。長岡藩が、三百年かかって最後に作り出した人間であろう」

とも言っているが、この頃、この和尚《おしよう》が山本と話していると、山本の言葉のはしばしに、ロンドン軍縮予備交渉に関して、海軍の上層部に対する強い不満がチラッ、チ

ラッとあらわれたそうである。

第一次のロンドンでもジュネーブでも国際会議の全権や代表にはいつもすぐれた人が出て行くにもかかわらず、帰って来ると例外なく傷をつけられる。わずかなことが訓令違反に問われて失脚させられる。山本も同じ立場におかれているようで、もともと行くのを渋っていた山本に対し、同情し義憤を感じている人も部内に少なくなかったが、どうすることも出来なかった。

堀悌吉を首にし、自分を冷遇している海軍に、山本の方でもこれ以上留《とど》まってつとめる気持を失いかけていた。

親しい仲間に、

「俺《おれ》は、海軍やめたら、モナコへ行って博打《ばくち》うちになるんだ」

と言ったりした。

山本流の二十パーセント方式で行くと、毎日二十パーセント増とは望めなくても、一年二年の間には相当の金がたまる計算になる。海軍の練習艦隊の遠洋航海は、二年か三年に一度、ヨーロッパへ出向く。モナコで博打うちになって儲《もう》けた金で、ヨーロッパへ来る若い少尉候補生たちを一手に引構えて盛大にもてなしてやろうというので、彼は半分本気であった。

山本の退役《たいえき》の志を極力慰撫《いぶ》したのは、堀悌吉である。

「貴様が今やめたら、一体海軍はどうなるんだ」

と言って、堀は山本をいさめた。

山本が、海軍を辞めたいという気持を撤回したのは、この年のいつ頃《ごろ》かはっきりしないが、彼は人一倍郷里の長岡を愛しており、度々の長岡行きは、彼の憂心を慰めるものであったろうと思われる。

帰朝後山本が最初に長岡へ帰省したのは、四月の十三日であった。

両親はすでに亡《な》くなり、長岡にはこの頃、兄の季八と姉の嘉寿子《かずこ》とがいて、「五十さ」「五十さ」といって喜んで山本を迎えた。

もっとも五つ齢上《としうえ》の兄の季八は、家では、少なくとも山本が軍服を着ていない時は、必ず自分が上座に坐《すわ》って威張っていた。

高野季八は長岡で歯医者を開業していたが、ある時橋本禅巌が歯科医の集まりに碧巌録《へきがんろく》の講義をしに行き、季八のことを、

「山本五十六提督のお兄さん」といって人に紹介したら、季八は、

「オジ（弟）はオジで、わしはわしじゃ」

と機嫌《きげん》が悪かったそうである。

嘉寿子は、元長岡藩士で学校教員の高橋牛三郎に嫁《とつ》いだが、小さい時から山本が可《か》愛《わい》がってもらった、山本にとってはたった一人の姉であった。山本とは齢《とし》が十八ちがっていて、母親の峰が死んでからは、愛情の上で彼の母がわりの人であったようである。

帰郷した翌日、山本は母校阪之上小学校の求めで生徒たちに講演をした。反町栄一の書いたものによると、山本は壇上に上ると、先《ま》ず声高に、自分が在学したころの校長先生以下恩師の名を呼び、恭《うやうや》しく頭を下げて、

「山本は先生方の御教育のお蔭様《かげさま》を以《もっ》て国家の為《ため》重責を果して只今《ただいま》母校に帰って参りましたことを、謹みて諸先生に感謝し御報告申上げます」

と言ってから、生徒たちの方に向って講演をはじめたそうである。

これは、ほんとうにこの通りだとすれば、少し芝居がかっている。そして、芝居がかっているといえば、この時母校で講演をするのに、山本は海軍通常礼装を着用して行っている。小学校の生徒に話を聞かせるのに礼装をして行くというのは、海軍の作法にはあまり無いことであった。それは、私たち文士が講演旅行にタキシードを着て行くようなもので、少しへんなのである。

旧海軍軍人の中で山本に批判的な人々は、こんなことも、よくは言わない。

山本五十六のはったりではないか、はったりでないとしても、山本は、長岡の事となるとどうも異常になったと言う。

「山本さんは、なぜあんなにまで郷土のために尽したのだろう？　あけすけに言えば、海軍の職権を以て郷土に尽したのではないか」

通常礼装の件は、山本が山本家と高野家の墓所へ帰朝帰郷の墓参をし、そのままの姿で阪之上小学校の壇上へ上ったのだとすれば、解釈がつかないことは無いが、彼がいくらか海軍の職権を利用して郷土人士のために尽したと思われる例は、確かに存在する。

ある時、前にも書いた郷土の育英機関長岡社の出身で、東大法科を出た青年が、卒業成績が悪く就職口が無くて困っていた。家が貧しくて勤め口が見つからないと生計に差支《さしつか》えるということを聞いた山本は、一肌《ひとはだ》脱いで、ある会社の社長のところへ、この男を採ってやれと何度も頼みに行った。会社の方では、調べてみると、やはり大学の成績が如何《いか》にも思わしくない。なかなか応じないでいると、山本は何度でも言って来る。六度目かに、ついに社長の方が折れてその青年を採用したということがあった。

これは、本人はじめ長岡の人々にとっては、感激すべき逸話ということになるかも知れないが、あたり前に考えれば、美談かどうか疑問であろう。殊《こと》に、その会社がもし海軍の兵器の発註《はっちゅう》を受ける会社であったとしたら、なおのことであるが、今はその会社名も成績不良の東大生の名前も分らない。

山本はしかし、この時の長岡滞在を非常に楽しんだ。

長岡は、深い雪が消えて、梅、桃、桜、皆一時に咲き出すいい季節であった。

彼は、長岡へ帰って来ると、「らあすけ」とか、「そうしたりゃあね」とか、長岡弁丸出しで、

「小母《おば》さんおるか？　東京から高利貸しが来たといってくれ」

などと言って、古い知り合いの家へズカズカ入って行ったり、

「君の将棋は長生橋の杭《くい》だ、打てば打つほど手が下る」

と、鼻歌でからかいながら青年団長と将棋をさしたり、そんなことばかりしていた。

お供はたいてい、反町栄一であった。

反町を連れて新潟《にいがた》へ出てみると、白山《はくさん》神社の祭礼で、焼団子《やきだんご》の屋台店が出ている。婆《ばあ》さんが団扇《うちわ》で炭火をあおぐと、団子の焼ける香ばしい匂《にお》いがする。

山本は、

「反町君、この団子は僕等《ぼくら》の子供の時と同じだね。食べたいね」

と言い、婆さんが奥の床几《しょうぎ》に掛けて食えというのを諾《き》かず、

「おらア、子供の時から焼団子は立ってばかり食ったんだからのう。立って食う方がうまいがでのう」

と、立ったまま、団子を十五串《くし》も平らげてしまったりした。

白山公園の入口には、豆屋が豌豆《えんどう》を煎《い》っている。豆の焼ける匂いがする。それも反町に買わせ、

「君、うしろから自動車が来ないか、注意していてくれ」

と反町に頼んで、新潟古町《ふるまち》の通りを、豆を高く抛《ほう》り上げては口を開いてパッと受けとめ、抛り上げてはパッと口に入れしながら歩いて見せた。

山本は、この年五十一歳である。昔ハーヴァード大学で一緒だった森村勇の言葉を藉《か》りれば、山本にはずいぶん「childish」なところがあったようである。

二

団子といえば、悠久山の茶店で売っている三色団子も、山本の好物であった。

現在長岡駅のある場所は、もと長岡城の本丸址《ほんまるあと》で、明治時代には公園になっており、昔は其処《そこ》で、小豆ときな粉と胡麻《ごま》の名物三色団子がひさがれていたが、山本の生家は貧乏で、少年の高野五十六は、年に一度、この三色団子を食うことが出来たか出来な

かったかという状態であった。

　子供のころよだれを流す思いで眺《なが》めていた団子を、海軍の将官になってから、彼は仇《かたき》を討つようなつもりでやたらと食ったらしい。それに、郷里の食い物は、山本には、菜びたしでも水饅頭《みずまんじゅう》でも皆美味であったにちがいない。水饅頭というのは、白い、しわだらけの、当時は塩あんの饅頭で、これを、夏、雪におから下ろして来た雪を盥《たらい》に張って、雪どけ水に浸してふやかして食うのである。

　加治川《かじがわ》の堤は、ちょうど花のさかりであった。新発田《しばた》の友人に頼んで舟を用意しておいてもらった山本一行は、堤の桜と未だ白く雪をかぶった山々の景とを賞《め》でながら、一日、加治川下りの舟遊びをしたが、途中、下から三、四艘《そう》、同じ花見舟が発動機船に曳航《えいこう》されて上って来るのに行き逢《あ》った。

　すると山本は、二人の船頭に力一杯舟を漕《こ》げと註文し、勢いつけて辷《すべ》り出した下り舟が、発動機船の波をかぶって揺れはじめた頃合いを見計らって、つかつか進み出ると、舟のへさきに両手を突いてパッと逆立ちをして見せた。

　これは山本の得意の芸であった。この時から十六年前、郵船諏訪丸《すわまる》で、初めて渡米する時も、一等のサロンで、この逆立ちをやっている。

　横浜を出帆して三、四日経《た》つと、船では恒例の演芸会が開かれるが、こういう場合、日本人の中にはなかなか人前で芸を披露《ひろう》して見せようという者がなく、外人船客の独《どく》擅場《せんじょう》で催しが終ろうとしかけていた時、若い少佐の山本が進み出て、ゆっくりローリングをしている船のサロンの手すりで逆立ちをして見せた。

ただの逆立ちではない。やり損うと下のデッキの鉄板が待ち受けている。ついでに彼は、この時、船のボーイから大皿《おおざら》を二枚かりうけ、両掌《りょうて》に皿をぴったりくっつけて縦横十文字に振りまわし、手に皿をつけたままとんぼ返りをするという曲芸も披露したそうであるが、とにかく逆立ちは得意で、何かというと、危険な場所で逆立ちして見せる癖があった。

花見舟の客の方は、逆立ちの主が山本だか誰《だれ》だか知りはしない。行き逢う舟から、ただその妙技にやんやの喝采《かっさい》がおこった。

こんなことをして、約二週間、新潟県下を遊んで歩いていた山本は、四月二十八日一旦《いったん》東京へ帰ったが、五月二十六日には又長岡へ帰省している。この時の滞在は約一週間であった。

それから、七月三十一日にもちょっと帰って来た。十一月二十一日にも、又帰って来た。

十一月帰省の時には、長岡にちょうどある大臣が来ていて、大臣の側近が山本を大臣に会わせようと、料亭《りょうてい》から何度も誘いをかけて来た。

山本はしかし、今長岡市青年会の若い人たちと話をしているところで立てないからと称し、如何《いか》にしても大臣に会いに行こうとしなかったそうである。

山本は少し、世をすねたような気持になりかけていたのかも知れない。度々の帰省も、「実は東京に勤務しておるのが寂しくて寂しくてならなかった」からであった。

これは、この年の五月一日、呉《くれ》の水交社から彼が河合千代子《かわいちよこ》という女性にあてた手紙の中にしるしている言葉で、私が前に、「かもめ」にこっそり乗りこんでいた一女人と書いたのはこの人のことである。

ずいぶん長い手紙だが、一部を引用すれば、

「この三四年が夢の間に過去つた事を思ひ更に今後十年二十年三十年と先の事を想像すると人生などといふものは真にはかなき幻にすぎず斯《か》く感じくれば功名も富貴も恋愛も憎悪《ぞうを》もすべて之《これ》朝露の短かきに似たりと思はれ無常を感ぜぬわけには参りませぬ
あなたは孤独だから寂しいと云《い》はれます　世の羈絆《きはん》につながれて死ぬに死なれず苦しむ人の多き世に天涯《てんがい》の孤児は却《かへ》つて神の寵児《ちょうじ》ならずやと云はれぬ事もないでせう

こんな事を考へると何も彼《か》もつまらなくなつて来ます　理窟《りくつ》は理窟としてとにかくあなたにかりにもなつかしく思はれ信頼してもらへる私は現実においてまことに幸福です　只僕《ただぼく》はこの妹にして恋人たるあなたにとつてあまりに貧弱なる事を心から寂しく思つて居《を》ります
僕は寂しいよといふ言葉は決してあなたや先生の真似《まね》ではなく実は自分を省みて自分をあなたの対象物として客観的に見て心から発する自分を嘲《あざ》ける言葉です
あなたのあでやかに匂《にほ》ふ姿を見るほど内心寂しさに耐へぬのです　どうぞ悪く思はんで下さい
倫敦《ロンドン》へゆくときは　これでも国家の興廃を双肩にになふ意気と覚悟をもつてをりましたし　又あなたとの急速なる交渉の発展に対する興奮もありまして　血の燃ゆる思ひもしましたが　倫敦において全精神を傾倒した会議も　日を経るにしたがひ世俗の一般はともかく　海軍部内の人々すら　これに対してあまりに無関心を装ふを見るとき　自分はただ道具に使はれたに過ぎぬやうな気がして　誠に不愉快でもあり　また自分のつまらなさも自覚し　実は東京に勤務してをるのが寂しくて寂しくて且《かつ》不愉快でたまらないのです
実はあなたの力になつてそれで孤独のあなたをなぐさめてあげたいと思つて居つた

自分が　かへつてあなたの懐《ふとこ》ろに飛びこみたい気持なのですが　自分も一個の男子として　そんな弱い姿を見られるのは恥づかしくもあり　又あなたの信頼にそむく次第でもあると思つて　ただ寂しさを感じるのです
こんな自分の気持は　ただあなたにだけ今こうしてはじめて書くのですが　どうぞ誰《だれ》にも話をなさらないでおいて下さいねー」

河合千代子は、当時新橋野島家《や》の丸子姐《ねえ》さんという人のところから出ていた芸妓《げいぎ》で、芸名を梅龍《うめりゅう》といった。

梅龍と山本との仲は、昭和九年山本がロンドンへ発《た》つ直前、急に深くなったのであるが、山本はそれ以後その死の時まで、この人に対してはまるで若者のようなみずみずしい気持をいだきつづけた。

しかし、山本五十六にこういう女がいたという事は、戦前戦中はもとより、戦後も約十年間一般にはまったく知られていなかった。

それを素《す》っ破《ぱ》抜いたのは、昭和二十九年四月十八日号の「週刊朝日」である。

ある方面から、沼津八幡町の料亭「せせらぎ」の女将《おかみ》河合千代子という人が、昔、山本五十六の思われ人で、山本の恋文をたくさん持っており、それを公表する意志があるらしいという事を聞きこんで、「週刊朝日」の記者とカメラマンとは沼津へ彼女を訪ねて行った。

千代子は快く彼らを迎え、手紙の束を出して見せ、達筆すぎて若い記者に読めないところは、自分で声を出して読んで聞かせ、自分の境遇についても語って聞かせた。

この時の千代子の談話と、山本の手紙とが、特集記事として、

「『提督の恋』といえば誰しもネルソンとハミルトン夫人のことを思うだろう。ところが山本元帥《げんすい》にもそれに似た一つの秘めたる恋物語があったとは誰が想像したろう。これは決して暴露《ばくろ》記事ではない。軍神ともいわれた人も、やはり人間だったという、一つの人間記録としてここに掲げるわけである」

という前書きつきで、四月十八日号の「週刊朝日」のトップを飾った。

堀悌吉はこの時未《ま》だ健在で、発表の寸前にこれを知り、さる筋を通して、

「出すのをやめてもらえないか」

と朝日に差止めを望んで来たが、新聞社の輪転機はもう廻《まわ》りはじめたあとで、堀が、

「まあ、嘘《うそ》じゃないんだし、仕方がないだろう」

と言って、あきらめたという説もあり、非常に憤慨していたという説もある。少しのちになって気持が落ちついてからは、

「世間じゃ色々言うけど、結局山本はあれで一つ偉くなったじゃないか」

と堀は言っていたそうだが、この記事に対する反響は、ともかく大きなものがあった。投書が朝日に殺到した。

甚《はなは》だけしからん事のように言って来るのは、比較的若い層の読者に多く、中には、自分も戦争中海軍に取られていたが、肉親に葉書一枚出すにもまことにきつい制限があった、山本元帥などは前線から綿々と恋人に長い手紙を自由に書き送ったりして、結構なものだというような非難もあった。

それに対し、山本五十六にこういう人のいた事をよしとし、むしろ喜んでいる投書は、比較的年輩の読者に多かった。河合千代子個人に対しても、同情や共感と共に非難が殺到した。多分反響があまり大き過ぎたのにこりたのであろうが、彼女はそれ以後、めったに報道関係者の取材には応じなくなってしまった。

三

河合千代子の事は、しかしながら少し書きにくい。千代子はもう六十五歳、割烹《かっぽう》「せせらぎ」を失敗してからある人の正妻になり、現在では沼津の牛臥《うしぶせ》海岸で「せせらぎ荘」という旅宿を営んで静かに暮している。

それから、千代子の事を書けば山本の家庭の事情にもふれざるを得ない。これはもっと書きにくい。未亡人の礼子は健在であり、子女もむろん健在である。

だが、彼の家庭のことや彼の女性関係を扱わずに、山本五十六という人を一人の人間として描き出そうと思うのは、少し無理な相談であろう。私はあらかじめ、筆の過ぎるところと筆の足りないところと双方の場合があり得る事を断わっておかねばならない。

若い頃から山本の女性関係は、千代子のほかにもあった。それは、船乗りという職業柄《がら》を考えれば当然の事である。聯合《れんごう》艦隊参謀の中で、山本に最も目をかけられ、山本が戦死した時その遺骸《いがい》の収容に行った渡辺安次は、山本にすべてを托《たく》して安らかにという意味で自身「安山」という俳号をつけているほど彼に私淑した人で、

「山本さんに女があったというなら、私など五十人ぐらい女があった」

と言って彼をかばうが、それは、渡辺安次に「五十人」女があった計算程度には、山本にも女関係があったということである。山本五十六はしかし、次から次へという風な漁色家ではなかった。笹川良一は、

「女に関してはまことに純情、私が大学の優等生なら、山本五十六は小学校の一年生だった」

と言っている。

笹川は、私生活についても、山本とかなりあけひろげな話をした事があるらしい。

「女の二人や三人いないようでは、部下が統率出来ないでしょう」

笹川良一が言うと、山本は、

「君は一体、何人ぐらいいるんだ？」

と聞き返して来た。

そして、東京、大阪、九州——日本中各地にいるという笹川の自慢話を聞くと、愛情の配分はどうするのだと質問した。

笹川が、

「そりゃあ、九州へ行ったら、ほかの女の事はすべて忘れて、九州の女にだけ愛情をそそぐんです。その場その場で、パッパッと切りかえるんですよ」

と答えると、手を叩《たた》いて喜んでいたそうである。

いくら手を叩いて喜んでみても、山本自身はそんな器用なことが出来る人ではなかった。彼は、どちらかと言えば惑溺《わくでき》する性格である。一つのものに溺《おぼ》れるたちであった。

河合千代子の梅龍は、新橋から出ていたが、新橋の土地ッ子ではない。明治三十七年名古屋の生れ、父親は株屋で、女学校を出て娘時代は何不自由無い暮しをしていたが、大正十二年東京の鎧橋《よろいばし》のたもとで大震災にあい、父の店が倒産して両親とともに名古屋へ帰り、一家心中をしようという話まであった末に、明治銀行の頭取の生駒《いこま》という人の世話になることになった。

それから二年して母親が亡くなり、次の年に父親が亡くなり、再び上京して烏森《からすもり》に家を借りて暮しているうち、今度は盛岡《もりおか》の馬持ちと関係が出来た。その男はなかなかの美男子であったそうだが、千代子も美しい女で男関係が絶えず、髪を切ってやるとか硫酸をかけるとか脅かされ、色々ゴタゴタの挙句に睡眠剤を飲んで自殺をはかった。

それが助かってから、新橋へあらわれて芸妓志願をした。千代子が二十八の年で、昭和七年の十二月である。山本と深くなったのが昭和九年の夏と考えると、それより約一年半前である。

三十に手のとどく齢《とし》で、いきなり天下の新橋から出たいなどと、少しどうかしてやしないかというので、最初は誰にも相手にされなかったらしいが、何と言われても彼女は、

「お願いします」

の一点張りで、とうとう一念通して、間もなく野島家の梅龍を名のる事になった。

らしい。
魁《らん》のような風情《ふぜい》があり、その色っぽさで、すぐ一部に嬌名《きょうめい》をうたわれるようになった
な妓《こ》ではなかった。ただ、額の広い、面長《おもなが》の色っぽい女で、芸妓というよりお職の花魁《おい》
だから梅龍は、芸事はそれほど出来なかった。とても、名妓の列に入れられるよう

賢い人で、普段は行儀もよく、「わたし馬鹿《ばか》だから、何ンにも分らない」などと言っているが、酔うとがらりと人が変り、座敷から帰って来て、

「取ってえも、取ってえも」

と、名古屋弁で朋輩《ほうばい》にみな着物を脱がさせてしまうのが癖で、手がつけられなかったという。

梅龍が「おかあさん」と呼んでいた野島家の丸子は、井上馨《いのうえかおる》の妾《しょう》だった人である。その関係もあり、彼女が少し有名病だったせいもあり、色っぽい梅龍には政界財界の誰彼との間に色んな噂《うわさ》が立ち、やがて決った人も出来た。

横山大観なども「子供のようにして」梅龍を可愛がった一人で、さきの山本の手紙に「先生」とあったのは大観のことである。

新橋に出た次の年（昭和八年）の夏、築地《つきじ》「錦水《きんすい》」の宴席で彼女は初めて山本を見た。この時山本は航空本部技術部長の少将で、白い夏背広を着ていた。

吸物椀《すいものわん》の蓋《ふた》が取れずに山本が難渋しているのを見た梅龍が、

「取って差上げましょうか」

と言って、ふと見ると、相手の左手の指が二本無かった。梅龍はハッとしたそうである。

山本はしかし、梅龍の方をじろりと見て、

「自分の事は自分でする」

と言って、彼女の手をかりようとはしなかった。

山本は梅龍の印象に残ったが、それは必ずしも好もしい印象ではなかったらしい。

それから約一年後、昭和九年の夏、山本が軍令部出仕兼海軍省出仕で、ロンドンへ行くか行かないかという話が起っていた時であるが、ある夜、彼女は「蜂龍《はちりゅう》」の宴席で再び山本少将を見かけた。今度は軍服を着ていた。

「いつぞやは失礼しました」

と、千代子の梅龍は、昨年夏の吸物椀の一件を持ち出したが、山本はやはり、

「さあ、知らんな。女なんて一々覚えてないから知らん」

と、極めてぶっきら棒な返事しかしなかった。

「憎らしいからわたしはよく覚えてるんです」

彼女が言うと、傍《そば》から吉田善吾が、

「こういう男なんだから、梅ちゃん、気にしなくてもいいんだよ」

ととりなしてくれたという。

その数日後に、千代子はつづけて又山本と吉田のいる席へ出た。

山本の隣に坐《すわ》っていた吉田が、何かの話から、

「梅龍、お前チーズは好きか？」

と聞き、彼女が、

「大好きよ」

と答えると、何をどう思ったか、傍から山本五十六が突然、

「じゃあ、御馳走《ごちそう》してやろう。あすの昼帝国ホテルへ来いよ」

と言い出した。

吉田善吾が、

「この男が、こんな事を言うのは、珍しいんだ。行け、行け」

とけしかけた。

それで梅龍は、翌日、帝国ホテルのグリルで山本と初めて食事を共にした。

それから一、二回淡い逢瀬《おうせ》をかさねたあと、千代子はある晩帝劇で山本の手を握り

ながら恋愛映画を見ていて、今夜このままあなたと別れるのはいやだと言い出した。映画が終ると、知っている待合があるからと彼を三十間堀《さんじっけんぼり》の中村家《や》へ連れて行き、

「ここで待ってて下さい。お約束がすんだら帰って来るわ」

と言い置いて、自分は座敷へ出て行った。

中村家は元由緒《ゆいしょ》のある古い船宿で、そこの娘が前にちょっと名前を出した古川敏子である。敏子が髪結から帰って部屋をのぞいてみると、いがぐり頭の男がぽつんと坐っており、

「あら、新聞に写真の出ていた山本五十六少将じゃないかしら」

と思ったそうである。

帝国ホテルの食事や帝劇の映画は、夏といっても七月か八月か九月の初めかはっきりしないが、「帝劇五十年史」という本を見ると、この年八月三十日から、「ある夜の出来事」と「若きハイデルベルヒ」と二本の洋画が封切られている。二人が見たのは或《あるい》はこれであったかも知れない。

山本が気持の上で千代子と一層したしくなり、古川敏子や千代子の友だちの菊太郎、菊弥《きくや》という芸妓たちとしたしくなったのは、この晩からであった。

しかし、自分は軍人で金も無いし、垣《かき》を越えたらたいへんなことになるから、妹と

してあなたとつき合いたいと、それからも千代子にしきりに言っていたそうである。

やがて、

「わたしもう、妹としておつき合い出来なくなりました。どうかあなたの手で島田の元結《もっとい》切ってちょうだい」

と言い出したのは千代子の方で、山本が手紙の中に「妹にして恋人たるあなた」とか「あなたとの急速なる交渉の発展に対する興奮もありまして」とか書いているのは、そういう事情からである。

それは彼がロンドンへ発《た》つ直前で、それからの二人の関係はもはや単なる浮気《うわき》とは思えないものとなり、山本は「血の燃ゆる思ひ」で、千代子に横浜へ見送ってもらって日枝丸《ひえまる》に乗ったのであった。

四

山本が新橋の花柳界で遊ぶ事を覚えたのは、この時が初めてというわけではなかった。彼は、花柳界の女たちになかなか人気があった。当時この土地から出ていたある女性の言葉をかりれば、

「あれだけ海軍さんがいても、みんな山本さんにお熱だったのよ」

という事である。今の新橋こすがの先代、丹羽《にわ》みちなども、新橋で最も古く山本を識《し》った芸妓《げいぎ》の一人である。

ただその間《かん》、彼に特定の人が出来たことは、一度も無かった。

先代小寿賀《こすが》の丹羽みちの話によれば、山本は、取っつきは悪いし、口数は少ないし、米内光政のような美丈夫ではなし、女からちょっと見て、一向魅力のある男ではなかった。ただ少し深くつき合うと、何とも言えぬ面白《おもしろ》い味が出て来たという。

それというのが、一旦《いったん》心を許せば、山本はほんとうはふざけ屋で、米内のいう「茶目」で、大きな赤ん坊のようなところがあって、話もいくらでも面白い話をして聞かせたからである。

海軍省の前で、タクシーをつかまえ、

「銀座」

と言って手袋をはめた左手を出す。霞《かすみ》ヶ関《せき》から銀座まで五十銭なら、当時悪い客ではない。ところが、銀座で下りる時に、山本は三十銭しか渡さない。運転手が文句を言うと、

「馬鹿言え。俺《おれ》はこれだ」

と、指の三本しか無い左手を出して見せる。

こういう時は、むろん平服である。

堀悌吉と、やはり平服で芳町《よしちょう》へ遊びに行っている時、堀が、

「山本、たいへんだ」

と言い出した。

相手の不見転《みずてん》芸妓が、

「わたしのお父さん、海軍大学校へつとめてる」

と言っている、それはたいへんだというので、二人でこっそり調べてみると、当の父親は海軍大学校の便所掃除の小父《おじ》さんであった。

山本は、こういう話をぼそッとして聞かせる。

その頃、新橋の大姐《おおねえ》さんたちは、

「あたしァ、新聞屋さんはどうも気に入らないよ」

とみんな言っていた。新聞記者だけでなく、小説家も批評家もみんなひっくるめて「新聞屋さん」である。「新聞屋」は、社会的地位は堅気の人より一段低いものとされているのに、話が面白おかしいので、若い妓《こ》が喜んでしまってなかなか帰って来ないからである。

山本は「新聞屋さん」ではないが、みな、面白くて、山本の座敷へ出る事を好むよ

うになり、段々「お熱」になって行ったのであった。

山本はそれに、大小の宴席よりも芸妓家の玄関脇《わき》の小部屋あたりで、卯の花《うのはな》、ひじき、鮭《さけ》の茶漬《ちゃづけ》、そんな物を食って花など引いている方が好きらしかった。

彼が大佐当時のある日、小寿賀の丹羽みちが、

「芸妓家のお茶漬食べにいらっしゃいよ」

というと、山本はのこのこやって来、それ以来、堀と二人で始終、茶漬や昼寝を目当てに小寿賀の家へ遊びに来ていた。

沓下《くつした》に穴があいていることがよくあった。お洒落《しゃれ》の癖に、彼のズボン下は、いつもそんなにきれいではなかった。女たちは、彼の沓下につぎをあてズボン下を洗濯《せんたく》し、次に来るまでに乾かしてアイロンをあてておいてやる。こういう事は、彼女らの母性本能を刺戟《しげき》したであろう。

中村家の古川敏子はそれから三十幾年経た今でも、昔の美しさを残したたいへん豊満な女性であるが、その頃土地で、「とし子姉さん」と呼ばれていて、一説によると敏子も山本に相当「お熱だった」一人であった。しかし「お熱」でも「お熱」でなくても、敏子には彼女が「主人」と呼んでいる佐野直吉という人がいた。佐野直吉は絨《じゅう》緞《たん》商である。

現在山形県の産業の一つになっている支那《しな》絨緞は佐野が中国から技術を導入したものので、当時彼は北京《ペキン》に佐野洋行という店を持っていた。

昭和五年の一月、志賀直哉《しがなおや》と里見弴《さとみとん》が満洲旅行のついでに北京へまわって来た時、新聞でそれを知った佐野は支那服を着て二人の作家を宿へ訪ねて行った。それ以来、彼は日本へ帰って来ると志賀や里見の家へしたしく出入りをするようになった。

志賀直哉には五人の女の子と一人の男の子があって、男の子の名を、佐野と同じく直吉という。志賀直吉は現在岩波書店に勤めているが、その頃は未《ま》だ小学校に上ったか上らぬかの子供で、佐野絨緞商が来ている時、志賀直哉が、持ち前の鋭い声で、

「直吉ッ」

と男の子の名を呼ぶと、佐野がビクッとする。

それが面白いので、佐野がやって来ると、志賀はわざと大きな声を出して、

「直吉ッ」

「直吉ッ」

と、息子を呼んだり叱《しか》ったりした。

それから間もなく、佐野直吉に孫が生れた。佐野は自分の孫に「直哉」という名をつけ、これは志賀さんの名前を貰《もら》ったのではない、自分の名の「直吉」に夕人キをか

けただけだと言っていた。

志賀直哉も里見弴も、花は引く。佐野直吉も好きである。山本五十六はというと、古川敏子の表現によれば、「お花と来たら、そりゃ死ぬほど好きなの」であった。山本はよく中村家へやって来て、佐野直吉や敏子の母親を相手に、八八《はちはち》や賭《か》け将棋ばかりやっていた。

山本五十六と二人のこの白樺派《しらかばは》の作家とは、一度も一緒に花を引いた事、会った事は無かったが、そういう縁で、戦後里見弴は佐野直吉から聞いた話をもとに、山本と梅龍をモデルにして、「いろをとこ」という短篇《たんぺん》を書いた。

「いろをとこ」の中には、山本の名も千代子とか梅龍とかいう名も出て来ない。読めばしかし、戦死の模様や国葬の事が書いてあるから、山本がモデルだという事はすぐ分る。そしてこれは、山本五十六が小説のモデルになったおそらく唯一《ゆいいつ》の例である。

山本の死後、彼の伝記や伝記的文学作品は、数多く世に出たが、純然たる小説のモデルとして彼を扱った人は他《ほか》にいなかった。

「いろをとこ」が書かれたのは、昭和二十二年の七月である。もしこの作品を以《もっ》て、山本五十六にそういう女性がいた事を公《おおやけ》にしたものと見るなら、里見弴は「週刊朝日」に七年先んじたわけであった。

五

この年（昭和十年）の九月、山本が千代子にあてた手紙には、こんな事が書いてある。

「ゆうべ夢をみました　どうしてこんな夢をみたか自分でも不思議に思ひます　一緒に南欧のニースの海岸をドライブした夢をみました　これが実際だったらどんなに喜ばしいだらうと思ひました」

書くまでもないが、ニースはモナコの隣である。

これは、当年の山本の心境をずいぶん率直にあらわした夢であり、手紙であろう。海軍を辞めてしまうか否《いな》か、辞めてほんとにモナコへでも行ってしまうか、鬱々《うつうつ》たる思いでいた彼を最もよく慰めたものは、郷里長岡の風物と、河合千代子の存在とであった。

千代子あての彼の手紙の中にはこのほか、

「百万猛兵猶可破《なほやぶるべく》、一双繊手竟難防《つひにふせぎがたし》、あゝあ」

とか、

「昨晩よんだ本の中の句」として、「男は天下を動かし、女は其の男を動かす」

とかいう言葉も見える。

長岡での山本は文字通り清遊で、花見の舟遊びとか白山神社の祭礼とか、清遊の模様は反町栄一が「人間山本五十六」の中にもっともヴィヴィッドに書き残しているが、東京へ帰る時にはかねて打合せがしてあって、途中水上《みなかみ》温泉あたりで清遊に非《あら》ざる相手が待ち受けている事もあった。

多分、五月二十六日に帰省して、六月一日の朝九時十六分発の汽車で、長岡を発った時の事であるが、山本は上越線水上駅で、東京から来た堀悌吉、河合千代子、古川敏子らと落ち合った。

こういう連中と一緒になると、山本はこの上もなく楽しそうであった。敏子が、

「やめてエ。危ない」

と叫ぶのを面白がって、利根川《とねがわ》の川原をどんどん沖へ出て行き、切り立った岩の上で逆立ちをして見せる。

温泉宿で飼っている猿《さる》に向って、何も持っていないのに、南京豆《ナンキンまめ》を食う恰好《かっこう》をしてからかってみせる。猿が飛びついて来て、さすがの山本も驚いて怯《ひる》んだそうである。

麻雀《マージャン》と花札とでみんなは夜明かしをして遊んだ。

山本は、しまい湯が好きであった。夜十二時を過ぎてから、麻雀を抜け、

「ちょっと」

と言って立ち上る。

「そら、行くよ、行くよ」

と言って見ていると、手拭《てぬぐい》をぶら下げて、女中や番頭ばかり入っているしまい湯につかりに行く。

これは一つには、日露戦争の砲弾の破片が百二十幾つも入った下半身のすさまじい傷あとを、彼が人に見せるのを嫌《きら》ったからで、

「俺《おれ》は銭湯へ行くと、ヤクザに見られるよ」と言っていたそうであるが、入ると、風《ふ》呂《ろ》は女みたいに長くて、一時間くらい混浴の女中や番頭と馬鹿話をして帰って来る。

兵学校同期の退役少将片山登も加えて、この連中はその前にも時々こういう温泉行きの小旅行を企て、熱海の樋口《ひぐち》で二た晩ぶっつづけ、二十五荘《チャン》の麻雀をやったりした事もあった。

片山登は少々俗っぽい好人物だったそうだが、堀とは別の意味で山本の親友であって、山本はいつも片山をからかっていいおもちゃにしていた。二人で下駄《げた》をぬいで、東京の市電が走って来る前を駈《か》け抜ける。段々間隔をちぢめて、電車の来る直前を間一髪危うく走り抜けた方が勝である。山本と片山とがやり合っているのを聞いている

と、さながら漫才のようであったという。

山本と深くなってからの梅龍は、彼にだけは実によく尽した。彼女には、男同士双方承知の旦那《だんな》があって、土地で「ダイヤモンドのお茶漬」と言われ、取るところから、取るものだけは「ザブザブと」実に遠慮会釈《えしやく》なく取ったらしいが、一方気前もよくて、出す方もどしどし出した。

山本はそんなに自由に金は使えないし、実際使いもしなかったらしい。当時妓籍にあり、傍《そば》から見ていて、

「男としてあれでよく耐えられるな」

と、不思議な気がしたと言っている女性もある。

古川敏子が昔の思い出話をしながら、

「梅ちゃん、あんたは心と身体《からだ》とを上手に使いわけたわね」

とからかうのを、年老いた千代子が笑ってうなずいている、そういう光景を私は見たことがある。

千代子はあでやかで、頭もよく、字も上手であった。しかし、前に書いた通りなにぶん当時新橋の名妓《めいぎ》というわけではない。名古屋にいた頃《ころ》から先の素姓《すじよう》もあまりはっきりしない。せっかくあてがった旦那から、金が素通りして山本のところへ行くのだ

から、土地の女将《おかみ》連中は決してよくは言わない。真偽とりまぜて色々悪い評判もある。

そういう女性に、山本五十六は、齢《よわい》知命に達してどうしてそれ程まで夢中になってしまったのか。個人の情念に関する事柄《ことがら》は他から正確に判断はしにくいが、結局「痘《とう》瘡《そう》と恋愛とは年とってからかかると重くなる」という格言でも思いうかべるか、山本の家庭の事情を想像してみるかよりほかはあるまい。

山本の妻の礼子については、開戦後の事だが、堀悌吉が、

「山本の細君は日本一だよ。山本が日本一なのに、それより強いんだからあれはほんとの日本一だよ」

と言った事があった。山本の戦死後は、礼子に「女元帥」という綽名《あだな》がついた。子供に甘く心のやさしい人であったが、一方字などはこれまた極めて達筆の男まさりで、非常に太っ腹のところがあったらしい。

山下源太郎大将は礼子の母親と従兄妹《いとこ》で、したがって山本の家と山下大将の家とは、親戚《しんせき》づき合いである。のちに山本の世話で日本放送協会に入った深沢素彦は、山下の長男一郎と大学同級で、家族同様にして始終山下家へ遊びに行っていたが、深沢が見聞きした話では、山下の妻の徳子が山本の家へ行っていると、夕方、山本が帰って来る。

「やあ、小母さん来てたの」

と、山本は出されている林檎《りんご》を、手を使わずにナイフとフォークだけでむく芸当などして見せて、それから着更《きが》えに別室へ立って行くが、礼子は知らん顔をしている。

「礼ちゃん、あんた、行って旦那《だんな》さまの着更えぐらい手伝って上げなさいよ」

と、徳子が言っても、

「あら、そう？」

と、彼女はけろりとしているという風であった。

山下夫人の徳子は、

「あすこの家じゃ、女中の給料、五十六さんが自分で渡してるんだってよ。礼ちゃんは一体、何をしてるんだろうね。暢気《のんき》だね」

と言っていたそうである。

反対に山本は何にでもよく気がつく。部下の夫人たちにでも、どうかすると誤解を受けはしまいかと思われるほどよく気を使って、外国へ行けば香水やコティの白粉《おしろい》や口紅を土産に買って来る。部下が新居へ引っ越せば、奥さんの方がかねて欲しい欲しいと思って眺《なが》めていたコーヒー・セットを、ちゃんと知っていて祝いに持って行ってやる。

山本にすれば妻の気のきかないのが甚《はなは》だ不満であったかも知れないし、礼子にしてみればなぜ自分のやり方がそんなに夫の気に入らないのか、よく理解が出来なかったかも知れない。

彼女はある時、

「わたしは、一度も主人と一緒に散歩というものをした事がないのよ」

と、悲しげに人に語った事があるそうである。

六

結婚の事情を詳しく見ると、その点、山本も勝手であった。

山本夫人の里は、会津《あいづ》若松の農家を兼ねた牛乳屋で、夫人の戸籍上の名前はレイ、父三橋康守母亀久の三女である。堀悌吉から話が出て、山本がこの三橋レイと東山温泉で見合をした前後、彼が長岡の家兄に宛《あ》てた手紙の中には、

「本人は大正二年会津高等女学校卒業後女中代《がはり》として母を輔《たす》け現業に従事東京を見たる事なし　身体頑健《ぐわんけん》困苦欠乏に堪《た》ふとの事

私儀嘗《かつ》て牧野家より一二縁談あり　又鈴木前次官其他部内先輩より時々勧告も有之《これあり》

候《さうら》へ共過日御許容を得る迄《まで》　妻帯の決心を致せしこと無之且《か》つ先方は多く所謂《いはゆる》栄達の人々のみにて無産興家しかも明日あるを期し難き身には到底つり合はざるもののみに有之候へ共　前記のものなればやゝつり合ふかと被存候《ぞんぜられ》に付一見の上差支《さしつかへ》なければ取極度存《とりきめたくぞんじをり》居候次第に御座候
右御通知　旁《かたがた》　最後の御同意を得度申上候」

とか、

「先方は最も質朴《しつぼく》の家風らしく当人は丈《た》ケ五尺一寸許《ばか》り躰格《たいかく》極めて頑健の女なれば大抵の困苦には可堪《たふべき》ものと認め整婚に同意致候次第に御座候」

とか、まるで身体頑健で大抵の困苦に堪えそうなところだけが礼子の取り得《え》で、専らそれが気に入ったような言い方をしている。

「牧野家」とあるのは、長岡の旧藩主牧野子爵家《ししやくけ》の事で、「鈴木前次官」というのは鈴木貫太郎である。

こういう方面から、それまでに、所謂いいところの娘の話を何度か持って来られたにもかかわらず、山本は一度も話を進めてみようとはしなかったらしい。

それは一つには、彼が海軍の乏しい俸給《ほうきゅう》の中から、長年家に仕送りをしたり、身内の者や恩師の娘の学費を出したりしていて、家庭を持つだけの経済的なゆとりがなかなか生じなかったからでもあった。

彼が継いだ山本家は、長岡の名家ではあるが、相続した全財産が系図一枚と麻裃《あさがみしも》一揃《ひとそろ》いであったと言われているくらいで、「無産興家」と彼が手紙の中に書いている通り、山本を経済的に圧迫こそすれ霑《うるお》しはしなかった。

結婚の決意を固める直前にも、彼は兄に宛てて、

「何《いづ》れにせよ其節は二三百金拝借を御無心可致《いたすべく》候に付此《こ》の儀また何卒《なにとぞ》御許《おゆるし》被下度《くだされたく》」

と窮状を訴えている。

もっとも、礼子の里の三橋家はただの牛乳屋というのとは少しちがっていた。

明治二十四年に六十一で亡《な》くなった広沢安任《ひろさわやすとう》という会津藩士がある。会津ではよく知られた人物で、維新前には熱心に開国論を唱え松平容保《まつだいらかたもり》を援《たす》けて公武周旋に奔走し、のち藩主が斗南《となみ》の不毛の地に移封されると、英国人を雇って其処《そこ》に牧場をおこして成

功した。いわば日本の洋式牧畜業の元祖みたいな人である。

礼子の父親の三橋康守は、この広沢安任の影響を受けた会津藩の士族で、自らも当時一般に賤業《せんぎょう》と見られていた牧畜を志し、朝鮮に渡って約十年間朝鮮の牧畜開発に従事し、日本で初めてだか二番目だかの英国式の種牛を輸入したりしている。

視野の広い気宇《きう》の大きな人物で、漢学の素養もあり、子供たちには仁義礼智《ち》信の順で名前をつけた。礼子は三番目だから「礼」であり、その弟の三橋智が現在若松の鶴《つる》ヶ城の濠《ほり》のそばで家畜医院を営んでいる。礼子の太ッ腹な性格は、おそらく父親のそれを受けついだものであろう。

堀悌吉はどこからこの縁談を持って来たかというと、前述の通り礼子の母親の三橋亀久は山下源太郎と従兄妹である。山下源太郎夫人と四竈幸輔《しかまこうすけ》夫人とは、姉妹であった。四竈幸輔はのちに中将になったが、山梨勝之進らと同期の、当時大佐で、堀はこの四竈と親しくしていた。

話は四竈幸輔から堀悌吉に行き、堀から山本に伝えられた。最も親しい友人の堀が持って来てくれた縁談だからというので、山本は最初に心を動かしたらしい節がある。

礼子の手紙の字が立派だったので、それが気に入ったのだという説もあるし、見合のあと、夏、列車の中でうたたねをしている山本を、礼子がずっと煽《あお》ぎ通してくれた、山本がそれに感じたのだという説もあるが、もっと注意すべき点は、彼女が会津若松の人だったという事ではないであろうか。

若松は、明治戊辰《ぼしん》の役《えき》の時山本の父貞吉、長兄譲、次兄登の三人が、戦って傷を負うた土地であり、養祖父の山本帯刀が斬《き》られた土地であった。

見合に行った時も、山本は若松郊外飯寺《にいでら》村にある帯刀ら「無縁戦士之墓」に詣《もう》で、会津平野で討死した長岡藩将兵を合祀《ごうし》する市内の阿弥陀寺《あみだじ》という寺に詣でている。

相手が長岡と縁の浅からぬ若松の人だというのは、多分にお国想《くにおも》いの山本のセンチメントにふれるところがあったと想像して差支えあるまい。

しかし、「所謂栄達の人々」を避けるのはよいとして、候補者が、「身体頑健困苦欠乏に堪ふ」「東京を見たる事なし」の若松の人間だからというので、「明日あるを期し難き身に」「ややつり合」い、それで万事うまく行くだろうと本気で考えたとすれば、いくら昔風の軍人の結婚でも、夫婦生活というものに対し山本は少し浅慮であったというそしりを免《まぬか》れまい。

ただしこれらの表現は、山本が照れ屋であり、逆にある意味では気取り屋であったことを考えると、必ずしも額面通りには受け取れないかも知れない。山本の長男義正が昭和四十一年五月号の「文藝春秋」に「父・山本五十六への訣別《けつべつ》」と題して発表し

た文章の中で、結婚前父の母に書き送った手紙を披露《ひろう》しているが、それには、

「一筆申上げ候。暑さ日増しに烈《はげ》しく相成り候処《ところ》、皆々様には益々御機嫌麗《ますますごきげんうるは》しく御起居あそばされ候御様子、慶賀の至りに存じ奉り上げ候。

さてこの度は皆々様の御尽力をもつて、諸事順当にとり運びしこと、しあはせの次第と悦《よろこ》び居《を》り候。御母上様より御許《おゆるし》をも頂き候ことなれば、以後は他人と思はず、種々申上ぐ可く候につき、そなたよりも何事も御遠慮なく御申し開きこれあり度く候（下略）」

と、やさしい言葉が述べてある。

「諸事順当にとり運」んで、式は四竈幸輔夫婦媒酌《ばいしゃく》の下に、大正七年八月三十一日東京芝の水交社で挙げられた。礼子は二十二歳、山本は少佐の四年目で三十四歳、かなり晩婚であった。

新居は赤坂区青山高樹町《たかぎちょう》、堀悌吉と同じ町内に構えられた。

山本五十六と礼子との間にはその後十四年間に四人の子供が生れた。大正十一年の十月長男義正が生れ、大正十四年五月長女澄子が生れ、昭和四年五月に次女正子が、昭和七年十一月に次男忠夫が生れた。

子供の四人も出来ると、妻の座が次第に重くなって来るのはどこの家庭でも同じ事

で、気性の強い礼子は一旦《いったん》言い出したらめったに後へ引かなくなり、夫婦喧嘩《げんか》が始まると山本はすぐ蒲団《ふとん》をひっかぶって寝てしまったそうである。

彼は礼子を人前に出すことをあまり好まなかったようで、部下の細君から、

「奥さまお元気ですか」

と聞かれると、

「あんな松の木みたいなもの、大丈夫だよ」

と答えたり、艦内の居室に部下の将校が細君の写真を飾っているのを見て、

「お前は恋女房《こいにょうぼう》でいいなあ。俺《おれ》はもう匙《さじ》を投げたよ」

と言ったりした。

実際は礼子夫人は割に病身で、あまり「大丈夫」ではなく、こういう露悪的な言葉もやはり全部を額面通りに受け取るわけにはいかないであろう。

「父・山本五十六への訣別」の中で山本義正が、

「私達《たち》の家庭は冬の陽《ひ》だまりの中にあるように、いつも静かで暖かかった。父は表面は何くわぬ顔をして、裏で私たちのことに十分気を配ってくれていた」

と書いているのは、おそらく子供の立場から見ての真実である。だが、長い年月の間、何の溝《みぞ》も生ぜず波瀾《はらん》も起らず、倦怠《けんたい》も訪れないような夫婦関係があったら、それ

はその方がむしろ例外であると言えよう。

こういう時期、結婚後十五、六年目になって、不意に山本五十六の前に立ちあらわれて来たのが河合千代子の梅龍であった。

第四章

一

山本夫婦の間にそのころもし何らかの溝《みぞ》が生じていたとすれば、原因は山本の経歴にもその一半を求めなくてはなるまい。山本と礼子とは、結婚後の大切な時期をあまりに長く別れて暮した。むつみ合おうにも理解し合おうにも、それに充分な時間が恵まれていなかったように見える。

結婚わずか八ヶ月後の大正八年四月五日付で、山本五十六は米国駐在を命ぜられ、五月二十日に、郵船諏訪丸《すわまる》で単身赴任の途についた。船の演芸会の晩、一等サロンの手すりの上で彼が逆立ちをして見せたのは、この時の事である。それから大正十年の七月に帰朝するまで約二年間、山本は国外に在って、営んだばかりの家庭を留守にした。

その後も山本の職務上、夫婦は度々別居生活を強《し》いられている。大正十二年七月には、軍事参議官井出謙治大将の供で、九ヶ月にわたる欧米視察の旅に出た。大正十五年の正月から昭和三年の三月帰朝までの二年間は、大使館附武官として再びアメリカで暮した。この時も妻子を同伴していない。

こう見て来ると、彼はその結婚生活初めの十年のうち、ほぼ半分は独りで外国で暮しているのである。

武官当時山本は、後任補佐官の三和義勇《みわよしたけ》に、

「人間も、淋《さび》しさをそばに置いて、じっと眺《なが》められるようにならなきゃ、一人前じゃないね」

と話した事があった。

またある時、アメリカ海軍の高官の夫人が、「家族を国に置いて来て、淋しくはないか？」と聞くのに対し、

「それは、淋しい。淋しいが、これもお国のためで、仕方が無い」

と答えて、ひどくそのアメリカ婦人を感心させた事がある。たいていの日本人が、

「いや、淋しくありません。大いにアメリカ生活をエンジョイしています」

と答える中で、山本が珍しくも率直な返答をしたので、

「わたしはキャプテン山本を尊敬する。キャプテン山本こそほんとうの紳士だ」

と、その女はいやに感心してしまったらしいのだが、実際山本は淋しかったであろう。

彼が二度目のアメリカ駐在から帰って巡洋艦「五十鈴《いすず》」の艦長をつとめていた時、航海長の近藤為次郎少佐が、

「艦長、アメリカであちらの方の処理はどうされていたんですか?」

とたずねると、山本は、

「なに、避妊具を使えば手袋をして握手するのと同じくらいに割り切ってる国民だからな、別に困りやしないよ」

と答えたそうであるが、船と鉄道だけのこの時代にアメリカからヨーロッパへ渡った日本人旅行者の多くがあんなにまで「パリ、パリ」と言ったのは、其処《そこ》で彼らが性的に解放されたことが一つの大きな原因で、ワシントンやボストンはパリほどその意味で自由な町ではなかったはずである。

ロシヤにおける広瀬武夫のような艶聞《えんぶん》は山本に関して伝えられていないし、当時の

アメリカはこんにちと遠さの感覚がまるでちがう。「別に困りやしない」だけの才覚は持っていたにしても、それで淋しさをまぎらしてしまうというわけにはいかなかったであろう。

一方礼子の方も留守宅を守ってずいぶんと淋しい思いを重ねたにちがいない。帰国すれば夫は家に居つくかといえば、艦隊勤務というものがあるから、やはりそうばかりは行かない。淋しさに耐えるために、彼女がおいおい「女元帥《おんなげんすい》」的強さを身につけて行ったとしても、それは多分に自然の事であった。

こういう状況は、海軍士官の家庭として必ずしも異数のものとは言えないけれども、山本の場合、少し極端であったように見える。

半ば偶然であろうが、彼は進級も、中佐から中将までことごとく外国で進級した。マサチューセッツ州ケンブリッジで中佐になり、欧米視察旅行中大佐になり、ロンドンへの途で少将になり、またロンドンで中将になった。礼子は赤飯を炊《た》いて夫の進級を祝おうにも、いつも夫はそばにいなかった。

こういう変則的な生活が、夫婦の同化、理解、成熟に、少なくともいい影響をもたらしたとは考えられない。

ある時、礼子の母親の亀久が会津から出て来て、

「五十六さん、あなたは大変な立身をなすったが、娘が相変らずでさぞお困りでしょう」

と、愚痴だか皮肉だかを言ってかきくどくと、山本はこれを読んで下さいと、紙に、

「見る人の心々にまかせおきて雲井にすめる秋の夜の月」

という和歌を一首書いて渡した。

古歌だそうだが、自分の心境を示すのに山本もずいぶん古風で俗な手を使ったものではある。

山本の夫婦仲について此処《ここ》でこれ以上の穿鑿《せんさく》をするのはやめたい。ただ新たに千代子という人を得て、五十を過ぎた彼が若者のように「血を燃やし」はじめた事だけは、事実である。

ロンドンの軍縮会議予備交渉から帰って以来ずっと閑職に就かされていた山本五十六は、昭和十年十二月二日の異動で、海軍航空本部長に補せられた。

海軍航空本部は、「海軍航空に関する一般事項を掌《つかさど》る中央機関」となっていて、海軍をやめてしまおうかと思っていた山本は、これでようやく中央の要職に返り咲いたわけであった。

個人としての山本は、この年ほんとに予備役になって、千代子と一緒に外国へでも

行ってしまった方が、或《あるい》は幸福であったかも知れない。そうすれば、今時分、南仏ニースかカンヌあたりに、昔少し名を知られた海軍の中将で、日本人旅行者の面倒をよく見る博打《ばくち》好きの名物爺《じい》さんがいるという風な事になっていたかも分らないが、これはしてみても始まらない空想である。

山本は、新しい航空本部長のポストを非常に喜んだらしく、何年でもやりたいと言っていた。

それというのが、彼は当時から、航空に関しては強い情熱をいだいていて、海空軍はいずれ空海軍になる時が来ると思っていたからであった。

山本はしかし、もともと鉄砲屋である。

海軍兵科将校の教育は、兵学校を卒業して遠洋航海をすませ、しばらく艦隊の実務につかせると、そのあと、海軍砲術学校とか、航海学校、水雷学校、通信学校など、各術科学校に入れて再教育をする。それから数年実務につかせて、又再教育をする。その術科学校のすじによって、鉄砲屋とか水雷屋とか通信屋とか、各々専門が分れて来る。

山本は、明治四十一年に海軍砲術学校普通科学生を畢《お》え、四十四年に海軍砲術学校高等科学生教程を卒業している。いわば生え抜きの鉄砲屋であったが、その山本の眼《め》を強く空へ向け直させたのは、大正八年から十年にかけてと、大正十五年から昭和三年にかけてと、二度のアメリカ在勤であった。

二

第一回の米国生活を終って、大正十年の七月帰朝した時、山本はすでに航空軍備の将来性について、かなり徹底した考えを持つようになっていたらしい。

間もなく海軍大学校の教官になると、中佐の山本は、当時として少し奇抜過ぎるほどの意見を学生たちに講述して聞かせた。講義のノートが残っているわけではないから詳細は分らないが、その骨子は、「石油無くして海軍無し」ということと、「飛行機の将来性は、一般の人が考えているよりずっと大きい。航空軍備に対して眼を開け」ということであった。

山本のこの考えは、何処《どこ》から来たか？

高木惣吉《そうきち》は、その著「山本五十六と米内光政」の中で、

「若い時代から衒《てら》うことの嫌《きら》いであったこの人は、なにを読み、なにを勉強するか他人に見せなかったので、その航空第一主義の思想も起源は明瞭《めいりよう》でない。併《しか》し第一

次大戦以後、米海軍では『制空権下の艦隊決戦』という標語とも思想ともつかぬ言葉がひろがり、一九二四年（大正十三年）にはミッチェル将軍の『航空国防《ウイングド・ディフェンス》』が著われて軍事評論界に波瀾《はらん》を呼び、大正末期には、米海軍の航空本位の海戦思想が一般に紹介されていた位であるから、おそらくは駐在時代に米陸海軍の兵学思想に示唆《しさ》をうけるところがあったのではなかろうか」

と書いている。

この第一回のアメリカ在勤の時、山本の身分は駐在員、語学将校であった。ハーヴァード大学の、外国人留学生に英語を教えるイングリッシュEというクフスに籍を置いて、自由な勉強をしていた。よく勉強もしたが、よく遊びもしたらしい。

第一次大戦後の、我が国が好況の波に見舞われている時で、ハーヴァードだけでも日本人留学生が七十人からおり、山本に関する色んな逸話が伝えられているが、それは後にゆずるとして、彼がメキシコの石油を見に行った話だけを書いておこう。

海軍士官が他国に在勤して、石油資源と航空界の実情とに注目するのは、当然の事のようであるが、大正の中期にそれは必ずしも当然ではなかった。

飛行機に関しては、敵味方が空で石を投げ合って闘ったというようなお伽詁《とぎばなし》的状態から、艦隊の燃料に関しては、日露海戦の絵に見るような黒煙濛々《もうもう》専《もっぱ》ら石炭依存の状況から、ようやく抜け出たか出ないかという時である。山本が早くこの二つの物に注目したのは、やはり卓見というべきであろう。

彼は、石油に関してアメリカ国内であれこれ研究したり視察したりした末、メキシコへ行ってみたくなった。出張旅行を願い出たが、経費が無いという理由で許可が下りない。山本は持ち前の負けん気を出し、

「自費ならいいだろう」

というわけで、手持ちのドルと、大使館の加来美智雄《かくみちお》という参事官が好意で用立ててくれた若干の金とを持って、ひとりメキシコへ出かけて行った。

メキシコの日本大使館に、陸軍の駐在武官で山田健三という人がいた。山本と同じ新潟県の出身で、山本の兄とは日露戦争の時戦友であった事が分り、親しみを感じて色々話し合ってみると、山田は金の事でひどく困っている様子であった。

反町の「山本五十六伝」には、「当時山田健三少佐は元気爽快《そうかい》、天馬空を行くが如《ごと》き活動の結果、経済的に全然行きづまり」と書いてあるが、要するにメキシコで賭博《とばく》に凝りすぎて、帰朝命令が出ているのに帰国の旅費をすってしまい、弱っていたのである。山本は元来世話焼きの上に、博打《ばくち》の事なら人一倍理解がある方で、同情して、

自分の持っている金の大半を山田の帰国旅費として与えてしまった。

そのため、貧乏旅行が一層の貧乏旅行になり、食うや食わずで油田を見て歩くはめになり、メキシコの官憲に怪しまれて、ワシントンの日本大使館にメキシコ政府筋から、

「日本の海軍中佐山本五十六と名のる人物が、石油視察と称して国内各地を旅行しているが、町の第三流のホテルの、最下等の屋根裏部屋に泊り、ホテルの食事は一切とらず、パンと水とバナナばかり食っている。身許《みもと》は確かか？」

という問合せが舞い込んだりしたが、旅としては意義のあった旅で、東海岸のタンピコから郷里の兄高野季八にあてた手紙では、

「石油視察のためタンピコ市に参り候《さうらふ》。一日一井の産額五百余石と云《い》ふ井戸あり、噴出十三年継続と云ふもあり一石の原油一円転出税一円と云ふ相場なり。越後《ゑちご》あたりでは本当とは受取れぬ話に候」云々《うんぬん》

と、率直な驚きを表明している。

その次、大正十二年、井出謙治の供で欧米視察に出た時にも、帰途彼はテキサスの

油田を見学した。

山本が早くから石油に興味を持ったのは、一つには、彼の郷里の越後が日本で数少ない石油の産地で、子供の頃《ころ》から石油という物に親しみがあったからでもある。彼の少年時代、長岡にはランプ用の石油を作る町工場が何百軒とあって毎日のように火事が起り、古い長岡の人にとって、いい意味でも悪い意味でも石油というものは骨身にしみているところがあった。そしてこれは石油だけの話であるが、二年の米国駐在と九ヶ月の欧米旅行とは、色々な意味で、彼に眼のうろこが落ちる思いをさせたように思われる。

もともと山本は、頑固《がんこ》な独善的な国家主義者ではなかった。彼の父高野貞吉の残した克明な日記には、

「曇、日曜、五十六耶蘇《やそ》へ行く」

とか、

「晴、大暑、ニューエル氏新潟移住に付蔵王迄《ざわうまで》見送る」

とかいう記述が、数年間にわたりところどころにあって、彼が少年時代、長岡で米人宣教師ニューエル某の教会に通った事があるのを示しているし、海軍兵学校時代、彼の下宿（休日に使う民家）の机の上にはいつもバイブルが置いてあって、その事で友

人と言い争いをしたりしている。

信者にはならなかったが、後年まで、キリストの教えの影は彼の心のどこかにさしていたろうと思われるし、田舎の貧乏士族の息子にしては、西洋の文物に接した時機も早かった。

しかし、彼が常に国際的視野で日本の現状を見るという習慣を身につけ、

「当地（ワシントン）昨今吉野桜の満開、故国の美を凌《しの》ぐに足るもの有之《これあり》候。大和《やまと》魂《だましひ》また我国の一手独専にあらざるを諷《ふう》するに似たり」

とか、

「デトロイトの自動車工業とテキサスの油田を見ただけでも、日本の国力で、アメリカ相手の戦争も、建艦競争も、やり抜けるものではない」

とかいう冷静合理的なものの考え方をなし得るようになり、かつ、世界が今石炭と鉄の時代から次第に石油と軽金属（乃至《ないし》航空機）の時代に移り始めている事を、身肌《みはだ》で感じ取るようになったのは、やはり二年の米国駐在、九ヶ月の欧米旅行の結果であったと考えられる。

ついでながら、山本が初めてモナコに遊んだのも、井出大将と一緒のこの欧米視察旅行の時であった。

あまり勝ちすぎるので、カジノのマネージャーがしまいに山本の入場を拒絶したとか、そういう客は、モンテ・カルロの賭場《とば》の歴史始まって以来二人目だとかいう伝説が残っているが、真偽のほどは確かでない。

ただ、彼がルーレットでずいぶん稼《かせ》いだ事だけは事実のようである。彼は井出に向って、

「私を二年ばかり、ヨーロッパで遊ばせておいてくれれば、戦艦の一隻《せき》や二隻分の金は作ってみせるんですが」

と言ったりした。

のちにロンドンへ行く時にも海軍省の裏庭で、昼飯のあと、彼の歌の先生であった主計少将の武井大助ら仲のいい連中五、六人を前に、

「君たち、一万円ずつ出して、僕《ぼく》に預けないか。モナコで十倍にして持って帰って来てやるんだがな」

などと言った。誰《だれ》もまともに相手にはならなかったが山本は真顔だったそうである。

新橋の女性たちにも、やはり、金を預けたら十倍にして持って帰ってやると言っている。

この旅行（大正十二年の欧米視察）で、山本の訪れた国は、イギリス、フランス、ド

イツ、オーストリー、イタリヤ、アメリカ合衆国、それにイナコを加えて七ヶ国であった。

ドイツは、第一次大戦後のすさまじいインフレ時代で、山本が郷里に出した絵はがきには、四十五万マルクの切手が貼《は》ってある。またこの年、彼がロンドン滞在中に関東大震災の報が届いた。ロンドン在留の日本人一同、大いに驚き騒ぐ中で、山本は実業家連中に向って、

「大丈夫だよ。日本は必ず、前以上に復興するよ。今のうちに、東株でも買占めておけばいい」

と言って、至極泰然自若としていたという。

山本の初児《はつご》義正はこの時生後十一ヶ月目であった。彼は、

「今年より主として坊の記念に日記をしるす」

として、その年の正月からしばらく、親馬鹿《おやばか》ぶりをまる出しにした日記をつけているし、自分の左手の指が二本足りないのをいつも気にしていたので、後天的傷害が遺伝するはずはないのに、子供が生れたと聞いて家へ帰って来るなり、

「赤ん坊の指は五本揃《そろ》っていますか？」

と産婆《さんば》に聞いたという話も伝わっている。

旅行中、東京に残して来た妻と赤児のことは絶えず気にかかっていたはずであるが、大震災の報を聞いた山本は、妻子のことを心配しているような態度もやはり見せたがらなかった。

三

井出謙治大将と一緒の欧米旅行から帰国するとまもなく、大正十三年九月一日付で霞《かすみ》ヶ浦《うら》海軍航空隊附を命ぜられ、それから三ヶ月後には同航空隊の副長兼教頭になった。

これは、山本自身の希望によるものであったと言われている。

鉄砲屋の山本五十六は、この時初めて現実に海軍の航空部門と接触を持ったのであり、そして以後、主として航空の畑を歩くことになるのであるが、彼はすでに大佐で、飛行機の勉強を新たに始めるのに、あまり早い方であったとは言えない。

もっとも、霞ヶ浦航空隊が開設され、イギリスのセンピル飛行団によって教育が開始されたのが大正十年で、海軍航空そのものも、未《ま》だ揺籃期《ようらんき》にあった。

当時霞ヶ浦には、大西瀧治郎がいたし、三和義勇もいた。

三和はこのあと、山本が米国在勤武官の時その後任補佐官、山本が第一航空戦隊司令官で「赤城《あかぎ》」に乗っていた時「赤城」の飛行隊長、開戦直前から約一年間は聯合《れんごう》艦隊の航空参謀として、度々山本五十六と生活を共にし、彼の死後、暇を見ては、「山本元帥《げんすい》の想《おも》ひ出《で》」と顕する手記を、大判のノートにせっせと書き溜《た》めた。のちに第一航空艦隊参謀長として、中部太平洋のテニヤンに転出してからも、これを書きつづけていたが、昭和十九年の六月、テニヤンの運命が迫ったのを知り、内地へ帰る飛行便に托《たく》して「意味深重な」という書きかけの一句が最後になったままのノートを、妻の永枝に届けさせた。それから間もなく三和はテニヤンで戦死した。

このノートの中で、三和義勇は山本との最初の出会いの模様を次のように書いている。

「何日か忘れて仕舞つたが、日曜日の夕食后《ご》、私達《たち》は其《そ》の前日午後からの休みを利用して東京に遊びに行き、暮方上野を出る常磐線《じやうばんせん》で土浦《つちうら》指して帰つて来た。連れは同僚小十人も居《を》つた。列車は横にずらりと並ぶ旧式の二等車で、私達以外には左前隅《すみ》に一人の壮年の方が乗つて居られた丈《だ》けで誰も居ない。我々は之《これ》を幸ひに列車の中を傍若無人に談論して居た。フト此《こ》の壮年（と見ゆる）紳士を見ると、始終私達の方を注視して居られる。服装及持つて居られた大型のスーツケースは洋行帰りを思はしめるものがあるが頭髪は短く、眼《め》、口等何となく軍人だナと直観せらるる人だつた。汽車が土浦に着いた。私達はドヤドヤと降りて隊から来てゐる定期自動車便に乗らうとしたら、件《くだん》の人はツカツカと来られて、之は霞空《かすくう》の定期かと尋ねられたので、ソウですと答へたら黙つて乗り込まれた。誰れか知らず、大方出張にでも来られた少佐位の人だらうと思つて居た所、実は此の人が新しく隊附《たいつき》で来られた山本大佐だと判《わか》つた」

しかし、たとい山本が名を名のったとしても、彼の名前は、未だ部内にそれほど知れわたってはいなかった。

霞ヶ浦航空隊には、「飛行機に縁の無いそんな人が、いきなり航空隊の頭株にやって来て、一体何をするつもりなんだ」というような、反撥《はんぱつ》気分がかなりあったようである。

三和義勇も、彼自身の言葉にしたがえば、当時、「血気盛で小生意気な、若さが持つ元気を除いては、何処《どこ》から見ても優秀な青年将校であつたとは今の今でも考へられぬ」という、飛行学生教程を畢《お》えたばかりの若い中尉《ちゆう い》であった。

三和中尉は、間もなく内務主任の松永寿雄《としお》少佐から、副長附の甲板《かんぱん》士官として推薦されたが、

「もうすぐ操縦教官になろうとしているものを、甲板士官なんて、真平御免《まっぴらごめん》」

と、頑として承知しなかった。

「それなら、貴様直接山本大佐のところへ行ってそう言え」

と、松永から言われ、三和は、多分肩をいからせるような心持でじか談判の断わりを述べに行ったのであるが、山本に会ってみると、妙にその気魄《きはく》に押されて言葉が出なくなってしまった。

結局、山本に機先を制せられ、甲板士官の役を引受けさせられただけでなく、

「懸命の努力をいたします」

と誓って引下って来ることになり、

「参りました」

と松永に報告すると、松永が、

「それ見ろ」

と言って笑ったそうである。

それから、三和は日々山本に接し、山本のやる事を見、話す事を聞き、やがてこの

上もなく山本五十六が好きになってしまうのである。

三和義勇は、部下の中でも特に山本の知遇を得た人の一人であるが、他の飛行将校たちも、概《おおむ》ね三和と同じような経過をたどって、初め反撥していた山本に次第に心服して行くようになった。

飛行機乗りのことで、多くが戦歿《せんぼつ》して、現存するその頃の霞空隊員はもう数が少ないが、その少数の一人、桑原虎雄《くわばらとらお》も、山本について、

「ふだん、口数が少なく、ろくにものを言わないのに、部下を惹《ひ》きつける不思議な魅力を持った人であった」

と語っている。桑原は海軍兵学校で山本より五期下、山本が副長時代霞ヶ浦航空隊の飛行隊長で、現在新明和工業の顧問をしている人である。

海軍の航空は未だ草創期にあったとはいえ、日本全体の水準から見ればかなり高度の技術を持っていた。高々度用の酸素マスクの研究をしていたのも海軍だけで、槙有《まきあり》恒《つね》などヒマラヤ登山の参考にするため、当時霞ヶ浦に山本を訪ねてマスクを見せてもらったりしている。

山本はしかし、実際のところ、飛行機に関しては素人《しろうと》であったから、自ら望んで来たこの配置でみっちりと実地の空の勉強をしたらしい。

いている。

桑原の話では、夕食後十時ごろまでは、士官宿舎で若い士官連中を相手に、玉を突いたり将棋をさしたりブリッジをしたりして遊んでいる。遊びながら、彼等《かれら》の話を聞いている。

それからみんなは風呂《ふろ》へ入って寝るのであるが、山本はそれから自分の勉強を始めた。月のうち半分は隊に泊りこんでいて、十二時前に山本の居室の灯《ひ》が消えているのを見る事は無かったと、桑原は言っている。

この事はあまり世に知られていないが、飛行機操縦の訓練も、山本は自分でやった。一般の飛行将校がそろそろ自分で操縦桿《かん》を握るのをやめる年ごろになって、毎日数時間ずつ操縦練習を行い、練習機の単独がやれるまでになった。

また、霞ヶ浦航空隊の帝都訪問飛行という、当時としての「壮挙」の時にも、山本は編隊の一番機に自ら乗りこんで飛んだし、シールとバイキングという水陸両用機二機で樺太《からふと》往復飛行を行なった時にも、霞ヶ浦大湊《おおみなと》間の第一次コースの指揮官を自ら買って出た。

霞ヶ浦に、当時本多伊吉という機関大尉の分隊長がいた。本多は海軍機関学校二十七期、山本とは生涯《しょうがい》に三度同年同月同日の発令で同じ場所に勤務するという奇縁を持った人であるが、当時海軍機の機体は木製布張り、発動機は小馬力でプロペラも木製、センピル飛行団の指導で寿命を二百時間に制限されていた。英空軍の方針を踏襲して、飛行時間二百時間に達すると相当良好な状態でも廃棄処分にすることに決っていたのである。

本多大尉はこの程度の使用時数で廃棄するのは、戦力維持上も国費節約の上からも如何《いか》にも勿体《もったい》ないと考え、飛行機の延命策を研究し、倍の四百時間でも大丈夫、やがて六百時間でも大丈夫となり、中には千時間に近い寿命を持つものも出来て来た。

延命対策を実施するにあたっては、百時間をオーバーする毎《ごと》に副長の山本と整備長とに報告することにしていたが、ある時本多は山本から、

「君が不安を感じるくらい寿命ののびた飛行機が出現したら、真っ先に僕が搭乗《とうじょう》してみよう」

と言って励まされた。

この寿命延長でおこった事故は結局皆無《かいむ》であったという。

しかし一方、しめるべきところは山本はずいぶんしめ上げたようである。その頃《ころ》の海軍の飛行機乗りたちの気風は、勘偏重、一種職人風の名人気質《かたぎ》と、明日の命が知れないというやくざ気質とが裏おもてをなしていて、下士官兵でも長髪族が大勢いる、遅刻脱営は日常の事という風な、甚《はなは》だルーズなところがあった。

山本はこれの改革に手をつけ、また隊務会報や研究会の席上で、飛行将校は頭が粗雑だと、海軍の花形を自認し気負っている連中を半分馬鹿《ばか》扱いして、からかったり叱《しか》ったりした。

「飛行機乗りは、高空に上ると、生理的に頭が粗くなるんだから仕方がありませんです」

と言って突っかかって来た分隊長には、

「それは事実だ。だから平素から頭を緻密《ちみつ》にして周到な準備をしておかなくらゃならんのじゃないか。今のままでは、とても将来の海軍航空は持って行けないぞ」

とたしなめた。

彼は、単に霞ヶ浦航空隊の軍規風紀を建て直そうと思っただけでなく、合理的な方法を軽く見、勘だけにたよって見事な飛び方をして見せようという、一種の名人気質、それと表裏をなすやくざ気質が、海軍航空の将来にマイナスである事を憂《うれ》えて、その気風を是正したかったのであろうと思われる。

四

山本の霞ヶ浦時代にはまた、こんな事もあった。

ある時、年少の練習生二人の乗った水上機が一機、霞ヶ浦の湖上に不時着水をやった。すぐ救難隊が用意され、特務少尉一名下士官兵数名が救難艇で現場へ急行して、遭難機にロープを取るのに成功し、曳航《えいこう》しながら水上隊へ帰って来る事になったが、季節は真冬で、名物の筑波《つくば》おろしは寒く、風浪《ふうろう》は烈《はげ》しく、重量の軽い水上機はともすれば水から浮き上って転覆しそうになる。なかなかの難作業であった。

救難隊の指揮官以下数人は、それぞれ遭難機の翼やフロートの上に乗り移って、飛行機のくつがえるのを防ぎながら、だましだまし曳航をつづけていたが、そのうち不意に一陣の突風が来て、機はあっという間にひっくりかえり、二名の搭乗員と数名の救難隊員とがそのまま行方不明になってしまった。

隊ではその日から、副長の山本五十六大佐指揮の下に、捜索作業が始められた。捜索隊は朝四時に本部前に整列して、それから日没まで、連日遭難者の遺体を湖上にもとめて歩くのである。

救難隊員の死体の方は二、三日するうちに全部見つかったが、二人の搭乗員練習生だけが、どうしても上って来ない。山本は、毎朝四時になると、寒風の中を必ず出て来て黙って捜索隊の出発を見ている。寒さは寒し、生存の望みはもう無いし、五日目になって甲板士官の三和義勇が、そろそろこの辺で捜索打切りにしてはどうでしょうと申し出てみたが、山本は、何ヶ月かかってもやるといって承知しなかった。

「太平洋のまん中じゃあるまいし、たかがこの湖の中だ。五日や十日で打切るようで部下が率いて行けるか」

それで捜索は続行され、やがて日曜日が来た。

日曜の朝、殉職した練習生たちと同期の練習生一同から、きょうは休みだから、他分隊の者の援助を借りず、自分たちの手だけで思う存分の捜索をしてみたい、それを許してくれという申出があった。

許可になり、彼らが捜索に出発する時、山本は例になく口をひらき、

「きょうは必ず見つかるから、一生懸命やって、お前達の戦友の遺骸《いがい》をお前達の手で収容してやれ」

と訓示を与えた。山本の言葉の調子は甚だ断定的であったという。すると、午前十時ごろ、捜索隊から、

「二名共発見、捜索終り」

という報告が本部に届いて来た。

一種の「副長美談」であるが、私がこの話を持ち出すのは、山本が練習生たちの申出を聞いて、「きょうは必ず見つかる」と、自信をもって言いあてた事が不思議に思

えるからである。

これを、彼が賭《か》け事《ごと》に人並はずれて強かった事、ロンドンのグロヴナー・ハウスに滞在中、榎本重治のふともらした夢の話だけで「堀がやられたな」と形相《ぎょうそう》を変えた事、そしてそれがあたっていた事などと結びつけて考えてみると、山本にはどうも、超心理学でいう予知の能力とか遠感とかが、人より発達していたのではないかという気がする。

三和の遺《のこ》したノートには、このほか色んな事が書いてある。

「水風呂と茄子《なす》の辛煮《からに》」という話もある。

夏が来て、いわゆる「浦チョン」の三和が、夏休みをもらったが、金も無く行くところも無く、相変らず航空隊住まいをしていると、ある日山本が、

「甲板士官は何処へも行かんのか？——それでは僕の家へ避暑に来ないか。ちょうど家族も皆いない」

と、彼を土浦の、神龍寺という寺の境内にあった自分の家へ引っ張って行った。

松林の中で、多少は涼しいかも知れないが、「避暑」とはどういう意味かと三和が思っていると、家へ着くなり、山本が、裸になれと言う。主客とも猿又《さるまた》一枚になったところで、山本はこれから特別の避暑法をやると称し、

「水風呂がこしらえてあるから、あれに入って身体《からだ》を拭《ふ》かずにこの廊下に寝るんだ。涼しいぜ。僕が模範を示すから」

と、水風呂へ飛びこんだ。三和も真似《まね》をして入った。それから上って来て、誰《だれ》もいない家の戸障子、みなあけはなして、日蔭《ひかげ》になった板廊下に寝そべっていると、なるほど涼しい。

やがて昼飯時になり、いつの間にか茶の間に昼飯の用意がしてあったが、菜《さい》はというと、茄子の煮付だけである。

「この茄子は僕が煮たんだ。少々辛いかも知れんぞ。しかし暑い時は辛いものを食った方が、暑さを忘れていい」

と山本に言われて、三和が箸《はし》をつけてみると、辛いの辛くないのといって、醬油《しょうゆ》だけでは足らず、これでもかこれでもかと塩を一と握りも入れて煮こんだような珍菜で、これまたなるほど、その辛さに耐えるだけで暑さの方は忘れてしまいそうであった。

食後には、井戸で冷やした大きな西瓜《すいか》が出た。二つに割って、一人が半分ずつ取り、それに葡萄酒《ぶどうしゅ》と砂糖をたっぷり叩《たた》きこんで食うのだが、茄子の辛さを消すためには、少々の甘さでは足りない。

「副長は、ずいぶん甘いのがお好きですね」

三和が言うと、山本は、

「フフン」

と笑っているだけで、先刻の茄子が辛過ぎたなどとは、一と言も言わない。三和も痩《や》せ我慢で、辛かったとは一と言も言わなかった。

それから夕方になって、鰻飯《うなぎめし》を食って別れるまで、山本は三和に色んな話をして聞かせた。

「副長は、酒は始めからやられんのですか？」

三和が聞くと、山本は、

「いや、中尉の時までは飲んだ事はあった。練習艦に乗組んでいた時、候補生乗艦の為江田島《ためえたじま》へ入った夜、ちょうどクラスの者が兵学校の教官をしていたので、其処《そこ》を訪問し、振舞酒に酔って、帰る途中溝《みぞ》の中に落ちて寝てしまった事があった。それで、所詮《しょせん》自分は酒に強くないと気がついたから、それからはやめた」

と言った。

山本はまた、自分の郷里の事から、養祖父山本帯刀や河井継之助《かわいつぐのすけ》の話を、若い三和にして聞かせた。

河井継之助の言葉として、「出る時は（出て官途に就く時は）人に委《まか》せ、退《ひ》く時は自ら決せよ」というのが気に入っていて、信条としたいような口ぶりであったという。

三和義勇の書いたこれらの挿話《そうわ》は、山本の死後間もなく、水交社の雑誌「水交社記事」の「故山本元帥追悼号」に、かなりの頁《ページ》を割いて発表された。「追悼号」に並んだ三十幾つの追悼文、大半が紋切型で面白《おもしろ》くもおかしくもない中に、三和の文章は、当時として出色のものである。

しかし、「水交社記事」の活字と三和のノートの原本とを照らし合せてみると、山本が酒をやめた事情に関して、前者には溝に落ちた一件が抜けている。

「イヤ中尉の時までは飲んだ事もあったが、所詮自分は酒に強くないと気がついたからそれからは止《や》めた」

と、ただこうなっている。

「聖将山本五十六」が、昔振舞酒に酔い、島の溝川へ落ちて寝込んでしまった事があるというのは、いくら「聖将」自身の告白でも具合が悪いというので、誰かが削ったにちがいない。

此処《ここ》で三和の手記のテクスト・クリティクをするつもりはないが、文献学的な言い方をすれば、それ以後諸本は、戦後にいたるまですべて「水交社記事」の三和の文章を踏襲した。この場合は、問題が山本の酒に酔ったか酔わないかというような事であるから、どちらでもいいが、もっとクリティカルな場面での山本の発言にまで同じような手心が加えられると、山本五十六像は歪《ゆが》んで来るのではないであろうか。

実はそういう例が戦争中に一つあって、山本の書簡に、何人《なんぴと》かの恣意《しい》による削除が加えられたものが公《おおやけ》にされ、それがアメリカ側の山本五十六観に非常な歪みを与えた事があった。

しかし、この話ものちにゆずる事にしたい。

五

山本は、霞ヶ浦に一年三ヶ月いてから、大正十四年の十二月、再び大使館附武官としてアメリカへ出かける事になった。

発令は十二月一日であったが、出発は翌大正十五年の一月二十一日になった。霞ヶ浦航空隊では、山本の転勤を惜しんで、彼の乗った天洋丸が横浜を出帆すると、隊員たちが編隊を組んでその上空に飛来し、爆撃演習を行なって元の副長に別れを告げた。

こういう事は、異例であった。山本より海兵十一期下の高木惣吉は、当時大尉で測量艦の航海長をつとめていたが、どこからともなく今度の在米武官の山本大佐は大物だそうだという根拠のあまりはっきりしない噂《うわさ》が耳に入って来、五十六という変った名前が印象的で、このころ初めて山本の名を憶《おぼ》えたという。

「おそらく霞ヶ浦航空隊副長としての名声が、航空隊の士官たちから、その頃《ころ》になってだんだんに拡《ひろ》がったのかもしれない」

と、高木は書いている。

山本は、海軍の航空部門にすでにしっかり自分自身を植えつけていたと見ていいであろう。

山本のこの度のアメリカ在勤中、同じく駐在を命ぜられてアメリカへやって来た人に、当時少佐の伊藤整一がいた。伊藤の身分は、山本がこの前アメリカに来ていた時のそれと同じであったから、その駐在地について相談した時、山本は日本語を使う機会の最も少ない所を選べと言い、出来れば大学の寄宿舎に入って、アメリカの学生と起居を共にする事をすすめた。

その結果、伊藤はニュー・ヘブンのエール大学に入る事になり、練習艦隊がニューヨークへやって来た時も、目と鼻の先のニュー・ヘブンからニューヨークへ「日本語を使いに」出て来るのを禁じられてしまった。

山本はまた、伊藤整一に、駐在員がアメリカへ来て三度々々きちんと飯を食おうなどと思うのは、以《もっ》ての外の贅沢《ぜいたく》だと言い、出来るだけ倹約をして、その金でアメリカ各地を旅行して歩けと言った。

伊藤がアメリカへ着いたのは昭和二年の七月で、このあたり話が少し前後するが、山本が松平恒雄《まつだいらつねお》を識《し》ったのも、彼の在米武官時代であった。松平は駐米大使で、大正十五年の十二月大正天皇が崩御になり、英国留学中の秩父宮雍仁《ちちぶのみやひと》親王がアメリカ経由で帰国する時、宮を大使館に迎えた。当時松平には未《ま》だはたち前の節子という娘がいて、その折ワシントンで秩父宮に会った松平節子が、のちの秩父宮妃の勢津子である。

松平恒雄はしかし、旧会津藩主松平容保《まつだいらかたもり》の四男で、古いことを言えば朝敵の一族であった。「朝敵」という観念はこの時分未だ完全には消滅していなかった。会津の方でも薩長《さっちょう》、殊《こと》に長州閥に対する反感は相当なもので、旧士族の間では、当時はおろかこんにちなお「官軍」という言葉を使わない。古い人になると官軍のことを逆に賊軍と呼ぶそうだが、一般には「東軍」「西軍」と言っている。

長岡出身の山本は、会津の娘の節子にしたしみを感じたのか、フレンド・スクールにかよっていた彼女をごみごみした中華料理屋に連れて行って御馳走《ごちそう》したりしたこともあったらしい。

ワシントンに着いた秩父宮は、大使官邸滞在の予定を幾日か延ばされた由《よし》で、下世話な表現をすればこの時節子を見染められたということになろうが、この結婚には

「朝敵の娘のくせに」とか「平民の娘が」とか、ずいぶんそねみねたみの中傷があったと伝えられている。松平恒雄には爵位《しやくい》が無く、直宮《じきみや》の結婚は有爵者の娘に限られていた。それで節子は一旦《いつたん》叔父の松平保男子爵の籍に入り、これから三年後の昭和三年九月、雍仁親王と正式に結ばれたのである。

昭和三十六年に出た「松平恒雄追想録」という本に、松平未亡人の信子と岩崎小《いわさきこ》弥《や》太《た》未亡人の孝子との対談が収められていて、その中に山本の思い出が出て来る。

松平信子は、

「大使館などに居《お》りました頃」

と言っているだけで駐米大使時代のことか駐英大使時代のことか明らかでないが、多分ワシントンでの話であろう。

松平大使は煙草《たばこ》をのまないので、大使官邸の接待用の煙草には関心が無かった。一応「コロナコロナ」という葉巻の高級品が置いてあるが、しめってはいけないし乾燥しすぎてもいけない、手入れがなかなかむつかしい。それを気にして、

「ここの家の人はタバコに無関心で見ちゃいられない。タバコどうしてありますか？」

と始終やってくるのが、葉巻好きの山本五十六であった。箱から一本々々取出して、

「ああ、これ駄目《だめ》」

「これも駄目」

と、どんどん自分のポケットに詰めこんでしまう。

「なんです、それは」

信子が言うと、

「新しいのを買っとかなくちゃ駄目ですよ」

と山本は言うのだが、ほかの煙草のみの客の話では、官邸の葉巻はそれほど「駄目」になっているわけではなかったそうである。

開戦時の外務大臣東郷茂徳《とうごうしげのり》も、当時書記官としてワシントンにいた。武官の後任補佐官は山本親雄《ちかお》であった。

山本親雄は、武官の山本が、何でも「賭《か》けなきゃ、やらん」というのに驚いた。ボーリングが得意で、山本親雄ら武官室の連中三人をボーリング場へ連れて行き、

「賭けよう」

と言う。

「僕が負けたら君たち三人に金時計を一つずつ買ってやる。そのかわり君たちが負けたら、僕に金時計を買え」

結局三人連合軍の方が負けて、金時計を一個山本に捲《ま》き上げられた。

山本五十六の説によると、ギャンブルというのは、右か左かという場合、一ドル札なり十円札なり一枚置いて自分の言動に責任を持つことであり、若い大尉時代、堀悌吉とやった大きな賭の清算が、未だついていないと言っていたという。

それは大正初年のこと、伊勢湾で標的艦の「壹岐《いき》」を巡洋戦艦「金剛」「比叡《ひえい》」の艦砲で撃ち沈める実験が行われ、堀が沈むと言い、山本が沈まないと言い、それではと、三千円の金が賭けられた。三千円は、当時立派な家作が一軒買えるくらいの、大きい、無茶な賭け金であるが、「壹岐」は沈み、山本は負けた。

堀は笑って、

「そんなもの、取らないよ」

と言ったが、山本は承知せず、金は三十二期のクラス会に寄附されることになり、山本は大佐になってからも未だ、その金を月賦で払い込んでいたらしい。

前任の武官は、長谷川清であった。長谷川は山本への申し継ぎをすませると間もなく、ハバナ見物をしてから日本へ帰ることになったが、長谷川の発《た》つ時、山本は、

「僕も一緒に行って来る」

と言い出した。

補佐官の山本親雄がびっくりして、

「武官、着任の挨拶《あいさつ》がすんだと思ったら、早速御旅行ですか」

と言うと、山本五十六は、

「うん、ルーレットでちょっと稼《かせ》いで来るんだ」

と答え、長谷川には、

「心配するな。君の宿賃ぐらい稼いであげるよ」

と言い、二人で、ニューヨークから船でキューバ旅行に出かけてしまった。

何日かして山本は、ルーレットのミニアチュアと、ハバナ名産の葉巻を山ほど持って、ワシントンへ帰って来た。

「ハバナのカジノで、一晩でこれだけ稼いだんだ。僕の在勤中の接待用に使いたまえ」

と言って、葉巻を山本親雄に渡した。

しかしいくら好きでも、武官室の部下の若い士官たちからあんまり取り立てるのは悪いと思っていたらしく、彼らが支払った小切手を、半年ぐらいあとで、

「オイ、こんなにたまってるんだぜ。君、困るだろ?」

と眼《め》の前で全部破ってくれたりすることもあったという。

それから約一年して、山本親雄が日本へ帰ることになり、交替で後任補佐官としてワシントンに着任したのが、三和義勇であった。

三和が英語の勉強をするのに、誰《だれ》かアメリカの偉人伝でも読みたいがと、山本に相談を持ちかけて、リンカーンの伝記をすすめられたのはこの時のことである。

「読んだかい？」

と聞かれ、三和が、

「読みました」

と答えると、山本は、

「どうだ、リンカーンは偉いだろう。大統領の中では、人間としては彼が一番だ。僕はこの前此処《ここ》に来てる時、その伝記を四、五冊読んで、彼を敬服するようになった」

と、自分がリンカーンを尊敬する所以《ゆえん》を詳しく話して聞かせた。

三和はその時の山本との問答を、熱っぽい筆致で、のちに妻になる婚約者の永枝に書き送っている。「水交社記事」とちがって、こういうものには作為が加えられていない。日付もはっきりしていて、昭和二年七月二十五日となっている。

この問答録の中で、注目される点の一つは、山本が、

「貧乏のドン底に生れた、――ケンタッキーの彼の生れた家の写真があっただろう？

あんな家は、日本にも余り無いくらいだ——、そんな家に生れた彼が」

と、貧家の出のリンカーンが、その暗殺される日まで努力し奮闘した目標を、「奴《ど》隷《れい》の解放、女性の解放、つまり人類の自由のためだ」と言っている事である。

それからもう一つは、

「意志の人は徹頭徹尾自らを信ずる。時には神すらも信ぜぬ。だから時々過ちをする。リンカーンにも、そんなところはたくさんある。しかしそれは、彼を傷つけるものではない。人は神ではない。人間らしい誤をするところに、人間味がある。それが却《かえ》って人らしい『なつかしみ』を起させて、心服を招くのだ。彼にはこの人間味が充分ある。これが無くては、人の上には立てないヨ。これがあるから人の人らしい誤を許し、同情し助け合う事が出来るのだ」

と言っている事であろう。

此処には、どうも、アメリカ人宣教師ニューエル某の教会に通った少年高野五十六の面影《おもかげ》が残っているように思われるが、果してどうであろうか。

在米武官当時の山本に関しては、このほか逸話がたくさん残されているが、とても一々は書き切れない。

現在極洋捕鯨《ほげい》の会長をしている法華津《ほけつ》孝太が、外務省の官補としてワシントンに着

任し、マサチューセッツ・アヴェニュの武官事務所に挨拶《あいさつ》に行くと、山本はいきなり、

「オイ、君は博打《ばくち》をやるか？」

と聞いた。

法華津は学校出たての真面目《まじめ》な青年で、未だ賭け事なぞしたことがない。面食らいながら、

「いいえ」

と答えると、山本は、

「ふむ、そうか。男で博打をしないようなのはロクなものじゃないな」

と言って、若い法華津の度胆《どぎも》をぬいた。法華津孝太はあまりいい気持がしなかっただろうが、それから発奮し、アメリカ在勤三ヶ年の間にポーカー、ブリッジはもとよりバカラ、ルーレットの類《たぐい》まで『大いに勉強して』、山本が海軍次官になるころにはそのお相手が充分つとまるようになったと「山本五十六の想い出」と題する短文の中に記している。

もっとも彼は、将棋なら少々自信があった。着任数日後に松平大使の招宴があって、法華津が末席に列《つら》なっていると、食後山本が今度は、

「君、将棋はさすか？」

と聞く。

さしますと答えると早速一番となり、山本はいきなり中飛車に振って遮二無二《しやにむに》攻めて来、マゴマゴしているうちにころりとやられてしまった。法華津も頭は明晰《めいせき》な方で、様子をよく見ているると山本の将棋はどうも攻め一方でいささか無理すじのきらいがあるように思われる。二番目は用心してかかって法華津の勝となった。そのあと立て続けに三番勝ったら、山本は口惜《くや》しかったのか、以後法華津孝太とは将棋をさそうと言わなくなったそうである。戦争の始まる前、アメリカがもし日本海軍の主将の性格をもう少し突っこんで調べていたら、山本なら開戦の時いきなりハワイを突いて来るかも知れないということは充分察しられただろうと、法華津は言っている。

秋が来て、社交シーズンが始まると、ワシントンでは、大統領のレセプションが催される。三和は山本に連れられて、初めてホワイト・ハウスの大統領夫妻の前に出た。もっとも、レセプションといっても、長い行列を作って大統領夫妻の前へ行って、「How do you do?」とか何とか言って、握手して帰って来るだけの事である。

時の合衆国大統領は、三十代目のカルビン・クーリッジであった。フーバーの前で、フランクリン・ルーズベルトの前の前である。

レセプションから帰って来ると、山本は藪《やぶ》から棒《ぼう》に、

「おい、クーリッジのネクタイの色は、何色だったか？」

と、三和に質問した。

三和は、大統領がモーニングを着ていた事は記憶にあるが、ネクタイの色までは分らない。

「気がつきませんでした」

と言うと、山本が笑いながら、

「別にネクタイが何色だって関《かま》わないが、臆《おく》せず落ちついて応対せよというんだ。そうしたら、一瞬の間でもネクタイの色ぐらいは分る。この国じゃ、大統領といったところで、ただの人間で、ミスター・クーリッジでいいんだからね。しかし、モーニングを着ていた事だけが分っても、初回としてはよろしい」

と言った。

六

ここでもう一度、三和義勇の「山本元帥の想ひ出」から引用をしよう。

「この頃《ころ》から武官は、米国航空の事については犀利《さいり》な眼で注視して居《を》られた。当時大西洋横断飛行といふ事が米国航空界の大問題であつたが、遂《つひ》にリンドバーグが之《これ》に成功し、続いてバードが、最后《さいご》で不時着水したけれども、事実上はこれを成し遂げた。遺憾乍《なが》ら我航空界は、まだ之と比肩《ひけん》する迄《まで》には立ち到《いた》つて居らぬ。武官は之等《ら》の飛行を研究して意見を出せと言はれたので、あれやこれや、調べ且《か》つ考へて居る間に、フト気がついた事は、洋上長距離飛行上、計器飛行、天測航法等が絶対必要な事で、米国は既に之に着目して、立派な計器（当時として）も使用して居れば、又バードの飛行では機上天測を実用して居る。之に反し我国では、海軍の航空でさへ、まだセンピル飛行団から教はつた、あの勘偏重教育の域を脱して居ない。私達《たち》は其《そ》の前年、鳳翔《ほうしやう》で着艦訓練をしたが、其の時でもまだまだ計器は当てにならぬ、勘を養はねばならぬと教はつて居た。一〇年式艦上戦闘機4B型で、着艦速力五四節《ノット》と示され、一生懸命に計器を之に合せて着艦した或《あ》る下士官が、降りて来るや否《いな》や、今のは一節早いと教官に注意されたので、『チヤンと計器に合せて来ました』と答えたら、『何の計器があてになるか、乃公《おれ》の勘の方が確かだ』となぐられた事がある。其の頃では、笑ひ事ではなかつた。其処《そこ》で私は、我海軍航空も須《すべから》く勘飛行を脱却して計器飛行を尊重する様進めねば行詰る、それにはこれこれの対策を執らねばならぬと言ふ意味で一文を草して武官に差出した。武官は一読されて、『其の通りだ、僕《ぼく》も全然同意だ。一寸《ちょっと》貸せ、少しなほしてやる』とて、結論の所を、注意を喚起する為《ため》にか大分激しい論法になほされた。其の筆の跡を見ると、計器飛行其のもの及び之を我海軍航空に早く採り入れねばならぬ事については、武官の方が私よりも遥《はる》かに明確に認識されて居るのが解《わか》つた。之は月報として所要の向に送られた」――。

リンドバーグの大西洋無着陸横断飛行に成功したのは、一九二七年（昭和二年）、山本が武官としてワシントンに着任した翌年の五月である。バードの飛行も、同じ一九二七年の六月である。

山本はしかし、山本親雄にも三和にも、仕事に精を出せというようなことはあまり言わなかったらしい。

「成績を上げようと思って、こせこせスパイのような真似《まね》をして情報なんか集めんでよろしい」

と言い、東京から何か調査して報告書を出せという電報が入っても、

「こんな下らんこと、ほっとけ、ほっとけ」

と言って、無視させた。

そして自分は、アメリカ海軍の「カード・シャーク」と異名のある大佐と、ブリッジの勝負に熱を上げたりしていた。

山本親雄の話では、コーヒー・ショップへ入ってコーヒーを飲む時など、うんと砂糖を入れ、

「値段が同じなら、出来るだけアメリカの物資を使ってやるんだ」

と、妙な子供っぽい敵愾心《てきがいしん》も燃やしていたそうである。

山本は、アメリカでこういう生活をし、こういう時代の動きをじかに見、このような考えをいだいて、昭和三年の三月日本へ帰って来た。

帰国後短期間軍令部出仕の職にあってから巡洋艦「五十鈴《いすず》」の艦長になり、十二月、航空母艦「赤城《あかぎ》」の艦長に変った。アメリカ在勤武官をつとめた大佐が当時練習艦になっていた軽巡「五十鈴」の艦長というのは、ちょっとエリート・コースをはずされたように見えるが、これは彼の陸上勤務が長かったため、大艦「赤城」へ行く前にしばらく海に馴《な》れさせる目的からであった。

しかし航海長の近藤為次郎少佐が見ていると、横風の強い日木更津《きさらづ》沖で各艦一斉投錨《いっせいとうびょう》、双錨泊というような時、山本の操艦ぶりは専門の航海屋はだしのシャープなところがあった。

そのころ「五十鈴」はいつも横須賀にいて、朝出て晩には帰って来る。たまに館山《たてやま》沖に一と晩か二た晩仮泊するくらいで、操艦の稽古《けいこ》にはちょうどいい。戦艦「山城《やましろ》」が射撃艦で、その標的を曳航《えいこう》するのが「五十鈴」の主な仕事であった。したがって勤務は割に暇で、近藤為次郎は艦橋で山本とよく馬鹿話《ばかばなし》をした。

近藤は深川の生れで、府立三中時代、芥川龍之介《あくたがわりゅうのすけ》と首席を争っていたが、

「江戸の商人気質《かたぎ》がつよいから、深川あたりの者は海軍なんか入ったって駄目《だめ》なんですよ」

と自分で言っている通り、あまり軍人向きでない人物であった。ちなみに中学の時の芥川の綽名《あだな》は「スケルトン」だったという。

近藤の兄の友人で同じく府立三中から、海軍兵学校を出た新井清という人がいた。メリヤス問屋の息子で、やはり「オッチニ、オッチニはあまり好きじゃない」、もともとはよく出来るのだが、「海軍のことはズべってばかり」いる。美男子で金使いが荒く、鎮守府《ちんじゅふ》の司令長官が眼《め》をつけていた芸妓《げいぎ》を横取りしたりして、少佐の時軍縮で首になってしまった。

浜吉といういなせな年増《としま》芸者がこの新井清に夢中になり、段々入れ上げて来て、

「何サ、海軍やめたってうちへ来て暮してりゃいいじゃないの」

というわけで、新井は退役後細君と別れ、浜吉に養われていたが、浜吉の方は座敷があるから夜がおそく、やがてお定りの痴話《ちわ》喧嘩《げんか》がはじまる、浜吉の母親とも折合いが悪くなり、とうとう芸妓の家を追い出され、しばらく炭屋商売をやっていたが、その後杳《よう》として消息が知れなくなった。近藤航海長が山本にこの話をすると、山本は、

「知ってるよ。俺《おれ》は新井が羨《うらや》ましいよ。海軍なんかにいるより、俺も新井のようになってみたいよ」

と、言った。

軍艦の艦長は、士官室へ入って来て部下が碁将棋麻雀《マージャン》などやっていると、たいていいやな顔をするものだそうである。それで若い士官たちの方でも、艦長の姿を見ればそっと逃げ出してしまう。山本はしかしちっともいやな顔をせず、クスクス笑ったりして勝負を眺《なが》めているので、部下はたいへん気楽であったという。

山本が麻雀を覚えたのは、この「五十鈴」の艦長時代であったらしい。近藤少佐たちが遊んでいるのを見て、どういう風にやるんだと一応説明を聞くと、

「よし分った、やろう」

と、たちまち満貫《まんがん》をねらって来、ちびちび点稼《てんかせ》ぎの連中をみんな負かしてしまった。

そして、

「こんなもの半分運だ。つまらないよ。ブリッジを教えてやる」

と、士官連にアメリカ仕込みのブリッジを伝授したが、

「何だ、お前たちみたいな勘の悪い奴《やつ》らにゃ無理だ。やめる」

そう言って、部下を相手の麻雀やブリッジにはあまり熱を入れなかった。近藤に、

「僕はアメリカ海軍の誰《だれ》にいくら貸しがあるんだぜ」

などと自慢していたそうである。

これ以後の山本の経歴を略記すると、「赤城」に移って一年足らず艦長をつとめたあと、海軍省軍務局勤務になり、間もなく昭和五年のロンドン軍縮会議全権委員随員として、財部彪《たからべたけし》、左近司政三らと共にロンドン行き。

少将になって帰って来て、海軍航空本部技術部長。この技術部長の椅子《いす》に、山本は約三年いた。この三年間に、海軍の航空は飛躍的な発展を遂げたと言われている。

余談になるが、山本が航空本部技術部長をつとめていた時、昭和六年の二月十八日、元軍令部長の山下源太郎が六十八歳で亡《な》くなった。

前に書いたように、山下源太郎は礼子の母親の従兄《いとこ》であり、山下夫人の徳了は山本の仲人《なこうど》の四竈幸輔《しかまこうすけ》夫人と姉妹で、山本は山下家とはたいへん近しい関係にあった。役所の帰りよく山下の家へやって来、

「コレ、いるか?」

と親指を突き出してみせる。

「コレ」は文久三年生れ、謹厳そのものの海軍大将軍事参議官で、山下の娘が、

「いるわよ」

と言うと、かしこまって源太郎の前へ出、博打の話などはおくびにも出さず、手を突いて挨拶《あいさつ》をするが、それから早々に勝手元へ引きさがって来、

「小母さん、飯食わしてくれよ」

「鮭《さけ》とお新香《しんこ》しかないけど」

「ああ、いいよ」

という調子で、軍服の腕まくりをし、自分でぬか味噌《みそ》の中へ手を突っこんで、

「あったあった」

古漬《ふるづけ》で茶漬を食って行くというような付き合いをしていた。

「おいもさん」という綽名で山下家へ入りびたりだった山下の息子の友人深沢素彦は、父親が戸山学校長をつとめた古い陸軍の軍人で、父からよく、

「山本か、いやあれは海軍でも最近にない図抜けた奴で、そのうち偉くなるよ」

と聞かされていたが、一体山本のどこがそんなに偉いのかさっぱり分らなかった。

ただ、変っているというなら確かに変っている。父親でも「山下の小父さん」でも、自分でぬか味噌をかきまわしたり、胸に勲二等瑞宝章《ずいほうしょう》をぶらさげてうつ伏せにうたた寝をしている姿など、深沢は見たことがなく、どうしてもこれが軍人、海軍の少将だという感じがしなかったという。

そんな風で、山本は山下源太郎よりも、徳子の方に親しみを感じていたらしいのだが、山下は死ぬ前、永わずらいで、意識朦朧《もうろう》となってから片時も徳子を離さなかった。

山本は毎日見舞いに行っていたが、これは何とかしなくては徳子が参ってしまうと、ある晩徳子に、彼女の普段着の大島絣《おおしまがすり》と帯とを出させ、自分でそれを着て山下の枕頭《ちんとう》に坐《すわ》った。山下は時々眼をあけるが、意識が明瞭《めいりょう》でないので、大島絣が山本の女装とは気がつかない。徳子がいるのだと思って、安心して又寝入ってしまう。そうして彼は、徳子に休養をとらせる事に成功した——。

航空本部技術部長のあと、山本は昭和八年の十月、第一航空戦隊司令官になる。旗艦は「赤城」で、再び「赤城」で勤務をする。四十代の終りから数え年五十にかけての時期で、航空に関しても軍事学一般に関しても実によく勉強したらしい。

ある時「赤城」に赤痢《せきり》患者が出て、佐世保《させぼ》に隔離になり、第一航空戦隊の司令部が一時「龍驤《りゅうじょう》」へ移されたことがある。「龍驤」の艦長は桑原虎雄《くわばらとらお》であった。

司令官室と艦長寝室との間に共用のバスルームがあって、夜半急に腹の痛くなった桑原がノックもせずに飛びこんだら、山本が西洋便器の上に腰かけて本を読んでいた。あとで見たら「孫子《そんし》」であったという。

しかし山本のは、真面目《まじめ》一方、勉強一方というのと少しちがって、いつも何処《どこ》かに茶目っぽいところがあり、息抜きの穴があけてあった。

昭和五年十二月、山本の航本技術部長発令と同日付を以て航空本部技術部部員兼軍需局員のポストについた本多伊吉は、朝早く出勤して山本の机の上に横文字の本が置いてあるのを見つけ、

「相変らず勉強しておられるな」

と、ちょっとひらいてみると、英語の猥本《わいほん》であった。

第一航空戦隊の司令官時代、「赤城」を見学に来たある部外の人が、艦の上空、二機の戦闘機が組んずほぐれつ空中戦の訓練をしているのを仰いで、

「実にうまいもんだなあ」

と感嘆の声を発すると、山本は急に渋い顔になった。そして、

「君、あれを遊び事のように思って見てもらっては困るよ。ああやって急降下をやると、肺の中に出血して、命が縮むんだ。あの訓練は、三十歳過ぎたらやれない。実際、

人の子を預かっていてあんな事をやらせるのは忍びないんだが、国の為《ため》でやむを得ずやらせているんだよ」

と言ったという。

この第一航空戦隊司令官を八ヶ月つとめてから、山本は再び陸《おか》へ上って、軍令部出仕兼海軍省出仕になった。

それが昭和九年の六月で、それから間もなくロンドン軍縮予備交渉の帝国代表を命ぜられ、ロンドンへ行って、翌十年の二月に帰って来るまでの経緯は、既に書いた通りである。たいへん廻《まわ》り道になったけれども、これが、もともと鉄砲屋の山本五十六が海軍航空本部長の要職につくようになるまでの背景である。

七

航空本部長になった時、山本の頭の中ではもう、航空機が海上の主兵たり得るか否《いな》かという事は、議論の余地の無いものになっていた。今後、洋上決戦の主役は、飛行機と、空母中心の機動部隊とであって、その事は、疑う余地のない、いわば一種自明の公理のようにしか山本には思えなかったらしい。

しかし、日本海軍の上層部が大勢としてその考えに順《したが》いつつあったかというと、事情は逆であった。

大部分の提督たちは、大艦巨砲主義、戦艦中心の聯合艦隊《れんごう》といった古典的なイメージを、まだまだ頭から捨て去る事が出来なかった。彼らにとって、飛行機はどこまでも補助兵器であった。山本の如《ごと》き考えを押し進めて行けば、海空軍は空海軍になって、戦艦は無用の長物になってしまう。そういう事は、日本海海戦以来の帝国海軍の輝かしい伝統に対する、一種の冒瀆《ぼうとく》のようにすら感ぜられた。

ロンドンから帰って来た山本は、伊藤正徳に向って、

「マクドナルドと二人で話したが、さすがに偉い政治家だと思った。親切なおやじの話を聞いているような気がした。しかし、来年は先《ま》ず絶望だ。次善の策を考える外はない」

と語ったそうであるが、無条約時代、無制限建艦競争の時代は目前に迫って来つつあった。その時に備えて、「大和《やまと》」「武蔵《むさし》」以下、日本独自の極秘の建艦計画が進められていた。

日本が、この途方もない大戦艦の建造を思い立った動機は、二つあったようである。「陸奥《むつ》」「長門《ながと》」の主砲より一とまわり大きい十八吋《インチ》砲を造って試射してみたところ、破壊力が異常に大きい。この十八吋砲を積める戦艦が造れないだろうかというの

がその一である。満載排水量七万二千噸《トン》の「大和」「武蔵」は、大き過ぎてパナマ運河が通れない、建艦競争になって、アメリカがこれと同型の戦艦を保有しようとすれば、艦が太平洋に釘《くぎ》づけになるのを覚悟するか、太平、大西両洋に同型の艦を浮べるか、どちらかより道は無い、これの建造によって、日本海軍はアメリカに対し一歩有利な立場に立てるというのがその二である。

海軍艦政本部が、軍令部から、帝国海軍第三次補充計画の一つとしてこの新戦艦の研究を要求されたのは、昭和九年、山本がロンドンに着いたか着かぬかの十月のことであった。

彼が航空本部長になった時は、研究の結果に基づいて、実際にこの超々弩級《どきゆう》戦艦の建造を決意するか否かで、部内の意見の調整が行われていた。

山本は大反対であった。彼は、「大和」「武蔵」の建造に要する金と資材とを以《もつ》てすれば、どの程度海軍航空の充実が出来るか、それによって帝国海軍の実力がどの程度向上するかという事を、一々数字を挙げて説いてみせたが、なかなか建造論者を納得させる事が出来ない。

積極的建造賛成論の筆頭は、時の海軍艦政本部長、中村良三大将であった。それからそれと並んで、末次信正大将である。末次は艦隊派の一方の旗がしらで、山本が最も虫の好かない先輩の一人であった。

中村は、山本の航空主兵説に反対である。山本と中村とは、「大和」「武蔵」の建造をめぐって度々激しい口論になり、海軍大臣の大角が伏見宮を仲裁役にかつぎ出さなくてはならなくなったりした。

山本の論旨《ろんし》は、

「そんな巨艦を造ったって、不沈という事はあり得ない。将来の飛行機の攻撃力は非常に増大し、砲戦が行われるより前に、空からの攻撃で撃破されるから、今後の戦闘には大戦艦は無用の長物になる」

というのであったが、証拠を出してみろと言われれば、世界の海戦史で飛行機に沈められた戦艦は、未だ一隻《せき》も無い。山本の所論は、今でこそ当然至極のものに見えるかも知れないが、当時は少しも当然でない。一部の人には、過激で非現実的な書生論のように思われたらしかった。

結論が出たこんにちでは、戦艦中心の大艦巨砲思想こそ、時代に即さない非現実的な感傷論であったという事になるが、それは感情に基づく面が多分にあっただけに、根強くて、開戦後も消え去る事はなかった。

この人々が、部内に「世界の三馬鹿《ばか》、万里《ばんり》の長城、ピラミッド、戦艦大和」という耳語が行われているのを知り、いやでも現実に眼をさまさざるを得なくなったのは、これよりずっとずっと後で、山本も死んで、その頃《ころ》にはすべてがもう手遅れだったのである。日本海軍が戦艦部隊を支援兵力にはっきり格下げしたのは、敗戦の一年前であった。

「大和」「武蔵」の設計担当の責任者は、日本造船界の権威、平賀譲、福田啓二の二人であった。

山本は福田造船少将の部屋へ入って来て、

「どうも、水を差すようですまんですがね、君たちは一生懸命やっているが、いずれ近いうちに失職するぜ。これからは海軍も、空軍が大事で、大艦巨砲は要らなくなると思う」

と、福田の肩に手をかけて言ったりした。

福田は山本の人柄《ひとがら》にはかねてから感心していたらしく、

「ああいう人には女が惚《ほ》れるよ」

と言っていたが、この時は山本の言葉通り正《まさ》しく「一生懸命やっている」最中でもあり、世界一のものを作ってみせるのだという技術者としての誇りもあり、

「いや、そんな事はありません。私たちは絶対とは言えないまでも、極めて沈みにく

い船を造ってみせます。それだけの可能性を考えて設計しているのですから」

と、蜂《はち》の巣《す》甲鈑《こうはん》のことなども持ち出して反論した。蜂の巣甲鈑（honeycomb armorplate）というのは蜂の巣状の穴をあけたアーマーで、高々度からの爆弾がこれにひっかかって貫通しにくく、重量の方は軽くてすむことになる。「大和」「武蔵」では、ボイラー・ルームの上に直径十八センチの穴を百八十箇《こ》あけた厚さ三十八センチの蜂の巣甲鈑が使われることになっていた。山本はそれを聞かされると、

「うむ、しかし……」

と、不服そうに黙ってしまったという。

桑原虎雄は、この時、昔山本が勤めた霞《かすみ》ヶ浦《うら》航空隊の副長兼教頭のポストにいた。桑原や大西瀧治郎ら飛行将校だけは、山本の説の熱心な支持者であった。彼らは、未来の聯合艦隊は雲の上に在りと思っていた。乏しい航空予算で、一年分の燃料を前半期に全部使い果してしまうような猛訓練をつづけているのに、何を今さら、莫大《ばくだい》な金をつぎこんで戦艦の建造などするのだろうと思っていた。

何回目かの高等技術会議だか最高首脳会議だかのあと、東京へ来ていた桑原虎雄が、航空本部の山本の部屋をのぞいて、

「本部長、会議はどうでした？」

と聞くと、山本は、

「いやア、駄目《だめ》だよ。僕《ぼく》のような力の足りない者じゃ、残念ながら駄目だった。『大和』も『武蔵』も造る事に決ったよ」

と、憮然《ぶぜん》として答えた。それから、

「年寄りは、座敷作ったら、床の間は必ず要るものと決めてかかってるんだから、若い者は対抗出来ないよ」

とも言った。

この話は、二隻の建艦が正式に決定した昭和十一年七月の事であろうと思われる。山本は、その建造に職を賭《と》して反対するつもりであったというが、結局彼の意見は通らなかった。

「大和」と「武蔵」は山本の予言通り、それから八年乃至《ないし》九年後、その一八吋九門の巨砲に殆《ほとん》ど有効な火を吹かせないままで、アメリカの飛行機に沈められるのであるが、その非運の竜骨《キール》が秘密裡《り》に呉《くれ》海軍工廠《こうしょう》と三菱長崎《みつびしながさき》造船所とに据《す》えられたのは、これから間もなくの事であった。

第五章

一

この「大和《やまと》」「武蔵《むさし》」の建造が正式決定を見た時よりも約五ヶ月前、山本五十六が海軍航空本部長に補せられて三月目の昭和十一年二月二十六日早暁《そうぎょう》、いわゆる二・二六事件が勃発《ぼっぱつ》した。

内大臣斎藤実《さいとうまこと》、大蔵大臣高橋是清《たかはしこれきよ》、陸軍教育総監渡辺錠太郎の三人が叛乱軍《はんらんぐん》の襲撃を受けて即死し、侍従長の鈴木貫太郎が重傷を負うた。

総理大臣の岡田啓介《おかだけいすけ》は、首相官邸で寝ていたところを襲われたが、義弟の松尾伝蔵が身替りとなって射殺され、岡田は女中部屋にかくまわれていて、翌日午後無事官邸から救出された。松尾伝蔵は岡田が総理になった日から、何かの折には自分が義兄の身替りになって撃たれようと覚悟を定め、髯《ひげ》や髪の恰好《かっこう》など出来るだけ岡田に似せて岡田の身辺に起居していた人である。前内大臣の牧野伸顕《まきののぶあき》も、湯河原《ゆがわら》に静養中を襲われたが、孫娘に手を引かれて山の中へのがれ、助かった。この孫娘はのちに麻生太賀吉《あそうたがきち》に嫁《とつ》いだ吉田茂《よしだしげる》の次女の和子である。

　これらの事はよく知られている通りであり、事件そのものは四日で平定したが、これ以後、陸軍の政治支配力が著しく強化されたのも、すでに広く世に認められている事実であろう。

　二・二六事件の首謀者は、日本の国粋的改革、第二の維新《いしん》を夢みた、陸軍の一と握りの青年将校たちであった。彼らにそれを夢みさせた背後の者も、主として　部右翼勢力と陸軍の上層部の中にいた。

　それでは、海軍の方は、この事件に関して全く中立で、関与するところがなかったかというと、必ずしもそうではない。襲撃された侍従長の鈴木と首相の岡田と内大臣の斎藤実とが、三人とも日本海軍の長老であるという点は別としても、部内にはこの動乱の数日間、少なくとも二つの動きがあったように見える。

　その一つは、無論、陸軍の蹶起《けっき》将校たちに同調して立ち上ろうという、若い一部の海軍士官の動向であった。

　事件直後、航空本部の山本のところにもかなりの人数の青年士官たちが、

「陸軍はこの大事を決行しました。われわれも黙ってはおられません」

と言い寄って来た。

山本は、珍しく大声を出して、彼らを追い返したそうである。

その二つは、これと反対に、場合によって海軍が自身の兵力を以《もつ》て陸軍を叩《たた》こうという動きであった。

二月二十六日から一両日間の陸軍首脳の動静というものは、川島陸相が叛乱軍の蹶起趣意書を全軍に伝達する、叛乱部隊幹部と会見した軍事参議官たちが、彼らの挙兵に賞讃《しょうさん》の言葉を送るという風で、青年将校たちの「国家改造」の夢は今にも実現しそうに見えた。古川敏子や昔ハーヴァードで一緒だった森村勇は、のちに山本が、

「あの時は、陸軍の出方によっては、海軍は陸軍と一戦交えるのを辞さないつもりだった」

と言ったのを聞いている。

ただしこれは、山本が自分で乗り出して、何かするというような意味ではなかったであろう。

海軍部内のこの相反する二つの動きは、いずれも結局表面に出る事なくしておさまり、山本自身も、この事件に際して何も表立った行動は示さなかった。航空本部長というのは、こういう場合、何か行動を起したり指示を与えたりするような立場ではな

かった。

山本は、二十五日の晩からたまたま海軍省内に泊りこんでいて、役所で事件の発生を知ったのだが、反町栄一《そりまちえいいち》の本によると、彼の具体的にやった事は、先輩の鈴木貫太郎の身を案じて、すぐ軍医を自動車で鈴木邸へ送りこみ、同時に電話で東大の近藤博士という外科医を頼んで、この人にも鈴木邸へ急行してもらった、その程度の個人的活躍だけに留《とど》まったようである。

この近藤博士というのは、反町の本に、「帝大外科の第一人者近藤博士」とあるのみで、誰《だれ》の事かはっきりしない。反町式表現法では、山本に関連のあるものは、何でも飛び切り上等になったり第一人者になったりするので何とも言えないが、もし事実とすれば、現在の東大石川外科の初代教授、近藤次繁《こんどうつぐしげ》の事ではないかという気がする。しかし、頼んだ山本も、往診を受けた鈴木も、その近藤次繁も、皆死んでしまった今では、確かな事は分らない。

鈴木貫太郎の家には、その朝六時、すでに日本医科大学学長の塩田広重博士が駈《か》けつけていた。鈴木はそれから飯田橋の日本医大付属病院に移され、其処《そこ》で塩田博士の執刀で手術を受けた。近藤次繁は、塩田にとって教室の系統はちがうが先生すじに近い人である。だから山本が「近藤博十」に鈴木邸へ急行してもらったという事と、塩田広重が鈴木の主治医であったという事の間には、或《あるい》は何か関係があったかも知れない。

いずれにしても山本は、前々からその「近藤博士」を識《し》っていたのであろうし、医者がいくら重なってもいい、万全の措置をとりたい、事件の性格からも、今此処《ここ》で鈴木さんを死なせてなるものかという強い思いが、山本の心の中に働いていたのではないかと思われる。

塩田広重の書いたものによると、叛乱軍の軍曹《ぐんそう》は、鈴木貫太郎が、

「俺《おれ》が鈴木だ、話を聞くから、静かに」

というのに、

「閣下、ひまがありませんから撃ちます」

と一言答えて拳銃《けんじゅう》の引金を引き、つづいて三人の部下が鈴木の身体《からだ》に弾を撃ちこんだという。

志賀《しが》直哉《なおや》の随筆「鈴木貫太郎」によれば、さらにその上止《とど》めをさそうとする者があった。それを夫人が、

「老人だから、それだけはやめてもらいたい」

と押しとどめ、それで闖入者《ちんにゅうしゃ》たちはそのまま引き上げて行った。

しばらくすると、鈴木は熊《くま》に襲われた旅人みたいに、

「もう逃げたかい？」

と言って身を起したそうである。

どの一発でも命取りになるところであったが、それが不思議に、みな急所をはずれたり骨ですべってうしろへ廻《まわ》ったりして、鈴木を殺さなかった。

塩田は手術の結果、そういうピストルの弾を三つまで摘出したが、翌日になってどうももう一発足りないらしいと気がつき、精細に診察してみると、鈴木の陰嚢《いんのう》がボールのようにふくれ上っていた。エックス線で診ると、四発目の弾丸は鈴木の下腹部の骨盤の上に留まって、内出血で皮膚が著しくふくれているのが分った。塩田広重はそこで、「鉛玉、金の玉をば通しかね」という駄句《だく》をものした。

こうして一命取りとめた鈴木貫太郎は、これから九年後に、総理大臣として、戦争を終結に持ちこむ人になるわけである。

鈴木はとぼけるのが上手であったらしく、終戦内閣の時でも閣議の席上都合の悪い話は耳が遠くて全然聞えないふりをしていた由《よし》で、侍従長時代海軍部内の対英米強硬論や日本の右傾化にどの程度強い反対意見を持っていたかはよく分らない。しかし網野菊が彼の身内の人からじかに耳にした話では、対米戦争が始まった直後家族の者に

向って、

「日本はこの戦争に勝っても負けても、三等国に下る」

と言っていたそうである。

戦況のもっともいい時で、これを網野から聞いて異様な感じを受けたと、志賀直哉は「鈴木貫太郎」の中に書いている。

また、鈴木終戦内閣の農商大臣をつとめた石黒忠篤《いしぐろただあつ》の三男光三が、戦争中父親に連れられて鈴木の家を訪問したことがあった。それは、光三の姉の元子の仲人《なこうど》が鈴木だったというような関係もあって、予備学生として海軍に入り少尉《しょうい》に任官してから挨拶《あいさつ》に連れて行かれたのである。石黒光三は鈴木大将と何の話をしたかはすっかり忘れてしまったが、辞去して門を出るなり父忠篤が耳元に口を寄せて、

「俺はネ、あの人がこの戦争をおさめる人だと思うよ」

と言ったのがひどく印象的で頭に残っているという。

山本は先輩の中で鈴木を尊敬していた。しかし事件に際して、いくら腹を立て先輩の身を案じてみても、立場上何も格別の働きは出来なかったのであるが、当時横須賀《よこすか》に、山本と志を同じゅうする二人の海軍の将官がおった。

それは、横須賀鎮守府《ちんじゅふ》司令長官の米内光政と鎮守府参謀長の井上成美とで、この

人々はこれより少しのちに、海軍省で、米内の大臣、山本の次官、井上の軍務局長という縦に一本の組合せとなり、陸軍や右翼の横車に頑強《がんきょう》な抵抗を試み、帝国海軍を一つにひっさげた形で、日独伊三国同盟の締結に徹底的に反対するのである。

黒潮会の新聞記者たちは、彼らの事を「海軍左派」と呼び、艦隊派の側に立つ記者でもこの三人が「海軍切っての名トリオ」であることは認めないわけにいかなかった。

戦後、横須賀長井の田舎へ隠棲《いんせい》した井上成美が、「思い出の記」と題し、彼の兵学校三十七期のクラス内限り、「部外秘」として発表した当時の記録がある。山本五十六から少し離れるけれども、私は此処《ここ》で、その井上の記録に基づいて、二・二六事件前後の横須賀における「海軍左派」の動静の概略を書いておこうと思う。

二

不穏の空気がある事は、無論前々から、誰《だれ》にも感ぜられていた。当時流布《るふ》された「怪文書」や「怪情報」を洗い出したら、おそらく際限が無いであろう。

仮にその一、二を挙げれば、次のようなものである。

「　岡田内閣の正体

反国家性自由主義売国奴《ばいこくど》の
跳梁《てうりやう》を断乎《だんこ》排撃せよ

皇国団結の基礎は君臣一如《いちによ》の大道である。炳《へい》として輝く大道を紊《みだ》るもの曰《いは》く君側の奸臣《かんしん》にして牧野鈴木を繞《めぐ》る元老重臣ブロックである（中略）元来牧野はフリーメーソンの一味僕党《ぼくたう》にして今や虎視《こし》眈々《たんたん》祖国を窺《うかが》ふ国際聯盟《れんめい》の水先案内となり袞龍《こんりよう》の袖《そで》にかくれ擅《ほしいまま》に岡田内閣を操縦しその野望を遂行せんとしてゐる。（中略）

岡田内閣の反国家的存在たる正体を指摘し皇国の逆叛者に対し同志の奮起を促すものである。

陸海軍青年将校有志

逆賊岡田床次《とこなみ》を征討せよ、皇国の大義潰滅《くわいめつ》に瀕《ひん》す」

この文書は、海軍省法務局思想係の受付印を捺《お》されて残っていて、日付を見ると昭和九年十月二十五日、二・二六事件の一年四ヶ月前になっている。次の檄文《げきぶん》は、事件発生より、ちょうど一年前のものである。

「全皇軍青年将校ニ檄ス
断呼トシテ昭和ノ入鹿《イルカ》ヲ撃滅セヨ
時将《マサ》ニ至リツツ時愈々《イヨイヨ》熟シツツアリ、諸官ハ徒《イタヅ》ラニ眠レル大陸ノ獅子《シシ》ト終ル勿《ナカ》レ、軍服ノ聖衣ヲ身ニ纏《マト》ヘル諸官ノ部下ノ家庭ヲ視《ミ》ヨ、田畑ヲ売リ姉妹ヲ売リ木ノ実ヲ喰《ク》ヒ疲弊困憊《コンパイ》其ノ極ニ達セリ、且《カ》ツテ除隊営門ヲ出《イヅ》ル彼等ノ希望ニ満チタル潑剌《ハツラツ》タル姿モ今ハ全クシヨウスイシ切ツテ居ルコトハナイカ？　想起セヨ、必然不可避的第二維新ハ既ニシテ第二期戦ニ入リタルモ我等ノ陸海軍同志ハ今尚《ナホ》獄中ニ呻吟《シンギン》シツツアル、（中略）
起《タ》テ、而《シカ》シテ熱シタル維新ノ戦闘ヲ開始セヨ、視ヨ、国会ニ蕃居スル昭和入鹿ノ部下奴《メ》！　其ノ国賊ニ等シキ奸策《カンサク》ヲ、行動ヲ、自利自慾《ジヨク》飢ヘタル猿《サル》ノ如キ野望ヲ、口ニ兵農両善ヲ叫ヒ実行ニ軍民離間ヲ策セル自由主義亡者ノ群ヲ！（中略）
行ケ、同志ト結束シテ進軍セヨ、御英明極リナキ御宝算未《イマ》ダ御若キ大聖帝ヲ擁立シテ唯《タダ》一路金色ノ鵄鳥《シテウ》ノ導ク昭和維新ノ戦線目指シテ
皇紀二千五百九十五年二月

軍民聯合潜兵隊」

これらを見れば、不穏な空気の中核に在った者が、陸軍の青年将校だけでなかった事は明らかである。

「御英明極リナキ御宝算未ダ御若キ大聖帝ヲ擁立シテ」などというのは、一体どういうつもりか、「君側の奸」を除けば天皇がほんとうに彼らの蹶起に賛成されると思ったのか、まさか当時満二歳にならない皇太子をかつぎ出すという意味ではなかったであろう。

二・二六事件の際陛下のとられた態度は非常にはっきりしたものであった。当時の侍従武官長本庄繁《ほんじょうしげる》の書いたものに、

「陛下には陸軍当路の行動部隊に対する鎮圧の手段実施の進捗《しんちょく》せざるに焦慮あらせられ、武官長に対し、朕《ちん》自ら近衛《このゑ》師団を率ゐるこれが鎮圧に当らんと仰せられ、真に恐懼《きょうく》に堪へざるものあり」

とある。

本庄大将は女婿《じょせい》の山口一太郎大尉が事件に間接に関与していて、苦しい立場にあった。二十八日の午後陸相の川島義之《かわしまよしゆき》大将と陸軍省調査局長の山下奉文《やましたともゆき》少将が武官府へ彼を訪ねて来て、

「行動将校一同は大臣官邸で自刃《じじん》して罪をお詫《わ》びし、下士以下は原隊に復帰させる。

ついては勅使を賜《たま》わって彼らに死出の光栄を与えていただきたい。それ以外に解決の方法はない。第一師団長も、部下の兵を以《もっ》て部下の兵を討つに耐えぬと言っている」

という申入れをし、本庄が「おそらく不可能であろうが」と、躊躇《ちゅうちょ》しながら御政務室に入って伝奏すると、

「陛下には非常なる御不満にて、自殺するならば勝手に為《な》すべく、斯《かく》の如《ごと》きものに勅使など以ての外なりと仰せられ、又師団長が積極的に出づる能《あた》はずとするは自らの責任を解せざるものなりと、未《いま》だ嘗《かつ》て拝せざる御気色《みけしき》にて厳責あらせられ、直ちに鎮定すべく厳達せよと厳命を蒙《こうむ》る」

本庄大将は「返す言葉もなく退下」して来るという有様で、「御英明極リナキ御宝算未ダ御若キ大聖帝」の考えは、叛乱軍の若手将校たちの考えと全く相容《あいい》れないものであった。しかしこういう空想と独断が動かしがたい信念に変り、信念がさらにバランスを欠いた夢を生むのは、何もこの時代のこの人々にかぎったことではない。

引用した怪文書の字使いや語法は、すべて原文のままで、思想的にクレイジーになった人間の書く文章は、いつでも調子がよく似ている。ただ始末の悪いのは、彼らの自由に出来る武器が、密輸入のフィリッピン製のピストルや火焔瓶《かえんびん》や角材の程度では

なかったという事であろう。

井上成美は、横須賀鎮守府の参謀長になる前、戦艦「比叡《ひえい》」の艦長を勤め、その前は海軍省軍務局第一課長のポストにいたが、軍務局一課長の時、すでに、戦車を一台海軍省に常駐させるという措置を取っている。万一の時これで海軍は自衛するのだとは言えないから、市民に対する軍事思想普及宣伝用という、苦肉の名目であった。

「比叡」の艦長当時は、陸上料亭《りようてい》での「青年士官有志の会合」に、「比叡」乗組士官が出席する事を禁止した。

「井上成美なんかに、戦艦の艦長が勤まるもんか」

というような悪口が聞えて来たが、井上は部下に常々次のように説いていた。

「軍人が平素でも刀剣を帯びる事を許されており、吾々《われわれ》またその服装を誇りとしておるのは、一朝事ある時、その武器で人を斬《き》り、国を守るという極めて国家的な職分を果すからである。然《しか》しその一朝事ある時であるかどうかは、国家の意志が之《これ》を決する。即《すなわ》ち『戦争』と国の意志が決定し、『さあ、やれ』と統帥権《とうすいけん》の発動があってはじめて軍人が敵人を殺し、敵物を破壊する事を許されるのである。然るに軍人が手近に武器を保有しておるのを奇貨とし、統帥権の発動もないのに勝手に之を以て人を殺すような不法な事をすれば、名誉ある軍人は忽《たちま》ち殺人の大罪人と化し、神聖な武器は殺人の兇器《きょうき》となる事をさとれ」

至極あたり前な論旨であるが、一部の青年士官たちに、これらの事は総じて甚《はなは》だ受けがよくなかった。

井上が横鎮の参謀長になってみると、参謀長官舎の正門が、横須賀海軍工廠《こうしょう》の総務部長、山下知彦大佐の官舎の門と向き合っていた。山下大佐の家には、週に一回ぐらい、若い海軍士官が大勢集まって、何かしきりに討論をしている様子であった。山下は井上に、

「若い人たちの教育だ」

などと言っているが、どうも東京方面から諸種の情報を集めて来て、それを彼らに吹きこんでいるらしい。青年士官たちは、帰りに必ず井上の門の前へ並んで、井上の官舎の方に向って立小便をして行った。

「その頃、山下塾《じゆく》の如き私塾は、外にも相当あったのではないかと思う」

と、井上は書いている。また、

「言論界の人たちは、国家よりも自分の金もうけが第一らしく、何か右翼迎合の調子が強く、正々堂々中正の論をなすもの極めて稀《まれ》な情況であった」

とも書いている。

井上がこうして、鎮守府参謀長として海軍部内、部外の様子を見ていると、雲行きはますますよくない。海軍士官同士でも、深い知り合いでなければ、お互い、こいつ艦隊派かな、条約派かなと、さぐり合いばかりやっていて、なかなか打ちとけて話も出来ないような空気であった。

井上は、事が起った場合、横須賀から兵力を差し向けて海軍省が守れるだけの準備は、どうしてもしておかねばならぬと考えるようになった。陸軍の方は、どう動くにせよ東京に豊富な兵力を擁しているが、海軍は東京に実施部隊を持たないからである。

彼は長官の米内の承諾を得て、

一、特別陸戦隊一ヶ大隊を編成し、顔合せと訓練を行わせておく。

二、砲術学校から掌砲兵二十人、いつでも鎮守府に集まれるよう手筈《てはず》をしてもらう。これはいざの時、海軍省へ派遣して、官房の走り使いや省内の守備にあたらせる為《ため》である。

三、軽巡「那珂《なか》」の艦長に、昼夜雨雪を問わず、いつでも芝浦へ急航出来るよう研究方内命しておく。

これだけの処置を取る事にした。

真の目的は、長官の米内と自分と先任参謀しか知らなかったと、井上は書いているが、軍艦「那珂」を準備させたのは、陸戦隊を東京へ輸送するのに鉄道は陸軍の妨害を受けるおそれがあったのと、もう一つ、宮中が危険になった時、天皇を「那珂」へ移そうという含みからであった。

三

横須賀鎮守府司令長官の米内光政は、昼あんどんという綽名《あだな》の人であった。のちに海軍大臣になってからは、金魚大臣という綽名もあった。見かけだけで、使いものにならぬという意味である。

茫洋《ぼうよう》とした人物で、とにかく山本や井上のような切れ者でなかった事は確かだが、それだけに器量は一とまわり大きかったと評する人もある。

海軍省副官として一時期大臣の米内に毎日のように接した松永敬介は、

「忍耐強い人で、議会の雛壇《ひなだん》に坐《すわ》ると二時間でも三時間でも、まったく姿勢を崩さなかったし、艦隊の会議などでも一と言もしゃべらないで終ることがあったが、米内さんはほんとうはずいぶん神経質で、黙ったままよく額のところをピリピリさせていた」

と言っている。

緒方竹虎《おがたたけとら》や小泉信三の書いたものを見ても、米内が単に昼あんどんそのものの凡器であったとは考えられない。

昭和十年の暮か、十一年一月のある日曜日、横須賀鎮守府の先任副官が、参謀長の井上に断わりなしに、大勢の若い士官を長官官舎に案内して、米内に会わせてしまった事があった。

米内は押し出しも立派だし、さすがに貫禄《かんろく》もあり、こういう場合には極端に無口な方で、青年将校たちは押されたのか拍子抜けがしたのか、別に不穏な言動も見せず、すぐ引き退《さが》って行ったが、これが他の軍港地あたりに、

「米内さんに面接して大いに気勢を上げ、米内さんまたこれを激励した」

という風に誤り伝えられるおそれは、充分にあった。

井上成美はそれを憂《うれ》え、事の真相を横須賀鎮守府参謀長名で、すぐ各鎮守府各要港部あてに電報しておいた。

ほどなく、横須賀の「魚勝」で、新春恒例の在横須賀陸海軍首脳者の懇親会が開かれた。「魚勝」は「フィッシュ」と呼ばれ、「パイン」の「小松」と並んで長年海軍士官たちに親しまれて来た海軍料亭である。

芸者が入り大分酒がまわった頃《ころ》、陸軍の横須賀憲兵隊長、林という少佐が、井上の前へやって来て、

「この間、若い士官連中が米内長官と会談したあと、貴公はあんな電報を打つなんて、あんまり神経質だな」

　と言い出した。

　井上の参謀長名で出した電報の内容が、すぐ憲兵隊に洩《も》れていたらしい。鎮守府司令部の中にスパイがいるとは、まことに油断もならぬ世の中であったと、井上は書いている。

　林はそれから井上に向って、しきりに「貴公、貴公」と言う。

　井上は段々不愉快になって来、

「おい。君は少佐だろう？　私は少将だ。少佐のくせに少将を呼ぶのに、貴公とは何事だ。海軍ではな、軍艦で士官が酒に酔って、後甲板でくだをまいていても、艦長の姿が見えれば、ちゃんと立って敬礼するんだ。海軍には無礼講は無い。君のような人間とは一緒に酒は飲まん」

　と言って、プイと席を立ってしまった。

　そして彼が別室で茶漬《ちゃづけ》を食っていると、間もなく、芸者が三、四人、

「参謀長、たいへんよ」

　と、どやどや入って来た。

「荒木さんと柴山《しばやま》さんが、憲兵隊長と喧嘩《けんか》してます」

「どっちが勝ってるかね」

井上が聞くと、

「憲兵隊長がやられてるけど、ほっといていいかしら」

「そんなら、ほっとけ、ほっとけ」

と井上は言った。

その時には、広間の方で、憲兵隊長の林某は、海軍の荒木、柴山二人の少将に、さんざんなぐられているところであった。

荒木は、横須賀防備戦隊司令官をしていた荒木貞亮《さだあき》、柴山は横須賀鎮守府の人事部長柴山昌生《まさき》で、二人とも山本より三期下の兵学校三十五期、これから間もなく予備役になって、荒木は実業界に入り、柴山は男爵《だんしゃく》だったので貴族院議員になったが、今は共に故人である。

しかし横須賀の憲兵隊長ぐらいなぐってみても、実はもう仕方が無かったわけで、それから約一ヶ月半後、井上は早朝、副官の電話で叩《たた》き起される事になった。

「参謀長。新聞記者の情報ですが、陸軍は今暁《こんぎょう》、大変な事をやりました。一部は首相官邸を襲って——」

と、其処《そこ》まで聞いた井上は、

「よし。あとは鎮守府で聞く。一刻を争う。幕僚全部をすぐ出勤させろ」

と命じ、自分も急いで支度を始めた。

井上が鎮守府に顔を出した時には、すでに幕僚全員が揃《そろ》っていた。

それから、砲術参謀が急遽《きゅうきょ》自動車で東京へ実情実視に出かけて行く。掌砲兵二十名海軍省派遣警急呼集。特別陸戦隊用意。「那珂」急速出港準備。（「那珂」出動中の為「木曾」に変更）

次々手が打たれ、九時近くになった頃、それまで公卿《くごう》の長官官舎で電話報告を聞いていた米内光政から、

「そろそろ俺《おれ》も出て行った方がいいか？」

という、如何《いか》にも米内らしい、のんびりした電話がかかって来た。

そして間もなく米内長官も姿を見せ、横須賀鎮守府の司令部一同は、いわば和戦両様の構えで四日間の籠城《ろうじょう》になるのであるが、巡洋艦「木曾」の出港に関しては、軍令部から、警備派兵は手続きが要る、横鎮が勝手に軍艦を出してはいかん、手続きがすむまで待てと言って来、特別陸戦隊が「木曾」に乗って東京へ向ったのはその日の午後になった。井上は相当不満だったようである。

陸戦隊の指揮官は、井上と同期の佐藤正四郎大佐で、佐藤は事件が収まるまで朱鞘《しゅざや》の大刀を背負い、海軍を代表して東京で非常の活躍をし、山本五十六もこれをのちのちまで喜んでいたという。

佐藤正四郎の下で陸戦隊の中隊長をつとめたのは今井秋次郎大尉であった。今井は、姓はちがうが松永敬介の実弟である。松永は海軍省で、弟の部隊が到着するのを首を長くして待っていた。

事件勃発《ぼっぱつ》と同時に、陸軍から憲兵隊の手で海軍を護《まも》ろうかと言って来たが、「自分の手で護ります」と、それは断わってある。

弟たちの部隊が着く前に夜になって、もし叛乱軍《はんらんぐん》が攻めて来たら、門の前に海軍省の自動車を一列に並べ、ヘッド・ライトをともして敵の眼《め》を惑乱させろと松永は命令を下した。

海軍省の運転手たちは軍人ではない。ヘッド・ライトをつければそれを狙《ねら》い撃ちされるというので、この命令に彼らは参ったそうである。

聯合艦隊は、この時土佐沖での演習を終って宿毛《すくも》に入港中であったが、命をうけて急遽第一艦隊は東京湾へ、第二艦隊は大阪湾へ警備のため入った。第一艦隊の各艦は主砲をひそかに、占領された議事堂に向けていた。陸軍の出方によって、もし決断が下されたら、議事堂は三発で吹き飛んだろうと、この時の聯合艦隊司令長官高橋三吉は語っている。

海軍が陸軍に対し、砲火を浴びせるような羽目にならずに事件が終ったのは、あたり前に考えれば不幸中の幸い、まことに結構な事であったが、陸軍の動向が途中で逆転せず、大勢がもっと蹶起部隊に同調する動きを示し、「軍事内閣の樹立」「国家改造」への道を進み出し、其処で陸海相討つ事になったとしたら、昭和十一年以後の日本の歴史はどう変ったか、これも興味のある一つの「もしも」にはちがいない。

四

さて、此処《ここ》で話を山本五十六のいる海軍航空本部に戻《もど》すことにするが、航空本部というのは、もと艦政本部から分れて独立した部で、歴代の本部長は、ややもすると艦政本部に対して遠慮があって、言いたい事も充分には言わないという傾きが見えた。

艦政本部の方から言わせれば、お前たち、飛行機、飛行機というけれども、雨が降れば飛べない、波が高いと出られない、あれじゃしようがない、戦争の役には立たないじゃないかという頭が未《ま》だ多分に残っているし、航空本部の方にすれば、軍艦をたくさん造る手間でもう少し航空の方にも金をまわしてもらいたい、予算さえあればもっといくらでもやってみせると思っている。その主張の兼ね合いで、どうしても航空本部の方が弱かったのである。

しかし、山本五十六が航空本部長になると、彼ばかりは態度が極めて傲岸《ごうがん》積極的で、少しも艦政本部を憚《はばか》る様子が無かったという。

山本はまた、歴代本部長がともすると内心そう考えたように、航空本部長の椅子《いす》を、昇進のための一つのステップとは考えていなかった。

実際には、山本はまる一年しか航空本部長を勤めなかったのだが、前章にも書いた通り、

「航空本部長なら、いつまででもやっていたい」

と彼が言うのを、多くの人が聞いている。

それというのも一つには、この前山本が技術部長として航空本部にいた昭和五年の暮から約三年間、心魂傾けて播《ま》いた種を、彼は今、本部長として、自分の手で刈り取る時に遭遇していたからである。

技術部長時代の後半、松山茂航空本部長という名伯楽《めいはくらく》を得て、彼が思う存分に腕をふるった成果が、すぐれた国産の海軍機という形で、彼の前に現われて来つつあった。

海軍機の呼称法について、ここで少し説明をしておく必要があるかと思うが、海軍

の飛行機に、「銀河」とか「天山《てんざん》」とか「紫電」とかいうニックネームがつけられるようになったのは、大体日米開戦後の現象であって、この当時はすべて、実用機として採用した年を冠して、九四式水偵《すいてい》とか九七式艦攻とかいう風に呼んでいた。年といっても神武紀元が基準だから、九四水偵は皇紀二五九四年、すなわち昭和九年に制式採用になった水上偵察機、九七式艦攻は、昭和十二年採用の艦上攻撃機ということになる。

高名な零戦は、正式には零式艦上戦闘機で、その呼び名は、皇紀二六〇〇年（昭和十五年）に実用機として登場した戦闘機という意味である。

一方、試作機の方は、昭和何年度の試験期にあらわれた飛行機という意味で、七試水偵とか、九試艦攻とかいう風に呼ばれた。七試の水偵が、昭和九年、皇紀二五九四年に制式採用されて、九四式水偵になる。少しややこしい。

山本が航空本部長の時、彼の前に第一線機として続々姿をあらわしつつあったのは、彼の技術部長時代手がけた七試、八試あたりの飛行機であった。

海軍の航空は、初めフランスが手本で、次にイギリス、第一次大戦後はドイツからも学んだ。

外国に少し注目すべき飛行機が生れると、すぐそれを購入し、徹底的に分解して研究する。外国の航空機メーカーから、いつも一機だけでなしに少しまとめて買ってもらいたいと、皮肉を言われた事もある。日本人はコッピヤーだ、猿真似《さるまね》人種だと悪口を言われても仕方のないところがあった。

昭和の初年まではそういう時代だったが、山本が航空本部の技術部長になると、彼は、もう日本も一本立ちになって、すべてを国産で、独自の飛行機を創《つく》り出さなくてはならない時だと言い出した。

誰《だれ》しもそうならなくてはいけないとは考えていたが、すでにその時代に入ったと山本が判断し決意したのは、海軍一般の考えよりもかなり早目であったという。

それには無論、前述のような、将来の海軍の主力が戦艦から飛行機に移るという考えが、裏打ちになっていた。

技術部長時代の山本の着想に基づく海軍機の中で、最も注目すべきものは、昭和八年度の八試特偵と呼ばれる、双発長距離陸上機であろう。

これが、翌昭和九年に手直しをされて、九試中型陸上攻撃機となり、山本が航空本部長時代、二・二六事件の昭和十一年に、九六式陸攻として正式に量産に入る。いわゆる中攻で、もっと分りやすく言えば、海軍渡洋爆撃隊として世界を驚かしたあの飛行機である。

何故《なぜ》山本が、こういう陸上用の大型機——名称は中型攻撃機であるが、そのころの海軍機一般のスケールから考えれば、ずいぶんな大型であったし、又、海軍には七試大型攻撃機（のちの九五式陸上攻撃機）という失敗作を除いて、大型機と呼ばれるものは当時無かった——に着目したかというと、日米開戦となって、優勢なアメリカ艦隊が太平洋を西へ進攻して来た場合、劣勢の帝国海軍としては、日本近海でこれを邀《むか》え撃つまでに、何とか相手の勢力を互角か互角以下のところまで落しておきたい、着実に、いわゆる漸減《ぜんげん》作戦がとりたい。

それには、頼るべき武器は潜水艦と飛行機しか無いが、空母搭載《とうさい》の小型機では、索敵距離も攻撃距離も、先《ま》ず互いに似たようなもので、必ずしも確実に一方的にアメリカ艦隊を叩《たた》けるとは限らない。

そこで、委任統治領として日本が保有している南洋群島の島々を、不沈の航空母艦と見て、この、島の陸上基地から陸上基地へ、急速に移動し、長駆アメリカ艦隊を先制発見し、先制攻撃をかけ得る、足の長い、性能のいい飛行機が、どうしても要るという事になって来たのである。

八試特偵——九試中攻、すなわち九六陸攻の設計製作にあたったのは三菱《みつびし》で、その主務者は本庄季郎《すえお》技師、それに久保富夫、日下部信彦《くさかべのぶひこ》、加藤定彦、尾田弘志、福永説

二、高橋巳治郎《たかはしみじろう》らの各技師が関係し、協力した。

彼らは、ユンカース系その他の外国技術と資料とを参考にし、それに彼ら独自の理想主義的設計を調和させて、我が国軍用機では初めての双発引込脚と、洗煉《せんれん》された全金属製モノコック構造の細い胴体とを持つ、美しい国産機を作り上げる事に成功した。九六陸攻で、日本の飛行機は初めて世界の水準に達し、或《あ》る面ではそれを抜いたと言われている。

この陸上攻撃機の訓練の必要上生れたのが、のちに有名になる木更津《きさらづ》と鹿屋《かのや》の両飛行場であった。

日華事変が起ると、木更津海軍航空隊、鹿屋海軍航空隊を合した第一聯合航空隊はすぐ台湾に進出し、昭和十二年の八月十四日、台北と高雄《たかお》の二つの基地から暴風雨の東支那海を大編隊を組んで渡って、中国の広徳、杭州《こうしゅう》の両飛行場に薄暮攻撃を加えた。以後三日間の連続攻撃で、中華民国空軍は、立ち直り難《がた》いほどの打撃を受けた。

これが九六式陸攻の初陣《ういじん》で、有名な、事変初頭の海軍の渡洋爆撃である。世界の専門家は、日本海軍がいつの間にか、優秀な自動操縦装置と無線帰投装置とを備えたこんな飛行機を、こんなにたくさん、純国産で作り出していた事、それを使いこなして、ひどい低気圧の中を往復二千キロの渡洋爆撃行に成功した事に、大きな驚きを示した。

「プリンス・オヴ・ウェールズ」が、日本の海軍航空部隊に沈められる下地は、この時にもはや固まっていたと言ってよいであろう。

大体海軍大学校などといっても、将棋の駒《こま》を動かすことだけに熱中していて、駒を作る方は少しも考えない、山本はその点がちがっていた、彼の頭には早くから国家総力戦という考えがあって、のちに聯合艦隊司令長官になった山本は、結局自分の手で開発した飛行機をひっさげて大東亜戦争に臨んだのだと、本多伊吉が言っている。

この渡洋爆撃の成功は、山本が航空本部長の職を離れてからの事であったが、彼は、陸軍の始めた「支那事変」そのものについては苦々しく思いながらも、九六式陸攻の活躍ぶりには、思わず会心の笑みを浮べたというところではなかったかと思われる。

九六式陸攻は、次の一式陸上攻撃機にバトンを渡して生産を中止されるまでに、三菱で六百三十六機、そのあと中島で四百十二機、合計千四十八機が製作された。

零戦や一式陸攻は、いずれも十二試の飛行機で、山本の航空本部長時代よりあとのものになる。

五

航空本部長としての山本は、月に一、二回は必ず、名古屋の三菱重工業の工場へ出かけて行った。

当時三菱が、飛行機に関して日本で一番大きな生産能力を持っていたのであるが、それでも海軍の希望する数字より、それは低かった。

山本は、隘路《あいろ》は何処《どこ》にあるか、不足している資材は何か、調べてはすぐ山本流にテキパキした手を打った。

日本の航空機工業はその後、目ざましい躍進ぶりを示して、戦争中のある時期には、生産機数において世界の二位を争うほどになったが、其処《そこ》までいたる過程において山本五十六に引きずられたような場面が、かなりあったのである。

で、そういう場合によくある例として、一体、財界実業界方面から、山本個人に何か反対給付のようなものがなされなかったかどうか、考えてみる読者もあるかも知れないが、そういう事は多分、無かった。山本は、その方面には恬淡《てんたん》な人であった。普通にいって、彼は権勢欲からも物質欲からも遠かった。

ただ、これは飛行機の事と離れるが、戦後、現在の八幡《やはた》製鉄が、戦争中山本さんに世話になった礼にといって、鉄鋼を何噸《トン》かずつ、何回かにわたって定期的に公定価格で未亡人に提供していた事があるらしい。

敗戦後の窮乏時代、鉄の公定価格と実際のマーケット・プライスとの間には、噸あたりかなりの開きがあって、その差額を生計の足しとして御自由にという含みであった。八幡製鉄の社内では、この事実は今でも機密扱いになっているそうだが、事情を知る者には、むしろ佳話として伝えられている。山本が死んで、日本海軍が滅んだあとの礼子未亡人という者は、八幡にとって、どう見ても全く利用価値の無い一女性に過ぎなかった。

山本と財界とのつながりは、しかし、三菱や八幡に限られたものではなかった。

これからは、国防上、飛行機の価値がますます高くなって来る、彼の懸命の努力によって人も追々《おいおい》それを認めて来ている、そうなればいずれ生産上の大きな要求が出て来るにちがいない。三菱と中島くらいで到底足りはしない。技術者を養成し、航空機工業の裾野《すその》を拡《ひろ》げておくためには、どうしても三井、住友、日立などの大会社にもその方面へ乗り出して来てもらわねばならぬというので、山本はある時、南條三井、小倉住友、小平《おだいら》日立の三社長に集まってもらい、海軍航空の現況を説明し、協力を訴える決心をした。

三人とも日本財界の有力者だから、失礼でないかたちでお眼にかかれるようアレンジをしろと、彼は副官に命じたが、副官の方では、今をときめく山本五十六中将で、航空本部長の部屋にでも集まってもらえばいいだろうと軽く考えて、電話をしかけた

ら、山本が、

「おい、待て」

と言った。

「こっちから物を頼むんだぜ。それも、発註《はっちゅう》するんじゃなくて、わけを話して理解してもらう立場なんだ。そんなやり方じゃあいけない」

副官をそうたしなめて、結局、芝の水交社に席が設けられる事になり、山本は其処で、某日この三人の財界人たちと会った。

南條金雄は、梅龍の千代子と浅からぬ関係にあった人で、それが原因ではあるまいが、山本の話を聞いて、少し言葉を濁し、帰って相談してから返事をしたいと言った。

住友の小倉正恒《まさつね》も同じことを言った。

日立の小平浪平《なみへい》だけがその席で、

「一切をいとわず、御奉公いたしましょう」

と答えた。

「ただし、条件をつけるわけではないが」

と前置きをして、小平は、

「われわれの方では今、技術者の不足に悩まされている。非常時だ非常時だといって、技術者がどんどん召集されたり徴用されたりして、連れて行かれてしまう、日立としては飛行機は初めての仕事であるし、やるとすれば、あの者たちを何とか還《かえ》してほしいと考えるのだが」

と言った。

山本は即座に承知し、全部とは約束出来ないが出来るだけの事はしてみると言い、事実、すぐに然《しか》るべき処置を講じたという事である。

日立製作所は、この時の山本五十六との約束にしたがって、千葉に工場用地を準備し、のちにその航空機関連部門を、別会社の「日立航空機」として独立させ、練習機が主体ではあったが、終戦時までに相当数のエンジンと機体とを生産した。

六

航空本部長の職に在った間、山本は、三菱、中島の工場へ、繁々《しげしげ》と足を運ぶ一方、暇を見ては横須賀航空隊や元の古巣の霞ヶ浦航空隊へも出かけて行った。

机上プランのころから自分が手がけた九六式陸攻とか、のちに片翼帰還の樫村《かしむら》機で有名になった九六式艦上戦闘機とか、色々な第一線機が新しく並んでいるのに同乗し、性能や乗り心地を自ら試してみるためであった。吉田善吾などは、聯合艦隊の司令長官になってからも飛行機には決して乗らなかったほどで、当時の海軍首脳で山本五十六くらい飛行時間の多かった人は、ちょっとあるまいと言われている。

反面、事故があると、その都度艦隊や各航空隊から、飛行機の性能の悪さとか不備の点とかについて航空本部長の山本のところへ、遠慮ない、きつい苦情を言って来る。山本はそれを一身におさめ、一方では艦政本部あたりの古い偉方《えらがた》に肘《ひじ》を張って対抗しているわけで、やり甲斐《がい》もあったが、つらい仕事でもあったらしい。

彼が本部長時代、機関大佐で、航空本部技術部第一課長を勤めていた中村止《なかむらとどむ》の話によれば、実施部隊からあまりに不平不満が殺到して、やり切れなくなると、山本は何も言わず、ふッと堀悌吉のところへ、出かけて行ったそうである。

堀はこの時分もう海軍をやめていたのだから、山本はただ、この友人に、人に言えない心の中を訴えたかったのであろう。

実際、軍用機の事故はその頃《ころ》実に多かった。

新聞に、海と陸とで墜落の競争をしているなどと、悪口を書かれた。きょう大村で落ちる、あすは呉《くれ》で落ちる、一日おいて又追浜《おっぱま》で落ちるという風であった。

これは、それより前、山本が第一航空戦隊司令官として空母「赤城」に乗っていた頃の話であるが、新しく麾下《きか》の航空戦隊に着任した飛行科士官が、司令官公室へ挨拶《あいさつ》に入って来ると、山本はテーブルの前に貼《は》り出した殉職者の氏名一覧表を示して、「海軍航空隊が徹底的に強くなるためには、恐らく犠牲者の名前が、この部屋いっぱいに貼り出されるくらいにならねばならんだろう。諸君もその覚悟でやってくれ。きょうは先ず、教官指導の下に宙返りを五、六遍やって来い。司令官への着任の挨拶はそのあとで受ける」

と言ったりした。そのくせ山本は、殉職者の名前を書きこんだ手帖《てちょう》をこっそり出して眺《なが》めて、よく涙を浮べている事があったという。

何が事故の原因かという事では、色んな角度から検討がなされ、対策が講じられていたが、搭乗員《とうじょういん》の適性問題もみなが頭を悩ましている事の一つであった。

飛行予科練習生でも、飛行科予備学生でも、採用する時、学術試験や身体検査のあと、相当厳密な適性検査を行なって篩《ふるい》にかけるのだが、それでも、半年も経《た》ってから駄目《だめ》と決る者がたくさん出て来る。

駄目と決って飛行科からはずされるだけなら、不経済とか本人の不名誉とかで済むからいいが、そういう者が、不適格を申し渡される前に事故を起す。一人なり二人なり殉職者が出、予算は乏しいのに高価な飛行機が失われる。

東大の心理学教室に依頼して、実験心理学による適性検査もやっているが、それに基づいて採用した者が、初めはいいが、あと必ずしも伸びない。実験心理学は成長性については分らないのではないかという意見が出たりして、何とかしょっぱなに人間を選《え》り分《わ》けるすべは無いかというのが、航空関係者全体の大きな課題になっていた。

その頃大西瀧治郎が、山本の下で航空本部の教育部長を勤めていた。大西は兵学校四十期、桑原虎雄の三期下、山本の八期下で、大佐であった。

大西は山本に兄事していたが、戦争末期には特攻隊育ての親と言われる立場になり、次第に狂気じみた徹底抗戦論者となって、

「自分などは、棺を覆《おお》うて定まらず、百年ののち知己を得ないかも知れない」

とか、

「前途有為の若者を大勢死なせて、俺《おれ》のような奴《やつ》は無間地獄《むけんじごく》に堕《お》ちるべきだが、地獄でも入れてくれんかも知れん」

とか、そういう突きつめた言葉を口走るような心境になっていたらしく、自分の主張が容《い》れられず、無条件降伏が決ったあと、昭和二十年の八月十六日未明、

「特攻隊の英霊に曰《まう》す。善く戦ひたり、深謝す」云々《うんぬん》

という遺書を残し、軍刀で割腹して自害を遂げた人である。

この大西から、ある日霞ヶ浦航空隊の副長をしている桑原のところへ、電話がかか

って来た。搭乗員の適性問題では、大西も最も頭を痛めている人間の一人であった。電話の要旨は、

「自分の家内の父親が、順天堂中学の校長で、その教え子に、水野という少し変った青年がいる。大学は歴史科を出て、卒業論文が『太占《ふとまに》について』とかいうのだが、普通の八卦見《はっけみ》とはちょっとちがう。子供の時から手相骨相の研究ばかりやっていて、新聞で海軍の飛行機がこの頃よく落ちるという事を読み、あれは乗る人間の銓衡《せんこう》方法を間違っているのじゃないかと言っているそうだ。生意気な事をいう奴だと思って、実はこの間会ってみたのだが、その時この水野という男は、飛行機の操縦が上手にやれるというような人は、手相骨相にどこか変ったところがある筈で、それを十把《じっぱ》一とからげに採用するからいけないのだという意見を述べた。海軍は、決して十把　とからげに搭乗員を採用していないつもりだが、それでは君が見て彼らの適性不適性が分るかと聞くと、分ると思うと、まことに自信ありげな答えである。桑原さんあてに紹介状を書いて霞ヶ浦へ行かせるから、ひやかしのつもりでもいい、一度よく話を聞いて、みんなの手相でも見させてみたらどうか」

というのであった。

桑原自身、藁《わら》でもつかみたい心理状態になっている時であるから、承知して待って

いると、約束の日に水野義人《よしと》という二十四、五の青年が、大西の添え状を持って航空隊へ訪ねて来た。

ちょうど昼休みで、飛行服を着た連中が、飛行場の方から続々帰って来る。

副長の桑原は、それでは昼食後、教官教員百二十何名、全部ここへ呼ぶから、手相でも骨相でも思う通りに見て、彼らの飛行機乗りとしての適格性を、甲乙丙の三段階に分けてもらいたいと申し渡し、自分たちの方では、教官教員全員の名簿を用意しておくことにした。

その名簿には、彼ら一人々々の技倆《ぎりょう》が、長年月にわたって記録、採点してあった。

やがて、副長命令でみんなが集まって来ると、水野は、一人あたり五秒か六秒、じッと見てから、次々、甲、乙、丙をつけて行った。それを、桑原が副官といっしょに名簿の記録と突き合せてみると、驚くべき事に適中率は八十三パーセントを示した。

午後は、練習生たちを集めて同じように観相を行わせたが、やはり八十七パーセントがあたっていた。

桑原たちは驚異を感じた。

何ヶ月も、何年もかかって、彼らが甲とか乙とか判別したものを、この、飛行機に何の関係もない若い男が、たった五秒か六秒で、八十パーセント以上の確実性を以《もっ》て同じ判断を下してしまう。ひやかしのつもりでいた人々は、真剣にならざるを得なかった。聞いてみると、水野義人は未《ま》だどこへも就職しておらず、自由の身だということで、その晩は霞ヶ浦へ泊めて士官連中と色々漫談をした。

花本清登という大尉が縁談に迷っていたので、そのことを伏せて、水野に手相を見せてみると、水野は、

「あなたは結婚問題で迷っているんじゃありませんか？　やっぱり初めのに決めた方がいいですよ」

と言った。「初めの」というのが、花本大尉としては心を惹《ひ》かれている人のことで、あとのは、義理のからんだ話だったのである。

水野はまた、

「もう一年くらいすると、いくさが始まるんじゃないでしょうかネ」

というようなことも言った。

桑原虎雄は、

「いや。始まるとしても、あと一年なんてことはないだろう」

と反論したが、これが昭和十一年の夏で、それから一年後にいわゆる支那事変が始まったのは事実である。

水野の予言が事実となったあと、桑原が、

「なぜあの時、ああいうことを言ったのか？」

と訊《たず》ねると、彼は、

「昔、子供の時、手相骨相に興味を持ち始めた頃、東京で死相の出ている人間がたくさん眼《め》についた。大阪へ行くと眼につかないので不思議に思っていると、関東大震災というかたちでそれがあらわれて来た。今度の場合は、東京の町に、ここ一、二年のうちに後家になるという、いわゆる後家相をした婦人がひどく眼につく。これは天変地異ではあるまい、いくさが始まって夫を喪《うしな》うのだろうと判断したのだ」

と答えたという。

事変の初めに、東京を中心に編成された第一〇一師団が、上海《シャンハイ》戦線で戦って多くの戦死者を出したのは、これもやはり事実である。

七

水野が帰ったあと、桑原は早速大西瀧治郎に電話をかけた。

「オイ、あれは決して馬鹿《ばか》にしたもんじゃないよ。何とかあの男の手相骨相学を搭乗員採用の参考になし得るよう、こちらでも研究してみたいし、本人にももう少し深く研究させてみたいと思うが、海軍の航空隊なら何処《どこ》へでも自由に出入り出来るように、航空本部の嘱託《しょくたく》というかたちででも雇ってもらえんかね」

桑原が電話でそう言うと、大西は自分が取りもった人間の事であるから、無論賛成であった。

そこで副長の桑原は、灸《きゅう》とか鍼《はり》とかを喩《たと》えに持ち出し、一見非科学的な古い方法のようではあるが、応用統計学として、結果的に六十パーセント以上適中するものならば、「参考トスルハ可ナラン」というような事を書いて、霞ヶ浦海軍航空隊司令の名で、上申書として提出した。

大西瀧治郎が、それを持って各方面説いてまわる役目である。海軍省の人事局、軍務局あたりへ出かけて行って、水野義人の嘱託採用について色々言ってみるけれども、どこの部局でも、

「大西さん、いやしくも海軍がネェ、人相見というのは、どうもネ……」

と、ニヤニヤされるだけであった。

桑原虎雄は、「人事局、軍務局の理屈暮しの連中なので」と言っているが、「理屈暮しの連中」にしてみれば、航空の人々もとうとう頭へ来たのかという思いであったろう。

とにかく、全然相手にしてもらえないというので、桑原が、

「山本さんには話したか？」

と聞くと、大西は、

「未だです」

と答えた。

それで、桑原大西の両人は、或《あ》る日揃《そろ》って航空本部長の部屋へ山本を訪ね、

「どうか笑わずに聞いてほしいのですが、実は」

と、水野の件を切り出し、詳しく事情を話してその嘱託採用の斡旋方《あっせんかた》を依頼した。

山本はにこにこして聞いていたそうだが、二人の話が終ると、

「よし。それじゃ、俺が会おう。その青年を呼んで来い」

と言った。

水野義人が、すぐ電話で呼び寄せられる事になった。

一方、山本は、軍令部、海軍省の人事局、軍務局、航空本部の各部各課など、あちこちへ電話をかけて、二十人ばかりの人を航空本部長の部屋へ呼び集めた。

水野がやって来ると、山本は最初に、

「一体、手相骨相を観《み》るというのは、どういう事かね？」

と質問した。

それは霞ヶ浦航空隊で桑原さんに申し上げた通り、一種の応用統計学だと水野は答えた。うさぎ耳をした人は注意深く気がやさしいとか、顎《あご》の骨の張った人はどうだとか、昔村の人が村の人を見て歩いて、経験から統計的に割り出したもので、百発百中ではないが、決してフィフティ・フィフティではない、観る時はそれに勘も働かせますと、水野は言った。

観相法というものはしかし、プラトン、アリストテレスの時代からあったそうであるから、水野が「昔村の人が」と言うのは、必ずしも江戸時代の日本の村の話や何かとは限らないかも知れない。

「そうか」

と、山本は言った。

「それでは君、此処に二十人ばかり人がいるが、この中で、誰《だれ》と誰とが飛行将校か分るか？」

水野は、集まった海軍士官たちの顔をじっと眺《なが》めまわしていたが、やがて、

「あなたそうでしょう」

「あなたもそうでしょう」

と、二人の将校を指した。

それが、星一男と三和義勇であった。星は兵学校四十六期、源田実《げんだみのる》や三和義勇の先輩である。二人とも、当時海軍の最もすぐれた戦闘機パイロットであった。三和だけ頭をかいて笑っていたが、みなは思わず顔を見合せた。

「ほかにいないか？」

と聞くと、

「ほかにはもうありません」

と水野が言う。

その時、列席者の中から一人、人事局の田口太郎という少佐が、誰か忘れてやしませんかというわけで、

「私も飛行機乗りだがね」

と、名乗り出た。

水野は、それでは手を拝見したいと、田口少佐の手相を眺めた上で、

「あなたは、飛行機乗りかも知れませんが、あまりお上手の方ではありません」

と言った。

みんなは、もう一度顔を見合せた。それから、揃って声をあげて笑い出した。

田口は海軍大学校出の飛行艇パイロットであった。頭脳は優秀だったが操縦に関してはどうも勘が鈍くて時々飛行艇をぶっつけて壊し、今に大怪我《おおけが》をするぞと言われていた男で、それで昨年十月海軍省に転勤させられて来たのである。

山本は、みんなの顔を見まわして、

「どうだ？　誰か人相を見てほしい者があったらついでに見てもらえよ」

と言ったが、一同ややたじたじの気味で希望する者が無い。

「草鹿《くさか》君、君やってもらえ」

山本は航空本部総務部一課長の草鹿龍之介《りゅうのすけ》大佐を指名した。

水野は草鹿の骨相をしばらく眺めてから、

「ハア、あなたは重役ですね」

と言った。

草鹿龍之介は住友の大番頭だった草鹿丁卯次郎《ちょうじろう》の息子で、ビールはたてつけ大ジョッキに三杯、靴《くつ》の紐《ひも》が自分で結べないという肥満漢である。

「重役とはどういう意味だ？　金持のことか」

山本が聞くと、

「そうですね。それもありますが、私の言うのはあなたは押しの一手の人だということです」

皆が又わっと笑う。

「物事を組織するのが得意で、大胆で、大切なことは人に委《まか》せて知らん顔をしてる人です」

「もっと何か無いか?」

草鹿が聞くと、

「あなた大怪我をしましたね」

と、水野が言った。

「いや、そんなことは無いよ」

「それじゃ、これから大怪我をなさるかも知れないから気をつけられた方がいいでしょう」

これは草鹿龍之介の性格と、のちにミッドウェー海戦で重傷を負う運命とを言いあてているように見える。

もう一人、木田達彦という少佐が手相を見てもらった。

「あなたは他人の姓をついでいるでしょう?」

と水野は言った。

「何だ、ほんとか？　君は養子か？」

草鹿が聞くと、

「いやア、私実は養子なんです」

と、木田少佐は苦笑いをした。

「もういいだろう」

山本がそう言い、一同不服なく、水野の採用はその場で決定した。

間もなく水野は、海軍航空本部嘱託という正式の辞令をもらい、それからは、霞ヶ浦航空隊での、練習生、予備学生の採用試験の都度立会って、応募者の手相骨相を見る事になった。

水野は山本の手相も見たが、山本の特徴は、俗に天下線と称する太閤秀吉《たいこうひでよし》の持っていたのと同じ線が、中指のつけ根まではっきり一直線に伸びていて、途中で職業を変らずに最高位まで行く人の相だというのが、彼の説明であった。

海軍が水野の観相術を利用した方法は、飛行機乗りの銓衡《せんこう》にあたって、学術甲、体格甲で、水野が甲をつければ、それを最も優先させるというやり方であった。したがって、戦争中一部で、海軍航空隊に人相見が出入りしていると、あたかも迷信が横行しているかの如くに取沙汰《とりざた》されたのは、必ずしもあたっていたとは言えないようである。

水野はその後段々に忙しくなり、戦争中は助手を二人連れて、出張出張で航空隊から航空隊へと飛び歩き、しまいには謄写版《とうしゃばん》のインクで取った手相まで見させられ、総計二十三万数千人の飛行適不適を判断した。

昭和十六年には、桑原虎雄に、

「戦争は、今年中に始まります」

と予言した。

「それで、どんな具合に進むかね？」

と、もうすっかり水野を信用している桑原は聞いた。

「初めは順調に行きます。あとの事は分りませんが……」

「どうして？」

「書類を持って廊下を歩いている軍令部の人たちの顔の相を見ると、どうもよくありません。先行きが心配です」

それから四年後、昭和二十年の七月、軍需省に出仕、軍需省監理官になっていた中将の桑原は、又水野に質問した。

「君、戦争は今後どうなると思う？」

「来月中に終りますよ」

と、水野は答えた。

「何だって？」

桑原はびっくりして、その理由をただした。

「最近、特攻基地を一とまわりして来ましたが、特攻隊の若い士官下士官で、死相をしている人が極めて少なくなりました。これは、戦争が終る徴候でしょう」

水野義人は、戦後司法省の嘱託として府中刑務所に勤務し、犯罪人の人相の研究をしていたが、間もなく進駐軍司令部の鶴《つる》の一と声で免職になり、現在は銀座の小松ストアの相談役として、店員の採用や配置に関し、助言をする仕事をやっている。戦争中水野が、飛行適だけれども事故を起す性《たち》だと言った人の名前には、マークをして金庫にしまっておいたが、その三分の二が事故で死んだという。

私は、水野義人の観相の術がどの程度純粋な応用統計学で、どの程度超心理学的要素をふくみ、更にその上、催眠術や手品の部分があったのか無かったのか、これを確言する事は出来ない。それに、それを追究するのはこの物語の役目ではなさそうである。

ただ、山本五十六の水野に対した対し方に、私は興味を覚える。それは一つには、山本が大層部下思いであった事の証左であり、もう一つには彼が、普通科学的、合理的と考えられている以上のものをも割に直観的にすぐ信じた、少なくとも無視しなかったという事の証左のように思えるからである。

第六章

一

二・二六事件のあと成立した広田内閣に、大角岑生《おおすみみねお》にかわって海軍大臣として迎えられたのは、帝国全権としてロンドン会議からの脱退を宣言し、事件解決の直後、英国から帰朝したばかりの永野修身《ながのおさみ》であった。

永野の次官は長谷川清が勤めていたが、事件の余波もようやくおさまり、その年十二月の定期異動で、長谷川が第三艦隊の長官に出て行く事になった時、永野は後任の海軍次官として、航空本部長の山本五十六に白羽の矢を立てた。

交渉してみるとしかし、山本は言下にその申出を断わった。永野修身は少し色をな

し、

「去年、僕《ぼく》が軍縮の全権を拝命して随員を頼んだ時も、君は一蹴《いっしゅう》した。今度次官になってくれというと、又断わる。一体君は僕が嫌《きら》いなのか？」

と、詰問した。

去年軍縮の全権云々《うんぬん》というのは、ロンドン軍縮予備交渉につづく昭和十年のロンドン軍縮本会議に永野が全権として赴く時、山本に随員として今一度の英国行きを頼んで断わられた、その事を指している。

こう言われては、海軍のしきたりから言っても、山本は引受けないわけに行かなかった。

反町栄一《そりまちえいいち》の山本伝には、山本が、

「永野大将は尊敬する先輩である。今ここでお断わりすると誤解を生ずるおそれがあるので」

と言ったと書いてあるが、これは、作り話でなければ単なる修辞というものであろう。

山本が永野を「尊敬」している様子は、あまり無かった。のちに、永野を軍令部総長に据《す》えようかという話が起って、果して永野で、部内外に受けるかどうかが論議さ

れた時、山本は、

「永野さんは、天才でもないのに自分で天才だと思いこんでる人だからね、一般には受けるだろ」

と、ずいぶん手厳しい批評をしているし、「山本五十六と米内光政《よないみつまさ》」の中で、高木《たかぎ》惣吉《そうきち》も、

「永野海相は勇猛な秀才には違いなかったが、衝動的断行肌《はだ》の人で、山本次官とは性格的にかけ離れたところがあった」

と書いている。

それに海軍大臣としての永野は、山本に次官就任を交渉するほんの一、二週間前、陸軍の横車の一つである「日独防共協定」なるものを——、積極的に賛成はしなかったにしても、黙って呑《の》んで、締結させてしまっていた。

海軍には、政治に携わる者は部内で大臣一人だけ、大臣の政治的決定は必ずこれに従うという伝統が、比較的ではあるがよく守られていて、それが陸軍とよほど違っていたところであり、山本もその点は折り目正しい方であった。したがって、永野海相がどんな態度をとろうと、航空本部長として表立ってとやかく言うべき筋合いではないけれども、次官になれと言われれば、やはりこの辺のところは、甚《はなは》だ気に食わない

と思わざるを得なかったであろう。

二・二六事件は、蹶起《けっき》部隊を叛徒《はんと》として鎮圧し、首謀者を軍法会議にかけ、非常の事態を収拾して粛軍を断行したかに見えたが、事実は決してそうでなかった。

一と口に言えば、これを界《さかい》として、陸軍部内の所謂《いわゆる》皇道派が追われ、統制派が主導権を握り、軍の政治的発言力が頓《とみ》に強化されただけの事であった。死刑の宣告を受けた十七名をはじめ、蹶起部隊の青年将校らは、むしろ政治的な道具に使われた観すらあって、統制派を主体とする陸軍に、下剋上《げこくじょう》の風潮が一層甚だしくなり、いざという時は、

「遺憾ながら陸軍はこの内閣に、陸軍大臣を出せない」

と、伝家のダンビラを抜いて駄々《だだ》をこねさえすればすべてが通るという好ましくない慣習が、次第に出来上って来る。それはこれよりのち、度々の政変劇に、度々その最大の素因となる。

陸軍の要求を呑んで組織された広田《ひろた》弘毅《こうき》内閣の、「国策の基準」の大綱は、

「外交国防相俟《あひま》つて、東亜大陸における帝国の地歩を確保するとともに、南方海洋に進出発展するにあり」

というので、これは、一国の内閣首班が平時に口にする国是として、著しく侵略的

匂《にお》いの露骨なものであった。

何年でもやっていたいと思っていた航空本部長の地位をなげうって、こういう情勢下で永野修身の政治的女房役《にょうぼうやく》になる事は、有難《ありがた》くない話にちがいなかったが、結局山本は永野の懇請を受けて、昭和十一年十二月一日付、

「任海軍次官」

という、正式の内閣辞令を貰《もら》う事になった。新橋の芸妓《げいぎ》たちが、

「山本さん、おめでとう」

と、祝いを述べると、山本は、

「何がめでたいか。折角今まで、日本の航空を育てようと一生懸命やって来たものを急に変えられて、軍人が政務の方に移されて何がめでたいものか」

と言って、本気で怒った。

祝いを述べに長岡《ながおか》から上京して来た反町栄一に対しても、

「少しもめでたくはないのだ」

と言っている。

当時二六新報の社長だった松本賛吉は、鳴弦楼《めいげんろう》の号で「柔道名試合物語」などの著書のある人であるが、前々から長谷川清を識《し》っていた。

対支問題が急を告げている時で、彼は二六新報からも特派記者を三人北支中支方面に派遣したいと思い、派遣費用の一部を海軍の機密費から出してもらおうと、その無心をするつもりでたまたまこの日海軍省へやって来た。次官更迭《こうてつ》のことは承知していて、長谷川に山本を紹介してもらうつもりだったのだが、

「長谷川前次官はさっき見えられましたが、今どこの部屋へ行っておられるか分りません」

と秘書官が言う。

それではと直接山本への面会を求めると、あっさり次官室へ通された。のちにはずいぶんしたしくなったが、この時が松本鳴弦楼の山本との初対面である。

まず型通り、

「今回はおめでとうございます」

と挨拶《あいさつ》を述べると、山本は凄味《すごみ》のある眼《め》をぎょろつかせて、

「やあ」

と言っただけでにこりともしなかった。

松本の新聞記者としての長年の経験では、どんな役人でも軍人でも、こういう時、特に新聞社の社長あたりには、

「いや、どうも。なにぶんよろしく」

ぐらいのことは言って笑顔を見せるのが定石《じょうせき》であるが、山本はおそろしく無愛想で、

「感想など格別ない」

「命令だからなったんだ」

としか言わなかった。

「ところで新任早々、このような話はどうかと思いますが」

と、松本が機密費の一件を切り出すと、

「それが何か海軍と関係があるのかね？」

山本はそう言って松本の説明を要求し、

「君の話は漠然《ばくぜん》と国策を論じているだけで、海軍がそれに援助を与うべき理由がさっぱり納得ゆかん」

とにべもなかった。

「しかしまあ、そうやかましいことを言わずに、新次官就任第一日の吉例として承知していただくというわけには参りませんか」

松本が押してみると、山本は、

「吉例？　そんなものは吉例じゃなくて悪例だ」

と言う。

松本賛吉はとうとう旗を捲《ま》いて引下ることにしたが、海軍省の建物を出ながら、どうもえらく馬力のド強いのが新次官になって来たなと思ったそうである。

こうして、渋々海軍次官の椅子《いす》に坐《すわ》り、これより、広田、林、近衛《このえ》(第一次)、平沼の四内閣にまたがる山本五十六の、二年九ヶ月間の苦闘が始まる事になった。

事務引継ぎは、海軍省内の次官室で、面会人を避けてひっそりと行われた。

前次官の長谷川清は、海軍省先任副官の田結穣《たゆいみのる》に、

「君は古くから山本を識っているんだし、事務的な事は、俺《おれ》のかわりに全部見せてやってくれ」

と言って、大体の事を委《まか》せた。

山本は、田結から二時間ばかりにわたって、新聞雑誌関係者の親しくすべき人物の名前とか、次官の接触すべき外務省、陸軍省の人の人名簿とか、聞かされたり見せられたり、詳しく申し継ぎを受けた。しかしそれは、純事務的に運ばれ、部内人事に関して、互いに何か思っていても、耳打ちしあうというような事は、一切無かったという。

田結穣はそれを終ってから、聯合《れんごう》艦隊へ戦艦「日向《ひゅうが》」の艦長として出て行き、田結

の代りに海軍省先任副官として着任したのは、田結の三期下の近藤泰一郎であった。

海軍省の副官は、大佐の先任副官が一人、B副官と呼ばれる中佐の次席副官が一人、その下に副官兼秘書官の少佐が二人と、計四人いるのが普通であったが、田結も近藤も、副官兼秘書官の吉井道教《よしいみちのり》、松永敬介も、この勤務の前かあとに英国駐在をしていて、色分けをするなら、彼らは皆穏健派であり、条約派に近い人々であった。

山本が次官に就任して間もなく、高松宮宣仁《のぶひと》親王が、軍令部参謀として霞《かすみ》ヶ関《せき》の赤《あか》煉瓦《れんが》の建物に着任して来る事になった。高松宮は、その十一月二十六日に海軍大学校を卒業したばかりの若い少佐であった。

近藤先任副官は、宮の御着任の日時など関係方面に問合せ、当日は一同海軍省の正面玄関に出てお迎えするよう、万端準備をすすめていたが、その事が耳に入ると、普段あまり部下を叱《しか》った事のない山本が近藤を呼んで、

「オイ、宮様は宮様として着任されるのか、海軍少佐として着任されるのか、どっちなんだ？　少佐なら少佐らしく着任してもらったらいいだろう」

と、珍しく叱言《こごと》を言った。

それで、近藤泰一郎の計画していた事は取り消しになり、高松宮は、誰《だれ》にも出迎えなど受けずに一少佐として軍令部へ移って来た。着任後、山本はあらためて、親王殿

下に対する礼をとり、高松宮の部屋へ自分の方から挨拶に出向いたそうである。

二

間もなく年が明けて、昭和十二年の一月になると、政友会と民政党と二つの政党が、軍部批判の態度をはっきりさせ始めた。

これより何年か前、政友会総務の森恪《もりかく》がゴルフ場で近衛文麿《このえふみまろ》に会って、

「陸軍の一部の者が『今の陛下は凡庸で困る』と言つてゐるさうだが、その意味は、つまり陸軍の言ふことをおききにならないからだらうと思ふ。実に以《もっ》ての外のことだ」

と憤慨していたという話が「西園寺公と政局《さいおんじ》」の中に出て来るが、多少とも気骨のある政党人としてはもはや黙ってはいられないという空気が、二・二六事件を契機として盛り上って来たものであろう。

休会あけの第七十議会の第一日目に、政友会の浜田国松は、のちに「ハラ切り問答」として有名になった軍非難の質問演説を行なった。

「軍部は近年みずから誇称して、我国政治の推進力は我等《われら》にあり、乃公《だいこうい》出でずんば蒼生《そうせい》を如何《いかん》せんの概《がい》がある。五・一五事件然《しか》り、二・二六事件然り、軍部の一角よ

り時々放送せらるる独裁政治意見然り、議会制度調査会における陸相懇談会の経緯然り、満洲協和会に関する関東軍司令官の声明書然り。要するに独裁強化の政治的イデオロギーは常に滔々《とうとう》として軍の底を流れ、時に文武恪循《かくじゅん》の堤防を破壊せんとする危険あることは、国民の均《ひと》しく顰蹙《ひんしゅく》する所である」

というのが前置きで、相当はげしいものであった。

そして、答弁に立った寺内《てらうち》陸相との間に、軍を侮辱した言辞があるとか無いとかの応酬の末、浜田は三度目に登壇すると、

「速記録を調べて僕《ぼく》が軍隊を侮辱した言葉があったら割腹して君に謝する、なかったら君割腹せよ」

と、寺内に詰めよった。

陸軍は硬化し、陸軍大臣の寺内寿一《ひさいち》は、政党の反省を求めるためと称して、閣議で議会の解散を主張した。

これは、陸軍の横車に楯《たて》つく者があるなら、もう一度選挙をやって出直して来いという事で、誰が見てもずいぶん無茶な話であったが、その頃《ころ》の陸軍部内にあっては、当の寺内すら、一箇《こ》のロボットに過ぎなかったとも言われている。木場浩介編の「野村吉三郎」という本には、それを示す次のような挿話《そうわ》が書いてある。

「陸相に就任間のない寺内を追って新聞記者の一団が陸軍省へやって来たら、奥へ消えようとする陸相とすれ違いに現われた軍事課長の武藤章《むとうあきら》（後・中将）が、軍の声明書の如《ごと》きものを記者団に手交した。それを見た寺内が引返して、『何だね？』と武藤と記者達《たち》の顔を半々に眺めながら訊《たず》ねた。その時、武藤は『ああ、これはまだ大臣にお見せしてなかったですね』と、平然といい放ちながら手にした一枚の印刷物を寺内陸相に渡したというのだ。この一シーンこそ当時の陸軍の偽らぬ実相であった。仮初《かりそめ》にも陸軍が天下に向けて公にする声明書を下僚輩が独断でつくりあげ、大臣の眼《め》にも触れさせず勝手に発表して恬然《てんぜん》として省るところなかったのだから、まことに怖《おそ》るべき時代であったといわねばなるまい」

この武藤章などが、ロボットの背後の最も有力な影武者として、この頃から頭角をあらわして来た一人であるが、陸軍の方から言わせれば、永野海軍大臣の背後にもやはり影武者がいると見えたかも知れない。

山本五十六は、なり立ての海軍次官ではあったが、永野を強力にバック・アップして、陸軍の解散論に正面から反対した。永野自身は、必ずしもそれほど強腰ではなかったように思われる。

海軍の反対と、前田鉄道、島田農林、小川商工ら政党出身閣僚の反対とによって、議会の解散は避けられたが、陸軍はソッポを向き、「ハラ切り問答」から数日を出ずして、一月二十三日広田弘毅内閣は瓦解《がかい》してしまった。

永野が強腰でなかったろうというのは、彼はこの時、政治的な工作を弄《ろう》して陸軍と政党の間の調停を計ろうとし、政友、民政の両党総裁を訪ねて、見事失敗した事実があるからである。そしてこれが永野の次の内閣に留任出来なくなった最大の原因であった。

広田のあと大命は宇垣一成《うがきかずしげ》に降下したが、陸軍はこれにも「全軍の総意」と称して、ソッポを向いた。その為《ため》に宇垣内閣は流産した。

宇垣内閣流産の経緯を詳述するのは避けるが、組閣本部を訪れて、宇垣に後任陸相推薦の困難な情勢を説き、大命拝辞をすすめた杉山元《すぎやまはじめ》、建川美次《たてかわよしつぐ》、それに前陸相の寺内寿一など、陸軍の系譜の上からは皆宇垣の子分すじで、これを以てしても、当時佐官級の中堅幹部が如何《いか》に陸軍の実権を握っていたかが分るという。

前後十日間のもたもたの末に、結局陸軍大将林銑十郎《はやしせんじゅうろう》が後継内閣の首班になったが、この時、海軍人事に興味を持っている者でもおやと驚くぐらいの手際《てぎわ》のよさで、不意に米内光政が海軍大臣として登場して来た。

米内は、横須賀鎮守府司令長官から聯合艦隊司令長官に転出して未だ日が浅く、

「長官をやめて一軍属になるのは全く有難くない」

と言って、横須賀から東京へ出て来、彼と交替に永野がお手盛で聯合艦隊司令長官に出て行ったが、米内かつぎ出しを最も強く主張したのは、次官の山本五十六であった。

山本は、次官として軍政面に携わるようになった以上、自己の政治的責任、海軍の政治的な使命についても、考えないわけには行かなかった。海軍の政治的使命とは、このまま行けば道は戦争から破滅へと通じているだけで、事実上もう、陸軍の横暴をチェック出来るものは海軍しかないという自覚である。それには、末次信正《すえつぐのぶまさ》大将ら部内の強硬派陸軍同調派を、場合によっては首切っても海軍を一本に立てなおすより他《ほか》はなく、そしてそれには、米内以外に人は無いと、山本は考えた。

海軍は、陸軍に比して所帯が小さく、比較的よくまとまっていたとは言うものの、陸軍の風潮に影響されるところが無かったわけでは決してない。緒方竹虎《おがたたけとら》は、米内の事を書いた「一軍人の生涯《しょうがい》」の中で、

「山本五十六が永野の下に海軍次官に起用されたことは、正に海軍立直しのキッカケ

を造るものであつた」

と言っているが、永野の置土産の山本次官の上に、米内光政が大臣として坐って、海軍はこれ以後、初めて見事な統制の下に置かれることになったのである。

三

もめにもめて成立したにも拘《かかわ》らず、林銑十郎の内閣は、二月二日の組閣から五月三十一日の総辞職まで四ヶ月足らずの、極めて短命であった。

そのあとに、近衛文麿が初めて総理大臣として登場して来る。緒方竹虎によれば、「第一次近衛内閣は『国内的には社会正義、国際的には国際正義』といふ旗印をたて、二・二六事件以来国内に鬱屈《うつくつ》した一切の相剋《さうこく》摩擦を無くするのだと標榜《へうばう》して乗出して来た。その近衛の態度たる極めて高踏的で、内閣総理大臣になるのは、政治の責任をとるのではなくて、いはば経験を豊富にして、他日元老としての献替に資せようとして居るものとしか、一般の眼には映じなかつた。これは西園寺の近衛教育の方針であつたと想像されるし、近衛の門地が近衛にかく思はせたとしても、当時としては必ずしも不自然ではなかつた」のである。

米内、山本の海軍は、この内閣に留任した。第一次近衛内閣の成立後間もなく、郷里の長岡で、山本の兄の高野季八が亡《な》くなった。

山本の父の高野貞吉は、高野家の長女に養子に来た人で、譲、登、丈二、留吉と四人の男の子を生んだのち、妻に先立たれ、その妹の峰と再婚してもうけたのが、嘉寿《かず》子《こ》、季八、五十六の三人であった。

末っ子の五十六は、長兄の譲や次兄の登とは、三十以上も年のひらきがあり、丈三、留吉らとも、それほど親密ではなかったようで、彼が心から愛していたのは、この兄の季八と姉の嘉寿子の二人であった。両親はずっと前、大正二年に亡くなっていたし、季八の死後、郷里には、山本のほんとうの肉親はもう姉の嘉寿子しかいない事になった。

季八の病中、長岡の中沢三郎というかかりの医者が、町内青年団の旗の字を書いてほしいと山本に頼んだ時、山本は、

「書くとも書くとも。高野の兄貴の病気さえなおしてくれれば、何百枚でも書いてやる」

と言っていたそうだが、死去の報を聞いて長岡へ帰って来ると、季八の好きだった草花を、いっぱい棺の中へ投げ入れて、長い間棺のそばで泣いていた。山本は、こういう場合、割によく泣く方であったらしい。のちに書くが、彼は戦死した部下の棺の

前で号泣した事もある。

さて、季八が亡くなったのが、六月二十五日で、六月二十七日の夜行で山本が帰京すると、それから旬日を出でずして、いわゆる支那事変が勃発《ぼっぱつ》した。

当時の米内光政の手記には、次のように書いてある。

「昭和十二年七月七日、蘆溝橋《ろこうけう》事件突発す。九日、閣議において陸軍大臣より種々意見を開陳して出兵を提議す。海軍大臣はこれに反対し、成るべく事件を拡大せず、速かに局地的にこれが解決を図るべきを主張す。

十一日、五相会議において陸軍大臣は具体案による出兵を提議す。

五相会議においては諸般の情勢を考慮し、出兵に同意を表せざりしも、陸軍大臣は五千五百の天津軍と、平津地方における我居留民を見殺しにするに忍びずとて、強《た》つて出兵を懇請したるにより、渋々ながら之《これ》に同意せり。(中略)

陸軍大臣は出兵の声明のみにて問題は直ちに解決すべしと思考したるが如《ごと》きも、海軍大臣は諸般の情勢を観察し、陸軍の出兵は全面的対支作戦の動機となるべきを懸念《けねん》し、再三和平解決の促進を要望せり」

それで、現地の相手側が折れて出たことなども幸いして、一時、内地からの出兵は見合せという五相会議の申合せが成立し、事件は和平解決の方向へ動き出した事があった。しかし、「軍」の真意は、結局解決を望んでいなかった。その「軍」とは何かといえば、甚だ得体の知れない何物かであって、緒方が書いているように、「満洲事変以来培《つちか》はれた下剋上の勢ひである」とでも言うよりほかはないであろう。

人にあまり愚痴を言った事のない米内が、このころ、五相会議から帰って来ると、

「五相会議なんか、駄目だ。五相会議で折角決めても、外務省と陸軍との間にやっと話合いがついても、あとから電話がかかって来て、『省へ帰ってみたら、参謀本部の連中がみんな憤慨しており、陸軍の方針はすでに決定しているという事なので、先ほどの話合いは、全部水に流していただきたい』と言うんじゃあ、どうにもならない」

と、山本次官や近藤先任副官をつかまえて、珍しくぶつぶつ不平を言った。

米内はまた、近藤泰一郎に、

「君、揚子江《ようすこう》の水は、一本の棒ぐいでは食いとめられはせんよ」

とも言った。

広田内閣の寺内がロボットであったように、近衛内閣の杉山陸相も「軍」という奇妙な存在の前には、やはりロボットであったようである。

事変解決のために、近衛は、宮崎滔天《みやざきとうてん》の長男宮崎龍介《りゆうすけ》を蔣介石《しようかいせき》のところへ派遣する事を考え、杉山陸軍大臣の同意も得て、実行に移そうとした事があったが、宮崎が神戸《こうべ》で上海行の船に乗ろうとすると、憲兵が、何人《なんぴと》からの指令とも告げず、突然宮崎を逮捕して、その渡華を阻止したという話が、「一軍人の生涯」の中に書いてある。

そうして、七月下旬には、名前こそ事変だが、ようやく全面的な日華戦争の様相がはっきりして来た。

山本は、事変をきっかけに禁煙をすると言い出した。

彼は、酒は飲まないがコーヒーと煙草《たばこ》は好物で、チェリーをそれまで一日にずいぶんな本数吹かしていた。

ある時、中村家の古川敏子と堀悌吉《ほりていきち》と三人で、朝から上野へ帝展を見に行ってのかえり、東京会館のプルニエに寄ると、昼の食事は未《ま》だ出来ないとのことで、山本は立てつづけにコーヒーだけ三杯飲み、

「コーヒーのあとの煙草のうまさは無いね」

と、チェリーをさも美味《うま》そうに喫《す》っていたが、話しながらしきりに首をチョッ、チョッと振るくせが気になって、敏子が、

「山本さん、どうしたの？　それ」

と聞くと、山本は、

「煙草の喫《の》みすぎだね」

と答えたという。

だから、かねて何かの機会に禁煙しようと心掛けていたのかも知れないが、とにかく、事変突発後まもなく煙草を断《た》った。表向きは、

「蔣介石が参るまで」

と称していたが、武井大助ら親しい友人には、

「陸軍の馬鹿《ばか》が又始めた。俺《おれ》は腹が立ってしようがないから、これが片づくまで禁煙する。そのかわり、片づいたらけつから煙が出るほど喫んでやる」

と言って、英国土産の上等の葉巻なども、みんな人に頒《わ》けてしまった。その前年に帰朝し、駐英大使を吉田茂と交替して宮内大臣になっていた松平恒雄《まつだいらつねお》が、葉巻のいいのを進呈しようと言った時にも、山本は、

「事変が片づくまで預かっておいて下さい」

と、辞退した。

四

しかし、当時の新聞を丹念に読んでみても、海軍が事変の拡大にそんなに不賛成だったという事は、少しも分らない。それを匂《にお》わせたような記事すら、見出《みいだ》す事は出来ない。「関東軍重大決意」などと、大見出しの隅《すみ》の方に、時たま、「海軍首脳善後策協議」というような小さな記事が出ているだけで、こんにちの眼《め》でそれを読んでみても、米内や山本の考えは少しも分らない。

これは、この時だけの事ではなく、日独伊三国同盟の時も、対米英開戦の時も、われわれ一般の国民は、

「海軍は反対だそうだ」

という、確度のはっきりしない町の噂《うわさ》を耳にするだけで、米内や山本のような人たちの考え方や発言内容を知って、自分の判断の材料にするという道は、閉ざされていたのであった。

これより三年ほどのちであるが、山本は笹川良一宛《ささがわりょういちあて》の手紙の中に、

「貴見の通《とほり》天下の実相は新聞其他の言論紙上に於而何等《おいてなんら》知るに由《よし》なく国家の危機之より大なるはなしと存居候《ぞんじをりさうらふ》」（昭和十五年十月九日付）

と書いている。

人々が海軍の考え方や「天下の実相」に関して、聾桟敷《つんぼさじき》に置かれていることを考慮してか、山本は前にも書いた通り、新聞記者に向っては、ずいぶん何でもあけすけに話して聞かせた。当時、黒潮会に属する同盟通信の政治部記者だった松元堅太郎は、

「山本さんにとっては、よほどの事以外、軍の機密などというものは存在しないらしかった。ざっくばらんというか、デモクラチックと言うならデモクラチック過ぎるくらいデモクラチックで、私たちの方でこんな事しゃべっていいのかなと思うような事まで、平気でパッと話してくれた」

と語っている。

航空本部長時代にも、一度、洩《も》らすべきでない事項を新聞記者に洩らしたといって非難された事があったが、山本は、

「何が、あんな事が秘密なもんか」

と言って取り合わなかった。

だから、黒潮会の記者たちは、何でもよく知っていたのだが、いつもそれは宝の持ちぐされだったようである。

もっとも、松元堅太郎は、海軍省詰の新聞記者の中で少し特別な方ではあった。昭

和八年に東大の文学部を出て時事新報に入社したのだが、その時、同じ大学から同じ時事新報に入った塩沢総《しおざわすぶる》という友人がいた。

塩沢総は山本と同期の塩沢幸一の長男で、塩沢の郷里の家は、信州の養命酒の本舗である。総はのちに、新聞記者をやめて、信州で養命酒の家業を継ぐ事になるが、それはさておき、この時海軍少将の息子の塩沢が海軍省詰にならなかったのに、松元堅太郎はいきなり海軍担当を仰せつけられた。海軍に関して特別な知識は何も無く、とまどっていると、塩沢幸一が、息子の友人だというので同情して、彼に自分の同期生たちをみんな紹介してくれた。

そうして、松元堅太郎は少将時代の山本五十六を識《し》り、のちには一身上の事まで山本に世話を焼いてもらうようになったのである。

昭和十二年の春に時事新報がつぶれて、彼は同盟通信に移ったが、彼の取って来るニュースは、だから黒潮会の中でいつも一段光っていたらしい。

松元は、ロンドンから帰って来た山本が、

「ワシントン条約やロンドン条約を破棄してしまうのは、実に残念だよ。五・五・三なんて、それでいいんだよ。あれは、向うを制限する条約なんだから、あれでいいんだよ、君」

と言うのも聞いているし、横須賀に、鎮守府司令長官時代の米内を訪ねて、米内から、ロシヤに駐在中の話や、米内の好きなプーシキンなどロシヤ文学の話を聞いたあと、突然米内が、
「日本の国民は、未だ一度も戦争に負けた事の無い国民だからネ、もし負けると、相当な混乱を起すのじゃないかと、それが非常に心配だ」
と、珍しい敗戦論を口にするのを耳にしたりしている。断わっておくが、これは昭和十、十一年頃《ごろ》の話である。

松元の取ったこんな談話も、やはり宝の持ちぐされで活字にはならなかったが、当時読売新聞の政治部長をしていた安藤覚《あんどうかく》が、この松元に目をつけ、彼は間もなく、同盟から読売へ引抜かれた。

読売新聞に移った松元は、同じ政治部でも海軍省詰から内閣担当に変えられた。これには政治部長の安藤のふくみがあった。

米内は、山本を非常に信頼していた。昔、米内が大尉《だいい》、山本も大尉の頃、同じ海軍砲術学校の教官として、同じ下宿の飯を食い、食後の腹ごなしに手裏剣の練習をし合った古い仲で、互いに気心もよく分っていた。

溝田主一が、ある時何かの用で大臣の米内に面接したあと、

「どうも、大切なお時間を取らせまして」

と挨拶《あいさつ》すると、米内は、

「どういたしまして。山本といういい女房《にょうぼう》がいますから、私はいつも暇です」

と答えたという。

米内は、閣議から帰って来ると、まるで自分の方が部下であるかのように、逐一山本に詳しい報告をした。

山本は、

「みんな此処《ここ》と此処だけで（と、頭と口を指し）、此処（腹）の無い奴《やつ》ばかりだが、うちの大臣は、頭はあんまり良くなくても、腹は出来とるからな」

などと、遠慮の無い事を言っているが、公式の場所では、決して大臣の前で椅子《いす》に坐《すわ》らない。時には米内の方できまりが悪くなるほど、直立不動の姿勢で、米内の報告を聞いている。しかし、公式の大臣と次官という場所をはなれると、二人はすぐ仲のいい友人になった。

当時少佐で副官兼大臣秘書官だった松永敬介は、この二人を眺めて、いつも、

「米内さんは斧《おの》のような人だが、山本次官は槍《やり》だ」

と思っていたという。

松永は又山本の事を、

「部下の一人々々の心理を読む独得の鋭いカンを持っていたように思う。決してガミガミ部下を叱《しか》る人ではなかったが、われわれは心の中をちゃんと見抜かれているような気がして、常に威圧感を受けていた。ちょっと接すれば、並の人物ではないということは誰《だれ》にでもすぐ分る。あんな剃刀《かみそり》みたいな人には仕えにくいだろうとよく言われたが、宴席などでは酒を飲まないのに酔っ払い以上のことをやって見せるし、仕えにくいという感じは少しも無かった。ただ陸軍の連中とか自分のライバルに対しては、今で言うドライなところ、ちょっと残酷なところが山本さんにはあったようだ」

とも言っている。

ともかくこういう次第だから、読売の政治部としては松元を使って山本に接近させておけば、農林関係でも、鉄道や内務関係でも、海軍大臣から次官経由という他社に知られぬルートで、いいニュースが早くつかめる。

それで、読売に入った松元堅太郎は、謂《い》わば海軍次官担当の内閣記者という妙な立場に立たされた。

海軍の次官官舎は赤坂霊南坂町の十七番地にあった。昔、英国海軍から日本海軍へ、何かの教官として来ていた英人の為《ため》に建てた古風な西洋館で、その頃は官舎の内にも外にも未だ護衛の巡査はついていなかった。

次官担当といっても、終始山本にくっついているわけではないから、松元は時間つぶしに銀座の酒場などで一杯飲んで社へ帰って来ると、政治部長の安藤がよく、

「オイ、きょうの閣議で、一つ分らないことがあるんだ。ちょっと霊南坂のオミクジを引いて来てくれ」

と、註文《ちゅうもん》を出す。

すると松元は、社の車で「オミクジ」を引きに、霊南坂の十七番地へ出かけて行くのである。

山本はしかし、宵《よい》のうちに官舎に戻《もど》っている事はめったになかった。帰館は大抵一時頃で、この時刻になると女中ももう寝ている。山本が、自分用の鍵《かぎ》を持っていて、勝手に官舎の玄関をあけて入り、女中の入ったあとの風呂《ふろ》に入るというのは、新聞記者の間でもっぱらの噂であった。

松元が車廻《くるままわ》しに自動車を駐《と》め、待ちくたぶれて居睡《いねむ》りをしていると、帰って来た山本が、外からコツコツ窓を叩《たた》いて、

「お前だと思った。まあ入れよ」

と彼を官舎の中へ招じ入れ、質問に応じて、

「それはこうだ」

とか、

「その事は、きょうの閣議には出てないぞ。米内さん言わないもの」

とか、松元の望んでいる情報を教えてくれるのが常であった。

そうして松元は、新聞記者として必要な時々の話の他《ほか》にも、ずいぶん色んな話を山本から聞かせてもらった。

五

山本が聯合艦隊の長官になり、松元が読売をやめてからのことであるが、彼は、空襲の悲惨についても山本から話を聞かされた。

「日本の都市は、木と紙で出来た燃えやすい都市だからね。陸軍が強がりを言っているけど、戦争になって大規模の空襲をうけたら、とても生易しい事じゃすみやしない。海軍の飛行機が海に落ちて、水の上にガソリンが燃え広がって火の海になるところを見ると、あれは地獄だよ。水の上でも、君、それだよ」

と、山本は心をこめた口調で話したという。

「海軍の作戦というのは、一つの島を取ったら、その島に一週間以内くらいに手早く飛行場を完成して、航空隊を前進させ、それで次の海域の制空権制海権を握るという風に、今後はなって行くと思うが、今の日本の工業力で、そんな事が出来ると思うかね?」

とも言った。

これは、戦争中、ガダルカナル以後反撃に転じた米軍が、日本進攻に用いた正《まさ》にその方法であった。

「かつて、北海道の開拓に、土木工事を機械化しようという話が起った事があるが、大正の不況で、結局人力の方が安いというので発展しなかった。日本はこの時、一つのチャンスを逸した。海軍は今、土木機械の開発研究なぞ始めているけど、そんな小規模な事じゃ駄目《だめ》なんで、これは海軍だけの問題じゃないんだよ」

と、山本は言った。

日本陸軍ほど、一種徹底した精神主義を持して、科学技術や、機械化、近代化を軽んじた軍隊は他にあまり例が無く、仙台《せんだい》市で道路の舗装に陸軍が反対し、反対の理由は「馬の蹄《ひづめ》がいたみやすい」というのであったという話が残っているが、当時山本の座談の中にも、陸軍に対する反感は露骨に出ていたと、松元堅太郎は言っている。

これは松元の話ではないが、陸海合同の何かの会議の時、山本の隣に坐っていた一人の陸軍の将官が立上って、長広舌を振い始めると山本はその将軍の椅子を、黙ってうしろへずらした。いたずらで故意にしたのかどうか分らないが、しゃべり終った陸軍の将官は、着席しようとして、ドスンと尻《しり》もちをついてしまった。

山本は、笑いもしないかわり、失礼ともすまんとも一と言も言わず、振り向きもせず、ただ知らん顔をしていたそうである。

高木惣吉の本には、次官時代の山本が、同じく陸軍次官をしていた東條英機《とうじょうひでき》を揶揄《やゆ》した話が書いてある。

東條はその当時から能弁で、何にでも一家言を立てたい方であったらしく、ある日の次官会議で、談たまたま航空の事に及ぶと、滔々《とうとう》と陸軍新鋭機の性能を述べ立てて列席の一同を煙《けむ》にまいた。東條の話を、一段落すむまで黙って聞いていた山本は、不意に、

「ホホウ。えらいね。君のとこの飛行機も、飛んだか。それはえらい」

と、にこりともせずに言った。「海の荒鷲《あらわし》陸のにわとり」というのは、必ずしも海軍軍人の自慢とばかり言えないところがあって、笑わないのは山本と東條だけで、各省次官連は爆笑したそうである。

山本は、おしゃべりは嫌《きら》いであった。彼自身は、米内に劣らぬほど無口で、だが気

ムズカシ屋かというと、決してそうではなかった。他省の東大出の次官などが、ブン屋は恐ろしいと言って、表面鄭重《ていちょう》に、腹で馬鹿にしているという例が往々あったのに、山本は新聞記者に心からやさしく、取材に積極的に協力し、黒潮会であれ程評判のよかった人は、他になかったろうとは、当時の関係者の多くが、口を揃《そろ》えて言うところである。

新旧次官交替の際、恒例で、海軍側が黒潮会の記者三十人ぐらいを招いて宴会が行われるが、山本の時その準備を命ぜられた副官の吉井道教少佐は、雅叙園《がじょえん》に席を設けたものの、酒の飲めない山本五十六が、如何《いか》にして三十数人の新聞記者をさばくか、心配していた。しかし山本は、宴たけなわになると、一人で皿廻《さらまわ》しをやったり、逆立ちをしたり、部屋の隅《すみ》から隅まで、卵を口で吹いてころがして行く芸当をして見せたり、サービスこれ努め、前任の長谷川清が帰ったあとも居残り、最後の一人の酔っぱらい記者が立つまで付き合って、その一夜の宴を、賑《にぎ》やかな楽しいものにしたという事である。

黒潮会には当番の幹事がいて、その幹事が毎日、次官室にやって来、次官の予定を聞き、その日の次官会見を申込む。その帰りに、わざと秘書官室を抜けて行く幹事もいた。横眼《よこめ》でちらりと、黒板の予定表を見て行くのである。黒板には、報道関係に見られたくないような事も時には記入してあるし、副官連中には彼らがどうも厄介者《やっかいもの》のような感じがあって、吉井道教は、幹事の一人に文句を言った事があったが、あとで山本から、新聞記者というのはそういうものではないと、たしなめられた。

裏から見れば、山本は、新聞記者を味方に引入れる事において極めて巧みであったと言えよう。それは、巧んでの巧みではなかったかも知れないが、次官稼業《かぎょう》も板について来るにつけ、彼が一と言、

「これは此処限りだよ」

と言えば、黒潮会でそれを破る者は無かったそうである。

その頃、米内、山本の下で、海軍省軍務局長を勤めていたのは、豊田副武《そえむ》であった。豊田は戦争中、山本が死に、次の古賀峯一が死んだあと、二代目の聯合艦隊司令長官になり、最後の軍令部総長を勤める人である。非常な陸軍嫌いで、よく「馬糞《まぐそ》」とか「けだもの」とか言って陸軍の事を罵《ののし》っていた。この豊田副武が転出したあと、山本にとって二代目の軍務局長となったのが井上成美であった。

井上成美の事はすでに何度も書いたが、のちに海軍切っての名軍務局長と評された人物で、「海軍左派」というなら、彼は米内、山本以上の左派であったかも知れない。

これより四年ばかり前、井上が大佐で軍務局第一課長の時、軍令部長から、軍令部

令及び省部互渉規程改正の案が出された事があった。

その内容を簡単に言えば、軍令部の権限を陸軍の参謀本部なみにうんと拡充して、あれも軍令部によこせ、これも軍令部によこせという、海軍大臣に反旗を飜《ひるがえ》すようなものであった。

時の軍令部長は伏見宮博恭王《ふしみのみやひろやす》で、軍令部次長が高橋三吉中将であったが、この要求は、艦隊派の黒幕、加藤寛治《かとうひろはる》大将が、高橋と気脈を通じて、伏見宮を焚《た》きつけて持出したものだと言われている。

井上は、あらゆる資料を集め、海軍の統制保持上かような改正案は認められないと、理路整然とした反対意見をまとめ上げて、強硬にこれに反対した。論理的には井上の所論に逆らう事が出来ないので、軍令部の南雲《なぐも》忠一など、伏見宮邸で園遊会が催された時、酒気を帯びて井上のそばに来、

「井上の馬鹿！　貴様なんか殺すのは、何でもないんだぞ。短刀で脇腹《わきばら》をざくッとやれば、貴様なんかそれっきりだ」

と脅迫したりした。

南雲忠一と山本五十六とは、深い相互信頼の上に立ってのちにあの、真珠湾の奇襲を敢行したように一般には思われているかも知れないが、加藤友三郎、山梨、米内、

井上の線上に在る山本と、加藤寛治、末次信正に近いすじの南雲とは、立場も考え方も全くちがう提督であった。

この時井上は、遺書をしたためた上で、改正案反対を唱えつづけたが、何ヶ月か経《た》って、とうとう軍務局長の寺島健が中に立ち、

「こんな馬鹿な案によって、制度改正をやったという非難は局長自ら受けるから、枉《ま》げてこの案に同意してくれないか」

と、懇願的に承知をさせようとかかって来た。井上はそれでも承知せず、

「私は、自分で正しくないと思う事には、どうしても同意出来ません。自分にもし取《とり》柄《え》があるとすれば、それは正しい事を枉げないという点だけで、海軍は、又正しい事の通る所でした。それで私は、今日まで気持よく御奉公して来ましたし、当局が私を優遇してくれたのも、それを認められたからだと信じています。この案に同意しろというのは、従って私に節操を捨てろというのと同じで、どうしても通したければ、第一課長を更迭《こうてつ》して、私の替りに、この案に判を捺《お》すような人を持って来たらよいと思います。そんな不正が通る海軍になったと言われるなら、私はそのような海軍にはおりたくありません」

と言って、辞任する気で家へ帰ってしまった。

井上成美とは、そういう人であった。

井上は首にはならなかったが、横須賀鎮守府附に左遷《させん》され、そして軍令部の望んだ改正案は結局通ったのである。

軍令部令及び省部互渉規程改正というのは、どの程度の重要問題であったか、局外者にはよく呑《の》みこめないところもあるが、時の海軍省先任副官で、井上と同期の岩村清一は、井上に向ってプライベイトに、

「こういう事で、軍令部の力が強くなって、一方で、国の大事に慎重にブレーキをかけなくてはならぬ立場の大臣の力が弱くなると、戦争をおこす危険が増すなあ」

と言って、悲痛な顔をしていたというから、井上が職を賭《と》すだけの重さはあったのであろう。

そして、歴史は繰返すというが、日独伊三国同盟の時にも、対米英開戦の時にも、海軍部内ではこれと似たような争いがおこり、職のみでなく命を賭して闘った人がいたにもかかわらず、結果的には、いつも無理が通って、なしくずしに道理は引っこんでしまったのであった。

昭和十二年九月二十日、この井上成美少将が、豊田副武に替って軍務局長として着任した。

米内、山本の海軍は、井上新軍務局長を得て、非常にすっきりと、強力な線に整ったが、この頃《ころ》、日華事変の方はもう、華北から華中、華南へとひろがり、手のつけられない様相を呈していた。

六

山本はしかし、へこたれてはいなかった。

「どんな困難な問題にぶつかっても、苦悩の色を見せず、ケロリとしていた」

と松永敬介は言っているし、山本の下に、軍令部出仕、海軍省出仕、官房調査課員、軍務局勤務という長い肩書で働いていた高木惣吉は、次官時代の山本が、

「智謀《ちぼう》、健康とも、まさにその頂点とも見えた」

と書いている。

この高木調査課員が、ある時、議会の政府委員室で、山本から、

「オイ、君は知ってるだろうが、由来、暮夜ひそかに権門を叩《たた》くような奴に、ロクな者がいると思うか」

と、憤慨の口吻《こうふん》で話しかけられたことがあった。

山本は、末次信正のことを言っているらしかった。

末次が、「暮夜ひそかに権門を叩」いたかどうかは詳《つまび》らかでないが、当時、近衛首相と末次大将とが妙に意気投合して、末次の内閣参議に列するという話が進んでいるところだったのである。

内閣参議制度は、近衛の考え出したものということになっていて、緒方竹虎は、これについて、

「威容を張ることの好きないはゆる関白好みが、偶〻《たまたま》策士に乗ぜられたとしか考へられない」

と言っている。

参議に予定されていたのは、宇垣一成、荒木貞夫《あらきさだお》、末次信正、安保清種《あぼきよかず》、ほかに町田忠治、松岡洋右《まつおかようすけ》、郷誠之助《ごうせいのすけ》、池田成彬《いけだなりあきら》といった顔ぶれで、中でも末次大将は陛下の思召《おぼしめし》の特に悪い人物であった。原田熊雄の「西園寺公と政局」の中に、末次が支那を領土的に取ってしまうということをしきりに言っているとか、末次の率いているような右翼には陸軍ですら愛想《あいそ》をつかし始めたとか、松岡が何か言い出せば末次はいつも必ずそれを弁護するか共鳴する性《たち》だとかいうような話がたくさん出て来る。

陛下が末次についてよく御承知で、

「色々評判があるが、どうか」

と近衛にたずねられたという話も出ている。

しかし参議制度の発足にあたって、海軍から末次信正を採るということは、近衛と末次との間で早目に話がついてしまい、米内海相は総理から事後相談のかたちでこれを打ちあけられた。

「少しも異議はありません」

と、米内は答えた。

「ただし」と、彼は言った。「海軍では、大臣以外、現役の軍人は、次官といえども政治に携わる事を一切許しておりません。今度無任所大臣にも似た内閣参議に就任する以上、末次大将は当然予備役に編入することになります」

これは近衛の予期しないところであった。末次自身も予期していなかったかも知れない。近衛は意外な顔をしたが、米内は結論だけただこう言って、ゆずらなかった。予備役に編入されるということは、軍人が軍人としての機能を停止されることである。

艦隊派の一方の巨頭末次信正を、この時敢《あ》えて予備にしてしまったことで、米内、山本の海軍省首脳は、部内に政治法度《はっと》の無言のきつい禁令を布《し》いたかたちになった。

近衛は、気の毒に思ったらしく、それから何ヶ月かして、末次信正を馬場鍈一《ばばえいいち》の後任の内相に取立てた。

この時山本は、

「万一末次が閣内に入って排英の強硬な主張でもしたら、真先に海軍大臣が『そんな軽率な、国家の現状や国際環境も顧みないで、この上イギリスとやるとか何とかいうことは以《もっ》ての外のことであって、甚《はなは》だ慎重を欠き、国家に忠誠なる所以《ゆえん》ではない』と言って、海軍は絶対に反対する。その時は内閣がこわれるかも知れない」

と言っていたそうである。

高木惣吉は末次大将について、

「若い時は素晴らしい人だったが、政治的野心を持ち始めてから崩れ、下につめたく上に迎合するようになった」

と評している。

ある時、海軍部内の対立を何とかうまくまとめたいというので、藤山愛一郎らが仲に立ち、一席設けて米内を末次に会わせたことがあった。

食後記念の寄せ書をすることになり、末次は色紙に「断」と一字書いた。米内がそれを見て、

「これは断わるという意味なのか、断乎《だんこ》やるという意味なのか、どちらですか？」

と皮肉を言った。

末次信正の内相就任決定は、正確にいうと昭和十二年の十二月十三日で、この日、南京《ナンキン》が陥落して「南京城中山門《ちゆうざんもん》に飜る日章旗」という号外が出、日本中が騒然としていた——、そして末次は新聞記者を前にして、

「おれの『内務大臣』は可笑《おか》しいかね？」

などと、内閣参議から内相へ転身の弁を述べていた——、ちょうどその日の夕刊に、第三艦隊（のちの支那方面艦隊）報道部午後一時発表の次のような記事が、「上海《シャンハイ》特電」として小さく出た。

「十一日夕支那軍汽船にて南京を脱出上流に向ひたりとの報によりこれが追撃爆撃に向ひたる海軍航空隊は、スタンダード会社汽船三隻《せき》を誤認し爆撃を加へ該汽船及び傍《そば》にありたる米艦一隻を沈没せしむるの不祥事を惹起《じやくき》せり。右の事件はアメリカ海軍に対し誠に遺憾千万のことにして長谷川長官は之《これ》に関する一切の責任をとるため直に適当の措置を講じつつあり」

組み方が小さいため、注目する人は少なかったかも知れないが、この「米艦一隻」がアメリカ海軍の砲艦「パネー」で、これが事変勃発以後、日米間最初の難問題となった「パネー号事件」の発端である。

この事件に対する日本海軍の姿勢には、第三艦隊報道部発表の措辞を見ても、如何《いか》にも「まずい事を起してしまった」という狼狽《ろうばい》の色が見え、「アメリカと事を構えたくない」という様子が非常にはっきりしていた。

日本海軍の軍艦一隻は、すぐ南京から溯江《そこう》して、米艦船の遭難者の救助にあたっている。また軍務局長の井上成美少将は外務次官を訪ねて、

「海軍としては、出来るならぜひアメリカの大統領と英国皇帝ジョージ五世に対して親電を出していただきたい」

という申入れをしている。「英国皇帝に」というのは、これとほとんど時を同じくして、陸軍が南京の上流蕪湖《ぶこ》で英艦「レディ・バード」に対する砲撃事件を起していたからである。こういう海軍上層部の態度は、ある種の人々の眼《め》には、あまり快く映らなかったであろう。

溝田主一はこの時経済使節団の一行と共に欧米を旅行中であったが、帰国して東京駅に着くと、榎本重治《えのもとしげはる》が迎えに出ていて、

「家に帰りたいだろうけど、山本さんから是非ということだからちょっと海軍省へ寄ってくれ」

と連れて行かれ、結局山本の書いた海軍航空隊の在り方についてのパンフレットを

徹夜で英訳させられた。

そしてそれから間もなく、

「アメリカや英国の艦船が揚子江の国際水路に頑張《がんば》っている以上、こういう問題は又起るかも知れない。言葉の上で誤解があっては困る。二、三ヶ月でいいから」

という山本の強い要請で、上海へ派遣されることになった。

山本が、

「ついては君、何か条件があるか」

と聞くので、溝田は、

「二つあります」

と答えた。

「第一は、もし問題が起った場合、交渉相手は向うの高官で、こちらが虹口《ホンキユー》の木賃宿に泊っていたのでは対等の話し合いは出来ないから、ちゃんとしたホテルに泊らせてほしい。第二は用の無い時に仕事があるような顔をして机に坐《すわ》っているのは私は大きらいです。自由行動を許してもらいたい」

「自由行動」というのはゴルフのことである。

山本は、

「君が毎日ゴルフをしていられるようなら、こんな結構なことはないんだ。若い士官が文句をつけたりしたら山本がいいと言ってるんだと言え」

と、溝田の条件を二つとも了承した。

上海ではたまたま、ロンドン行きの時一緒だった光延東洋が渉外部長のポストにいて、二人はパネー号事件の解決に現地で陰の働きをしたのであるが、旗艦「出雲《いずも》」の艦長がやはり軍縮予備交渉の時ロンドンにいた岡新で、岡や外務省から来ている岡崎勝男と共に溝田はゴルフの方も結構楽しんだらしい。

当時の駐米大使は、その後米国で客死し、遺骸《いがい》が巡洋艦「アストリア」号で日本へ送られて来た斎藤博であった。斎藤はアメリカ人の間に評判のよかった大使で、山本五十六とは同じ長岡の出身、旧知の間柄《あいだがら》で、山本の気持をよく承知している人であった。彼は、アメリカのラジオを通じて、この事件に関し日本側の非を率直に認め、アメリカ国民に謝した。

山本も次官として、

「海軍は、ただ頭を下げる」

と、率直な言明をし、責任者である第二聯合《れんごう》航空隊司令官三竝《みつなみ》貞三少将もすぐ更迭してしまった。それは、海軍がそういう処置をとれば、陸軍の方でも「レディ・バード」号砲撃事件の責任者、野戦重砲兵第十三聯隊長の橋本欣五郎《はしもときんごろう》大佐をやめさせるだろう、それで何とか国際上の儀礼が立つようにしたいという考えからであったが、陸軍は橋本をやめさせなかった。

橋本欣五郎は大日本青年党という右翼団体の統領におさまっていた人物で、常々、「出征軍人は生命を国家のために投げ出している。銃後の連中は財産を奉還しろ」などと説いて歩いていた。

山本は、

「橋本なんか早く弾にあたらないかと思うけど、なかなかあたらないもんだ」

と言っていたそうである。

この時、アメリカの大統領は、すでにフランクリン・ルーズベルトで、国務長官はハルである。日本の外務大臣は広田弘毅であった。

米国側は一時非常に硬化し、東京の米国大使館に、「天皇に直接かけあえ」という訓令が来ていたという話もあるが、結局日本の誠意が認められたというかたちで、約二週間後にパネー号事件は解決を見た。

事件落着と同時に、山本が次官談の形式で公表した文章は、次のようなものである。

「『パネー号』事件は本日米国大使より外務大臣に致せる回答を以て一段落を告げ

たる次第なるが右は事件発生以来各種誤解宣伝の渦中《くわちう》に於《おい》て米国政府並《ならび》に其《そ》の国民が公正明察克《よ》く事件の実相と我方の誠意とを正解したるに依《よ》るものにして事件の責任者たる帝国海軍として洵《まこと》に欣快に堪へず、又本事件発生以来我国民が終始冷静にして理解ある態度を持したる事に対し深甚なる謝意を表するものなり、今後我海軍は愈々《いよいよ》自重自戒以て此種《このしゅ》事件の根絶に万全を期するは勿論《もちろん》なるが一方更にこの機会において支那事変を繞《めぐ》りて帝国と第三国との間に介在する各種の誤解疑念を一掃し進んで理解と親善とに至らしめ以て禍《わざはひ》を転じて福となすことに対し我国民一致の協力を切望して已《や》まざる次第なり」

これは、この当時として可能な範囲で、山本の考え方をはっきり打出した文章のように思われる。

山本は、国際公法に関しては相当に明るかったし、かつ、厳格な考えを持っていた。繁忙な次官の事務の間に、航空部隊からの報告書類中、

「敵ノ兵舎ラシキモノヲ発見、爆撃ヲ加ヘ」云々《うんぬん》とあるのを見とがめて、

「こんなアヤフヤなことはいかん。ラシキというのは、いけない。こういうことは、無差別爆撃になる恐れがあるから注意しなくちゃならん」

と言ったこともあった。

ある土曜日の晩、友人の海軍教授、榎本重治と将棋を始め、乱戦状態で到底勝負がつきそうもない形勢になって来た時、榎本が時計を見て、

「こりゃ、もう駄目《だめ》ですよ。お互い、詰まないよ。私の方が駒《こま》が多いから、人成会の規約では私の勝ですよ」

と言うと、山本は一心不乱に榎本の玉《ぎょく》をにらみながら、顔も上げず、

「詰まないことがあるもんか。俺《おれ》は大成会の規則でやると約束した覚えはない」

と言って、いっかなやめようとせず、暫《しばら》くすると、盛んに歩《ふ》を成らせてかかって来た。大成会というのは、今の将棋連盟の前身の将棋大成会のことである。

十時頃《ごろ》から始めて、その時にはもう十二時を過ぎており、榎本がうんざりしながら、それでも更に応戦約一時間の末、重ねて、

「とても駄目ですよ」

と言うと、山本は、

「そんなら、負けたと言え。勝負はどうしてもつける。相手の戦意を喪失させるのが、戦争の目的だ。敵兵を殺したり捕虜にしただけで役に立つもんか。国際法の根本もそこにあるんだ」

と、聞入れない。

榎本重治は、「戦時国際法規綱要」「軍艦外務令解説」などを編纂《へんさん》し、その事で海軍に奉職している人だから、

「あなたが国際法とは、驚いたネ」

そう言ってからかうと、

「馬鹿にするな。国際法ぐらい分らなくて海軍士官が務まるか。俺はこれでも、海軍大学校の軍政教官で国際法を講義したこともあるんだぞ」

ときめつけた。

山本のこの言葉は事実である。彼は、最初の米国駐在を終えて帰朝し、巡洋艦「北上《きたかみ》」の副長をへて、大正十年の十二月海軍大学校の教官になった時、地味で、人がいやがって引受けない軍政学を、大切な事だからと進んで担当し、国際法を講じたことがあった。

将棋の話のついでに、高木惣吉の本に出ている山本の将棋に関する逸話を一つ書けば、山本がある時、軍令部総長伏見宮の将棋の相手を仰《おお》せつかったことがある。伏見宮は、碁、将棋の好きな宮様で、誰か手頃な相手の噂《うわさ》を聞くと、すぐお声がかかって来るのだが、勝って悪《あ》し、あまり負けつづけても悪しという、厄介《やっかい》なおつき合いであった。それで伏見宮は、自分で将棋はよほどの腕前だと思っていたらしい。山

本五十六が強いそうだという評判を聞いて、早速山本が呼ばれることになった。

山本は、世辞も並べずに三番ストレートで勝抜いてしまった。伏見宮は口惜《くや》しがり、次の日もう一度来いとの御要望だったが、二日目も山本は、三番勝抜いた。

三日目には、山本より兵学校一期下の奥名清信という伏見宮のお附《つき》武官が、

「山本さん、ちっとは考えてやって下さいよ」

と耳打ちをしたが、山本は構わず、更に三番ストレートで勝抜いた。お附武官としては最適任の人物であった奥名は、山本の帰る時、

「あなたという人は……」

と、甚だ怨《うら》めしげであったという。

これは、山本の剛直を示すものでもあろうが、同時に、堀悌吉を首にし、艦隊派の連中にかつがれている伏見宮に山本が相当反感を持っていた証左のように思われる。

第七章

一

南京《ナンキン》が陥落し、パネー号事件が落着し、再び年が明けて昭和十三年になるが、この昭和十三年は、歴史年表にあらわれた項目を年初から次々拾ってみるだけでも、如何《いか》にも日本の右旋回の傾向が一段とはっきりして来た年であった。

二月一日には、大内兵衛《おおうちひょうえ》、有沢広巳《ありさわひろみ》、脇村義太郎《わきむらよしたろう》ら、東大経済学部の教授グループをはじめとする、四百余名の「人民戦線派」の検挙が行われているし、二月十七日には、防共護国団という右翼団体員数百人が、「挙国一党」「天業翼賛」というようなスローガンを掲げて、政友会、民政党の両本部を占拠し、籠城《ろうじょう》の気構えを示して気勢を挙げた。

三月三日には、小石川の江戸川アパートで、七十四歳になる社会大衆党の党首安部《あべ》磯雄《いそお》が、暴漢に襲われて重い傷を負うている。たまたま同じその日、衆議院では、国

家総動員法案委員会の席上、答弁に立った陸軍省軍務局課員佐藤賢了《さとうけんりょう》中佐が、議員に向って、

「黙れ」

と、怒鳴るという、いわゆる「黙れ事件」をおこした。

これは、佐藤が、

「諸君、私は確信するのでありますが、(大震災の如《ごと》き)かかる非常の場合におきまして、国民の頼むは何であるかというと、議会と政府、立法と行政との関係というような問題ではなくして、何か強力な力、強い力によって敏活機敏に処理されるという事であります。そうして又、その非常の時に当って我が日本国民の伝統精神というものは何等《なんら》か我等も一枚買って出たい、御用に立ちたいという気持であります。しかし、それを個々別々に各個の行動、各個の独断専行では有難《ありがた》くないから陸軍省の命令をくれんか、政府の命令をくれんかという即《すなわ》ち我等の行動が、自分の行動が真に国家の御用に立つという行動であるという満足の下に忠誠心が発揮したいのじゃないかと思います。即ちこの国民の心理を捕えなければならぬ、この国民の忠誠心を一つも無駄《むだ》なく政府が公然と公認をし、公然とこれに任務を与えて、そうしてこの全国民の精神力、物質力、これ等を一途《いちず》の目標に向って邁進《まいしん》せしむるという所の組織が必要なんではな

いか、それが即ちこの総動員法というものに依《よ》って——」

という風に、法案の説明をしているのに対し、

「委員長、あれは何者ですか？」

とか、

「討論はいかぬ、討論は許されませぬ」

「止《や》めた方が穏やかだ」

というような野次《やじ》や批判が飛び、佐藤が怒って、

「黙れ」

と叱咤《しった》し、委員側からも、

「黙れとは何です、説明を承ります。黙れというのは、どういう意味ですか？　誰《だれ》に向って言ったか？　その意味を承りとうございます」

といきり立つ者があって、大波瀾《だいはらん》をおこした事件であった。

大体、議場の空気というものは、今も昔も一種いやなものであるらしく、海軍省軍務局の良識派の中にも、

「議員さんは、議会の外ではジェントルメンだが、一歩あの中に入ると、まるでちがった人間になって、赤い絨緞《じゅうたん》の上で下らないことを言い合う」

と顔をしかめている者が大勢いたし、山本五十六も、

「あんな馬鹿《ばか》な者を、国民の税金で飼っているのかと思うと、まったくいやになってしまう」

と、代議士の悪口を言っていたことがあるそうだが、海軍にはいくら何でも、国民の代表とされている人々を相手に説明や答弁に立って、佐藤賢了のように高飛車かつ独断的な論理で自己主張をする人はなかった。

相手も相手かも知れないが、佐藤の如き粗雑な議論を根底にして、「乃公山《だいこうい》でずんば蒼生《そうせい》を如何《いかん》せん」などと思い上っていられたのでは、日本の陸軍も、豊田副武あたりから、「馬糞《まぐそ》、馬糞」と生理的に毛嫌《けぎら》いされても仕方がなかったというべきであろう。

この国家総動員法というのは、佐藤の表現を藉《か》りれば、「国民の忠誠心を一つも無駄なく政府が公然と公認し」、「御用に立ちたい」、「陸軍省の命令をくれんか、政府の命令をくれんかという」、「全国民の精神力、物質力」を一つにまとめてやろうという親心《しんしん》から発したもので、陸軍の指導で企画院が立案し、戦時体制上必要となった場合、勅令一つで何時でも、国民の経済から教育、研究、言論、出版、集会、労働争議などの自由と権利とを、すべて政府の統制下におけるようにしようという立法であ

った。

佐藤賢了の「黙れ」に関しては、翌日、陸軍大臣の杉山元が、遺憾の意を表明して一応けりがつき、法案は、それから三週間後の三月二十四日を以《もっ》て成立した。

一方、陸軍が三ヶ月で片づくと誇称していた事変は、年が明けても片づく様子は全く見えず、一月十六日には、

「爾後《じご》国民政府を対手とせず」

という近衛声明が発表され、どう収拾していいのか、もはや見当もつかぬ状態に落ちこみつつあった。

実は、昭和十二年の十二月、南京陥落の直後と、昭和十三年の五、六月、内閣改造が行われて広田、杉山が退陣し、新たに外務大臣として宇垣一成が、陸軍大臣として板垣征四郎《いたがきせいしろう》が入閣した時と、二度、日本が日華事変の和平解決を求むべき機会が訪れたようであるが、どちらの場合にも、一つは陸軍自身の身勝手の故《ゆえ》に、一つは首相の近衛が持ち前の優柔不断の故に、思い切った措置は何も取られず、機会は徒《いたず》らに見送られ、失われてしまった。

こういう事態を迎えると、多くの人が次第に、考えるより行動する方が楽だと思うようになり、今はもう考える時ではなく、行動すべき時だと思うようになって来るら

しい。緒方竹虎は、

「狂人走れば不狂人走る。日華事変の相当進展したころからは、意外な人までも戦争是認の理由を見出《みいだ》さうとして汲々《きふきふ》たる有様であつた」

と書いている。

要職を帯びてその流れの中に立ちながら、しかも流れに流されず、醒《さ》めて動かないでいるのは、相当難かしいことであったと思われるが、米内、山本及び彼等の周辺の幾人かの海軍軍人は、その稀《まれ》な、少数の人々に属していたと考えていいであろう。

二六新報の松本賛吉が、ある時近衛文麿の弟で近衛内閣の大蔵大臣秘書官をしていた水谷川忠麿《みやがわただまろ》と、蔵相官邸で四方山話《よもやまばなし》をしていると、水谷川が、

「現在の日本には実に人材が乏しいね」

と言い出した。

次官就任の日に初めて会って以来、次第に山本を尊敬するようになっていた松本は、それは政界に限って言えばそうだろうが、ほかの分野には相当な人物がいると思う、世間では未《ま》だあまり問題にしていないかも知れないがと前置きして、山本五十六の名を挙げた。

するとと水谷川忠麿が、

「そうですか。いや、実はあの人のことはうちの長兄なども、『人物だという評判がある』と言っていて、一度誰かによく聞いてみたいと思っていたんだが、どういうところが傑出していますか」

と膝《ひざ》を乗り出して来た。

松本はちょっと考えてから次のような意味のことを答えた。

「一と言で言えば、山本次官という人はお上手者でない。実際一種の変人ではないかと思われるくらいぶっきら棒で無愛想で、むろん軍人は無愛想でいいのだけれども、あの人のは群を抜いて徹底している。私が接した政治家財界人軍人官僚の中から、自分の考えていることを誰にも遠慮せず、歯に衣《きぬ》を着せずにずばりと言ってのける人物を求めれば、財界の郷誠之助氏と海軍の山本五十六中将の二人だが、郷氏の方は家柄《いえがら》や経歴から見て、世間に遠慮しなくてすむような境遇に育ったのだから、その点を多少割引して見なければなるまい。ところが山本次官となると、そういう割引なしで、——ほかにも優れた点はたくさんあろうがとにかくお上手者でない。荻生徂徠《おぎゆうそらい》の言葉に『人物とは一癖ある者の謂《いい》なり』というのがあるそうだが、その意味ではたしかに一癖あって、よほどの人間でないとあのようには出来まいと思われる珍しい存在だ。聡明《そうめい》な才人、温厚な長者、人あたりのいい人、こういう程度の人物ではこんにちの時局はとても乗り切って行けまいと思うが、もし山本氏を政界に迎えれば往年の原敬《はらたかし》をしのぐくらいの手腕を発揮しそうな気がする」

その数日後、松本賛吉は山本に会って水谷川忠麿にこういう話をしたと言い、

「近衛公もあなたの人物に着目しているそうで、やがて閣下も政界へ乗り出さねばならんことになるでしょうな」

「某海軍大将なども政界進出の機をねらっているということですし」

とちょっと打診をしてみた。山本は、

「ふうん」

「ふうん」

と気のない調子で聞いていたが、やがて、

「軍人が政界へ出たって、その知恵なんかタカが知れてるよ」

吐き出すような調子で、

「政治家になった軍人なんてろくなことは出来ん。自惚《うぬぼ》れてる奴《やつ》ほど無能なんだ」

そう言ってさっさと話を片づけてしまった。

「お上手者」でない山本や米内は、時流に妥協せず、陸軍や右翼に対して批判的であり、部内の強硬派に対しても極めて批判的であった。

英語でよく用いられる表現に、「Mind your own business!」というのがあって、「自分の頭の蠅《はえ》を追え」と訳してもいいし、「余計なお節介をやく勿《なか》れ」と訳してもいいだろうが、日本の陸軍が屢〻《しばしば》、自分の頭上の蠅を忘れて、他人の姿勢を正すのに忙しかったのに反し、海軍の彼らは、時世に批判的であるに際して、先《ま》ず自分のところの「ビジネス」から始めた。

米内、山本の両首脳が、一部の強硬論者を抑え、海軍を見事な統制の下においたことは、先に書いた通りである。末次信正の内閣参議就任、予備役編入の時にも、山本五十六は、

「あれは、末次大将を屋根の上に追い上げて、うしろから梯子《はしご》をはずしてしまったようなものだ」

と言って、いたずらっぽく笑っていたそうである。ただ、これが一歩進めて、対陸軍、対政界上層部の問題ということになると、なかなかそう簡単ではなかった。

簡単でないのは当然だが、海軍が、「mind one's own business」という点で、あまりに折り目正しく、陸軍や近衛を論破し、説き伏せ、時に策略を用いてもこちらへねじ向けさせるというような、えげつなさ、がむしゃらさを、ちっとも持ち合せていなかったのは、事実である。それを非難するのは、海軍が陸軍のようでなかったといっ

て非難することになって、自己撞着《どうちゃく》の面が出て来るが、あとになって考えれば、やはり私たち国民として、海軍に対し、批判も不満も、残念な思いも残るところであろう。世間には「無知な陸軍弱い海軍」という蔭口《かげぐち》があった。「弱い」という意味の取りようは色々あろうが、米内光政は常々、

「人を冒さず人に冒されず」

と言っていたそうで、副官時代それをよく耳にした松永敬介は、

「そこが海軍のいいところでもあり悪いところでもあった」

と語っている。

とにかく「海軍左派」の人たちは、批判的という点では、近衛に対しても非常に批判的であった。

近衛文麿は、学歴や、五摂家の一という門地の高さに加えて、年齢から「青年宰相」などと呼ばれ、何か新鮮な期待が持てそうな印象を一般に与えていたが、海軍の彼らは、近衛にそういうイリュージョンを持たず、信を措《お》かぬ点で共通していた。

戦争に負けて、近衛が死んでのちのことではあるが、学究肌《はだ》の高木惣吉元少将が、敢《あ》えて、

「薄志弱行の近衛公」

と書き、井上成美元大将は、

「あんな、軍人にしたら、大佐どまりほどの頭も無い男で、よく総理大臣が勤まるものだと思った」

と酷評をしている。

「近衛という人は、ちょっとやってみて、いけなくなれば、すぐ自分はすねて引っこんでしまう。相手と相手を嚙《か》み合せておいて、自分の責任は回避する。三国同盟の問題でも、対米開戦の問題でも、海軍に一と言ノーと言わせさえすれば、自分は楽で、責めはすべて海軍に押しつけられると考えていた。開戦の責任問題で、人が常に挙げるのは東條の名であり、むろんそれに違いはないが、順を追うてこれを見て行けば、其処《そこ》に到《いた》る種を蒔《ま》いたのは、みな近衛公であった」

とも、井上は言っている。

山本も、その点、近衛に対する不満は同じであった。

この年、五月の内閣改造で、宇垣一成が外務大臣に就任したあと、宇垣の次官を誰にすべきかが、デッド・ロックに逢着《ほうちゃく》したかたちになって、七月になってもそれが決らずもめていたことがある。そのうち、白鳥敏夫の呼び声が高くなり、宇垣は近衛首相に、白鳥の外務次官起用について諮《はか》った。

白鳥は、「豪傑肌《はだ》の外交官」とか、「霞ヶ関の革新男」とか言われ、満洲国《まんしゅう》の建設とか、日本の国際聯盟《れんめい》脱退、日独防共協定締結という場面には、必ず乗り出して来て積極的な態度を見せる枢軸派の外務官僚であった。近衛は、この白鳥が、陸軍にはよくても海軍にどうであろうかというので、原田熊雄を使者に立て、米内、山本の意向を打診して来た。

米内は、例の如く、黙って首を振っているだけであったそうだが、山本次官は原田に率直に答えた。

「海軍が部外の人事に容喙《ようかい》するなんかということは、海軍の伝統が許さない。白鳥が海軍次官にでもなるというのなら、あくまで反対するけれども、外務次官になろうと大臣になろうと、それは海軍がとやかく言うべき筋合いのことではない。特に自分の如き次官が先に立って部外の人事をかれこれ言うように思われては甚だ困る。ただ自分は偶然な機会から白鳥のある素行上のことを知っている。それが彼の監督下にあった者との関係でなければ大したこととは思わないけれども、監督下の者を相手にしたという事実は官紀上許すべからざることだと思う。しかし総理や外務大臣が政治上の必要からどうしても白鳥を次官にされるというならば、いやしくも帝国海軍としてはそれに対して邪魔をするとか悪口を言うとか、白鳥の欠点をあばくとかいうようなことは絶対にしない。仕事の上で協力もするし、たとい意見がちがった場合にも堂々とたたかい、感情を交えてかれこれ思うようなことは自分は一切しない。但《ただ》し、折角のおたずねであるから一言つけ加えさせてもらえば、総理としてはまことに御寛大な処置だと思う」

電話で原田の報告を聞いた近衛は笑っていたそうだが、これは、山本五十六の近衛に対するひどい皮肉である。そして、山本のこの一と言で、白鳥の外務次官就任は、沙汰《さた》やみになった。白鳥敏夫は、そのかわり、それから二ヶ月ほどのちに、大使としてイタリヤへ転出して行った。

白鳥敏夫を外務次官にもっとも強く推《お》していたのは六月に陸軍大臣になったばかりの板垣征四郎であった。

板垣は山本のことを、日本の採ろうとしている枢軸寄り新外交路線に対する一番大きな障害、困った存在と考えていたらしく、子分の某、板垣の情報係と自称する男を使って、ある時期しきりに山本に接近させ、彼の意向や動静をさぐらせようとした。某は一週間ぶっ通しで朝早くから次官官舎へかよいつづけたりしたが、山本はこの男に、いくら何でも帰って親分の板垣に報告しにくいような情報をわざと話してやり、遠慮会釈《えしやく》なしに陸軍の悪口を並べ立てた。閉口した某が、

「それでは板垣閣下の人物についても、ひとつ忌憚《きたん》のない批評をしていただきたい」

と言うと、山本は、

「ほかのことはよく分らんが、頭がよくないということだけは事実だ」

と答えた。

これは松本鳴弦楼が山本から直接聞いた話で、

「お世辞を言ったってはじまらんから、仕方がないだろう。頭のよしあしだけが人間のすべてでもあるまいから、それでいいじゃないか」

と、山本は澄ましていたそうである。

二

何と言ってもしかし、これら外務次官の人選問題や、国家総動員法案や、政党と右翼の抗争などは、海軍にとって「own business」とは未《いま》だ言いかねる問題であった。沿岸封鎖や渡洋爆撃行などで、戦いの一角に加わりながらも、日華事変そのものすら、海軍にとっては、自分たちの本務の仕事ではないというところがあった。

時世の右旋回、陸軍の下剋上《げこくじょう》、その無軌道の結果が、初めて切実な火の粉となって、海軍自身の上に降りかかって来るのは、日独伊三国同盟問題というかたちにおいてである。何故《なぜ》なら、当時の世界情勢下で、ドイツ、イタリヤと軍事同盟を結ぶか否《いな》かは、海軍として、英米との戦争を覚悟するか否かにかかわって来るからであった。対英米、殊《こと》にアメリカとの戦争となれば、殆《ほとん》どすべての責任は海軍の上にかぶさって来よう。これはもはや、批判や皮肉ですませておける問題ではなかった。

井上成美は、「思い出の記」の中で、

「昭和十二、三、四年にまたがる私の軍務局長時代の二年間は、その時間と精力の大半を三国同盟に費やした感がある」

と書いているが、「感」としては、井上にしろ山本にしろ、正《まさ》にその通りの感であったにちがいない。

しかし、調べてみると、実際に彼らが、日夜、この問題に頭を悩まし、遺書をしためて事にあたらねばならぬような立場に追いこまれたのは、少なくとも昭和十四年の初頭以降のようである。米内の海相在任、山本の次官在任、井上の軍務局長在任の、後半それぞれ約八ヶ月間にあたる。

もっとも、それ以前の昭和十三年中のある時期に、三国同盟問題は、もう少し漠然《ばくぜん》としたかたちで、初めて海軍に持ちこまれて来たらしい。正確にいつであったかは、はっきりしないけれど、これが陸軍の陰謀、乃至《ないし》はドイツの陰謀に乗せられた日本陸軍の策謀であったことは、今では疑うことは出来まい。

戦後、東京裁判の法廷における大島浩の供述によれば、軍事同盟らしき問題が、最初に両国の間で話題にのぼったのは、昭和十三年の正月であった。

のちの駐独大使で、当時ベルリンの日本大使館附武官であった大島陸軍中将は、昭和十三年の初頭、年賀を兼ねて、オーデル河畔ゾンネンブルクの別荘にリッベントロップ外相を訪ね、そこでリッベントロップから、ドイツと日本との間を、何か条約で更に接近させる道はないだろうかと、相談を持ちかけられている。

ロンドン軍縮予備交渉から帰国する山本五十六を、無冠のリッベントロップが強《し》いてベルリンに立ち寄らせ、ヒットラーに会わせようと試みた時から、ちょうど三年後であった。

その時の大島とリッベントロップとの話し合いの内容が、六、七月頃《ごろ》になって、東京とベルリンと双方で、それぞれもう少し具体的なかたちを備えはじめた。

参謀本部と、出先の大島武官とは、交渉の末、七月下旬、ベルリンにいる大島の部下の笠原《かさはら》陸軍少将を帰国させることにした。

表向きは、軍中央の意見を求めるためと、リッベントロップが機密の漏洩《ろうえい》を惧《おそ》れて特に人の派遣を望んだためとされているが、笠原幸雄は宇垣一成の義弟にあたり、参謀本部と大島とがしめし合せの末に、笠原の派遣で宇垣外相を動かし、政府を引きずり、ドイツとの新たな軍事同盟の下ごしらえをするためのものであったと思われる。

そのころ、米内、山本の下で、海軍省副官兼秘書官として働いていた実松譲は、ある時、ドイツから帰朝して間もなくと聞く参謀本部第二部の笠原という少将が、分厚い鞄《かばん》をたずさえて、海軍省に次官を訪ねて来、山本と二人で大臣室へ入って行くのを見た。実松が三国同盟問題を意識したのは、この時が最初であったという。

「笠原少将持参ノ協定案ニ対シテハ陸海軍共其《ソ》ノ趣旨ニ同意ナリ、左ノ条件ヲ以《モッ》テ之《コレ》ヲ採択スルコトニ意見ノ一致ヲ見タリ」云々《うんぬん》という大島武官あての陸軍省からの電報が出されたのが八月二十九日となっているので、それは多分昭和十三年の八月下旬のことであったろう。山本五十六にとっても、三国同盟問題を意識するようになったのは、ほぼこの時期からであった。

その後、九月三十日、宇垣外相が近衛内閣から退陣し、近衛が兼摂の外務大臣となり、十月八日には、日独間にこの問題を進める上で障害となっていた東郷茂徳《とうごうしげのり》大使が、ベルリンからモスコーへ移され、後任大使に陸軍武官の大島浩が昇格し、十月二十九日、有田八郎が新たに専任の外務大臣に親任されるというような人事の動きが見られるが、これらの殆どすべては、陸軍の意向にそうて行われたものであった。

ベルリンで大島が大使になると、間もなく、陸軍大臣から五相会議を要求し、「大島・リッベントロップ案」なるものの審議を求めて来た。

「案」は、防共協定の強化延長のような、ソ聯《れん》を対象として、英米仏は対象とするかのようなしないかのような、未だあいまいな形のものであったらしいが、これ以後、山本は米内や井上と共に、いやでも応でもこの問題に首を突っこまざるを得なくなるのである。

ただし、首を突っこむといっても、海軍部内に限って言えば、これより山本が聯合艦隊司令長官になって海軍省を出て行くまでの長いうっとうしい日々の間に、米内、山本、井上の三人が集まって、この問題で相談をしたなどということは、ほんの一度か二度あっただけであるという。

「三人の間で、結論はいつでも一致しているので、議論はしたことが無かった」

と、井上成美は語っている。

それは要するに、ドイツと軍事同盟を結んで何の利ありや、ということであった。アメリカが最も忌《い》み嫌《きら》っている国と手をつないで、得をするのは向うだけ、日本は対米戦争の危険が増大するだけで、どんないいことも考えられない。そして、海軍として今アメリカと戦端を開くことは、固くこれを避けねばならぬ状態であった。

山本は、よく、

「これじゃあ、戦争になる、これじゃあアメリカと戦争になる」

と言っていたそうである。

大臣の米内は、気質的にもドイツが嫌いであった。

彼は小泉信三に、

「ドイツ人は何でも経済原論の第一章から説き始めるから嫌いです。私はドイツにもいましたが、とうとうドイツ語を覚えませんでした」

と話したことがある。彼はまた、二年半のドイツ駐在中の経験と研究とから、ドイツと結ぶことは、何処《どこ》の国にとっても頗《すこぶ》る危険だと信ずるようになり、ヒットラーの「マイン・カンプ」を読んで、ドイツが昔ながらの強気一点ばり、時の勢いと自己の実力とを深く省みることなく、ヒットラーの一代でいわゆる欧洲《おうしゅう》の新秩序なるものを樹立しようとしている危なっかしさを、しみじみ感じ取ったという。ヒットラーのドイツを嫌っていた米内は、むろんナチス張り共産党張りの統制も嫌いであった。

第七十四帝国議会の海軍予算分科委員会（昭和十四年二月八日）で、社会大衆党の水谷長三郎の質問に対し、米内は、

「軍備は必要の最小限度にとどむべきでありまして、出来ないことを要求するもの

ではないと思います。軍備ばかりが充分に出来ましても、その他のことが死んでしまっては国は亡《ほろ》びると思います。また統制と申しましても、その統制にも限度があります。私の考えるところでは、生産分配の統制まではよいとしても、消費まで統制するということは好ましくないと思います。統制もそこまで及んでは重大な問題をひき起します。勿論《もちろん》諸般の改革はこの際必要でありますが、その改革はレボリューション（革命）で行かず、あくまでエボリューション（漸進）で行くべきであると信じます」

という趣旨の答弁をした。この時米内の答弁を聞いていた議会の新聞記者席には一瞬感動の空気が流れたと言われている。

英国海軍に学び、育った日本の海軍としては、米内に限らず、総じて、こうした合理的な足の地についた考え方が本すじであったが、陸軍はその点ちがっていた。

陸軍のドイツびいき、ドイツかぶれの伝統は、これまた古いもので、不思議なことに、第一次世界大戦で、日本が連合国側に立ち、ドイツを敵にまわしていた時でさえ、日本陸軍の一部軍人は、半ば公然と、ドイツの、つまり敵国の肩を持つ言動を示していたのであった。

ある者はドイツ軍人の武勇を賞讃《しょうさん》し、ある者は日独同盟説を唱えて、日本の対独宣戦を失態であったと言い、松山の俘虜《ふりよ》収容所長の陸軍将校は、ドイツ軍の捷報《しようほう》つたわる毎《ごと》に、俘虜のドイツ将兵らと祝盃《しゆくはい》をあげ、これらの事実はそのまま連合国側に聞えて、英国や米国の日本に対する不信、疑惑を招いた。

当時日英同盟にもとづく英国側の要請で、第二特務艦隊が地中海へ派遣されることになり艦隊首脳部の送別晩餐《ばんさん》会が催された時にも、時の総理大臣寺内正毅《てらうちまさたけ》陸軍大将は乗組士官たちの前にあらわれて、

「この度の戦争は連合軍側の旗色が悪く、結局ドイツの勝利に帰する公算が大きい」

と、海軍の派兵に内心不同意のような口ぶりであったという。

高木惣吉は、マキャベリズムの本家のプロシャがお手本なのだから、陸軍の陰謀好きは仕方がないと言っているが、ナチスの時代が来て、ヒットラーの軍隊のきらびやかな制服と、単純明快なスタンド・プレイとを見せつけられれば、日本陸軍の軍人の心が、一層ドイツに傾いたのは或《あるい》は当然であったかも知れない。

しかし、海軍の中にも、むろん枢軸派の軍人がいないわけではなかった。井上のすぐ下の軍務局第一課長岡敬純《おかたかずみ》、主務局員神重徳《かみしげのり》などは、その急先鋒《きゆうせんぽう》で、局長と課長以下とが、意見が正反対なのだから、井上は如何《いか》にもやりにくかったにちがいない。井上成美は、当時自分らの傾けた努力を戦後に省みて、それが少しも建設的な努力では

なく、ただ、陸軍の全軍一致の強力で無謀な主張と、これに共鳴する海軍若手の攻勢に対する消極的な防禦《ぼうぎょ》にだけ終始したことを、嘆いている。

神中佐は、のち敗戦の年、軍令部に在って「大和」の特攻出撃を立案する人であるが、井上と議論をしては負けて局員室に帰り、ひどく口惜《くや》しがって、

「局長は椅子《いす》に坐《すわ》っていて、こっちは立って議論するんだから、どうしても言いまかされるんだ」

と言っていると聞き、井上はある時、神中佐が書類を持って説明に入って来たのをつかまえ、

「神君、君はこう言っているそうだが、私が海軍大学校の教官で、君が大学校の学生の時は、私が立って、君の方が坐っていたのに、やっぱり議論では君が負けてたじゃないか。とにかくきょうは僕《ぼく》が立って聞くから、君、其処《そこ》へ坐って議論してみろ」

と、からかったりした。

海軍の首脳部は、こんな風にしてでも、これらの人々が陸軍の中堅将校のような勝手な真似《まね》をするのだけは、何とか抑えていたのであった。

三

四囲のこういう情況の下ではあったが、山本五十六の日常は、必ずしも未だそれほどせっぱつまった険しいものではなかった。ただ、次官の仕事は、いつも多忙である。そして山本には、生来几帳面《きちようめん》で、かつかなりせっかちなところがあった。

山本次官が、海軍省の正面階段を上って行くのを見ると、短軀《たんく》、いっぱいに股《また》をひらいて、まっしぐらにタタッと、舞台の堀部安兵衛《ほりべやすべえ》がたすきがけで高田馬場《たかだのばば》へ急ぐような風情《ふぜい》があったという。

この当時の山本を知っているある中佐が、のちに求められて、映画で山本五十六役を演ずる俳優に演技をつけた。彼は、俳優にこう註文《ちゆうもん》した。

「あまりどっしりと、椅子に落ちついているようではいけない。山本元帥《げんすい》のイメージには、いつでもすぐ飛び出せる腰の軽い人という感じも加わっていなくては困る」

「眼《め》は、適当に動かした方がいい。顎《あご》はぐっと引いて、ただし、視線が一ヶ所にじっと集中していることのないように」

その元中佐は、またこうも言っている。

「永野修身は、ヌーボーであった。山本五十六には、永野修身のように、時々、汽車に乗りおくれるなどということは決して無かった。山本は永野を眺《なが》めていれば、さぞ充分にいらいらしたにちがいない」と。

　山本は、忙しくなって来ると、立ったままで機械のように机上の書類に判を捺《お》しはじめる。書類は全部一度副官のところを通り、松永敬介の話では「ハンコ捺しだけで毎日肩が痛くなった」そうで、次官に見せるにも価《あたい》しないようなものは除いてしまうのだが、それでも厖大《ぼうだい》な量である。隣の部屋で音を聞いていて、秘書官の実松譲は、

「また始まったな」

　と思う。

未決の籠《かご》から既決の籠へ、機械仕掛けのように書類が飛びこんで来る。実松は、多少皮肉のつもりで、

「次官、ずいぶん盲判《めくらばん》を捺されますなあ」

　と言ったことがあったが、山本は、

「ああ。俺《おれ》ァ盲判だ」

　と、平気な顔をしていた。

　ところが、実松秘書官が注意して見ていると、盲判の山の中で、壺《つぼ》だけはちゃんとおさえてある。必要なものは幾つか、取り出して、然《しか》るべき手がきちんと加えてある。

不思議な気がしたが、要するに山本は、書類を書いた人間の名前だけ見ながら、盲判を捺しているらしかった。書類の内容よりも、省内の人々の能力やものの考え方や、そういうことの方を先に心得ていて、起案者の名によって、何を言おうとしているのか、それが信用出来ることなのかどうか判断し、書類をはねたりはねなかったりしているらしかった。

よしあしは別として、これは如何《いか》にも山本流であった。

山本はまた、毎日たくさん来る手紙に、丹念に返事を書いた。それも必ず墨で書いた。

秘書官が書類を下げに行くと、きっと墨書きの、出すべき手紙が何通かまじっている。中には、

「河合千代子様　御礼　　山本五十六」

などというのもある。

日華事変が始まってから、海軍省は原則として日曜も出勤ということになり、日曜日にはよく、千代子の梅龍から、使いに持たせてケーキとか鮨《すし》とか、朱塗りの二重弁当とか、陣中見舞の差入れがとどく。すぐ会えない時は、それに対する礼手紙である。

実松が山本の返書の丹念さを感心してみせると、

「君、しかし、手紙は人に面会するかわりに来るんだろ。面会人があったら、五分や十分の時間は、どうしても取られるよ。わざわざ手紙をよこしたんだから、五分か十分さけば、返事は書いてやれる。何でもないじゃないか」

と、山本は言った。

朝も早かった。陸軍では、大臣官邸で事務を執る慣例があり、その他の官庁でも、局長以上になると、十時前にはなかなか顔を出さないのが例であったが、山本五十六は、定められた出勤時刻にはきちんと出て来た。間もなく、大臣の米内が出て来る。それから二人は大臣室に入って、米内は坐り、山本は立ったままで、長い間、その日の打ち合せをする。

近藤泰一郎や実松譲ら副官連中は、したがって、毎日山本より三十分は早く出勤していなくてはならなかった。

山本はそのかわり、夕方の退庁時刻の方もきちんと守ってさっさと何処《どこ》へかいなくなり、秘書官にも決して行先を告げなかった。聞いても、

「それは言えぬさ」

と、澄ましていた。

それから、深夜霊南坂の官舎で新聞記者につかまるまでの間が、山本の純粋にプラ

イベイトな時間だったのであろう。しかし、日華事変が拡大し、三国同盟問題など起って来ると、次官の所在がそれでは困るという場合も、度々生じた。

実松譲は、山本を送った自動車の運転手を呼んで、

「銀座のどこどこで下りられました」

というのを確かめ、その周辺の心あたりを探すというようなことも、幾度か試みたが、山本は雲雀《ひばり》と同じやり方で、下りた近まわりにいるなどということは決してなかった。しっぽをつかまれないように、充分注意を払っていたもののようである。

たまたまうまく居どころを突きとめて、次官の眼にだけは入れておきたいというような急ぎの電報など持って行くと、

「出て行ってからまで、仕事やらせる奴あるかァ。そんなものは、秘書官でやっとくんだ」

と、あまり機嫌《きげん》がよくなかったという。

時には、ひょっこり水交社で将棋をさしていたり、大臣官邸の二階で軍服のまま寝こんでいたりということも、ありはしたろうが、退庁後彼が行衛《ゆくえ》不明になる時の、主な行先はやはり、千代子に関係のある場所であったと思われる。

山本はそのころ、銀座三十間堀《さんじっけんぼり》の中村家のことを、「古巣」とか中村寺《ちゅうそんじ》とか呼んで

いて、千代子との逢瀬《おうせ》は、もっぱらこの古巣で重ねられたらしいが、副官連の中に其所《そこ》まで承知している者はいなかった。

それに、千代子と外へ食事に行ったり、展覧会を見に行ったりする時は、山本は必ず堀悌吉とか吉田善吾とかを誘い、女の方にも敏子か誰かを誘わせ、一対一、乃至《ないし》二対二の、露骨なかたちにならぬように気を配っていた。

それだけ注意していたにもかかわらず、彼が中村家あたりへ忍んで出入りするところを、いつか誰かが見とがめていたらしく、かねて山本五十六次官のやり方をあきたらなく思っていた過激派の若い連中ではないかと察せられるが、ある時何人かの海軍将校が山本に面会を求めて、面と向って、彼の素行に関し苦言を呈したことがあった。

山本はしかし、

「君たちは、屁《へ》も糞《くそ》もせんのか？　君たちが屁もせず、糞もせず、女も抱かんというのなら、話をきいてやろう」

と、恬然《てんぜん》として取り合うところが無かったそうである。

パネー号事件では、

「海軍は、ただ頭を下げる」

と言った山本が、自分のこの問題に関しては、「頭を下げる」とも「以後、注意しよう」とも、一と言も口にしなかったということである。

当然、山本の風評は、部内一部にあまり香《かん》ばしくなかったにちがいない。

千代子は、昭和十三年の暮に、前に書いた通り、山本との関係を承知の上で金を出してくれる人があって、野島家を出、中村家の裏に「梅野島」という家作を一軒持って自前になった。

それからは、山本の足が、中村家よりも梅野島の方へ向くことになるが、彼は中村家の古川敏子ともウマが合って、その後も従前通りよく花を引いたり麻雀《マージャン》をしたりして一緒に遊んでいた。

ある時、敏子や千代子を混えての長麻雀の果てに、女二人が、もう打ちやめにして髪結いさんに行かなくてはと言い出すと、

「金出すから、髪結いに此処《ここ》へ来てもらえよ」

と、山本がやめさせたがらず、結局席へ髪結いを呼んで、髪を結わせながら麻雀のつづきになったことがある。

山本は冗談のように、

「あァあ、俺も、海軍やめたら、あんまか髪結いの亭主《ていしゅ》になって、そうすりゃ、毎日花ばかり引いて遊んでいられるかな」

と言った。

彼が、ロンドン軍縮予備交渉から帰って間もなくのころ、

「俺は、海軍やめたら、モナコへ行ってばくち打ちになるんだ」

と言った話や芸者の浜吉に養われていた新井清を羨《うらや》ましいと言った話は、前に書いた。

開戦後、麾下《きか》の海軍航空部隊が、英国東洋艦隊の旗艦「プリンス・オヴ・ウェールズ」を撃沈した時にも、彼が似たようなことを言うのは、のちに書く。

「髪結いの亭主」云々は、勝負事の間の、気のおけぬ女たち相手の無責任な馬鹿話のようではあるが、山本の心の何処かには、軍人としてとことんの栄達など望むより、いつか海軍を退き、煩《わずら》わしいことからすべて解放されて、自由無頼《ぶらい》の身になってみたいという思いが、時々影をさしたのではないかという気がする。

読売新聞の取締役をしていた品川主計《しながわかずえ》が、戦後のことだが、山本五十六というのはどういう人だったかと元海軍のある将官に聞いたら、その将官は、山本に好意を持っていなかったのかも知れないが、

「ああ、あれは海軍のヤクザみたいな男です」

と答えたそうである。

四

山本が次官になってから三度《たび》年が明けて、昭和十四年。海軍では新年、大臣官邸に酒肴《しゅこう》を用意し、陸海軍軍人、その他各方面関係者の年賀を受けるのが慣例になっていた。昭和十四年の正月二日か三日のひる、年始客で賑《にぎ》わっている霞ヶ関の海軍大臣官邸に、大佐で予備役《よびえき》になって、その頃《ころ》貴族院議員をつとめていた公爵《こうしゃく》の一條実孝《いちじょうさねたか》が、

「おおい、山本。貴様、水が油になる話を知っとるか」

と、大層な意気ごみで、山本の名を呼びながら乗りこんで来たことがあった。

「実は、富士山の裾《すそ》野の水なんだが、これから油が取れるというので、一度見に行って来ようと思っている」

一條は本気で何か信じている様子であったが、聞いてみると巫子《みこ》を使って巫子の言う通りに井戸を掘るのだとかいうことで、祝宴の席ではあり、並みいる人たちは、

「ははあ、そういうことなら、村山貯水池がそっくり重油の貯蔵庫になるわけですな」

などと、適当に聞き流していた。

ところが、どうしたことか、それから何ヶ月かして山本が突然この話を蒸し返し、

「おい、どうも、ほんとに水から油が取れるらしいぞ」

と言い出した。

秘書官の実松が、

「まさか、次官、いくら何でもそんな馬鹿な」

と言っても、

「君たちのような浅薄な科学知識では、分らないんだ」

と、諾《き》かなかった。

町の発明家と称する男を連れて来て、海軍省で実験をやらせてみると言い張る。

どうやら又、航空本部の大西瀧治郎あたりに焚《た》きつけられたことらしく、大西さんの話も、人相見ぐらいまでは結構だが、水から油が取れては只事《ただごと》ではなくなって来ると、副官連中はみな渋い顔をしていた。

それに、そういう魔術をやって見せる町の科学者の噂《うわさ》は、前にも聞いたことがある。どんな風にインチキをするのか知らないが、とにかくインチキとよりほかに、考えようはあるまい。山本次官ともあろう人が、そんなことで町の詐欺師《さぎし》にかかったとあっては厄介《やっかい》な話になるというので、実松は八方奔走し、近藤奈一郎のあとに来た一宮義《いちのみやよし》之《ゆき》先任副官にも少し諫《いさ》めてもらう、軍需局長の氏家長明にもたしなめてもらう、軍需

局の第二課長は、海軍の油の最高責任者だから、この人にも少し言ってもらうと、色々手を打ったが、山本はやっぱり、

「君たちのような、浅薄な科学知識では」

の一点張りで、実験は行われることになった。

航空本部教育部長の大西が一枚も二枚もかんでいる証拠に、話が決ると、大西は実松秘書官のところへ、本省の自動車を出せと言って来た。

実松は、癪《しゃく》にさわって仕方がないでいる時で、即座にその申出を断わった。

「出せ」

「いや、出しません」

「何故《なぜ》出さん」

「何故でも、そういうことに、海軍省の車は出せません」

二人が押問答をしているのを、隣室で聞いていた山本が、

「おい、秘書官」

と、実松を呼んで、

「君の言うことは分った。しかし自動車は出してやれ」

と言った。

次官の指図ということになれば、仕方がない。しかし、海軍省の車として使われるのはお断わりだというつもりで、実松は錨《いかり》のマークを取らせ、町のタグ・ナンバーをつけて、やっと車を出すことにした。これは、宴会などで、新橋あたりへ乗りつける時に、ちょいちょい用いる手である。それから、「科学者」を水交社に泊めるか泊めないかでも、海軍省先任副官の許可が要るとか要らないとか、何しろ副官連中はつむじを曲げているから散々もめた末に、結局、町の発明家は次官の賓客《ひんきやく》あつかいで、芝の水交社に部屋をとってもらい、海軍省の自動車をあてがってもらって、某日、関係者多数の見守る中で、いよいよその、富士の裾野の水から油が取れる実験を、やってみせることになった。

場所は初め、大臣官邸でという話だったのを、実松秘書官が、「それだけは止《や》めていただきたい」と言い張ったため、航空本部の地下に共済組合の診療所がある、其処《そこ》を使うこととし、実験は、数日間にわたって、或は徹夜になることもあり得るということであったが、徹夜なら山本は平気である。みんなのために、夜食の鮨《すし》など大きな鮨桶《おけ》に山盛り用意させて、熱心なものであった。

しかし山本は、この水から油の奇蹟《きせき》のような話を、ほんとうに、副官たちに口で言うほど頭から信じこんでいたのかというと、そうでもないらしい。何故なら彼は、実験をやると決める何日か前に、横須賀鎮守府の軍需部総務課長をしていた石川信吾大佐のところへ、大西瀧治郎を使いに出して、何年か前石川が関係した同様の奇妙な実験に関し、事情を聞かせているからである。

「何でも徹底的にやらないと気のすまない石川が、あの時実験を途中で抛棄《ほうき》したと聞くが、それは何故か？　トリックを見極めたからか？　と山本さんが言っているが、その点どうなんだ」

と、大西に聞かれて、石川は、

「そりゃ、どこで騙《だま》されたのか分らないが、とにかく騙されてると思ったから、やめたんです。だけど、嘘《うそ》とは思うが、私も立会った森田貫一も、どこが嘘かは、とうとう分らなかった」

と答えた。

石川信吾は、兵学校四十二期で、近藤泰一郎と同じクラスであるが、これより数年前、彼が軍令部の軍備担当の参謀の時、ある民間の科学者が水を石油に変える方法を発明したという話が、石川のもとに持ちこまれて来た。

疑わしいとは思ったが、一応、友人の森田貫一を立会わせて、その実験をやらせてみた。森田は機関学校二十三期、石川や近藤の兵学校四十二期と同じ大正三年組の機関科将校で、その方面は専門家である。

ところが、半日ほどして専門家のはずの森田が、

「おい、石川。アルキメデスの法則はぶちこわされたぞ」

と興奮して帰って来た。

何でも、色々手順があって、水を詰めたガラス瓶《びん》を、最後の処理で密封したまま湯《ゆ》煎《せん》にしていると、中の物質量に変化が起るはずのないものが、突然ぽっかり浮き上って、その時中身が油になっているというのであった。

そんなわけはない、何処かでごまかされているのだろうと言ってみるが、森田は、ごまかされてはいない、もしごまかしだとしたら何処でごまかされたか、自分には全く見当がつかないと言う。

真偽不明のまま、実験は軍令部から山口県徳山の海軍燃料廠《しょう》に移され、燃料廠の石油技師立会いの下でも、重ねて行われたが、徳山からの報告によると、成功する時もあり不成功に終る時もあり、不成功の場合は、実験者が必ず癲癇《てんかん》の発作をおこして倒れるということであった。

石川は、そんなもの馬鹿《ばか》げている、トリックだという証拠は無いが、とにかく追っ払ってしまえというので、それで実験はそれきり抛棄されたのであった。

大西から石川信吾のこの話を聞くと、山本は、

「よし。それじゃあ、今度はひとつ、海軍省で徹底的にやってみる。その時には、石川にも出て来て、立ち会うように言え」

と言った。

山本は、疑わしいとは思いながら、嘘なら嘘で何とかその化けの皮をはがして見せてやると、そのことの方にむきになったのではないかという気もする。初めから手品ときめつけていたのでは、実験会そのものを成立させにくいので、副官連中に、

「君たちのような、浅薄な科学知識では」

と、きついことを言っていたようにも受け取れるのである。

五

しかし、半信半疑のあとの半分はというと、やはり信じたのであろう。水野義人の観相術の話の時にも書いたが、山本五十六には、普通に科学的、合理的と考えられている以上のものも、信じようとする心的傾向がかなり強かった。

世界の定説では、ルーレットに必勝法というものは無いとされている。山本はそれを、あると言い張っていた。あれは、高等数学だ、自分の二割増しシステムで、私利

私欲をまじえずに冷静にやれば、必ず勝てると、主張した。もっとも、誰《だれ》でも勝てるとは言わない。自分なら勝って見せるということである。そして事実、山本はモナコで何度も大勝した。

彼が信じたものは、しっかり数学的な基礎に立った上での、自己に恵まれた一種超心理学的な能力であったと思われる。しかし、「私欲」を持たずにやれば、ルーレットの時、それが何時《いつ》までも山本に幸いするように働いたかどうか、のちの真珠湾の成功にもミッドウェーの失敗にもつながる問題であるが、この水から油の話も、彼は勝負師的感覚で、そういうことも無いとは言い切れないと、心惹《ひ》かれる思いになったのではないであろうか。

それからもう一つは、山本の石油というものに対する強い執念である。

読売新聞の内閣担当記者、松元堅太郎は、この時にはもう、霊南坂のオミクジを引きに行く仕事をやめて、太平洋石油という会社に転職していた。松元の伯父で元富山県の知事をしていた白上佑吉の子分に、メキシコの国籍を持ち、メキシコの油田の試掘権を持っているTという男があって、メキシコの石油を日本人の手で開発しようという話が起り、松元は伯父の命で海軍との中に立って話を取り持ち、やがて自身も、新聞社をやめてその仕事に移ったのであった。

その時、山本は、

「よし。メキシコの石油は、俺の恋人だから、徹底的に応援してやる」

と、松元に約束した。

そして、昭和十四年の初め、丸の内の工業倶楽部《クラブ》で開かれた太平洋石油の創立総会にも、陸軍の東條次官と並んで出席し、東條英機のあとを受けて挨拶《あいさつ》に立つと、

「今、東條陸軍次官が、海外に進出して大いに儲《もう》ける話で結構だと申されたが、石油事業というのは、そんなに儲かる仕事ではありません。此処に日本石油の橋本社長も見えておりますが、自分は長岡の出身だから、よく知っているのですが、日本石油などは、一と儲けをたくらんでは亡《ほろ》んだ、幾多犠牲者の屍《しかばね》の上にようやく築かれた会社であります。太平洋石油も、これは、国のためにどうしても必要な事業だから、儲けは度外視するという覚悟で進んで頂かなくてはなりません」

と、述べて、日本石油の社長と東條にいやな顔をさせた。

ただし、松元に向っては、

「おい。しっかりやれよ。石油の獲得がうまく行けば、日本は資源に対する恐怖が薄らぐから、それだけ戦争の危険が遠のくんだ」

と、石油問題の重要性について語ったという。

在米武官時代、更に言えば少年時代から、石油に関心があり、殊にこの時期、石油と聞けば藁《わら》でもつかみたい程の思いのあった山本五十六としては、大西瀧治郎あたりから、水から油が取れる発明があるそうだと持ちかけられれば、三分でも四分でも、信じたい気持をおこしたのに、無理はなかったかも知れない。

航空本部の地下での実験会は、海軍省、軍令部、航空本部等の技術者たち、大勢集めて始められ、初日目、二日目と町の発明家の実験が進められたが、水はなかなか油にならなかった。二日目の晩、今度はいよいよ出来るそうだというので、一同が待っていると、約束の時刻に発明家がやって来ない。仲間の助手の「科学者」に連絡させてみると、本人は、途中で立小便をしていたところに、石が飛んで来て頭にぶつかり、癲癇をおこし、吐血して引っくりかえっているということである。

立会っていた石川信吾は、それを聞くと少し興奮して、

「山本さん、これは嘘ですよ」

と言った。

「前に、徳山でも同じことをやったんです。石があたったなどというのは嘘で、血は実際に吐くらしいが、医者に聞いてみると、稀《まれ》にそういうことの出来る奴《やつ》がいるんだそうです。うまく騙せなくなると、癲癇だといって倒れてしまうんで、詐欺なんだか

ら、実験はもうやめられたらどうですか」

山本はしかし、

「いや、続ける」

と言って、首を横に振った。

「トリックならトリックで、何処でごまかすのか、どうしても、ごまかしを突きとめるまで徹底的にやる」

そして、実験に使うガラスの瓶を全部持って来させて、克明にそれのスケッチを取らせた。

薬局で水薬を入れてくれるあのガラス瓶で、ガラスに小さな気泡《きほう》がたくさん入っている。その気泡の入り具合を、スケッチして一本々々記録させたのである。

発明家の癲癇の発作なるものは間もなくおさまり、実験は、三日目の晩、徹夜になった。真夜中が過ぎて、みんなが疲れ果て、次第に睡気《ねむけ》を催して来たころ、水を入れて密封し装置の中で湯煎にされていた薬瓶が、突然、アルキメデスの原理を突き破って、浮き上った。瓶の内容物は石油になっていた。

しかし、浮き上ったガラス瓶と、先に水を密封して渡したガラス瓶と、気泡の入り具合を記録にもとづいて照らし合せてみると、果してちがっていた。つまり、瓶が変っていた。要するに手のこんだすりかえの手品で、「科学者」たちは、早速その場から警察へ突き出され、実験会は解散ということになった。

実松ら副官連中は、

「それ見たことか」

と思う一方、ほっとしたが、海軍省内、それからしばらくこの話で持ちきりであった。

何しろ、山本五十六は、やると言い出したら、とことんまでやってやり遂げなくては承知しないところのある男だという点では、みんなが感心していたが、他方、「山本次官も、街の発明家を水交社に泊めて、三日がかり、夜食の用意までして、手品の種明かしをするのは、いくら何でも少し稚気が過ぎはしないか。山本さんは感情の強い人で、嫌いとなったら徹底的に嫌い、二・二六事件あたりから以後、陸軍の連中など、面《つら》を見るのもいやだという態度で毛嫌いしているが、個人としてはともかく、次官の立場で、それでは済まないのではないだろうか。陸海軍の関係がうまく行かないと言っても、上層部がこう接触を望まないのでは、軍務局の中佐、少佐クフスがいくらやきもきしても、どうにもなりはしない。水から油を取る実験をやる手間で、陸軍とも、もう少し密接な連絡を保ち、陸軍のやり方が悪いなら悪いで、あの度胸と徹底した押しとを少しはそちらへ向けて、支那事変に関してだって、もっと陸軍を説得し、抑える努力を試みてもらえないものか」

というような批判も、出て来たようである。

なお、これは少し余談になるし実験会の話のついでに書くにしては長くなりすぎるが、山本が海軍次官として支援を惜しまなかった太平洋石油に関しても、実は「幻の油田」とでも言うべきまことに奇妙な話が伝えられている。太平洋石油もこの水から油の手品と同様、山本がペテンにひっかかったのではないかという風説である。

昭和四十一年七月号の「オール読物」に、梶山季之《かじやまとしゆき》が「甘い廃坑」と題する小説を発表した。多少とも事情を知っている者が読めば内容は太平洋石油のことだとすぐ分るような小説である。

一応フィクションの形をとってはいるが、「王子製紙をつくり上げた藤原金次郎」は当時一千万円の資金を集めて太平洋石油の社長に就任した藤原銀次郎、「海軍省軍務局長山本五十雄」が次官の山本五十六であることは明白で、したがって作中の「日墨石油」は太平洋石油、一世の成功者で山師である「越智《おち》登」は白上佑吉の子分のT、浜村海軍武官は戦後メナドで戦犯として処刑される浜中匡甫《きようほ》大佐（終戦時少将）がモデルだと考えざるを得ない。

「越智」はまず女をあてがってメキシコ駐在の「浜村武官」を籠絡《ろうらく》し、それから仲間を使って廃坑のパイプに夜半ひそかに穴をあけ、原油を流しこんでおく。翌日バルブを開くと中にたまっていたガスの圧力でそれが勢いよく噴出するという仕掛けで、「越智」はこれでまんまと視察団の眼《め》をあざむき、日本の海軍と財界とから巨額の金をだまし取るという話である。

その時から二十六、七年後、メキシコ・シティでの「越智」の叙勲祝賀の宴に突然あらわれた一世の老人「仲代敬四郎」は、昔このペテンに枚加わりパイプに原油を流しこんだ「仲間」の一人で、「越智」から充分の頒《わ》け前《まえ》をもらえず今は落魄《らくはく》の身の「仲代」が、日本からの旅行者「芳賀」に「越智」の山師である所以《ゆえん》を綿々と訴える場面が中心になっている。「仲代」はその数日後、成功者、現在メキシコの権力者である「越智」の手で誇大妄想狂《こだいもうそうきょう》として精神病院に送りこまれてしまうが、「芳賀」は色んな状況から段々「仲代」の話を真実らしいと思うようになる——。「芳賀」は大体作者自身と見ていいようなもので、梶山季之は作品のあとがきに、

「この〝甘い廃坑〟は、メキシコで日系人から教えられ、日本に帰って関係者の話を聞き、それを素材にして書いた小説だが、越智登は私の好みにかなった知能犯罪者タイプである。

大戦のさなか、帝国海軍をペテンにかけたというだけでも、私には興味深いのだ」

と記しているが、事実とすれば梶山ならずとも興味深く感ぜずにはいられまい。

しかし松元堅太郎は、藤原銀次郎や山本五十六がTにだまされたというようなことは決してなかったという。Tは政商で色々クセのある人物ではあったが、石油事業というのは油が出るまでは盲《めくら》で掘るので関係者が山師扱いされるのは常のことであり、それに仲間同士の悪口、足の引っ張り合いは中南米在住日系人の特色で、通りすがりの旅行者はしばしば彼らの一方的な話に惑わされる。当時太平洋石油は、しごく合理的な経営をし科学的な試掘をつづけていた。もし石油が出たらTの取り分も大きかったろうが、試験の段階では彼はそんなに儲けていないはずで、藤原銀次郎も百本掘って一本あたればいいくらいに言っていた。やがて成功を見ないうちに戦争になり、メキシコは日本の敵国となって、試掘中の油田はメキシコ政府に没収され太平洋石油の帳簿上の財産は帝国石油に引継がれたと、松元は説明している。

だが、現在教育大学の地質学の教授をしている橋本亘《はしもとわたる》の話は、少しまたニュアンスがちがう。橋本は当時青年技師として太平洋石油に入りメキシコへ行っていた。

「われわれにも今だにほんとうのことは分らないので、東京にいた事務関係の人たちに分らないのは無理もありませんが、だまされていたことだけは事実です」

と橋本は言う。

Tが売り物にして日本に話を持ちこんで来たのは、ベラクルス州のタミスモロンという所の油田で、タミスモロンは曾《かっ》て山本が視察に行って驚異を感じたタンピコ油田地帯の一部にふくまれており、この地方のことに関してはJ・M・ミューアというアメリカ人の地質学者がアメリカ石油協会から出版した「Geology of the Tampico Region」と題する権威のある文献があって、ミューアはその中で、

「タミスモロン地区においては、ドライ・ホールであってもトゥールの先をわずかに濡《ぬ》らす程度であっても、その井戸を一年しめておけば井戸は油で一杯になる」

と書いている。いつとはなしに石油がしみ出して来るので、これは埋蔵量の大きな有望な油田という意味ではなく、むしろその逆である。

橋本亘はメキシコへ行ってミューアの本を読み、古い井戸掘りたちがみんな、

「あすこは前はカラ井戸だった」

と噂《うわさ》しているのを耳にして甚《はなは》だへんに思った。もっともカラ井戸であるとしても、タミスモロンの油田は正確には梶山の小説の題名のような「廃坑」ではなかった。廃坑にするには非常に厄介《やっかい》な手続きが要るので、表向きちゃんと生きているのだが、そ

のうちカリフォルニヤ大学を出た日系二世の藤岡道夫という技術者がどうもこれはおかしいと言い出し、技師一同で試油をさせてもらいたいと申出てみると、相手は言を左右にしてなかなかそれに応じない。

試油というのは、井戸をあけて溜《た》まっていた石油を汲《く》み出し、そのあとがどうなるか油の量を試験してみることである。色々もめた末、ついにタミスモロン一号井の試油が行われることになり、口をあけるとガスと油が初めは勢いよく噴出して来たが、用意のタンクに九十バレル程度取り終ったあとは忽《たちま》ちチョロチョロの状態になってしまった。やはりミューアの書いている通りだ、井戸掘りたちの噂はほんとうだったというので、橋本らはたいへん憤慨し、試油の結果を詳しく手紙で日本に報告した。

やがて此処も駄目《だめ》、あすこも駄目と段々悪い見当がついて来るが、この苦しい時期に多額の資金を投じて日本が国外で始めた事業をそのまま見殺しには出来ない、「私生児だって生れた子供は育てなくちゃならんじゃないか」と言って、橋本は念入りな鉱区一覧表を作製し、片っぱしから調査にかかろうとしたが、それがTの逆鱗《げきりん》にふれた。

日本では、若い技師たちが現地で仲間割れをしてつまらぬ喧嘩《けんか》をしているという噂が拡《ひろ》まり、彼らは油田地帯からシャット・アウトされるようになり、滞在期間の更新も認めてもらえず、役に立たぬ青二才の技師たちは帰れということで、橋本は開戦の年の一月に日本へ帰って来たのである。

ここまでだと、話は梶山季之の小説通り、帝国海軍や藤原銀次郎がメキシコの日系人のペテンにまんまとひっかかったということになるであろう。

しかし橋本が不思議に思ったのは、会社の上層部は彼らの書面での報告も読んでいるはずなのに、会社の危機、このスケールの大きな外貨の無駄使いをいくら指摘してみても何の反応も示さないことであった。橋本は父親が藤原銀次郎としたしかった関係で太平洋石油に引抜かれた人で、帰国後藤原のところへ個人的に挨拶《あいさつ》に行くと、

「君たちずいぶんひどい目にあったね。だけどいいんだよ、あれは石油を掘ってりゃいいんだよ。君たちは若いから怒るのは無理もないけど、色んなことがあるんでね」

と、藤原が謎《なぞ》のようなことを言った。

橋本はその後仕事で海軍省の軍需局へ何回か足を運ぶ機会があって、ある時太平洋石油の話が出、そのインチキ性について彼が語ると、石油の問題についてはよほど真剣になっていいはずの軍需局の局員たちが、「フフン」といってただ笑っているだけであった。

大体タミスモロンの油田というのは、ガルフ・サイドに在る。つまり日本から見て

メキシコの裏側に在る。たとい石油が出たとしても、一旦《いったん》アメリカにパナマ運河を封鎖されたら、到底日本へ持って来るわけには行かない。そこを承知で海軍や藤原銀次郎らは何故これに眼をつけ莫大《ばくだい》な金をそそぎこんだのか。誰《だれ》が見ても、太平洋石油がまともな石油会社らしくない会社であったことは明らかで、橋本は当時メキシコで読んだ英字新聞に、

「日本がベラクルス州の石油の出ないところに大きな鉱区を買取った。アメリカとの戦争にそなえて飛行場を造るつもりらしい」

という記事があったのを記憶しているそうである。

「これは私の臆測《おくそく》に過ぎませんが」と前置きをして、橋本亘教授は藤原銀次郎も山本五十六もペテンを承知でだまされていたのではないかと思うと言っている。

石油掘りには運不運がずいぶんあって、山師的な面がつきまとうのは事実であるが、日本のような貧弱な国でも井戸のあたる率はもう少し高い。タミスモロンの鉱区は現在誰も顧みる人が無いらしく、生きているという噂は一つも聞えて来ない。

「実に不思議な話で、今でも真相は私には分りません。何か一段高いところで秘密の高等戦術を考えながらやったことだとしか思えないのです」

太平洋石油という会社は何であったか、山本五十六が太平洋石油についてどんなこ

とを考え、どの程度のことを知っていたのか、それはむろん私にも分らないままである。

ただこれと似通った別の奇妙な話を一つ記憶している人がいる。それは山本が米国在勤武官の時若い外務官補で、

「男でバクチをしないような奴はロクなもんじゃないな」

と言われて驚いた極洋捕鯨《ほげい》の法華津《ほけつ》孝太である。

法華津の父親は法華津孝治といい、日本人のゴム会社として当時最大の南亜公司《コンス》の経営者で、マレー半島に五千エーカーのゴム園を持っていた。昭和十年代の初めに南亜公司は、シンガポールの港へ入る手前右手の小さな無人島を買い取った。

法華津孝治は、

「あそこに白堊《はくあ》の別荘を建てて、出入りの船にあれが日本人の金持の別荘だと噂させてやるんだ」

と言っていたが、その金は実際は海軍から出ていた。法華津の別荘が建つはずの島は、開戦と同時に英国に没収されてしまったが、その近辺で真水の湧《わ》く唯一《ゆいいつ》の無人島で、日本の海軍はどうもこの島を潜水艦用の秘密の補給基地にするつもりがあったらしいということである。

六

山本の性格には、先に引いた海軍部内の批判の声にもうかがえるように、気さくで礼儀正しい一面とともに、非常に感情的で傲岸不遜《ごうがんふそん》な面が、確かにあったようで、自分でもその点、多少心にはしていたと思われる節も無いではない。

ある時、中村家の敏子に色紙をねだられて、山本が、

「直ニシテ温」

と書くのを、傍《そば》から堀悌吉が見ていて、笑いながら、

「あれはね、山本の自戒だよ」

と言ったことがあった。

山本はその頃《ころ》、書を頼まれると、

「一忍可以支百勇一静可以制百動」（一忍以《モッ》テ百勇ヲ支フベク、一静以テ百動ヲ制スベシ）

という、河井継之助の格言をしたためることも、よくあった。

海軍省の山本の部屋にはまた、北野元峰禅師の筆になる、

「百戦百勝不如一忍」（百戦百勝ハ一忍ニ如《シ》カズ）

という一幅が掲げてあった。

これらは、自戒というよりむしろ、この時世に処して、山本の自ら恃《じ》するところであったかとも思われる。

山本の感情がはげしかったことを示す例としては、戦死した南郷《なんごう》大尉の家へ弔問に行って、彼が号泣した話もある。かつて山本の部下だった南郷茂章《もちふみ》という大尉は「海《かい》鷲三羽烏《しゅうさんばがらす》」の一人と言われた名パイロットであり、名指揮官であったが、昭和十三年の七月十八日、中華民国江西省南昌《なんしょう》の上空で戦死した。

その時、東京の玉川上野毛《かみのげ》の自宅で、山本の弔問を受けた父親の南郷次郎が、のちにその折のことを書いた文章がある。

「折にふれ時につれてしみじみ思ひ起す、それは今から一年前の夏の事、自分の長男茂章が南昌で戦死した時のことである。

長男は嘗《かつ》て山本五十六中将に率ゐられた航空戦隊に勤務し、日夜山本中将の偉容に接して中将に私淑し、上官として真に心から敬服して居《を》つた。（中略）

間もなく長男は戦死した。山本次官は早速弔問された。自分は山本中将に対し、長男生前の懇切なる指導の恩を謝し、軍人としてその職責を完遂せるを心より満足する旨《むね》を述べた。これは、自分の衷心より出《いで》たる言葉であつた。

ジッと伏目勝ちに聞いて居られた山本次官は、只《ただ》一語も発せず、化石したかの如く微動もされなかつたが、忽然《こつぜん》体を崩し小児そのままの姿勢で弔問の群衆のさ中であるに拘《かか》はらず、大声で慟哭《どうこく》し、遂に床上に倒れられた。

自分は呆然《ばうぜん》なす術《すべ》を知らず、驚き怪しみ深く心打たれつつ見守つて居た。稍々《やや》暫《しば》くして山本中将は起き上られたが、再び激しく慟哭して倒れられた。傍に在る人々に助け起され、やうやく神気鎮《しづ》まるを待つて辞去されたのであつた。（後略）」

父親の次郎は、予備役の海軍少将で、山本とあまり肌《はだ》の合わない艦隊派の一人であったが、息子の茂章は山本がよほど可愛《かわい》がった部下であったらしく、山本は、

「感状授与の南郷君を詠《よ》める」

と題して、

「さき匂《にほ》ふ花の中にも一きはに馨《かをり》ぞたかき華《はな》の益良男《ますらを》」

という歌を作ったりもしている。

それから、南郷次郎の文章は必ずしも達意の文章とは言いがたいし、何といっても冷静な第三者の眼《め》で捉《とら》えられたものではないから、どれだけその場の情景を正確に写

しているか、疑問が無いこともない。

しかし、それらを割引して考えても、此処《ここ》に描かれた山本の姿は少し異様である。五十も半ばの、地位も高い一人の軍人が、戦死した部下の悔みに行って、二度もひっくりかえって子供のように泣くものであろうか？

緒方竹虎は、「毛ほどの芝居気もない山本」と言っている。山本五十六に、ほんとに、芝居気が「毛ほど」も無かったかどうかは別として、上野毛の南郷の家で泣いて倒れたのが、彼の見てくれの芝居であったとは思えない。よほど山本は、情に激する人間だったという気がするのである。

彼はまた、南郷茂章のような直接の部下でなくとも、日華事変で戦死した一般下士官兵の、東京市内の遺族のところへは、公式に海軍次官としてでなく、いわばお忍びのかたちで、秘書官にも告げず、焼香に出かけることがしばしばあったらしい。

「五十鈴《いすず》」の艦長時代、「赤城」の艦長時代にも、彼はよく海軍病院へ部下の水兵を見舞いに行った。

「普通、軍医長が行って来て報告するだけで、こんなことをする艦長はいないんです。情の深い人だなあと思いました」

と近藤為次郎は語っている。

ところで、これより前、第一次近衛内閣は、昭和十四年の新年早々に総辞職をしていた。近衛挂冠《けいかん》の理由は、表向きには閣内の意見不一致ということであった。

外務大臣の有田八郎は、その前年、就任後間もなく、十一月十一日の五相会議で、陸軍から出されている日独間の新たな協定問題に関して発言を求め、

「自分の承知するところでは、本協定の性質は防共協定の延長であり、ソ聯を対象とするが、英仏を対象とするものでないとのことであるが、さよう諒解《りようかい》して差支《さしつか》えありませんか」

と、一番の問題点に念を押したことがあった。

各大臣異存なく、板垣陸相も異論は無いということで、その旨《むね》、ベルリンの大島大使に電報が出されたが、大島からの返電には、

「十一日の五相会議決定中、英仏等は対象にならずという点は、自分が武官時代陸軍より接受した電報と相違すること大なりと認められ」云々《うんぬん》という強い反対意見が記してあった。すると間もなく、異論の無かったはずの板垣が、五相会議の席上で、

「さきの五相会議の決定意見は、ソ聯を主とするも、従としては英仏をも対象とする主旨だ」

と、みんなが唖然《あぜん》とせざるを得ないようなことを言い出した。このあたりが、「閣

内の意見不一致」と言われる具体的内容であると思われるが、実際は、たとい閣内で意見が一致しても、外にこれを受けつけない勢力があったという方が正しいであろう。

ベルリンの大島は、外務省から訓令が行っても、自分たちの策謀の線に副《そ》わないものは、握りつぶして、一切ドイツ側に取次がなかったと言われている。ドイツとの国交に対する基本方針を樹《た》て、その実行を命ずるのは、外務大臣でも陸軍大臣でも総理でもなく、参謀本部の一部と気脈を通じた出先の大使であって、大島が旨を奉じないからとて、さてこれを更迭《こうてつ》することも出来かねるという、そういう状態になっていたらしい。

このような有様に、もともと無責任であきっぽい近衛文麿はすっかりいや気がさし、「閣内不一致」を理由に、内閣を投げ出してしまったのであった。

近衛のあとを受けて、一月五日に、平沼騏一郎《ひらぬまきいちろう》内閣が成立した。米内海軍、板垣陸軍、有田外務の三大臣のほか、数名の閣僚が留任になった。米内が残って、次官の山本も残った。軍務局長の井上もそのままで、海軍の顔ぶれは、平沼内閣になっても変らなかった。

米内光政の手記によると、

「一月五日、平沼内閣初閣議。一月十日、日独伊防共協定強化問題初めて五相会議の議題となる」

とある。

この「初めて」というのは、平沼内閣になって初めてという意味か、いわゆる三国同盟問題として正式に五相会議の議題となったのは、この時が初めてだという意味か、よく分らない。

一月十九日には、有田外相からこの問題に関して、次のような妥協案が提出された。

「一、ソ聯を主たる対象とするも、状況により英仏等をも対象とすることあるべし。

二、武力援助は、ソ聯対象のときは、これを行ふこと勿論《もちろん》なるも、英仏等対象のときは、これを行ふや否《いな》や、その程度は一に状況に依《よ》る。

三、外部に対しては、防共協定の延長なりと説明すること。

(但《ただ》し、二、三は秘密事項)」

ずいぶん奥歯にもののはさまったような文案であるが、米内や有田としては、このへんが譲りうる最大限度で、要するにこの線でもし条約を結んだら、ドイツがソ聯と戦争を始めた時、日本は武力援助を約束する、しかし、ドイツが英国、フランスと戦端をひらいた場合は、援助するかも知れないし、もしかしたらしないかも知れないということである。そして、「英仏等」と言って、「アメリカ」という言葉は、注意深く避けてあった。

米内や山本としては、こんな妥協案に賛成するのは、甚だ不本意かつ不満足であったと思われるが、一方、リッベントロップや、大島や、陸軍参謀本部や、或《あるい》はイタリヤのチアノ外相、白鳥大使にしてみれば、やっぱり、このような煮え切らない案では不満だったにちがいない。

そのため、これ以後、八月下旬挂冠までの平沼内閣時代、この問題をめぐって、七十何回の五相会議が繰返され、巷《ちまた》には江戸時代のように、「平沼が一斗の米を買いかねて今日も五升買い明日も五升買い」という落首が行われたりすることになるのであるが、その間、山本が米内を援《たす》け、米内が有田を支持して、根気よくつづけた努力は、この日独伊軍事同盟を、何とかして実質的に防共協定の線で食いとめるということであった。言葉をかえれば、英米との戦争に捲《ま》きこまれるような約束は、条約の上で厳格に避けておこうということであった。

しかし、日本の海軍は、口に言わないだけで、実際はアメリカを第一の仮想敵国として、艦隊の訓練も専《もっぱ》らその趣旨でやっているし、厖大《ぼうだい》な海軍予算もその趣旨の下に取っている。金をもらう時だけアメリカが仮想敵で、ほんとうに危機が近づいたら、米英と戦争は出来ませんというのか、そんな海軍は腰抜け海軍ではないかという論理を、右翼や一部の陸軍の軍人が用い出したとしても、それをおかしいというわけにも行かないところがあった。

最も頑固《がんこ》な腰抜けは山本五十六で、爾後《じご》、山本の身辺に、右翼の脅迫やいやがらせが次第に頻繁《ひんぱん》になって来る。

七

敗戦の時、日本の陸海軍は、今から考えると惜しい厖大な量の記録文書を自らの手で焼いてしまったが、その時燃されなかった、或は燃し切れなかった書類のうち、戦争裁判の書証として米軍に押えられたものを別として、どさくさの間に誰《だれ》にともなく運び去られ、散佚《さんいつ》した文書も、ある程度あった。そういう散佚文書の中の一つに、「日独伊軍事同盟締結要請運動綴《つづり》」という珍しいものがある。

これはもと、海軍省法務局に保管されていた書類で、「要請運動」をした側ではなく、された側の記録である。

つまり、右翼が海軍に日独伊三国同盟の締結を迫り、如何《いか》なる手段で米内や山本を脅迫したかという、当時の関係書類綴である。

何故《なぜ》か山本五十六は、米国在勤が長かった割には、アメリカ人の間に知己が少なかった。その点、野村吉三郎とはちがっていた。それで、戦後日本へ進駐して来た米軍関係者の中には、山本の性格や経歴、ものの考え方を、正確につかんでいる者はごく少数しかいなかった。山本五十六といえば、真珠湾攻撃の元兇《げんきょう》であり、日本の軍人の中でも最右翼に列する一人だと一般に考えられていた。その山本が、三国同盟に反対で右翼につけ狙《ねら》われたことがあるとか、対米英開戦に強硬に反対したとかいうことを聞かされて、彼らはみな、一時奇異の感をいだいたらしい。

しかし、この「日独伊軍事同盟締結要請運動綴」を読めば、それが誇張でもなく、戦争が終ったあとでの仮構でもないことがよく分る。

SM情報とか、SO情報とか、BS情報とかいう、各方面からの情報がたくさん綴《と》じこんであって、SMとかSOとかは、海軍が使っていた情報提供者、すなわちスパイMの、或はスパイOの情報ということではないかと思われるが、山本が次官会議で、「新秩序、新秩序というが、一体新秩序とは何か」

と反問したとて憤激している革新派の代議士がいるとか、現在の海軍の態度は、主として山本次官の主張提案によるものだとして、

「山本次官ノ私行即《スナハ》チ同次官ノ二号ガ新橋ノ芸者『梅龍』ナルヲ以《モッ》テ同方面ヨリ得タル資料ヲ以テ問題化シ山本次官ヲ社会的ニ葬《ハウム》ルベシ」

と、大日本生産党系の団体が協議しているとか、海相次官に対し、一人一殺主義のテロを敢行しようとしているのは「芝区居住不良少年上リ」某ほか数名、五、六年の刑を覚悟の上で、売名的にやるつもりらしいとか、昭和十四年の春から夏にかけて、それが益〻《ますます》物騒な調子になって来る。某所にダイナマイトが集められたとか、

「特ニ山本次官ニ対スル排斥《ハイセキ》運動ハ熾烈《シレツ》ニシテ『飽迄《アクマデ》自省スルニ非《ア》ラザレバ爆破爆撃ニ依《ヨ》リテモ之《コレ》ヲ除去スベシ』ト云《イ》フ如《ゴト》キ言動ヲ為《ナ》スモノアリト」

とかいう情報も見える。

これら「情報」のほかに、直接海軍省に持ちこまれた「宣言」とか「要請」とか「辞職勧告」とかいう名の脅迫状も、この「要請運動綴」の中に収められている。「斬奸状《かんじよう》」というのもある。

当時、軍令部出仕で、のちに開戦の時海軍次官を勤めた沢本頼雄《さわもとよりお》が、

「山本さん、大分脅迫状が来るそうですね」

と言うと、山本は、

「来る。はなはだしいのは明日にもぶち殺すようなことを言って来る。しかし、僕《ぼく》が殺されたって、海軍の考えは変りはしない。次の次官だって同じことを言うだろう。五人、十人、次官が変っても、海軍の主張はちっとも変りはしない」

と答えたという。

これはしかし、山本がそう信じていたというよりは、もう少し政治的な含みのある発言であろう。事実は、これより二代あとの海軍大臣、二代あとの海軍次官の時、海軍は態度を変えて、「同じことを言」わなくなり、三国同盟の締結に賛成してしまったのであるから、山本は、そうはなってほしくないという意味で、沢本にこういうことを言ったのではないであろうか。

「宣言」とか「要請」とかは、きまって大きな奉書紙に墨で書いてあった。それを持って来るのは、紺がすりに袴《はかま》を着けて、茨城県《いばらき》から出て来た農業某《なにがし》、著述業某というような人たちである。その論旨も、大抵きまったものであった。たとえば、「宣言」には、

「神眼ヲ潤《ヒラ》イテ悟リ霊耳ヲ欹《ソバ》タテテ聴ケ。昭々耿々《セウセウカウカウ》天ニ声アリ『英国討タサルベカラズ』」

というような書出しで、「県会議員有志」とか、「愛国婦人会茨城支部」「いはらき新聞社」などのほか、「愛郷塾《じゆく》」「勤皇まことむすび」等々、「打倒英国茨城県民大会主催県下十三団体」の署名がある。奉書紙の片すみに、実松秘書官の赤インクの書きこみがあって、

「大臣ニ面接ヲ執拗《シツエウ》ニ要望セルモ実松代理応接ス、数件質問ヲナセシ処《トコロ》、何ニモ知ラズ、徒《イタヅ》ラニ悲憤ノ言ヲ洩《モラ》セリ」云々

と書いてある。

幕末に、捕えられた尊王攘夷《そんのうじようい》の志士が、尊王とはどういうことかと質問を受けて、「尊い王様ということだ」と答えたという話を思い出させるような話である。

「日独伊軍事同盟ハ、皇国日本ノ至上使命ト現前世界ノ客観情勢ガ要求スル必須《ヒッス》緊急ノ国策タリ」

という「要請」は、軍務局長の井上成美が、一人で見て腹を立てて握りつぶしてしまった形跡があり、赤鉛筆の傍線がグイグイ引いてあり、井上の手で、「何故カ?」とか、「論理成ツテ居ラズ、盲《メクラ》千人ノ類《タグヒ》」とか、「極メテ失敬ナ言ナリ」とか書きこんである。

此処《ここ》では、そういう脅迫状の類の中から、山本に対する「辞職勧告」の一文だけを引用しておこう。

「今次戦争ガ日英戦争ヲ通ジテナサルベキ　皇道的世界新秩序建設ノ聖戦タルコトノ真義ヨリシテ対英国交断絶ト日独伊軍事同盟締結ハ現前日本必須緊急ノ国策タル

ニ拘《カカハラ》ズ英国ニ依存スル現代幕府的支配勢力ハ彼等《ラ》ニ利益ナル現状ノ維持ノタメニ之ヲ頑強《グワンキヤウ》ニ阻止シツツアリ　貴官ハソノ親英派勢力ノ前衛トシテ米内海軍大臣ト相結ビ事毎《コトゴト》ニ　皇国体ノママナル維新的国策ノ遂行ヲ阻害シ赫々《カクカク》タル　皇国海軍ヲシテ重臣財閥ノ私兵タラシムルノ危険ニ導キツツアリ　貴官ガ去ル五月十七日英国大使館ノ晩餐会《バンサンクワイ》ニ於《オイ》テ日英親善ノ酒盃《シユハイ》ヲ挙ゲタル翌日鼓浪嶼《コラウシヨ》ニ於テ英米仏三国干渉ノ侮辱ヲ受ケタル事実ノ如キハ即《スナハ》チ幾万ノ戦死者ノ英霊ト前線将兵ノ労苦ヲ遺忘セル海軍次官ノ頭上ニ降《クダ》サレタル天警ナリシガ貴官頑迷ナホ悟ル処ナキガ如シ矣　我等ハ皇民タルノ任務ニ基キ　皇国日本防護ノ為《タ》メ貴官ノ即時辞職ヲ厳粛ニ勧告ス

昭和十四年七月十四日

聖戦貫徹同盟

海軍次官山本五十六閣下

」

「聖戦貫徹同盟」「維新公論社」の某と、茨城県「紫山塾」の某と、二名の名刺が添附してあり、海軍罫紙《けいし》に実松秘書官の字で、この二人がさらに口頭、

「山本次官が辞職しなければ、聖戦貫徹同盟は全国に呼びかけて、次官の立場を窮《きゆう》境《きよう》におとしいれるつもりだし、その他の手段も敢《あ》えて用いるつもりだから、その覚悟

でいろ」

と、脅《おど》し足して帰ったということが書いてある。

大臣室、次官室の手前で、いつもこの連中に面接し、米内や山本に取次ぐか否かを決める玄関番の役は、副官兼秘書官の実松らであった。

山本は気に食わない人間が来るとちょっと何処かにかくれて知らん顔をしていることもあったそうだが、副官秘書官が取次げば、会わないとは言わない。しかし、会わせて良いことは一つも無いから、向うが、会わせろと長い間ねばるのを、こちらもねばって、何とか追返すのが秘書官の役目になっていた。

山本が英国大使館主催の映画の会に出たのが怪《け》しからんといって、実松は長い間からまれたこともある。

「辞職勧告」にも、「五月十七日英国大使館ノ晩餐会」云々《うんぬん》とあるが、山本はクレーギー英国大使と旧知の間柄《あいだがら》であったせいもあって、そういう会にはよく招かれたし、彼の方でも気軽によく出かけて行ったらしい。映画の会なるものには、高松宮も出席していた。

実松がちょっとそのことを匂《にお》わせると、忽《たちま》ち、

「畏《おそ》れ多くも、金枝玉葉の御身のことまで持出して、自らの非を蔽《おお》いかくす気か」

と、怒鳴りつけられたそうである。

彼らは、やって来ては秘書官を起立させ、奉書の紙を拡《ひろ》げて、

「ヨツテ天ニ代リテ山本五十六ヲ誅《チウ》スルモノナリ」

というような弾劾状《だんがいじょう》とか脅迫状とかを読上げ、一と言いい返せば、千言万言浴びせかけられるから、副官たちは何と言われようと一切のれんに腕押し、「承っておきます」と、玄関番に徹する覚悟が必要であったという。

それでも、

「弱虫。海軍の弱虫。貴様たちの日本精神は、何処にあるか」

などと、口ぎたなく罵《ののし》られ罵られ、容易なことでは引上げてもらえない。やっと追返して自分の机に戻《もど》ってみると、処置に困るほど書類の山が出来上っている。

秘書官の宿舎は、海軍省構内の大アンテナの下にあったが、実松は毎晩枕許《まくらもと》に刀を置いて寝ていた。いくら玄関番でも、こんないやな役目は一日も早く御免を蒙《こうむ》りたいと思いつづけていた。

八

この頃《ころ》山本本人はどうしていたかというと、少なくとも表面的には、まことに暢気《のんき》

なものであった。

いよいよ物騒なのがやって来るという情報が入ると、背広を着てタクシーを拾って、さっさと渋谷区松濤《しょうとう》の榎本重治の家へ避難する。

榎本家には、堀悌吉ら気心の知れたのが二、三人待っていて、秘書官が海軍省で右翼から、

「天ニ代リテ山本五十六ヲ誅スルモノナリ」

を聞かされているころ、豪胆というのか気楽というのか、山本は、

「日清《にっしん》談判破裂して
品川乗り出す東艦《あづまかん》」

などと、昔の壮士節を大声で歌いながら、麻雀《マージャン》の牌《パイ》を振っているという仕組みになっていた。

右翼の攻勢が烈《はげ》しくなり始めてから、山本は、土曜、日曜にはほとんど欠かさず榎本の家へ身を避けて、勝手に戸棚《とだな》から着更《きが》えを出し、麻雀をして遊ぶようになった。

それは一つには、千代子との逢瀬《おうせ》が不自由になったからであるが、山本次官の隠れ場所が松濤の榎本邸であることは、副官連中にだけ承知させてあったようである。

山本の身辺の、厳重な警戒が必要になって来た。

しかしこれを、憲兵隊に頼むわけにはいかない。

「海軍に憲兵が無いのは、海軍の弱点だ」

と、山本自身言っていたことがあるそうだが、海軍に対しても軍事警察の権を握っているのは陸軍の憲兵であって、その憲兵が屢〻《しばしば》陸軍側のスパイ役を勤めることは明らかな事実であり、いざという場合、彼らは暗殺者の側に立つ可能性があった。

陸軍からは、海軍の大臣、次官更迭《こうてつ》の場合とか、その他折ある毎《ごと》に、憲兵を護衛につけてはどうかと申入れて来るから、これは必ず断われということが、秘書官の申継ぎ事項の中に書いてある。

実松は、霊南坂の次官官舎を、あらためて一度検分した上、赤坂表町署に署長を訪ねて、ひそかに次官の警護を依頼し、あとで山本の許可を取ろうとしたら、山本から、

「馬鹿《ばか》ア。余計なこと、するな」

と怒鳴りつけられた。

本人の一喝《いっかつ》で、警察による山本の身辺の護衛は一旦《いったん》取りやめになったが、結局、次官官舎の周辺に常時警備の巡査が立つことになる。

各省とも大臣は特別警護の対象になっているが、次官はそれに該当しない。しかし今度の場合は特別で、表町署から警備係長が出向いて夫人に官舎の中を見せてもらい、

玄関脇《わき》の書生部屋に警官を一人置かせてもらおうと話していると、そこへ山本が外から帰って来、

「まことに有難《ありがた》い話だが、現役の次官の自分としては困るから」

と、やはり断わられた。

それで警察としてはやむを得ず、次官官舎の向いの霊南坂教会に一と部屋を借り、そこへ入った巡査が官舎の門番と連絡を取り、山本が出かけるとか帰って来るとかいう時には、外にいる数人の巡査でそれとなく道の要所々々を見張って歩くようになった。

いやがっていた憲兵も、そのうちとうとうつくことになった。

「俺の首に十万円かかっているそうだよ」

と、山本は人ごとのような口ぶりで古川敏子に話したりした。

ある時、佐野直吉が盲腸の手術をして九段坂病院へ入院しているのを、山本が見舞いに寄って、敏子に、

「ちょっと下を見てごらん」

と、二階の窓から、病院のおもてに、私服の憲兵が二人ぶらぶらしているのをゆびさし教えたこともあった。敏子が、

「護衛ですか？」

と聞くと、山本は、

「なに。羊の皮をかぶった狼《おおかみ》だ」

と言って笑っていたそうである。

海軍省全体としても、万一の場合の籠城《ろうじょう》の準備が、二・二六事件当時の記録を参考にして進められつつあった。

横須賀からは陸戦隊一箇《こ》分隊がひそかに上京して、海軍省の守りにつき、秘書官室と、陸戦隊の当直員が拳銃《けんじゅう》武装で常時待機している部屋との間には、非常用のブザーが取付けられ、構内自家発電、自家給水の用意もととのえられた。海軍省のあちこちで、冗談ともつかず、

「次官の車にだけは、同乗するなよ」

という言葉がささやかれていたのも、このころのことである。

山本は、一層千代子に逢《あ》いにくくなり、時には一と月以上も「梅野島」へ無沙汰《ぶさた》で、そのかわり、次官官舎から夜半の二時、三時に、

「白頭山《はくとうさん》ぶしが大分上達したから、二、三節聞いてくれよ」

などと言って、よく電話をかけ、電話で歌を聞かせたりしていたらしい。

古川敏子の表現によれば、

「それで、暫くぶりで逢うと、オイ、肥《ふと》ったか痩《や》せたか、ちょっとおんぶして量ってやろうって、すぐ、梅ちゃんをおんぶするんです。ずいぶん甘くって、そりゃ、癪《しゃく》にさわるくらい甘かったんですよ。声は呂《りょ》でね、白頭山ぶしも、低い声で、渋くてなかなか上手でした。『しばし美人の膝枕《ひざまくら》』なんて、あれ、自分のつもりで大好きだったんです」

ということになる。

山本は、どうも何かというと女をおぶう癖があったらしく、海軍がよく使っていた料亭《りょうてい》「山口」の女将《おかみ》を、おんぶして聖路加《せいろか》病院へ入院させたという話もあるし、郷里で姉の嘉寿子をおんぶしたという話もあるし、当の中村家の敏子自身も、一度山本におんぶされたことがあった。

ある時敏子が、近ごろ肥って来て困っていると訴えると、山本は、

「どれどれ、どのくらいある？」

と、早速背を向けた。

敏子がつい負われると、山本はそのまま表の通りへ走り出した。びっくりして、

「いやよ、いやよ、山本さん。人が見て何か言ったらどうするの？」

と、山本の背中で羞《は》ずかしがったが、山本は、

「なに、急病人だ、急病人だと言えば、平気さ」

と、出雲橋のほとりまで走って行きそうな恰好《かっこう》をして見せた。

こういう話には段々尾鰭《おひれ》がつく傾向があって、山本はこの時海軍中将の軍服を着ていたとか、出雲橋のたもとまで走って出て、通行人にほんとに、

「急病人です、どこかに痩せる病院はありませんか？」

と聞いたとかいう伝説も出来ているが、山本は平服で、一、二、三歩表へ踏出しただけで中村家の中へ引返したというのが事実のようである。

概して山本五十六という人は、上に悪く下によかったと言われているが、こういう面では奇癖があり、かつ、気さくなもので、新規開店の待合の軒燈用とマッチ用に、字を書いてやったこともあった。

待合というのは、この年、新橋の先代小寿賀《こすが》の丹羽《にわ》みちが、築地本願寺の向いに始めた「和光」である。

マッチ用の字は、小さな和紙に、墨で「和光」と書いたのと、所番地電話番号を書いたのとを、それぞれ三通りずつこしらえて、どれでもいいのを使ってくれと丹羽みちに渡した。みちがそれをマッチ屋へ持って行くと、マッチ屋が感心して、

「こりゃあ大層いい字だが、この人、うちの仕事をしてくれないかな」

と言った。

この「和光」の女将、元の新橋小寿賀、丹羽みちは、自ら「海軍省木戸御免」と称し、桜と錨《いかり》のマークを見ないと寝つきが悪いという海軍芸者で、海軍の連中の面倒は実によく見た人であった。山本の次官時代にも、おやつの差入れを持って、よく海軍省へ乗りこみ、山本から、

「オイ、あんまり大きな声出すな。宮さんがいるんだ」

と言われたりしたこともあった。山本とは男同士のような付き合いであったと、自分では言っている。

彼女は、一時、山本のマッチの字なぞよりもっと珍しい物も所蔵していた。それは、山本が大佐で航空母艦「赤城」の艦長時代、丹念に筆写した「壇之《だんの》浦《うら》夜合戦記」であった。

海軍の洋上勤務で、副長以下の一般士官には、士官室や士官次室の同僚がいるし、司令官には幕僚たちがついているが、艦長、特に大きな軍艦の艦長というものは、奉《たてまつ》られる一方の一種孤独な存在であって、食事も一人きりでとらなくてはならない。むやみにデッキを出歩けば、兵員たちの作業の邪魔になり、嫌《きら》われる。

昭和三年の暮から十ヶ月間、その艦長の職に在った間、山本は「赤城」の艦長室で「壇之浦夜合戦記」を、習字のつもりでせっせと書写し立派な写本を作り上げた。しかし、軍令部出仕兼海軍省出仕に補せられて艦から上ると、この秘本の処置に困ったらしく、小寿賀に、

「これ、お前にやろうか」

と言出した。

「それじゃあ、書き人知らずで、大事にしまっとくわね」

と言って、小寿賀はそれを貰《もら》った。

それから何年か経《た》って、山本が少将になり、中将になり、次官になったころ、山本とは全く関係の無いある酒宴の席で、「壇之浦夜合戦記」の話が出、一人の客が、名高いものだそうだが未《ま》だ読んだことがないというので、小寿賀のみちがつい、

「それなら、わたし、とてもいいのを持ってるわよ」

と言うと、

「何だ、持って来て、見せろ、見せろ」

ということになった。

貸すと返って来なくなるから、決して持帰らない、此処《ここ》で読むという約束で、彼女

はそれを座敷に持って来、約束に従って一人が朗読を始めた。

そのうち、客の一人で、石川島造船所の社長をしていた松村菊勇《きくお》が、

「どれどれ。そのあと、俺が読もう」

と、朗読を交替した。

松村は、山本より九年ばかり先輩の兵学校出身で、中将で予備役になり、石川島へ入った人である。

みちは、山本のことなど一と言も話さなかったのに、松村菊勇は、読んでいるうち、ハッと、これが誰《だれ》の字であるか察してしまったらしい。急に言葉の調子を変え、

「必ず還《かえ》すから、この本ちょっと貸せ」

と言出した。

こうして「書き人知らず」の「壇之浦夜合戦記」は、みちの許《もと》から持去られ、そのあと、彼女が何度催促しても還してもらえず、借りて行った松村は昭和十六年の四月に亡《な》くなり、みちは口惜《くや》しがってずいぶん調べたが、ついに行方が分らなくなってしまった。

山本五十六の遺墨遺品の中でも、少々風変りなこの品物は、戦災で焼かれなかったら、今でも日本の何処《どこ》かに現存しているはずである。

九

山本は大尉《だいい》時代、堀悌吉といっしょに湯河原《ゆがわら》へ遊びに行き、蜜柑《みかん》を一度に四十七箇食って、盲腸炎になったことがあった。その時、手術を受けるのに、彼が麻酔をかけないでやってほしいと主張し、あとで、何故《なぜ》そんなことをしたのかと聞く人に、

「切腹する時、どのくらい痛いか、試してみたんだ」

と言ったという話がある。真偽不明の逸話であるが、ありそうなことではある。

子供のころ、学校友達の母親が、

「五十六さん、おみしゃんは何でもようお上りだが、この鉛筆は、いくら五十さんでも食べられまいがのう」

と言ったら、山本がいきなり鉛筆を取って、黙ってがりがり食出したという話もある。

造兵中将で艦政本部の第一部長であった谷村豊太郎は、海軍省の将官食堂で、次官の山本に、火のついたマッチの軸を、十銭白銅の穴に火を消さずにうまく通せるかどうかという賭《かけ》をいどんだことがあった。山本はすぐ乗って来たが、何度やっても谷村が勝って山本が負ける。これにはちょっとした種があって、十銭玉に穴の少し大きい

のと少し小さいのとがあるので、谷村はいつも、穴の大きい方をポケットに入れていて、小さいのを山本に与えていたのである。山本はそれを知らないから、ひどく口惜しがり、しつこく練習した末に、ついに、谷村も出来ない、穴の小さい方の十銭玉に火のついたマッチを通すことに成功してしまった。谷村豊太郎が顔負けして、種明かしをすると、山本は口をへの字に結んで、「甘酸《あまず》っぱい顔」をして谷村をにらみつけたという話を、谷村が書いている。

また、米内光政の談話によれば、普通の人は、自動車に乗って、七十キロから八十キロまでのスピードでは、平気な顔をしているが、時速百キロを越すと恐怖心を起す。船では、二十四ノット以上は気味が悪い。火山の噴火口でも、絶壁のふち一メートル以内に近づけば、手足が固くなり、恐怖心が起る。軍艦のマスト登りでも同様である。山本はそれが、一向に平気であった。艦船勤務をしている時、彼は熟練した水兵と少しも変りなく、平気でマストに登って行ったと。

負けん気とか、恐怖心が薄いとかいうこととは少しちがうかも知れないが、議会における山本次官の答弁も、一種ためらうところの無い、水際《みずぎわ》立《だ》ったもので、大体作戦に関する質問は、

「軍事上の機密に属しますので」

と逃げるのが当時の常識であったが、山本は決して逃げを打たず、いつも正面から、ずばりと答えていたと、これは高木惣吉の話である。

右翼につけ狙《ねら》われて、身辺が危険になって来ても、彼はあまり恐ろしいという感じを持たず、対策として姑息《こそく》な手段を弄《ろう》することをしなかったらしい。

秘書官が取次げば、必ず彼らに会った。右翼の脅《おど》しが金で解決する例は、当時も屢〻見られたことのようであるが、実松譲の話では、山本は彼らに、一度も、一銭の金も与えたことはなかったそうである。

アメリカ大使館の裏の次官官舎と、霞ヶ関の海軍省との間も、毎日平気で歩いて通っていた。

「艦政本部の谷村が、護身用だといって、こんな物を作ってくれた」

と、催涙剤だかくしゃみ剤だかを、歯磨《はみがき》のチューブのようなものに詰めこんだ物を、面白《おもしろ》いおもちゃみたいに人に見せていたこともある。

笹川良一が、

「誰が来ても、立合い負けをしてはいけませんよ。自分の命を狙いに来た殺し屋だと思ったら、応接室に通して、自分で家なり部屋なりの鍵《かぎ》をしめなさい。そうすると、相手は手出しが出来なくなるものです」

と忠告を与えると、しばらくして山本は、電話で、

「あの通りやったら、うまくいったよ」

と、笹川に報告して来たりした。

笹川良一が、ある時、中国へ行くことになり、支那方面艦隊司令長官への紹介状を山本に頼んで、翌日秘書官の実松のところまで受け取りに行ってみると、名刺の裏に、

「この男は大した人物ではないが、蔣介石《しょうかいせき》の寝首でもかかせるには役に立つかも知れないので御紹介する」という意味のことが書いてあり、笹川は、

「うわア、こんな立派な紹介状は、未だもろたことがない」

と、喜んで帰って来たという話もある。

長岡から上京した反町栄一を連れて、山本は神田へんの店を、ぶらぶらひやかして歩いたりもしている。

それは、同期の塩沢幸一が、神田の骨董屋《こっとうや》で山本の書を見つけ、存外いい値がついているので、何だ、こんなもの高いじゃないかと言うと、骨董屋が、いえ、書は大したものじゃあありませんが、表装に金がかかっているのでと答えたという、その話が気に入って、見に行こうというのであった。

ある土曜日の午後、桜井忠武夫人の多賀子が、銀座でばったり山本に出逢ったこと

があった。山本はカンカン帽に浴衣《ゆかた》がけで、下駄《げた》をカラコロ鳴らせながらステッキを突いて暢気《のんき》に歩いていたそうである。

しかし、はた目に気楽に見えるほど、山本の心の内は、そう駘蕩《たいとう》と気楽であったわけではないであろう。

昭和十四年の五月ごろから、山本は死を覚悟したらしく、鼠《ねずみ》が物を引くように、毎日少しずつ身のまわりの物を引いて行って、やがて次官室に、山本の私物がほとんど無くなってしまった。山本次官は、毎日新しい下帯をして来るそうだとも言われていた。

事実、彼が次のような遺書をしたためて、海軍省の次官室金庫に納めていたのが、その死後に見出《みいだ》されている。

「　述　志

一死君国に報ずるは素《もと》より武人の本懐のみ。豈《あに》戦場と銃後とを問はむや。

勇戦奮闘戦場の華と散らんは易《やす》し。

誰か至誠一貫俗論を排し斃《たふ》れて已《や》むの難《かた》きを知らむ。

高遠なる哉《かな》君恩、悠久《いうきう》なるかな皇国。

思はざる可《べ》からず君国百年の計。
一身の栄辱生死、豈論ずる閑《いとま》あらんや。
語に曰《いは》く、
丹可磨而不可奪其色、蘭可燔而不可滅其香と。
此身滅す可し、此志奪ふ可からず。
昭和十四年五月三十一日
於海軍次官々舎
山本五十六　華押《かおう》」

山本の遺書は、のちに戦争中書いたものでも、共通して、何か歌うような、一と調子高いところがあって、それが気にならないではないが、彼の思いはよく分る。武井大助には、

「俺が殺されて、国民が少しでも考え直してくれりゃあ、それでもいいよ」

と言っていたという。

だが、ほんとうのところ、こうして山本の命を狙っているのは、何者が何のためにであったかということになると、それは、はっきりしている部分もあるし、はっきり

しない部分もある。

実際に海軍省に暴れこんで来たり、暴れこんで来そうになった者は、「右翼」の「沖仲仕」であったり、「芝区居住不良少年上リ」であったり、「数件質問ブナセシ処《トコロ》、何ニモ知ラズ」の「茨城県農業」であったりで、彼らの多くについては、名前も経歴も判明していたし、中には検挙された者もあった。たとえば、「聖戦貫徹同盟」の某などは、海軍省法務局の調べで、学歴は高等小学校一年まで、大正末期に飲食店で飲食中、店主と口論の末、傷害致死罪を犯し、懲役刑に服し、出獄後、関東軍の特務機関に入り、甘粕正彦《あまかすまさひこ》と識合《しりあ》い、のちに神兵隊事件に関係したとか、色々分っているが、この人たちが自分らの力だけで、山本を此処まで追いつめるほどの働きをなし得たかというと、そうは考えられない。

彼らの背後には、やはり陸軍がいた。果して、背後にいたのが、陸軍だけかどうか、そのあたりから先が、漠然《ばくぜん》として来るところであるが、陸軍が介在したことだけは、確かである。

山本に対する「辞職勧告」にも明らかなように、日独伊三国同盟を結べという運動と、排英運動とは、表裏をなしていて、天皇から、

「排英運動を何とか取締ることは出来ぬか？」

との御下問があつたのに対し、平沼首相は、「取締りにくい」旨《むね》答えているし、「取締りにくい」理由として、内務大臣の木戸幸一が、

「実は、陸軍が金を出し、憲兵が先に立つてやるんで、とても歯が立たない」

と言つたということが、記録に残つている。

陛下は陸軍の専横に強い不満を持つておられたし、いわゆる右翼もお嫌いであつた。

厚生大臣を勤めていたころの木戸が、原田熊雄に、

「どうも今の陛下は科学者としての素質が多過ぎるので、右翼の思想なんかについて同情がない。そうしていかにもオルソドックスで困る」

と洩《も》らしたことがある。原田はそれを聞いてひどく意外に感じ、

「陛下はやはり今のやうな態度でいらつしやり、また今のやうな建前でおいでになるのが、国家として最も望ましいことであり、また陛下の御態度としては然《しか》るべきことと自分は思つてゐる。陛下が徒《いたづ》らに右翼に同情されたり、或《あるい》は左翼にどうといふことは無論望むべきでない。元来右翼といふものの内容は何にもない。ただ感情で尊王攘夷《そんわうじやうい》みたやうな忠君愛国とか、排外的なな
にだけで、何にもそこに内容の見るべきものがない。一定の職業もなく、何等の見識もなく、ただ徒らに感情によつて他を排擠《はいせい》することをのみ考へてゐる。しかもその標榜《へうばう》するところは『自分ぐらゐ

忠臣はない。自分ぐらゐ皇室を思ふ者はない』と言つて、徒らに自分の存在を誇つてゐるだけで、何にも認むべき内容がないのが今日の現状である」

と日記に記したが、その欄外に西園寺公望の手で「以下同感の至り」と書きこみがある。

むろん山本五十六も、右翼は嫌いであった。そのころ、こういう右翼の手先と見られる芝浦の沖仲仕が、ダイナマイトをたくさん持っていて警察につかまり、隅田川《すみだがわ》の土手で山本を殺《や》るつもりだったと自供したというので、海軍側で取調べに乗出すと、すでに陸軍の手がまわっていて、詳しいことは分らなくされてしまったというようなこともあった。それでも山本は、記者会見の席で、

「三国同盟問題では、海軍はこれ以上、一歩もゆずらないからね。いずれそのうち政変だろうから、君たちもテントでも張ってた方がいいぞ」

などと、表面は、ずいぶん強気というか、暢気そうな口ぶりでものを言っていたようである。

十

これより少し前、昭和十四年の四月、山本は長岡へ最後の帰省をした。新潟海軍地

方人事部の開庁式と、海洋少年団長岡支部の発会式とに、兼ねて、海軍大臣代理として出席するためであった。

海洋少年団の支部発会式は、長岡公会堂の裏の広場で行われた。公会堂のある場所は、七十年前、賊軍の名を負うた長岡藩の旧城址《じょうし》であった。

姉の高橋嘉寿子は、山本が海軍大臣の名代として、軍楽隊の奏楽に迎えられて、その城址へ入って行くのを、

「五十さのあの姿を、お父さんやお母さんや、せめて季八さんに、一と目見せたかった」

と、涙を浮べて眺《なが》めていた。

母校の長岡中学では、求められて講演をした。講演の中で山本は、

「只今《ただいま》校長先生の仰有《おっしゃ》った通り、目下日本は未曾有《みぞう》の国難に際会し、従って政府、国民ともに、口を開けば非常時と堅忍持久とで終始しております。しかしながら、私の考えでは、今、日本の上から下まで、全国の老人から子供までが、余りにも緊張し伸びきってしまって、それで良いかということを考えると甚《はなは》だ疑問があります。

ゴムをいっぱいに引っぱり、伸ばし切ってしまったら、再びゴムの用をなしませぬ。国家としても緊張するのは大切だが、その半面には弾力性を持つ余裕が無ければなら

ぬと、私は考えるのであります」

という趣旨のことを言っている。

この前年、東京の一ッ橋会館で、長岡中学の同窓会があって、話を頼まれた時には、彼は政局にも戦局にも一と言もふれず、南洋の魚の話をした。長岡中学の、伝統のある「和同会」という校友会が、「長岡中学校学徒報国団」と名前を改めた時には、

「長岡も和同会をつぶす様の長中根性では当分特異傑出の人物到底飛び出す間敷《まじく》」

という手紙を、同郷同級の友人目黒真澄に書いている。

「非常時」や「新秩序」や「国民精神総動員」に、山本はいい加減うんざりしていたのであろう。

山本の生家には風呂《ふろ》が無かったから、

「帰って来たぞや」

と、郷里の古い友人、浴場経営の梛野《なぎの》透の家へ上りこんで、三助に、

「山本さん、もう風呂落すいのう」と言われ、落し湯の貰《もら》い風呂などして、ごろりと横になり、皆と馬鹿話をしている、そんなことが山本には、一番楽しいらしかった。

反町栄一が、山本さんは強い強いと言いなさるが、ブリッジはどのくらいに強いのかと聞くと、あまり自慢をしたことのない山本が、上機嫌《じょうきげん》で、

「そうねえ、世界一といいたいが、まあ、東洋一はまちがいないね」

と言ったりした。

これが最後の帰省になるとは思っていなかったろうが、結果的には、滞在三日、昭和十四年の四月十三日午後十一時三十五分発の上野行急行で長岡駅を発《た》った時が、彼にとって、愛する長岡の見おさめになった。

平沼内閣は三国同盟問題に関して、七十数回に及ぶ会議を重ねたが、依然として結論を出すことは出来なかった。米内山本の海軍が、その締結にどうしても賛成しなかった。

八月八日、「対欧策、五相会議開かる。『新情勢』を中心に検討」という当時の大見出しの新聞記事は、例によって、読んでも何がどう検討されたのか少しも分らないが、この五相会議では、劈頭《へきとう》板垣陸相から所見の披瀝《ひれき》があり、無留保の軍事同盟を早急に締結すべきだという強い主張がなされたようである。

それに対し、各大臣がそれぞれ意見を述べた中に、大蔵大臣の石渡荘太郎《いしわたそうたろう》から、

「一体、この同盟を結ぶ以上、日独伊三国が、英仏米ソ四国を相手に戦争する場合のあることを考えねばなりませんが、その際戦争は、八割まで海軍によって戦われると思います。ついては、われわれの腹を決める上に、海軍大臣の御意見を聞きたいが、

日独伊の海軍と英仏米ソの海軍と戦って、我に勝算がありますか？　その点どうですか」

と、質問が出た。

海軍大臣の米内光政は、平素あまりに無口すぎて、一部から頼りなく思われていた。総理は陸軍大臣とは始終食事を共にして話し合っているが、海軍大臣はその席に加わらない。或《あるい》は加えてもらえない。そのため陸軍では課長クラスの者まで知っているようなことを、海軍では高松宮ですら御承知でない場合がある。これは大臣が無能なため海軍が陸軍に馬鹿にされているのだという不満が、海軍部内にかなり強かった。金魚大臣などという蔭口《かげぐち》の行われた所以《ゆえん》である。金魚大臣の米内はしかし、この時語尾を濁さず、ためらうことなく、非常にはっきりと答えた。

「勝てる見込みはありません。大体日本の海軍は、米英を向うに廻《まわ》して戦争をするように建造されておりません。独伊の海軍に至っては、問題になりません」

それから二週間後の八月二十一日、米内は星ヶ岡茶寮で板垣と会って、「日独伊防共強化問題」について個人的に意見を交換した。米内は陸軍大臣とのこの「最後の私的会見」での問答を、「後日のため」と称して、詳しく書残している。緒方竹虎は、戦後、米内のその手記の全文を雑誌に発表し、のちに「一軍人の生涯《しょうがい》」の中に収めた。

相当長いもので、最後の数行だけを引用すれば、

「独伊と結びて何の利益かある。（中略）結局において馬鹿を見るは日本許《ばか》りといふ結論となるべし。自分としては、現在以上に協定を強化することには不賛成なるも、陸軍の播《ま》いた種を何とか処理せねばならぬといふ経緯があるならば、従来通りソ聯《れん》を相手とするに止《とど》むべく、英国までも相手にする考へならば、自分は『職を賭《と》しても』これを阻止すべし。陸軍大臣は独伊につき如何《いか》なる特殊性を認め、これを如何に我国に利用せんとするものなりや。先《ま》づその所見を伺ひたし。

陸軍大臣の右に対する答弁は要領を得ず、議論はただ循環するのみにして、遂《つひ》に意見の一致を見ること能《あた》はず、空《むな》しく五時間余を押問答に終れるのみ」

となっている。

これを雑誌で読んだ平沼内閣当時の外務大臣有田八郎は、この陸海軍大臣の星ヶ岡茶寮会議は、昭和十四年の八月のものではあるまいと言って、緒方に反駁《はんばく》の一書を呈した。

「十四年八月といえば、山雨到《いた》らんとして風楼に満つる時であって、あんな悠長《ゆうちょう》な話

が数時間にわたって交換されるような空気ではなく」これは、日独伊問題の提起された初期、すなわち昭和十三年の八月における二人の問答にちがいない、「米内君が年次を思い違いしていたか、或は手記を書くとき瞬間的に錯覚に陥っていたのではなかろうかと思います」というのが、有田の主張であった。

それに対し緒方は、問答の内容如何《いかん》にかかわらず、これはやはり、昭和十四年八月のことと見るほかはないと言張った。

当時の新聞をあたってみると、八月二十一日に陸海軍大臣が二人で懇談をしたという記事は、昭和十三年にも、昭和十四年にも出ていない。

ところが、米内の手記をよく読むと、一つ、

「最近英国の政府筋においては、張鼓峯《ちやうこほう》事件を左程《さほど》シーリアスに考へ居《を》らざりしも、金融界においては事件当初よりこれを重視し」云々《うんぬん》

という条があるのに気づく。張鼓峯事件が起ったのは、昭和十三年の七月で、会談が昭和十四年八月のものならば、張鼓峯事件よりも、十四年五月に起ったノモンハン事件の方を話題にしそうな気がする。有田の緒方にあてた手紙の言葉通り、「大した問題でもありませんが」、どうも有田八郎の主張の方に、分《ぶ》がありそうに私には思える。

しかし、米内はその手記で、はっきり昭和十四年と書いているので、一応米内の記述と緒方の言い分とを信ずるとすれば、この「五時間余」の「押問答」は、昭和十四年の八月二十一日、午後六時から十一時半まで行われたのであった。

そして、会談を終り、米内と板垣とが、それぞれ官邸に帰って床につき、二、三時間眠ったか眠らないかの時、ドイツ国立放送局は、突然音楽の放送を中断して、臨時ニュースを全世界に流し始めた。

「目下、ソヴィエト政府とドイツ政府と両国の代表が、重大問題で会見中でありま す」

というのであった。

それから数時間後、ベルリン時間で、同じ八月二十一日の午後十時二十分、ナチス・ドイツの政府は、ラジオを通じて、「独ソ不可侵条約」の締結決定を発表した。

日本政府は、混乱に陥った。謂《い》わば、何が何やら分らなくなった。頼りに思っていたドイツに裏切られた。ドイツの言い分としては、いつまで経《た》っても煮え切らない日本を、これ以上待っているわけにはいかないというのであった。

三国同盟問題は一旦棚上《いったんたなあ》げになり、平沼内閣は、八月二十八日、

「欧洲の天地は複雑怪奇なる新情勢を生じ」

という言葉を残して、総辞職した。

米内は先の手記の中に、

「平沼首相はその挂冠《けいくわん》に当り、時の内大臣に対し、海軍の主張は終始一貫して時勢を見るに誤りなかりしと告白したる由《よし》なるも、それは後の祭なり」

と書いている。

米内の後任の海軍大臣には、山本の同期で、聯合艦隊司令長官の吉田善吾中将が決った。

山本は、吉田の下で、次官に留《とゞ》まってもいいと言っていたが、次官のポストもやはり住山徳太郎と交替になった。

住山中将は柳宗悦《やなぎむねよし》と同級の学習院出身で、長く侍従武官をつとめ、天皇の思召《おぼしめし》も厚かった人で、

「しかし、こういう非常の場合に、住山君で大丈夫ですか」

武井大助が山本に聞くと、

「ああいう温厚な紳士を持って来ても、海軍の態度は変らないということを、陸軍の連中に見せてやるんだ」

と、山本は言った。

しかし、住山次官が決る前、自分が留任してもいいという意向を山本がちょっと見せたのは、三年前次官就任の際、

「軍人が政務の方に移されて、何がめでたいか」

と言って怒ったのと、少し様子が変っている。むつかしい危険な立場であったにも拘《かかわ》らず、山本は海軍次官としての仕事に、一種の使命感と、興味とをいだき始めていたのではないであろうか。

ずっとのち、ある人が米内に、山本元帥《げんすい》は政治に興味を持っていたろうかと聞いたら、米内がちょっと考えてから、

「持っていたと思います」

と答えたことがある。

昔、山本五十六が米国駐在武官の時、最初の補佐官であった山本親雄が、武官事務所での雑談の折、

「軍人は政治にかかわらずというのが御勅諭の精神ですから、自分は政治のことには、あんまり関心を払わないことにしています。新聞も政治面はあまり読みません」

と言って、武官の山本から、

「馬鹿者。政治にかかわらずというのは、知らんでいいということじゃない。そんな

心掛けでどうするか」

と叱《しか》りつけられたことがあった。

部内には、いっそ山本を米内のあとの大臣にしてはという声が、かなりあったようであるが、米内は首を縦に振らなかった。

武井大助が、

「どうして後任に、山本さんを持って来ないんですか」

と言うと、米内は、

「吉田でも、同じ考えでやるよ」

と答えてから、やはりちょっと思案して、

「山本を無理に持って来ると、殺される恐れがあるからねえ」

と言った。

米内は、山本をこのまま中央に留めて、万一にもその悲惨を味わうのは忍びなかったのであろう。

このころのある日、山本が大臣室に入って来た時、居あわせた男のことを、

「あれは、紹介しなかったが、有名な占者《うらない》だよ。その後またやって来て、君の顔に剣難の相があらわれている、気をつけなくてはいけないと言っていた」

と、米内が山本に言ったというのは、広く伝えられている話であるが、この「有名な占者」は、誰《だれ》のこととも分らず、これは、山本が人相見だの水から油が取れる話だのに、案外興味を示すことを知っていて、彼を洋上に逃がすことを彼自身に納得さすために、米内が考えついたフィクションではなかろうかという説もある。

鳴弦楼松本賛吉は、その日朝早く海軍省を訪れた。次官室内の書棚《しょだな》やテーブルの上はすっかり片づき、山本は机の抽出《ひきだ》しをあけて中の物を整理しながら事務引継ぎに来る住山新次官を待っているところであったが、松本が、

「今度はいよいよ海上ですな」

と言うと、

「うん。いよいよ海だ」

と、見るからにすがすがしい顔をしていたそうである。

独ソ不可侵条約という、この度のヒットラーの放《はな》れ業《わざ》が話題になり、

「独裁者という奴《やつ》はこれだからいけません。ドイツ国民も今度はあいた口がふさがらぬほど驚いたでしょうな」

松本がそう言うと、

「そりゃあ、ドイツ国民も驚いたろうが、一番驚いたのは日本の陸軍だろうよ」

と、山本は皮肉そうな笑いを口もとに浮べた。それから、

「今度ここに来る人は、僕《ぼく》とちがって実に温厚な君子人で海軍の聖人といわれている人だから、君たちもこれからはあんまり次官室を荒しに来ちゃいかんぞ」

と言って、大きな声で笑った。

だが松本は、山本が海軍大臣の職につかねばならぬ時がきっと来るだろうと思っていたので、

「あなたはしかし、いずれまたここへ帰って来ることになるんじゃないですか」

さぐりを入れてみると、

「いや、来ん。もうここへは帰って来ない、帰って来ない」

と、山本は自分自身に言い聞かせるような調子で繰返した。

こうして、山本五十六は海軍次官の職を離れ、吉田善吾の後任の、聯合艦隊司令長官兼第一艦隊司令長官に補せられることになったのである。

第八章

一

この物語の初めに私は、山本五十六中将を新しく司令長官として迎えた聯合《れんごう》艦隊が、和歌之浦《わかのうら》を出て行くところまで書いて、そのまま長い寄り道をつづけていたが、今、筆をもう一度其処《そこ》へ戻《もど》す時が来た。

八月三十一日、東京駅へ見送りに出た実松譲ら海軍省の副官たちは、山本の乗った「かもめ」が、何事もなく動き出した時、「正直の話、ほんとうにホッとした」という。

旗艦「長門」の長官室におさまって、山本にも同様の感慨はあったにちがいない。

其処には、海軍省の中庭に面した次官室の、薄暗いよどんだ空気のかわりに、まぶしい海の光がさしこんでいた。

日華事変の三年目で、そろそろ物資不足、食糧不足が目立ち始めた東京とちがい、長官のための贅沢《ぜいたく》な食事が待っていた。空気は美味《うま》かった。彼の動静を窺《うかが》い、生命を狙《ねら》っていた右翼の眼《め》のかわりに、今、山本を見守っているのは、麾下《きか》四万の海軍将兵のみであった。

前に記したように、山本は、

「おい、長官というのはいいね。もてるね。海軍次官なんてものは、高等小使だからな」

と、副官の藤田中佐に言ったりした。

だが、聯合艦隊の将兵四万が、皆、「大した人物がやって来た」と、山本を信頼の念をもって仰いでいたかというと、必ずしもそうではない。

航空戦隊の荒武者《あらむしゃ》どもの中には、ヒットラー張りの勇ましいのが好きなのがたくさんいて、山本が霞《かすみ》ヶ浦《うら》航空隊の副長時代、「赤城《あかぎ》」の艦長時代などに、未《ま》だ人前になっていなかった若い飛行機乗り、或《あるい》は、すれちがって彼に接する機会を持たなかった飛行機乗りの或《あ》る者は、新任の司令長官に対し、かなり懐疑的であったようである。

「赤城」の飛行隊長淵田美津雄《ふちだみつお》少佐などは、荒武者中の荒武者で、持ち前の奈良弁で、

「山本五十六いうのは、妙にイギリス、アメリカ好きで、弱いらしいぜ。腰抜けとちがうか」

と公言していた。

当時の聯合艦隊は、泊地を抜錨《ばつびょう》すれば、広い太平洋を東西南北、自由に疾駆して訓練に励めるかというと、そうはいかない。世界第三位の艦隊に、実は、常に油の不安が影を射《さ》していた。使用出来る燃料の量は限られており、無駄使《むだづか》いは許されず、艦隊の演習場は、ほとんど日本近海の太平洋岸に限定されていたのである。

それも、射撃訓練は宿毛《すくも》又は足摺岬《あしずりみさき》の沖、紀伊水道から伊勢湾にかけては何、冬の魚雷発射訓練は瀬戸内海の柱島《はしらじま》という風に、その種別と場所も概《おおむ》ね決っていて、たとえば、別府湾を出て横須賀へ向うのに、燃料を無駄にしないよう、昼間訓練、薄暮訓練、夜間訓練、払暁《ふつぎょう》訓練と、一連のはげしい演習が、入港の直前まで続くのであった。

これが帝国海軍のいわゆる「月月火水木金金」の猛訓練であるが、それは事情によって、日曜とか祭日とかのきまりを無視したという意味であって、休みが与えられなかったという意味ではない。

大体、四週間以上陸に上らずに訓練を続けていると、不測の事故が発生しやすくなるということは、統計で分っている。下らないことで、喧嘩《けんか》が起り、事故が起る。

したがって聯合艦隊の訓練は、ほぼ四週間を目安として、母港の呉《くれ》や佐世保《させぼ》、或は別府の港などへ入り、休養、息抜きをするように計画してあった。

数千乃至《ないし》数万の男の、一ヶ月間の鬱気《うつき》を吐かせるのであるから、辺鄙《へんぴ》な港では都合が悪い。対象になる人間の数が少ないと、陸の上で又不測の事故が起る。それで別府なぞは、艦隊の休養地として、最も望ましいところとされていた。

何週間もの洋上生活で、陸の灯《ひ》が恋しくなって来るのは、参謀や司令官も同様で、艦が横須賀へ入ると、彼らは、東京の、或は鎌倉《かまくら》、逗子《ずし》、葉山あたりの家庭へ帰って行く。他の港の場合だと、あらかじめ打合せて、細君を呼寄せておく人もある。呉や佐世保の「海軍御用」の旅館には、一と部屋一と部屋が、如何《いか》にも新婚の小家庭の趣にしつらえてあるところが、よくあった。

山本も、「長門」が入港すると、きっと陸の旅館で泊った。横須賀入港、上京の場合は、芝の水交社に泊ることが多かった。水交社以後の行動については、臆測《おくそく》のかぎりでないが、彼は青山南町の自宅へ帰るよりも、忍んで千代子に逢《あ》っている時間の方が長かったようである。

当時新橋の小梅と名のる芸妓《げいぎ》は、電鉄関係のある有名な財界人の妾《しょう》であったが、芝神谷町《かみやちょう》に一軒家を持っていたのを、ある時、都合で空けることになった。

梅龍の千代子は、小梅から、

「あんた、山本さんと逢うのに、ちょうどいいじゃないの」

と言ってこの家を見せられ、その気になり、山本が聯合艦隊司令長官に出てから一年ほどのち、彼女は「梅野島」を営みながら神谷町に別宅を持つことになった。小梅が家主の借家であったが、それ以後は、山本上京の折に、二人はしばしば此処《ここ》で逢っていたらしい。

二

山本が次官に就任した時、前任長谷川清に命ぜられて、事務的な申継ぎ事項を詳しく山本に伝え、終って海軍省先任副官から戦艦「日向《ひゅうが》」の艦長に出て行った田結《たゆい》大佐は、その後昇進して少将になり、重巡「加古《かこ》」「古鷹《ふるたか》」を主力とする第六戦隊の司令官になっていたが、山本が聯合艦隊にやって来て、山本の直接の指揮下に入ることになった。田結穣《みのる》が語る昭和十四、五年ごろの聯合艦隊は、極めて緊張した空気に包まれ、訓練も平時のそれではなく、実戦そのもののきびしい訓練が行われていたという。

山本が着任して、特にそうなったというのではないが、たとえば、艦隊の夜間出入港は非常にむつかしい危険な作業であって、もし「陛下の艦」を傷つけるようなことがあれば、場合によっては切腹ものだから、種々の色の識別用の燈火を点じ、無線電話で各艦連絡を取りながら慎重に行うのが平時の常識であるのを、戦争になったら色燈もともせない、微勢力の電波の輻射《ふくしゃ》も不可ということで、暗夜、完全に全艦隊が明りを消して、黙って各自旗艦のあとにつづくというような訓練が始っていた。

最も神経を使うのが出港の場合で、何千噸《トン》何万噸の大きな物に、惰力が生じるまでは、暗がりでは操作が中々むつかしく、見えなくとも、ある距離で処置をしないと、何かという時、機械力ではどうにもならぬ限界がある。航海科の立場としては、何を好んでこれほど危険なことをという気持もあったが、灯の合図も電波の合図も無しに、無理にもやれと言われれば、やがて、見えないものも見えるようになって来たということである。

対米英戦争に突入する前の日本海軍の練度が、「よくもまあ、此処まで来た」という感じがあったというのは、ひとり田結穣や、或は一般に海軍軍人だけの感想ではなかったであろう。

「それでいて、良識ある海軍士官の中に、戦争を望んでいる者は、一人としてありませんでした」

と、田結は言っている。

淵田美津雄少佐の乗っている航空母艦「赤城」の上でも、急速着艦の訓練とか、初めは皆が、「いくら何でも、そんな荒いこと」とびっくりした、上手下手、技倆《ぎりよう》にお構いなしの、搭乗員《とうじよういん》総員夜間発着艦訓練とか、相当なはげしいことが、司令部の命令で行われていた。

「赤城」の艦長は草鹿龍之介、「赤城」の属する第一航空戦隊の司令官は小沢治三郎で、淵田美津雄はその下、彼らよりずっと若く、源田実と同じ兵学校五十二期、最も油の乗って張切っている齢《とし》ごろであった。

淵田は、夜間攻撃の精度を上げることに夢中になっていて、軍医に、

「俺《おれ》の眼くり抜いて、虎《とら》の眼と入替えること出来んか？」

と、半分本気で聞いたこともあった。

夜間の攻撃訓練が始まると、攻撃隊の飛行機を、守備軍は探照燈で捕捉《ほそく》して、高角砲に照準させ、射撃させるのが、レーダーやミサイルの無い当時のやり方であるが、探照燈の光に眩惑《げんわく》されて、屢〻《しばしば》飛行機の墜落事故が起る。

そのため、一時期探照燈は中止になったが、淵田は、

「何言うとるか。戦争の練習やないか。探照燈つけてくれ。俺はやってやる」

と言って、サングラスをかけ、まぶしい光の中を強行通過する訓練を始め、やがて彼と彼の仲間とは、次第にそれに馴《な》れて来た。

山本が司令長官になって一ヶ月後の、昭和十四年十月、日向灘《ひゅうがなだ》で、第百二十三作業と称する演習が行われることになった。志布志《しぶし》にいる戦艦部隊が、有明湾を出て九州東岸を佐伯《さえき》へ向って北上するのを、航空部隊が捕捉《ほそく》して、途中夜間、空からの攻撃をかける訓練であった。

淵田少佐の率いる雷撃機二十七機は、山本五十六坐乗《ざじょう》の旗艦「長門」が、探照燈を照射し、高角砲の弾幕を張りながら必死に逃げようとするのを、執拗《しつよう》に捉《とら》えて離さず、暗夜、放った訓練用の魚雷を、全部命中させた。

「長門」の戦闘艦橋で見ていた山本は、航空参謀に、

「あれは誰だ?」

と訊《たず》ね、演習終了後、第一航空戦隊司令官、小沢治三郎あてに、

「第一二三作業見事ナリ」

という電報を出した。

山本はこの時、初めて淵田という少佐の存在に注目した。

淵田美津雄の方でも、賞《ほ》められて嬉《うれ》しかったからか、それは知らないが、

「腰抜けや思うとったら、ちょっとちがうぜ。今度の長官、案外やるやないか」

というわけで、このころから次第に、山本五十六に対する認識を改めて行ったよう

である。

もっとも淵田のような気風の荒い飛行機乗りは、当時、果して田結の言う「良識ある海軍士官」の部類に入っていたかどうか、いささか疑問であろう。それに、いくさと聞いて、若い武人が一向勇躍奮起せず、皆一様に顔を曇らせるようでも、軍隊としては困ったであろう。

ただ山本は、若い士官たちに、よくこう言っていたそうである。

「人間の性格などは、女を口説く時の口説き方を見れば分る。艦隊が入港して、君たちがメーター上げて遊びに行く時のやり方を見ていると、二た通りしか無いね。『おい、今夜俺と、どうだ？』といきなり持ちかければ、どんな不見転《みずてん》だって、一応、いやよぐらいのことは言ってみせるさ。すると君たちは、『何を、こいつ』と、暴力的になるか、『お前駄目《だめ》か、それじゃ、次、お前、どうだ？』とやるか、どちらかの手しか知りゃしない。西洋人を観察していると、決してそんなものじゃあないぞ。これと目星をつけた女がいたら、カクテルに誘い、ディナーに誘い、ダンスに誘い、朝に一城、夕に一城を抜いて、最後に上手に、しかもたっぷり目的を達してしまう。目的を達するという意味からは、その方がずっと賢いじゃないか。もし戦争が起ったら、そういう連中が相手だぞ。よく考えとけよ」

十月下旬、「長門」は横須賀に入港した。

郷里からは、反町栄一ら大勢が上京して来、長岡中学校同窓会と長岡社の合同主催で、山本の聯合艦隊司令長官栄転と、同じ長岡出身の小原直《おはらなおし》の内務大臣就任とを祝う盛大な会が、九段の軍人会館で催され、山本は上京してこれに出席した。山本はこの時、「多数同窓諸士に御面謁を得」たること、並びに「多数人士長岡より御上京被下《くだされ》候事《さうらふこと》」について、非常に喜び、かつ感激した手紙を、反町栄一に書き送っている。

越えて十一月六日には、郷土の人たち十四人ばかりが、横須賀へ聯合艦隊旗艦「長門」を訪問した。

山本は乗組員の中から、わざわざ長岡出身の下田一郎という少尉《しようい》を選んで、逸見《へみ》の波止場《はとば》までランチで迎えに出し、一行に長官公室で、昼のフル・コースのディナーを供し、食後自身で案内に立って、

「ここがわしの戦《いくさ》する所だよ」

と、司令塔なども案内してまわり、甲板で記念写真を撮らせ、そのあと、用があるからと、見学団といっしょの横須賀線に乗って東京へ出た。

祝賀会への礼心としても、まことに至れり尽せりの行届いたことで、山本は、まったく、人並みはずれた郷里思いの人であったという気がする。

三

この、昭和十四年秋の横須賀入港時かどうか、少し不確かだが、昔、ハーヴァード大学のイングリッシュEのクラスでいっしょだった友人たちも、横須賀在泊の「長門」に、山本を訪ねたことがあった。

慶応出で実業界で働いている小熊信一郎とか、森村勇とかいう人たちで、山本とは、二十年前ボストンのトルコ風呂で、ギリシャ人の髭《ひげ》の三助に、いっしょに身体《からだ》を流させ、寝る前、ベッドの上で花を引いたというような間柄《あいだがら》であった。「長岡より御上京」の郷里の人たちとちがって、この連中は、「長門」を見学しても、「光栄に感激」したりする気はあんまり無く、山本五十六をからかってやろうというのが、目的の半ばである。

「一度われわれも、聯合艦隊なるものを見物に行きたいね」

と言うと、山本が、

「ああ、来いよ」

と言った。

「それじゃあ、芸者を連れて行くけど、いいですか」

と、森村が聞いたら、山本がそれも、

「いいよ」

と言うので、「長門」へ、大勢芸者連れで乗りこんで、山本がどんな顔をするか、見ようというのであった。

森村勇は、つい最近まで全日空の社長をつとめていた人であるが、当時大日本航空の監事で、

「太平洋横断空の旅に新記録
紐育《ニューヨーク》・東京六日間
森村氏日米連絡を完成」

などと、その一と月ばかり前に、空路アメリカから帰って来て、世間に話題をまいていた。

この「太平洋横断空の旅」は、ニューヨークから大陸横断のダグラスでサンフランシスコへ、それからチャイナ・クリッパーで、ホノルル、ミッドウェー、ウェーキ経由グアムに着き、グアム島とサイパン島との間には航空路が無いので、一と晩かかって船で渡り、サイパンから横浜へ日航の定期便で飛ぶというもので、当時、サイパン・横浜間には、海軍の九七式大艇と同じ、川西の四発大型飛行艇が、大日本航空の

定期便として就航していた。

これが、「新記録」でも六日要したわけであるが、山本は、総じてこういうことをやってのける人間が好きであった。

小熊信一郎は、父親が日魯《にちろ》漁業の基礎を作った人で、彼自身もその関係で財界に働いていたが、非常なきかん気者で、酒席で、パッと天井に吸いついたりするのが最も得意であった。ハーヴァード留学時代、山本と小熊の、将棋の七十五番勝負というのは、彼らの仲間うちでは名高い話になっている。

ある日、山本に立てつづけに五番負けた小熊が、口惜《くや》しがって、

「将棋も、五番や七番指したくらいで、ほんとの腕は分らないな」

と言うと、山本が、

「じゃあ、何番指せば分るんだ」

と開き直った。

売り言葉に買い言葉で、倒れるまで指してみなければ分らない、よし、それでは日を改めて、どちらかが倒れるまで指そうということになり、間もなく、山本から小熊信一郎のところへ、墨でしたためた挑戦状《ちょうせんじょう》がとどいた。

「一、来《きた》る土曜日午後九時より勝負開始の事

一、勝負中は両便の外絶対に席を動かざる事

一、食事は座右のパンをかじり乍《なが》ら勝負を続ける事」

とあって、当日山本は、果物やサンドイッチをたくさん詰めた紙袋を持って、小熊の下宿へあらわれると、鞄《かばん》から、グラフ用紙に百回までの成績記入欄を作ったものを取出し、一番三十分として、五十時間、二昼夜指し通す覚悟と見えた。

森村勇らは、「座右」に食糧を補給する係で、その晩はいい加減なところで引揚げたが、翌朝、カフェテリヤへ朝食を食いに行くのに、小熊の下宿の下を通って、

「未《ま》だやってるかな？」

と見上げると、未だやっているらしい。

夕方になって、食べ物を差入れに行ってみると、未だやっている。友人たちは、まわりで勝手にポーカーや八八をして遊び出したが、七時になり八時になり、まる一昼夜経《た》っても、未だ二人はやめなかった。

しかしそのころ山本と小熊の将棋は次第に粗雑になって来、一回が十五分くらいで片がつき、やがてどらからともなく、

「オイ、あっちの方が面白《おもしろ》そうだなあ」

と言い出したのが、ちょうど十一時で、始めてから正味二十六時間後、結局双方倒

れないままの七十五番で打切りとなり、二人とも花札の仲間入りをしてしまった。

小熊は、八八の手がつかなくて下りている間に、ちょっと仰向けになったら、それきり死んだように寝こんでしまったそうである。

また、話はちがうが、そのころ森村勇は、寄宿先が便利な場所にありすぎて、皆の寄合い部屋にされ勉強が出来なくて困るので、ドアに、

「土曜日曜以外、訪客お断わり」

と貼《は》り紙《がみ》を出しておいたら、山本が来て、

「何だ、馬鹿《ばか》な、こんなもの」

と、一と晩で破られてしまったことがあるそうである。

これが山本の少佐から中佐、大正八年から十年にかけての米国駐在員時代のことであるが、その後、日本へ帰ってからも、山本とこの人たちとのつき合いは、ずっとつづいていた。

小泉信三が、山本と個人的交わりの生じたのも、小熊信一郎を介してであった。山本が次官のころ、慶応の塾長《じゅくちょう》をしていた小泉が、塾からの献金を持って海軍省を訪ねて行くと、礼に出て来たのが山本で、慶応出身者の話か何かから小熊の名が出、山本が、

「ああ、あの野郎ですか」

と愉快そうな顔をし、そのあと小熊信一郎、藤山愛一郎をまじえて四人で「金田《かねた》中《なか》」で飯を食ったのが、最初であった。

森村勇らは、ハーヴァード大学に学んだ実業家たちを中心にして、山伏会という会を作っていた。みんなが何か一つ、しょっていいいるものがあるというのが、会名の由来であり、会員の資格であった。

山本は会員ではなかったが、招かれて、屢々《しばしば》山伏会に出席した。そして、出て来ると、アメリカで将棋の七十五番勝負を争った勢いで、小熊や森村たち相手に、何かにつけて、

「どうだ、やれるか?」

「やれるとも」

と、負けん気と強情の張合いをしたらしい。

それは、食後、デリートの果物もすんでから、牛乳一クォート(約五合分)飲んでみろとか、飯に盃洗《はいせん》の水をぶっかけて食ってみろとか、そういう類《たぐ》いのことであった。

山本は他処《よそ》でも、

「腹の中へ入れれば、みんないっしょだ」

と言って、天ぷらも刺身も、よくまとめて平らげていたというから、平気であったかも知れないが、

「これ、食えるか？」

と、彼が苺《いちご》クリームに刺身とわさびを入れ、醬油《しょうゆ》をかけて搔《か》きまわして、小熊に突きつけ、小熊がそれを食うのを見ていて、芸者が「うッ」と言って逃げ出したこともあったそうである。

谷村豊太郎は、「山本五十六閑話」と題する随筆の中で、

「山本さんはいつも、プスンとして無口だったが、何か言えば必ずエゲツナイことを言った」

と書いているが、えげつない点では、小熊信一郎や森村勇の方もかなりのもので、彼らは、「長門」を訪問するについて、あらかじめ、

「よしよし、おいで」

「ああ、お前もおいで」

と、新橋の芸妓たちの中から、見学希望者を十人あまり集めておいた。軍艦の上で、聯合艦隊の司令長官が芸者に囲まれてじゃれつかれたら、さぞ困るだろうというのが、狙《ねら》いであった。

それで、男四、五人に対し、新橋芸妓十人ばかり、総勢十四、五人の見学団が出来上り、某日、横須賀駅に下りてみると、其処で彼らは、ひょっこり山本五十六といっしょになった。山本は、何かの用で駅まで出て来たのか、東京からの朝帰りで偶然同じ電車に乗っていたのか、

「オウ。ちょうどよかった。さあ行こう」

ということで、山本に導かれて一行が、逸見の波止場の門を通ると、其処から先は、全く海軍一色の世界で、空気が少し変って来る。

芸者を連れて門を入って来たのが、聯合艦隊司令長官と分ると、衛兵詰所から、

「気ヲツケエ」

と、はげしい気合の号令がかかる。

桟橋《さんばし》には、長官艇チャージの若い中尉が、固くなって挙手の礼で迎えている。長官艇には、黒ラシャの敷物が敷いてあり、敷物のふちは黄色で、其処に山本五十六提督の位を示す桜のマークが二つついている。

一同が、教えられた作法通り、乗り移ると、チャージの中尉のきびきびした指揮で、艇はすぐ水を蹴《け》って走り出した。

「あら、山ちゃん」

などと呼んでいた女どもは、気押《けお》されて、次第に口数が少なくなって来た。

山本はしかし、一向態度が変らず、まさか酒席の如《ごと》き振舞いはしないが、芸者たちと離れて歩きたがったり、避けて坐《すわ》ろうとしたりという、迷惑そうなそぶりは少しも無く、極く自然に、愉快そうに談笑していて、「どうも、こんなこと、初めてのようではなかった」そうである。

「長門」に着くと、やがて、残っている幕僚たちも列席して、昼の食事になった。

司令部の通常の昼食の献立は、スープに始まって、魚と肉の料理が一皿《さら》ずつ、それに、サラダ、果物、コーヒーとなっているが、客があると、これに何かもう一品つく。それから、宴会となると、初めに前菜が運ばれて、シャンパン、白赤の葡萄酒《ぶどうしゅ》と、ビール、日本酒のグラスが、銘々六つくらいずつ並ぶのが例であった。

食事の用意が整うと、従兵が、後甲板に待機している軍楽隊の楽長に、

「只今《ただいま》長官を迎えに行きます」

と声をかけておいてから、長官の私室へ走る。

それで、司令長官が長官私室のドアをあけるのとほぼ同時に、楽長の指揮棒が振り下ろされ、長官が廊下を食堂まで歩いて来る間、まず行進曲が一曲奏《かな》でられる。

こうして、森村、小熊、新橋芸妓らの一行は、「長門」で、軍楽隊の奏楽裡《そうがくり》に、山

本と昼食を共にした。食事は、小熊信一郎の記憶によれば、「なかなか美味《うま》かった」ということであるが、「長門」の司令長官公室で、少々機鋒《きほう》をくじかれた芸妓が十人あまり、山本五十六を囲んで、神妙にナイフやフォークを使っているのは、ちょっと変った風景であったろう。

この時一行に加えられなかった梅龍は、早速対抗意識を発揮し、まず、

「敏子さん、一度『長門』へ行ってみない？」

と、古川敏子に誘いをかけておいてから、敏子の妹や、別に朋輩《ほうばい》芸妓十人あまりをかき集め、何日かして、揃《そろ》ってまた横須賀へ乗りこんで行った。

それで、戦艦「長門」は、立てつづけに、新橋のいわゆるきれいどころを客に迎えることになり、のちには話に段々尾鰭《おひれ》がついて、山本が、聯合艦隊の旗艦に芸者を大勢連れこみ、飲めや歌えの、あるまじき大騒ぎをしたという風に伝えられているらしいが、実際はそれほどの事ではなかったようである。

四

梅龍の千代子は、「長門」が入港すれば、一人ででも必ず一度は横須賀へ山本を訪ねた。山本の下着類や沓下《くつした》、副官や副官夫人への贈物まで用意して来、長官室の洋服《ようふく》

簞笥《だんす》の中やベッドまわりをせっせと片づけた。

　山本が藤田中佐の細君に、

「奥さん、鮭《さけ》上げようか。北海道のだから美味《おい》しいよ」

と、簞笥の軍服の間からゴソゴソ塩鮭の包みを取り出すのを千代子が見て、

「まあ。そんなとこに鮭なんか入れて」

と怒っていたこともあったという。

海軍の教育年度は十一月に終る。訓練中亡《な》くなった者の慰霊祭を洋上で行い、母港へ帰って解散になる。その年度末を以《もっ》て呉鎮守府の副官に転勤の決った藤田元成が夫人同伴で挨拶に行くと、山本は、

「奥さん、あんたも呉へ行くか？　子供が無いなら行った方がいいかな。鎮守府て煩《うるさ》いところだよ。まあしかし行きなさい、行きなさい。その方がよかろう」

と言った。

情があって、三ヶ月半身近に勤務している間、藤田は山本から叱られたということはほとんど無かったが、一度だけ注意を受けたのを印象深く記憶にとどめているという。

　それはその秋、徳山沖に入港中の艦隊から列車で上京の折、山本と藤田を乗せて三《み》

田尻《たじり》駅へ向う自動車がちょっとした事故を起した時のことである。

徳山燃料廠《しょう》から迎えに来た車で、老練な運転手が運転していたが、どうしたはずみか田舎道であッという間に路肩《ろかた》から田圃《たんぼ》の中へ突っこみ大きく傾いた。二人とも怪我《けが》は無かったが、山本は藤田に、

「自分の身体《からだ》じゃないからな。陛下の身体だからな。注意しろよ」

と、それだけ言ったそうである。

教育年度が終るのと時を同じくして、定期異動の発表がある。副官も変ったし、この年（昭和十四年）十一月の定期異動の前後に、聯合艦隊司令部の陣容はほぼ一新された。参謀長の高橋伊望少将、先任参謀の河野千万城《ちまき》大佐ら、吉田長官時代からの幕僚が退任し、参謀長福留繁《ふくとめしげる》、先任参謀黒島亀人《かめと》、戦務参謀渡辺安次らの顔ぶれが着任した。

福留繁少将は、「長門」艦長から、聯合艦隊司令部へ上った。

聯合艦隊司令部における狭義の幕僚――いわゆる「縄《なわ》を吊った」人の定数は、参謀長、先任参謀、砲術参謀、航海参謀、水雷参謀、通信参謀、航空甲参謀、航空乙参謀、戦務参謀、機関参謀の計十人で、参謀長だけを別格とし、他の九人には、階級の如何《いかん》にかかわらぬ同等の発言権が与えられていた。

そのうち、福留参謀長が、開戦八ヶ月前の十六年四月、軍令部第一部長に転じ、後任として伊藤整一少将が四ヶ月勤めたあと、八月、宇垣纏《うがきまとめ》少将が着任したのと、開戦直前、三和義勇《みわよしたけ》大佐が航空甲参謀として、藤井茂中佐が政務参謀としてそれぞれ加わったのと、三、四の異動を除けば、大体においてここに、開戦時の山本チームの中核が出来上ったわけである。

もっとも山本のチームと言っても、裁量の権限を握っているのは海軍省人事局であって、これは山本自身の人選によったものではない。政務参謀のポストは、山本の時初めて置かれ、渉外参謀とも呼ばれた。

この新しい陣容で、昭和十五年の元旦《がんたん》を洋上に迎えた山本五十六は、

「日《ひ》の本《もと》の海の護《まもり》の長《をさ》として
　けふの朝日をあふぐかしこさ」

という歌を作った。

次官時代と境遇が変ったせいか、艦隊へ出てから、山本の作る歌の数は段々多くなり、これより戦争中にかけて、数の上ではかなりの歌を詠《よ》んでいる。

戦時中、殊《こと》に彼の戦死後、山本の短歌はまるで国民の修養の糧《かて》でもあるかのような大層な取扱いを受けて、信時潔《のぶときぎよし》の作曲で譜がついたりし、あたかも彼が一人前の歌人

であるかに扱われたことがあるので、この機会に山本の歌について少し書いておくが、彼自身の作歌の動機は、茶目ッ気の多いもっと暢気《のんき》なものであったと思われる。

米内光政が、

「例の和歌なども、山本は勝負事でもやるようなつもりで、負けない気になって作るのです」

と言っているのは、やはり山本をよく識《し》る人の言葉であろう。

「よしッ、一時間で何首作れる？」などと、どちらかというと、西鶴《さいかく》の大矢数《おおやかず》に近い趣があった。上手かと言えば、義理にも上手とは言いがたい。

ずっとのちの話だが、「鬼がわら」という綽名《あだな》のあった小沢治三郎中将が、

「長官は前線へ向う部下によく万葉ばりの和歌を書いて贈っておられるようですが、あれはあんまり感心しませんな。あなたの郷里の越後には良寛のような立派な歌人がいるんだから、もう少し勉強していい歌を作られなくてはいけません」

と、面《おもて》を冒して山本に文句を言ったことがある。

青年時代からの山本が作った歌をたどってみると、明治三十八年七月、日露戦争で戦傷を負うて、横須賀の海軍病院に入院中詠んだ、

「とどめましハンカチーフの血痕《けっこん》は

己《おの》が真《まこと》のしるしなりけり」

同じく明治四十三年一月一日、軍艦「宗谷《そうや》」の自室から、郷里の父親に書き送った、

「わがものと思へば広し四畳半
あくび大の字勝手放題」

などというのは論外としても、大正八年、最初のアメリカ駐在時代、「ワシントンの夜景を眺《なが》めて」と題する、

「今宵《こよひ》しも月影清く冴《さ》えにけり
故郷《ふるさと》遠く偲《しの》べとてしか」

というのと、「大正九年二月米国にて」と題する、

「吹雪する外《と》の面《も》さびしくながめつつ
故郷遠く君をしぞ思ふ」

という二首がある。

歌としては、これまたまことに幼稚でセンチメンタルな歌であるが、あとの一首の「君をしぞ思ふ」は誰《だれ》のことか、大正九年といえば、彼が千代子を識る十数年も前で、少し問題になるところであろう。

これはしかし、歌の話そのものでないので、後にゆずる。

将官になってからの彼は、さすがにもう、こんな幼稚な歌は作らなくなった。「日の本の海の護の長として」の新年詠草などは、一応の体は成している。武井《たけい》大助撰《せん》の「山本五十六詠歌十題」の中にも入っている。つまり、ましな方である。

武井大助は、山本の仲のいい友人であると同時に、歌の先生であった。山本は武井のことを、からかい半分、いつも「武井歌之《うたの》守《かみ》」と呼んでいた。

武井大助が山本を識ったのは、山本の最初のアメリカ駐在時代、武井がコロンビヤ大学の政治科を卒業して間もなくのころで古いが、この時にはすでに海軍主計中将で、海軍省の経理局長を勤めていた。佐佐木信綱の門下で、「戴剣《たいけん》歌人」とも呼ばれ、戦後宮中御歌会始の召人《めしゅうど》にも選ばれているし、こちらはほんものの歌詠みである。

山本が未《ま》だ少将で、航空本部の技術部長時代、軍務局長であった堀悌吉と紀州を旅して、武井のもとへ、新宮《しんぐう》から歌信をとどけて来たことがあった。見ると、

「若竹の下にたかむな生ひ出でぬ
　南《みんなみ》　紀伊の冬あたたかし」

と、いつになく上手な玄人《くろうと》っぽい歌がしたためてあった。

東京へ帰って来た山本に、武井が、

「手紙もらったけどね、あれは盗作でしょう?」

と言うと、山本は、

「オイ、やっぱり分るのかなあ」

と、堀と顔を見合せたそうである。

「そりゃあ分るよ」

将棋では飛車落ちでも山本に敵《かな》わない武井大助は、笑いながら言った。

「将棋なら、僕《ぼく》の手の内をすっかり読まれてしまうのと同じで、歌ならこっちが上だもの、山本さんの手の内ぐらい分るさ」

それから問いつめて泥《どろ》を吐かせてみると、堀の友人で山本とも交際のある「心の花」の古い歌人、石榑千亦《いしくれちまた》が今度の旅に同行している。新宮の宿で、この歌人が次々歌になった歌を作るのを見ていて、山本は、

「石榑さん。海軍には『申シウケ』という言葉があるんですがね、拙《まず》いのを一首、申しうけさせてもらえませんかな」

と、「若竹」の歌をもらいうけ、武井をからかうつもりで便りを出したのだということであった。

またある時、武井が山本に贈った歌に、「光直射《たださ》す時は来向ふ」とあるのを見て、

山本は「来向ふ」という語法に大いに感心したらしいが、あとで万葉集の中から、柿本人麿《かきのもとのひとまろ》の「御《み》猟《かり》立たしし時は来向ふ」を見つけると、

「何だ、君と僕のちがいは、要するに君の方が少し色んな字句を余計知っているだけのことじゃないか」

と言ったという話もある。

山本の短歌に対する認識と素養とは、先ずその程度の気楽なものであった。だから、まさかに盗作は世に出さなかったが、戦争中山本聯合艦隊司令長官の作歌として、ものものしく公《おおやけ》にされた短歌の中には、方々から一部「申シウケ」をした本歌取りみたいなものがずいぶんある。

昭和十六年の秋、伊勢神宮に詣《もう》でての、

「千万《ちよろづ》の軍《いくさ》なりとも言挙《ことあげ》せず
取りて来ぬべく思ひ定めたり」

とか、昭和十七年十二月八日、開戦一周年目の、

「ひととせをかへりみすれば亡《な》き友の
数へがたくもなりにけるかな」

とかいう歌は、それぞれ、万葉の高橋虫麻呂《たかはしのむしまろ》の歌、或《あるい》は良寛和尚《おしょう》の歌と甚《はなは》だよく似

ている。

特に傾倒した歌人とか歌書とかいうものも、山本には無かった。ただ、聯合艦隊へ出る時、万葉集は携えて行った。この万葉集はのちに、渡辺安次の手で遺品として東京へ持ち帰られたが、集中いたるところに、丸や棒が書いてあったそうである。「明治天皇御集《ぎょしゅう》」も、かなりよく読んでいたらしい。

何しろ凝り性であったから、もっと生きていたら、山本の歌も或はもう少しほんものになったかも知れないと、武井大助は言っている。

五

山本がこうして、「長門」の艦上で、「日の本の海の護の長」の歌を詠んでいるころ、中央では、阿部信行《あべのぶゆき》の内閣が、組閣後四ヶ月にして、早くも崩れつつあった。

年末から開始された政党の倒閣運動が効を奏して、国民の眼《め》には何がその理由ということもはっきりしないままに、一月十四日、阿部内閣は総辞職し、あとには近衛公とか陸軍の荒木貞夫大将、或は畑俊六《はたしゅんろく》大将という呼び声があったにもかかわらず、大命は突然米内光政に降下した。

「一軍人の生涯」の中で緒方竹虎は、その間の事情を、

「米内の奏薦は殆《ほとん》ど全く湯浅内大臣一人の意志に出たと思はれる。若《も》しその外に湯浅にヒントを与へたものありとすれば、それは陛下の思召《おぼしめし》であつた。阿部内閣崩壊前のことであるが、陛下はあるとき湯浅に対し『次は米内にしてはどうか』といはれた。陛下は平常立憲的に非常に厳格で、陛下御自身後継内閣の選定についてイニシアチブを取られるといふことは全くの異例であるが、陛下は謂《い》はば御性格から陰謀的な日独伊同盟を御好きにならず、平沼内閣で問題が紛糾した際、不眠症で一時葉山に静養されたこともあつた位で、自然何とかして、日独伊同盟を未然に防止したいお気持のあつたことは蔽《おほ》へない」

と述べている。

緒方によれば、この米内内閣が、湯浅倉平にとってもう、「智慧《ちゑ》の出し納め」、「ファッショ防遏《ばうあつ》最後の切札」というものであった。

だが、当の米内は、総理大臣になろうという野心も無かったかわりその用意も無く、手足になって働く人が誰もいないので、原田熊雄の肝《きも》いりで、ようやく石渡元蔵相と広瀬元厚相とが、組閣参謀としてつくことになった。

昭和二十八年から二十九年にかけて出版された歴史学研究会編「太平洋戦争史」の記述を藉《か》りれば、「米内の登場はいちじるしく親英米派重臣的な性格を帯びており、陸軍と革新派とはこれに対立し、近衛も自分をさしおいて岡田、湯浅らが奔走したことに不快の念を抱いた。しかし組閣にあたっては天皇が陸相に協力を命じた結果、畑が留任し」組閣は一応順調に進んだのである。海軍大臣の吉田も留任した。

山本は米内には将来どうしても軍令部総長として働いてもらいたい、したがって総理かつぎ出しの運動は出来るだけ阻止したい考えで、原田熊雄と前からそういう話をしていたが、それがこんな結果になってしまったので、原田は余儀ない事情をしたためて山本に手紙を出したと、「西園寺公と政局」の中に述べている。

米内はこの時、慣例にしたがって現役を退いた。

海軍から米内光政を失うことは惜しむとしても、彼の総理大臣就任で、日本の前途に明るいものを見ることを最も強く望んだ人の一人は、山本五十六であったろう。

事実、米内の首相在任中、三国同盟問題は決して蒸し返されなかったし、蒸し返されても、到底米内がこれを認めなかった。総動員法の問題や、統制の問題についても、米内は首相として、ずいぶん含みのある発言をしている。

当時の新聞を見ると、記者会見で戦時経済統制について質問を受けた米内首相が、

「統制経済についてはやるべきことはやって行く。ただ統制をやった効果よりもそれによって生れる逆効果の方が多いとなれば考えなければならぬ」

と答えたということが出ており、これは平沼内閣時代海軍大臣としての彼の議会答弁とも照応するもので、一貫した米内の考え方であった。

それだけに彼は、陸軍にとって、甚《はなは》だ「好ましからざる人物」であった。

のちに米内は、

「私では三国同盟もやらず、国内改革も実行しないからというので倒閣ということになったのです」

と語っているが、陸軍部内や右翼の一部には、この内閣に対する烈《はげ》しい不満が初めからくすぶっていて、内閣参議の中でも、末次信正、松井《まつい》石根《いわね》、松岡洋右の二人が、米内の留任要請をしりぞけて辞職してしまったし、内閣は出発にあたって、長つづきしそうもない影を負わされていた。

畑陸軍大臣の留任を求める時にも、米内の意を体した石渡荘太郎が、陸軍省に電話をかけ、組閣本部である水交社へ、畑の来訪を希望すると、軍務局長か誰か、声の主は分らないが、

「総理大臣がこちらへ挨拶《あいさつ》に見えるものと思って、先程から待っている」

という返事であった。石渡はムッとし、

「一体陸軍はこういうことを言っているが、どうされますか。陸軍の方から大命降下

した人のところへ来るのが当然じゃないですか」

と米内と相談してから、重ねて畑に来てもらいたい、こちらからは伺わないと電話で言うと、暫《しばら》く待たされたあとで、ようやく、

「それではお伺いします」

という返事があった。その時米内は、

「愚図《ぐず》々々言ったら畑を電話口に呼んで下さい、私が出る」

と、さすがに不愉快そうな面持《おももち》を見せた、倒閣運動は、米内内閣成立のその日から始まっていたということを、緒方がその著書の中に書いている。

陸軍の一部右翼の一部では、米内内閣の出現を「また重臣の陰謀だ」と言い、陛下の陸軍大臣に対しての「新内閣に協力するように」との御言葉についても、「けしからん」と言って内大臣を恨んでいる若手将校たちが大勢いて、阿部信行前首相ですら、「こんにちのように、まるで二つの国——陸軍という国とそれ以外の国とがあるようなことでは到底政治はうまく行くわけがない。自分もやはり陸軍出身であって、前々から何とか陸軍部内のこの異常な状態を多少でも直したいと思っていたけれども、これほど深いものとは感じておらなかった。まことに自分の認識不足を恥じざるを得ない」

としきりに歎《なげ》いていたということである。

このころ松本賛吉は、いつか水谷川忠麿《みやがわただまろ》と話したことを思い出し、米内内閣成立の模様、米内が大いに奮闘しているが内閣の前途はなかなか多難らしいという報告とともに、山本の政界出馬を期待するような手紙を「長門」あてに書き送った。

当時実際、政界の一部には「山本五十六内閣待望」の声があったと言われているが、山本は松本の手紙に対し、二月十八日付で、

「貴《き》翰《かん》難有《ありがたく》拝見　仕《つかまつり》候《さうらふ》　海上勤務半歳　海軍は矢張り海上第一まだ〳〵やるべき仕事海上に山の如《ごと》し、所詮《しょせん》海軍々人などは海上の技術者たるべく柄《がら》になき政事などは真平《まっぴら》と存じ居《を》り候」

という返書をしたためた。

そして、組閣半歳後、昭和十五年の七月、米内内閣が総辞職し、第二次近衛内閣が出来ると、露骨に、待っていたかのように、再び日独伊三国同盟の問題が表面に立ちあらわれて来、それより二ヶ月後の九月二十七日、この軍事同盟は、まことにあっさりと成立してしまうのである。

もっともその前に、海軍大臣の吉田善吾は辞職した。

吉田は、第二次近衛内閣にも留任したが、陸軍や部内外の革新派からの突き上げと、

同期の山本五十六あたりからのきびしい註文《ちゆうもん》との板ばさみになって、こんにちでいう強度のノイローゼにかかっていた。秘書官が書類を持って大臣室に入って行くと、それを読む吉田の手はブルブル震えていたという。間もなく入院静養ということになり、三国同盟締結の三週間前に大臣をやめてしまった。吉田の途中退陣と、松岡外務大臣、東條陸軍大臣の登場とは、第二次近衛内閣の人事で注目されてよい三つのことであろう。

このころ、山本は艦隊から、あらためてドイツとの同盟問題に関する意見書を提出している。

「日米戦争は世界の一大兇事《きようじ》にして帝国としては聖戦数年の後更《さら》に強敵を新たに得ることは誠に国家の危機なり、日米両国相傷《きずつ》きたる後に於《おい》てソ聯《れん》又は独国進出して世界制覇《せいは》を画す場合何国がよく之《これ》を防禦《ぼうぎよ》し得るや。独国勝利を得たる場合に於て帝国は友邦なりとして好意を求めんとするも、不幸にして我国も傷き居たりとせば其《そ》の術《すべ》もなく、友邦は強大なる実力の存する場合に於てのみ之を求め得べきのみ。帝国が尊重せられ、交りを求めんとする者相次ぐは我海軍を中心とする実力儼存《げんそん》するに依《よ》らざるべくんば非《あら》ず。よつて日米正面衝突を廻避《くわいひ》するため両国とも万般の策をめぐらすを要す可《べ》く、帝国としては絶対に日独同盟を締結す可からざるものなり」

この意見書は、内容だけが記録に残っていてその提出先は不明であるが、大臣の吉田はむろん読んだにちがいない。吉田は、読めば同感であったろうが、デンマーク全土を、僅《わず》か三時間半でその保護下に置いてしまうようなドイツの離れ技を見せられていた当時の人々の耳に、こういう意見は概して、通りがよくなかった。

吉田善吾のあと、海相の地位に就いたのは及川古志郎《おいかわこしろう》大将である。

及川は、支那《しな》学の素養にかけてはなかなかのものと言われ、中国の大人《たいじん》の風があり、人柄《ひとがら》も温厚で聞えていた。しかし、この非常の場合に、人格の温厚と支那学の素養とだけで海軍大臣が勤まるものではなかった。温厚なだけに、及川は、嚙《か》みつきそうな犬のそばは、そっとよけて通りたい人であった。一体海軍の上層部には何事も出来るだけ上手に円満にという気風が強かったが、中でも及川古志郎は特別八方美人であったとは、多くの人が指摘するところである。

「相手が日本陸軍という、陸軍第一、国家第二の存在であるのに、誰が及川を大臣に持って来たのか、不謹慎極まる人事であった。あの定見の無い無能ぶりを、陸軍が承知していて、近衛あたりに推薦したとしか考えられない」

と、井上成美は、歯に衣《きぬ》きせず、及川を罵《ののし》っている。

井上によれば、彼は二等大将中の二等大将で、「米内、山本に較《くら》べて、粗末な大将と立派な大将とこうもちがうかという好例になります。ほんとに、実に役立たずの大臣でした」ということである。

陸軍との協調を求めるためには、こういう人格温厚な人を大臣に据《す》える必要があったのかも知れないし、近衛も及川が人と人の間に立ってうまく意見を調整してくれるのを喜んでいたそうだが、米内は、

「残念なことに、陸軍と海軍の間がうまく行っている時は、日本の政治は、たいてい堕落している」

と言っていた。

及川の下で海軍次官を勤めたのは、豊田貞次郎であった。豊田も常識的な意味では人格円満な提督であった。面識のあった池島信平は「立派な人だったよ」と言っている。しかしこういう非常の場合の海軍の責任者としての功罪ということになると話は自《おの》ずから別であろう。彼は山本とちがって、早くから次官、大臣になりたい気持の強かった人で、のちに第三次近衛内閣の時、志を遂げて外務大臣に就任しているが、昭和十三年、山本が次官当時は、佐世保鎮守府《させぼちんじゅふ》の司令長官であった。

ある時次官の山本が、

「オイ、こういう手紙が来ているから、参考のために見とけよ」

と、佐世保の豊田からの書簡を、軍務局長の井上に見せたことがある。それには、私が親補職の地位にあるために次官になることをいやがるなどとは、どうかお思いにならないでいただきたいという意味のことが書いてあった。鎮守府司令長官は親補職であるが、次官は親補職ではない。

井上が読みおわると、山本は、

「豊田貞次郎というのはこういう男だ。覚えとけ」

と言った。

緒方竹虎は、「失はれた政治」と題する近衛文麿の手記の一節――、

「抑《そもそ》も三国条約締結については、海軍が容易に賛成すまいと思つてゐたのである。(中略)然《しか》るに及川大将が海相となるや、直《ただち》に海軍は三国同盟に賛成したのである。余は海軍の余りにあつさりした賛成振りに不審を抱き、豊田海軍次官を招いてその事情を尋ねた。次官曰《いは》く、海軍としては実は腹の中では三国同盟に反対である。然しながら海軍がこれ以上反対することは、最早や国内の政治情勢が許さない。故《ゆゑ》に已《や》むを得ず賛成する。海軍が賛成するのは政治上の理由からであつて、軍事上の立場から見れば、まだ米国を向ふに廻《まは》して戦ふだけの確信はない」

というところを引き、いろんな太平洋戦争前の回想録を読んで、これほどなさけな

い問答はないと言っている。緒方が「なさけない」と感じたのは、むろん豊田貞次郎に対してだけではなかったであろうが。

六

吉田が退いて及川が大臣になり、住山が退いて豊田が次官になったのは、昭和十五年の九月五日及び六日で、就任後、条約調印までの三週間の間に、及川は海軍大臣の名で東京に海軍首脳会議を招集した。

これは、海軍として、三国同盟に対する最終的態度を決定するためのものであった。実際はしかし、賛成の膳立《ぜんだ》てが、あらかじめ出来上っていたのだと思われる。

聯合艦隊の旗艦は、この時瀬戸内海の柱島泊地にいた。山本は、会議に出席のため柱島から上京した。

彼の考えでは、この同盟は日米戦争を招来する公算が極めて大きい、日本は一体、アメリカと戦争する用意が出来たのか、自分が次官の時から僅《わず》か一年で、対米戦争に必要な軍備が整う筈《はず》はないだろうというので、山本は鞄《かばん》に資料もたくさん用意して、東京へ出て来た。

会議の席上、及川海軍大臣は、ここでもし海軍が反対すれば、第二次近衛内閣は総辞職のほかなく、海軍として内閣崩壊の責任をとることは到底出来ないから、同盟条約締結に賛成ねがいたいということを述べた。列席の伏見軍令部総長宮以下、各軍事参議官、艦隊及び各鎮守府長官の中から、一人も発言する者が無かった。

山本は立ち上った。

「私は大臣に対しては、絶対に服従するものであります。大臣の処置に対して異論をはさむ考えは毛頭ありません。ただし、ただ一点、心配に堪えぬところがありますので、それをお訊《たず》ねしたい。昨年八月まで、私が次官を勤めておった当時の企画院の物動計画によれば、その八割は、英米勢力圏内の資材でまかなわれることになっておりました。今回三国同盟を結ぶとすれば、必然的にこれを失う筈であるが、その不足を補うために、どういう物動計画の切り替えをやられたか、この点を明確に聞かせていただき、聯合艦隊の長官として安心して任務の遂行をいたしたいと存ずる次第であります」

及川古志郎は山本のこの問いに、と言も答えず、

「いろいろ御意見もありましょうが、先に申し上げた通りの次第ですから、この際は三国同盟に御賛成ねがいたい」

と、同じことを繰返した。

すると、先任軍事参議官の大角岑生大将が、先《ま》ず、

「私は賛成します」

と口火を切り、それで、ばたばたと一同賛成というかたちになってしまった。

山本は憤慨した。階級からいっても、兵学校卒業の年次から言っても、及川は山本より上であったが、会議のあとで彼は山本からとっちめられ、「事情やむを得ないものがあるので、勘弁してくれ」とあやまったけれども、山本が、「勘弁ですむか」と言い、かなり緊張した場面になったということである。これより二ヶ月半のちに、当時支那方面艦隊司令長官であった同期の嶋田繁太郎あての書簡の中でも、山本は、

「日独伊軍事同盟前後の事情、其後の物動計画の実情等を見ると、現政府のやり方はすべて前後不順なり、今更《いまさら》米国の経済圧迫に驚き、憤慨し困難するなどは、小学生が刹那《せつな》主義にてうかうかと行動するにも似たり」

と怒っている。

この手紙の中には、また、

「過日ある人の仲介にて近衛公が是非会ひ度《たし》との由《よし》なりしも、再三辞退せしが余りしつこき故《ゆゑ》、大臣の諒解《りやうかい》を得て二時間ばかり面会せり」

という一節があるが、これも、海軍首脳会議で上京したこの時のことで、山本は荻《おぎ》

荻外荘《てきがいそう》の自邸に近衛を訪問し、近衛から、日米戦が起った場合海軍の見通しについて、質問を受けた。

「それは、是非やれと言われれば、初め半年や一年は、ずいぶん暴れて御覧に入れます。しかし二年、三年となっては、全く確信は持てません。三国同盟が出来たのは致し方がないが、かくなった上は、日米戦争の回避に極力御努力を願いたいと思います」

と彼は答えた。

三国同盟については、近衛から、海軍があまりあっさり賛成したので、不思議に思っていたが、あとで次官に話を聞くと、物動方面なかなか容易ならず、海軍戦備にも幾多欠陥あり、同盟には政治的に賛成したものの、国防上は憂慮すべき状態だということで、実は少なからず失望した次第である、海軍は海軍の立場をよく考えて意見を樹《た》ててもらわねば困る、国内政治問題の如きは、首相の自分が、別に考慮して如何様《いかよう》にも善処すべき次第であった、というような話があった。

嶋田への手紙の中で、山本は、

「随分人を馬鹿にしたる如き口吻《こうふん》にて不平を言はれたり、是等《これら》の言分は近衛公の常習にて驚くに足らず、要するに近衛公や松岡外相等に信頼して海軍が足を土からはなす事は危険千万にて、誠に陛下に対し奉《たてまつ》り申訳なき事なりとの感を深く致《いたし》候《さうらふ》、御参考迄《まで》」

と書いている。

山本は近衛も嫌《きら》いであったが、実は嶋田繁太郎も嫌いだった。

「あんな奴《やつ》を、巧言令色と言うんだ」

と言って、信用していなかった。

嶋田がのちに東條の内閣に入閣し、東條の副官といわれるような海軍大臣になることを見通していたわけでもないであろうが、同じクラスメイトでも、嶋田に対する手紙は、堀に対する手紙などとまるでちがい、釘《くぎ》でもさしておくような調子が見える。

こうして山本は腹を立てたまま、柱島泊地の「長門」へ帰って来たが、聯合艦隊の司令長官として、それではもう、日米戦争が起っても自分は知らぬと言うわけにはいかなかった。

もっとも仮定の問題としては、これより開戦まで、山本が言うべきであったこと、或は取るべきであった道などに、また幾つかの ifs が考えられないではない。

その一つは、職制上その立場でないとしても、山本が三国同盟に、聯合艦隊司令長官の職を賭《と》して、あくまで反対することであった。山本がもし次官または大臣の地位に在ったら、彼が職よりも、命を賭して反対したであろうことは、ほぼ間違いない。不承々々彼が引っこんだのは、政治に関与する者は海軍大臣一人、その統制には必ず服するという、彼自身も曾《かつ》て一役買ってきびしく姿勢を正した、海軍のよき伝統を紊《みだ》すことを恐れたからだと思われる。

この点では、「海軍左派」は、少し折り目の正し過ぎるところがあった。それは、天皇の政治に対する折り目正しさとも似通うものがあって、むつかしい問題であるが、そのためにむごい目にあった人々の眼《め》から見れば、いい意味にばかりは受け取れないであろう。

米内は、内閣を組織する時予備役《よびえき》に編入され、半年で首相の地位を離れると、そのあとは、海軍省にあらわれても、海軍大将としての公の発言は一切しようとしなかったという。原田熊雄に対しても、そのころ、

「自分はもうほとんど世の中と隔絶したような生活をしている」

と洩《も》らしている。武井大助は、

「平常の場合ならそれでもいいが、時が時なのだから、米内さんにも、もっと言ってもらいたかった。こういうのは、結局、われわれ自由教育を受けた者と、少年時代から兵学校の特殊教育を受けた者とのちがいであろう」

と言っているが、少年時代からの特殊教育を考えるなら、陸軍の軍人は、もっと年少の時から幼年学校の特殊教育を受けている。それだけでは解釈がつかないことかも知れない。

山本がもし、海軍の伝統を無視して陸軍とは逆の下剋上《げこくじょう》、不服従をやったら、何が起ったであろうか？

「世の中と隔絶したような生活」をしていた米内光政は、三国同盟条約調印の報《しら》せを聞くと、自分が海軍大臣であったころのことを顧み、

「われわれの三国同盟反対は、あたかもナイヤガラ瀑布《ばくふ》の一、二町上手《かみて》で、流れに逆らって船を漕《こ》いでいたようなもので、今から見ると無駄《むだ》な努力であった」

と言って嘆息した。

緒方がそれを聞いて、それにしても、米内、山本の海軍がつづいていたら、徹頭徹尾反対し抜いたかと訊ねると、米内は、

「無論反対しました」

と答えてから、暫《しばら》く考えて、

「でも、殺されたでしょうね」

と、如何《いか》にも感慨に堪えぬ風があったという。

三国軍事同盟反対の意向をいだいていたのは、もとより、海軍ばかりでなく、米内、山本ばかりではなかった。

興津《おきつ》の坐漁荘《ざぎょそう》で三国同盟成立の報を聞いた西園寺公望は、側近の女たちに向って、

「これで、もうお前たちさえも、畳の上で死ぬことは出来なくなるだろう」

と言ったまま、床の上に終日瞑目《めいもく》して語らなかったというし、それより前、枢密院《すうみついん》の本会議にこの条約が諮詢《しじゅん》された時、顧問官の石井菊次郎は、

「ドイツ国或《あるい》はその前身たるプロシャ国と同盟を結んだ国で、その同盟により利益を受けたもののないことは顕著な事実である。のみならず、これがため不慮の災難を蒙《こうむ》り、ついに社稷《しゃしょく》を失うに至った国すらある。ドイツ宰相ビスマルクはかつて、国際同盟には一人の騎馬武者と一匹の驢馬《ろば》とを要する、そうしてドイツは常に騎馬武者でなければならぬといった」

と、警告を発しているが、結局流れを阻止する力にはなり得ず、誰も驢馬の眼をさますことは出来なかったのである。

同盟条約調印から約二週間後、山本は原田熊雄と一緒に食事をしながら、

「実に言語道断だ。これから先どうしても海軍がやらなければならんことは、自分は思う存分準備のために要求するから、それを何とか出来るようにしてもらわなければ

ならん。自分の考えでは、アメリカと戦争するということは、ほとんど全世界を相手にするつもりにならなければ駄目だ。要するにソヴィエトと不可侵条約を結んでも、ソヴィエトなどというものは当てになるもんじゃない。アメリカと戦争しているうちに、その条約を守ってうしろから出て来ないということを、どうして誰が保証するか。結局自分は、もうこうなった以上、最善を尽して奮闘する。そうして『長門』の艦上で討死《うちじに》するだろう。その間に、東京あたりは三度ぐらいまる焼にされて、非常なみじめな目に会うだろう。結果において近衛だのなんか、気の毒だけれども、国民から八ツ裂きにされるようなことになりゃせんか。実に困ったことだけれども、もうこうなった以上はやむをえない」

と、非常な決心の様子で語った。

ソヴィエトとの不可侵条約というのは、この頃から膳立《ぜんだ》てがすすめられていて、翌昭和十六年の四月にモスコーにおいて松岡外相の手で調印された日ソ中立条約のことで、大戦の末期ソ聯はこれを破って参戦したのであった。

もし山本が、司令長官を退《ひ》くといって、敢《あ》えて同盟に反対し通したら、結果したものは、或は二・二六事件以上の国内革命であったかも知れない。

国内革命だけでは亡国にならない、対米戦争よりはましだというのが、山本五十六の持論であったが、それでも彼は、殺されたかも知れない。

しかし、或はまた、一部の人の思う壺《つぼ》で、山本の辞表はあっさり受理され、彼は中将で予備役になり、嵐《あらし》は彼の頭上を通り抜けて行ったかも知れない。いずれにしてもこれは、初めに書いた通り仮定の問題である。

実際には山本は、聯合艦隊司令長官の職を辞さなかったのであり、辞さないとすれば、頓《とみ》に現実味を帯びて来た日米戦争の場合、如何に戦うかということを、真剣に考えなくてはならなかった。

もし始まれば、尋常一様の手段で勝ち味も、早期講和の見込みもある戦争ではなかった。

山本の頭の中に、開戦劈頭《へきとう》ハワイを襲うという構想がきざして来るにあたっては、それだけの背景があったことを承知しておかなくてはならない。

七

山本五十六が、いつごろからハワイを考えるようになったかは、よく分らない。ハワイ作戦の草案が、艦隊から中央に提出された時期、軍令部が渋りに渋った末、正式にそれを認めた時期については、或《あ》る程度はっきりしているが、謂《い》わば一つのヒントとして、山本の頭の中にいつそれが生れたかとなると、あまりはっきりしない。

福留繁は、昭和十五年の四、五月ごろだろうと言っているが、そうとすれば、三国同盟の成立前で、未《ま》だ米内内閣の時である。

実はこれよりずっと古く、昭和二、三年ごろ、草鹿龍之介が真珠湾を飛行機で叩《たた》くという案を一度文書にしたことがあった。

草鹿は当時海大を出たばかりの少佐で、霞ヶ浦航空隊教官兼海軍大学校教官を勤めていた。担当は航空戦術であったが、何を講義していいか自分でもよく分らず、色々勝手な理屈を並べ立てて、学生から、

「草鹿教官のは航空戦術ではなくて航空哲学ですな」

とひやかされたりしていた。

そのうち彼よりずっと先輩の永野修身、寺島健らお偉方《えらがた》が十人ばかり、一週間の予定で霞ヶ浦へ航空の実地講習を受けに来ることになり、指導官を命ぜられた草鹿がこの人々に何を話そうかと考えて執筆したのがその文書である。

第一次世界大戦のあと、飛行機がそろそろいくさの主兵になる時が来つつあるように思われる。いざの時には日本は飛行機を南洋の委任統治地とうまく嚙《か》み合せて使わなくてはならない。西岸サン・ディエゴにいるアメリカ太平洋艦隊を西太平洋におび

き出して日本海海戦のような艦隊決戦をいどむというのが帝国海軍の対米戦略の基本であるが、相手がもし出て来なかった場合はどうするか？　その時には向うのもっとも痛いところ、ハワイを叩いて出て来ざるを得ないようにする必要がある。そしてハワイ真珠湾軍港を叩けるものは飛行機よりほかに無いというのがその骨子であった。

これは、草鹿が露骨に「米国」と書いているところを誰《だれ》かが「〇国」と直して、三十部だけ印刷に附され部内に配布された。

山本は米国在勤を終って帰朝後、多分草鹿少佐のこの文書を見たはずである。開戦劈頭に真珠湾を襲うというプランではなかったが、見たとすれば山本の頭のすみに一つの面白《おもしろ》い着想として残ったであろうし、それが十何年後にあらためて芽を吹いたということは充分考えられる。

だが山本の真珠湾奇襲計画は、もう少し具体的なかたちにととのってから初めてそれを示された聯合艦隊の幕僚たちが、みな唖然《あぜん》とし、ほとんど全員で反対したほどの異常な作戦構想であった。

この型破りのプランを語るにあたっては、その前に日本海軍の従来からの尋常な対アメリカ作戦計画について書いておく必要があるであろう。

軍令部では、陸軍の参謀本部とも打合せの上、毎年四月一日をもって、翌年三月三十一日までの「年度作戦計画」なるものを書き上げ、軍機書類として、天皇の裁可を受けて大臣や各艦隊長官に示す慣《なら》わしになっていた。

それは要するに、これから一年の間にいくさが起ったら、海軍はどんな風に戦いを進めるかという、戦争の青写真である。

作成にあたるのは、軍令部一部一課の十人ばかりの参謀で、責任の重い仕事ではあるが、例年、大体前の年度のを踏襲して、それに少しずつ新しい着想を加えて行くというようになっていた。

仮想敵国は、アメリカ合衆国、ソ聯邦、中華民国の三つである。

ただし、対支作戦計画というものは、毎年一頁《ページ》分ぐらいしか書いてなかった。海軍の分担すべき分野が少ないのと、軍閥乱立して近代国家としてまとまりのつかない中国を戦略的に重視しておらず、戦争となれば鎧袖《がいしゅう》一触のつもりがあったためとであろう。日華事変以後、軍令部はその認識を改めねばならなかったが——。

ソ聯が相手の場合も、日本としては大戦争であるが、比重は陸軍にあって、海軍の負担はそれほど重くない。

問題はやはり対米作戦で、そのオーソドックスな作戦計画の極《ご》く概要だけを記しておけば、先ず海軍の全力を挙げてフィリッピンを攻略する、合衆国艦隊は必ずや反撃救援に出て来るから、次にマーシャル、マリアナ、カロリン、パラオ等、南洋委任統治領の諸群島を基地に、潜水艦と飛行機で来襲アメリカ艦隊の勢力漸減《ぜんげん》をはかり、最後に日本近海で、こちらと互角か互角以下に落ちた敵に決戦をいどんでこれを撃滅するというもので、前に書いた通り、明治三十八年遠来のバルチック艦隊を対馬《つしま》沖に迎えて全滅させた日本海の海戦と、大体において同じ思想であった。

年々計画には多少の変化が見られたが、其処《そこ》にハワイという文字が記されていたことは、一度もなかった。日本海軍の方から、ハワイの線へ出撃するというのは、考え得べからざることであった。

長期戦、国家総力戦になった場合のことも、具体的には考えられていなかった。総力戦研究所というものはあったが、これは教育機関である。

また、彼我《ひが》の艦隊勢力を互角に持って行くための、不沈の航空母艦、潜水母艦として、大きな利用価値を認めている内南洋の島々も実際には、軍事基地としての整備は極めて不充分であった。

昭和十一、二年の交、東京在勤のアメリカの海軍武官が、南洋委任統治領の島へ旅行を願い出たのを、日本海軍が言を左右にしてどうしても許可しなかったことがある。理由は内南洋に構築中の軍事施設を見られるのがいやだったからではなく、しっかりした軍事施設が何も出来ていないのを見られるのがいやで、何かありそうに思わせておきたいためであったと伝えられている。

そんな風で、軍令部の対米作戦計画というのは、ずいぶん苦しいものであった。作文としての辻褄《つじつま》は合っているが、実際に戦争が起った場合、よほどの幸運に恵まれないかぎり、そうすらすら行くとは誰にも信じられないようなものであった。海軍大学校卒業式の際、天皇の行幸を仰いでの御前兵棋《ごぜんへいき》などでは、アメリカの艦船がボロボロ沈むようになっており、あれではまるで紙芝居ではないか、陛下を馬鹿《ばか》にしていると、憤慨する者も多かったが、「御前兵棋とはこういうものだから」と達観している人もまた少なくなかったという。

山本は、軍令部海軍大学校あたりの対米作戦に関するこうした型通りの兵術思想には、強い疑問と反対意見とをいだいていた。

「五峯録《ごほうろく》」という、未だ世に出ていない文書がある。

これは戦争が終って七年後に、堀悌吉が山本の書簡、覚書、古賀峯一の堀あての手紙などを取りまとめ、将来資料として世間に示さねばならぬ時が来るかも知れないと考え、甲冊乙冊と二部だけ作成して残したものであった。

山本五十六の「五」と古賀峯一の「峯」をとっての「五峯録」で、堀は莫逆《ばくぎゃく》の友であった山本の、ほんとうのことをいつか人に知ってもらいたいと思い、これを作ったのであるが、山本も古賀も相当猛烈なことを言っている部分があって、不用意に世に出せば人を傷つけるおそれがあったのと、昭和二十七年ごろの状況ではどんな風に真意をまげた利用の仕方をされるか分らないと思ったのと両方であろう、保管人を二人定めてそのまま誰にも見せずに置いておいた。

この「五峯録」に堀の書いた解説風の「添記」がついている。

それによると海大における対米作戦の図上演習も軍令部の作戦計画も、前記の通り、「一、日本のフィリッピン攻略、二、アメリカ大艦隊比島奪回へ出撃、三、マリアナ列島線における漸減作戦、四、両国艦隊の大海戦、米艦隊撃滅」と、決りきった経過をたどる一種の観念遊戯、敵の行動を一つの約束事と考える虫のいい形式主義に堕してしまっていたという。

「此の種の形式主義は一般に波及して恰《あたか》も兵術の正統派であるが如《ごと》き観を呈するやうになり、之《これ》によりて兵術思想の統一を行ふべしと主張し苟《いやしく》も少しでも之に外れて新規軸を求むる者あらば忽《たちま》ち兵術に疎《うと》き異端者として取り扱はれるが如き、独善横行の社会と（海軍は）なり了《をは》つた」

「かかる環境の下に養はれる軍事思想は勢ひ政治的色彩を帯びるに至り」「動々《やや》も

すれば落ち着いて考へる努力を惜み、しかも人前で大きな強いことを言ふやうな風潮が一般を支配し始めて居たのである」

と堀は書いている。

その例証として彼が見聞した三つの事例が挙げてあるが、うち二つを簡単に引用すれば、ある年海軍大学校かどこかで対米戦図上演習が行われ、あとの研究会の席上一人の士官から、

「敵がフィリッピン救援に来ない場合も考えられるし、直《ただ》ちに本土へ迫って来るという場合も考えられるのだから、こんな風に対比島作戦の研究にばかり多くの力を尽すことは一考を要するのではないか。ちがった場合の研究も必要なのではないか」

そういう趣旨の発言があった。すると演習指導部員として来合せていた軍令部のある参謀が、

「比島攻略は帝国海軍既定の作戦方針であって、陸軍方面とも合同して研究中のものである。それを否認するような論議を聞くのは甚《はなは》だ遺憾である。抑《そもそ》も兵術思想を統一するのが演習の一目的であるということを無視してはならぬ」

ときめつけた。

またある年の図上演習では、与えられた燃料の現在量と接敵予定時刻とをにらみ合

せながら進んでいた某部隊が、「行動敏速を欠く」と批判を受けた。燃料のことなぞあまり考えていては充分の――つまり都合のいい演習が出来ないというのであった。図演にあたっては青軍赤軍各隊の航跡図を見て成果を判定するのであるが、計算上この艦隊は燃料を費《つか》い果して立往生という事態も時に発生する。そうすると「洋上補給したるものと認む」との特別想定が与えられてまた動き出す。いよいよ具合が悪くなると、最後まで突きつめることはなされずに、「演習中止」で万事が解決されてしまうのが通例であった。

戦争中山本がトラック島の「武蔵」から堀あてに出した手紙の中に、

「敵には困らぬが味方には困る」

という一行があるが、実際こういう「味方」に山本は閉口していたであろう。

堀は、

「元来対米戦争といふ様な事は軽々に口にすべきものではない。どうかすると国運を賭《と》してもやるべきだと大言壮語するものもあるが、抑も国運を賭すると云《い》ふ様な言葉は矢鱈《やたら》に使ふべきものではない。賭すると云ふのは興亡何《いづ》れかを賭すると云ふことであつて、其の国の滅亡の場合をも賭けてあるのである」「言葉の真の意味を思へば、左様のことは考へるべきことでもなく、又口にすべきことでもない。東洋の新秩序とか共栄圏の建設とか云つた、雲をつかむ様な観念から出発して、国運を賭せられてはたまつたものではない」

と「添記」の中に書いている。

しかしそうかといって、軍令部には形式主義の独善主義者ばかりが集まっていたわけではなく、まして「国運を賭して」アメリカと戦争しようと思っていた人ばかりいたわけではない。

それに、対米といい、対ソ、対支といい、これはすべて対一国作戦の計画で、アメリカならアメリカ一国だけとの、戦争の構想である。

日華事変勃発《ぼっぱつ》後は、やむを得ずそれが対二国作戦計画に変った。対米・支、または対ソ・支で、対ソ対中国二国作戦の場合、海軍は、海軍航空部隊の全力を満洲へ移すというのが、軍令部一部一課の腹案であった。

ところが、内外の情勢から、昭和十三年には、対英作戦も「年度作戦計画」の中へ入れなくてはならなくなって来た。シンゴラ、コタバルの上陸作戦を支援して、マレー半島を攻略するとか、英国東洋艦隊を如何に撃滅するかとか、それでもむろん、構想は対英一国、せいぜい対英・支二国作戦の構想であった。

昭和十四年度に入ると、それが、日米戦争又は日英戦争が起ったら、自然対米英支三国作戦になる可能性が強くなって来る。

対米一国でも、辻褄《つじつま》を合わせるのに苦しんでいるのに、日本としては到底そんな作戦をやるべきものではない。ということは、この情勢下で、アメリカと戦端を開くことは出来ない。米内が大臣の時はっきり言っている通り、日本の海軍はそういう風に建造されていないのであり、勝てる見込みはないのであった。

しかし、戦争はこちらからばかり始めるものとはかぎらなかった。攻撃を受けて立たねばならなくなった時、「直《タダ》チニ降参スル」とは言えないから、机上プランとしてだけでも、対三国作戦の手を考えておかなくてはならない。ところが、そこまで来ると、オランダが敵に廻《まわ》ることが、充分考えられる。ソ聯も黙してはいないかも知れない。

そうしたら一体どうするのか？　兵力の分散だけでも一大問題で、航空隊を満洲へ移すどころの沙汰《さた》ではなくなって来る。

要するに、対五国同時作戦など、言うべくして行い得ざる戦いであり、突きつめて見て行けば見て行くほど、結局めぐりめぐって、アメリカと戦争することは出来ないという、同じ結論が出て来るのであった。

軍政系統の人に較《くら》べて、軍令部系統の海軍軍人は、とかく好戦的であったように言われており、それがあたっている面は勿論《もちろん》あるが、一部一課あたりで実際に作戦計画を樹《た》てる責任を取ってみれば、とてもある限度を越えて勇ましくなれるわけのものではなかった。

及川古志郎も豊田貞次郎も、三国同盟には賛成しても、おそらく、アメリカと戦争になってよろしいという決断など持っていなかった、ただ、勇気に乏しくて、国内の政治的摩擦のみを恐れ、見透《みとお》しが甘かっただけかも知れない。

八

聯合艦隊司令部には、参謀の懸章を吊《つ》らずに、参謀と同等の職務を執る者が二人いた。

それは気象長と暗号長で、昭和十四年の暮から十六年の十月まで、山本司令部の暗号長を勤めたのは、高橋義雄である。高橋は当時大尉《だいい》で、聯合艦隊司令部の食事が上等すぎて月々の食費が大尉の月給袋に少しこたえたと、前に私が書いたのはこの人の話である。

司令長官公室で山本といっしょに飯を食う者の中で、一番若い高橋は、「長門」の艦側《かんがわ》の士官からは、話しかけるのに最も気安い存在であったらしく、

「おい、高橋大尉。長官今、何処《どこ》にいる？」

と、よく質問を受けた。

それというのが訓練航海中、

「配置ニツケ」

は、いつかかるか分らない。かかったら忽《たちま》ち、艦内は蜘蛛《くも》の子を散らしたようになって、誰も彼もが物凄《ものすご》い勢いで自身の配置へ飛び出さなくてはならない。

十九時なら十九時から夜戦訓練を行うということは、司令部は承知しているが、同じ「長門」でも、艦の乗員にはあらかじめ知らせることはしないのであった。

司令長官が私室でくつろいで将棋でもさしているようなら大丈夫だが、ぶらぶら艦橋の方角へ歩いていたりすると危ない。それで、若い高橋をつかまえては、さぐりを入れるのである。

号令がかかると、各部防水隔壁が閉じられる、夜間だと燈火管制がしかれる、実戦そのままだから、空気が非常に殺気立って来る。現存の「長門」乗組員で、当時高角砲分隊所属の一等水兵であった浅沼信一郎という人は、背の低い男が一人、暗がりの中を、ポケット・ハンドをしてのっしのっし歩いて来るのにいきなり突きあたり、

「気ィつけろ、この野郎」

と怒鳴って、振り向いて、それが司令長官であることを知って、しまったと思ったが、山本は全く我関せず、何も言わず、怒鳴った兵の方を見返ろうともせず、何か深く考えている様子で、外套《がいとう》の襟《えり》を立てて同じようにのっしのっしと艦橋の方へ歩み去って行くのが、非常に印象的であったと言っている。

「長門」の戦闘艦橋に上るには、小さなエレベーターがあったが、山本は、このエレベーターを使うことはほとんどなかった。長官がリフトを使えば、ほかの者がリフト以上の速力で駈《か》け登らねばならない。山本が戦闘艦橋で配置についた時には、「各部配置ヨシ」

が言えるようになっていなくてはならない。中でも、砲術長はまっ先に駈け上っていなくてはならない。この人々にリフトを使用させようということのようであった。

こうした一連の演習が終って、泊地に入ると、聯合艦隊では必ず研究会が開かれた。旗艦の後甲板に総天幕を張り、各艦各戦隊から、司令官、幕僚、艦長以下、関係者が大勢集まって来る。「長門」の両舷の繋船桁《けいせんこう》には、内火艇がいっぱい舫《もや》って、これが洋上の作戦会議の風景であった。

暗号長の高橋義雄は兵学校五十九期で、約百三十人のクラスであるが、クラスのうち七十人あまりが艦隊にいる。

駆逐艦乗組の水虫くさい同期生たちは、自分の船にはラムネ製造機なぞ積んでないので、研究会もさることながら、演習が終れば「長門」へ行って、高橋に冷やしラムネをたかるのを楽しみにしていた。一本二銭か三銭の安いものではあるが、毎たび、何十人も押しかけて来て勝手に飲まれると、少々また月給袋に響いて来る。

それでも仕方がないから、従兵に、

「俺《おれ》のラムネ代、いくらだ？」

と、高橋が払おうとしたら、

「いいえ、あれは結構です。司令部からいただいております」

従兵が答えた。

山本が、食卓の向うでニヤニヤしていた。高橋が始終ラムネをたかられるのを見ていて、山本が払ってくれたらしかったという。

研究会では、階級の上下を問わず、口角泡《あわ》を飛ばして激論の戦わされるのが常で、たとえば砲術科の方では、あんな飛行機全部撃ちおとしたというし、飛行科の方では、あんな対空射撃で一機も墜《お》ちているものかと食ってかかるという風であったが、山本は中央に坐《すわ》って黙って聞いているだけで、ほとんど発言しなかった。

ただ、飛行機を撃墜したかどうかは水掛け論としても、雷撃機による主力艦攻撃訓練では、炸薬《さくやく》こそ詰めてないが、本物の魚雷を投下する。深度が調整してあるので、目標の艦底を走り抜けはするが、魚雷が命中したかどうかは、はっきり答が出る。

前の百二十三作業でもそうであるが、昭和十五年のある時の戦技演習で、如何に回避しても戦艦が飛行機にやられるのを見ていて、山本は「フーム」とうなり、研究会のあとで、参謀長の福留に、ぽつんと、

「あれで、真珠湾をやれないかな?」

と、洩《も》らしたことがあった。

また別の研究会のあとで、やはり福留参謀長や、当時第一航空戦隊司令官であった小沢治三郎少将に、

「今までの、半分潜水艦にたよった軍令部の漸減邀撃《ぜんげんようげき》作戦というのは、どうも少し危なくないか。迎えて討つという戦法、成功するとは思えないぞ」

と言ったこともあった。

戦争になったら、長駆して最初にハワイのアメリカ太平洋艦隊を叩《たた》くという構想は、こうして、昭和十五年のある時期から、少しずつ山本の頭の中で熟して行ったもののようである。

この昭和十五年という年は、西暦で一九四〇年、神武《じんむ》天皇即位紀元二千六百年にあ

たっていた。

色んな記念行事が行われた。

その中で、十月十一日、横浜沖に行われた特別観艦式は、聯合艦隊が国民の前に公式にその姿を見せた最後であった。

山本は「紀元二千六百年特別観艦式指揮官」を仰せつけられ、この日の朝、お召艦「比叡《ひえい》」に天皇を迎えた。巡洋艦「高雄」が先導艦、同じく「加古」「古鷹《ふるたか》」が供奉艦《ぐぶかん》となって、陛下は山本の奏上を聞きながら、先ず登舷礼式でお召艦を迎える「長門」を先頭に、五列に並んで東京湾を圧する聯合艦隊の艨艟《もうどう》を閲せられた。

皇太子や各内親王たちも参列した。観艦式の模様は、横浜の野毛山公園や、商社の建物の屋上、外国公館や外国商館の窓からも、よく眺《なが》めることが出来た。

この観艦式に参列した海軍艦艇の総噸《トン》数は五十九万六千六十噸、飛行機五百二十七機、そしてそのほとんどすべてがこれより一年二ヶ月後に始まった戦争のために喪《うしな》われ、世界第三位の聯合艦隊は滅んでしまう。ちなみに昭和四十三年十一月三日、東京湾での海上自衛隊観艦式に加わった艦艇の噸数は約五万四千噸、飛行機四十七機で、右の数字の十分の一を少し下廻っている。

「比叡」が観艦式場の艦列の中を波を立てて進んでいる時、小沢治三郎少将の指揮する海軍航空隊の、攻撃機、爆撃機、戦闘機、水上偵察機《ていさつき》、飛行艇の各編隊が次々に艦隊の上に飛来し、御召艦の左舷上空で機首を下げて敬礼すると、西へ針路を取り、東京の上を通過して姿を消した。

よく晴れた秋の日で、朝日新聞は、観艦式拝観の印象を語る吉川英治《よしかわえいじ》の言葉を引いて、「武装した芸術」という記事を書いた。四年十一ヶ月後、東京湾のほとんど同じ場所で、米戦艦「ミズーリ」号上に、日本降伏の調印式が行われることになるとは、拝観者の誰《だれ》も想像することは出来なかった。

その晩、山本は珍しく青山の自宅に帰ったらしい。家族は彼の突然の帰宅を予期せず、門が締っていて、あかなかった。昼、特別観艦式の指揮官であった山本は、夜、自分の家へ、こそ泥《どろ》のように塀《へい》を乗り越えて入りこんだという伝説がある。

それから一ヶ月後の十一月十日及び十一日、宮城二重橋前の広場で、紀元二千六百年記念の式典と奉祝会が催され、両陛下が出られ、文武百官、各界の代表が参列し、東京音楽学校の男女生徒四百人が、陸海軍軍楽隊の伴奏で「紀元二千六百年頌歌《しょうか》」を斉唱《せいしょう》するという、当時の盛儀であったが、山本は招きを受けたのにこれに出席しなかった。

理由を聞かれて彼は、

「日本は今支那と戦争中で、自分が蔣介石なら、この日、持っている飛行機の全力を挙げて東京の二重橋前を空襲し、集まっている日本中の重要人物を皆殺しにしてしまうだろう。それを考えたからお招きを拝辞して、二日間洋上で空を睨《にら》んでいたんだ」

と答えた。

聯合艦隊の司令長官が、二千六百年祝賀の盛典に出席しないというのは、かなり角《かど》の立つ話で、こう説明すれば辻褄《つじつま》は合うが、山本がもし生きていたら、ちょっと、「あれは、額面通り受け取ってよいのですか？」と訊《たず》ねてみたいところである。

嶋田繁太郎はこの時副官の藤田元成に、

「山本は可哀《かわい》そうだね」

と言ったそうで、嶋田の感覚ではそれにちがいあるまいが、ほんとうに山本は「可哀そう」だったのかどうか。

山本が、日本肇国《ちょうこく》の神話や、紀元二千六百年を祝うこと自体に、特に否定的な見解をいだいていたとは考えられないけれども、神がかりは彼はきらいであった。

某元海軍中将は、直接山本のことと関係はないが、次のように言っている。

「軍備拡張でも、それが自由に行われたら、日本とアメリカとどちらが得をするか、数字の上ですぐ答の出る問題ですが、惟神《かんながら》の道でこり固まっている人々だけは別で、これは、どんな数字を見せても一切受けつけないのですから、どうしようもありませんでした」

この中将は、「自分は敗戦後責任を感じて、一切の公《おおやけ》の活動を断ち、如何《いか》なる団体にも加わらず、謹慎の生活を送っているので、名を出すことはやめてほしい」という希望なので、名前を書けないが、また次のようにつづける。

「建艦競争でも、対米英作戦の問題でも、総人口がいくらで男が何千万人、そのうち工業に振り向けられる人間が何パーセント、水兵として徴募出来る者は最大限いくら、軍艦一隻《せき》に必要な乗員は何人と、数字から割り出せば、無理に軍艦を造ってみても、動かす燃料が無く、乗せる水兵がいない、船は軍港に繋《つな》いでおかなくてはならないという結果が出て来るので、そんな馬鹿な軍備はあるべからずと、私どもは思いますが、当時そういうことを言えばすぐ、『西洋かぶれ』といって大きな声で叱《しか》られました。どんな不合理なことも、惟神のあれでは話がちがって来るわけで、国民の歴史教育というのも、難かしいものだと思ったものです。そして、同じ海軍部内でも、神がかりに同調出来ない良識派の方は、つい大声を出すのがきらいで、概して沈黙を守っているという風がありました」

山本は、「唯一《タダ》路金色《コンジキ》ノ鵄鳥《シテウ》ノ導ク昭和維新ノ戦線目指シテ」というていの人種には、さんざんな思いを味わわされたあとであり、歴史学とか神話とかの問題でなくとも、とにかく上下こぞって、「紀元は二千六百年」で浮かれていること自体が気に入らなかったのかも知れない。

米内内閣倒閣のスローガンの一つには、

「海軍出身の総理大臣の下で、二千六百年の祝典を挙げさせてはならぬ」

というのもあった。

これも、恐らく山本の耳に入っていたであろう。

また、この年の紀元節に、麾下《きか》の全艦隊の将兵四万人を、四日間に分けて、橿原《かしはら》神宮及び畝傍《うねび》、桃山の陵に参拝させるため、聯合艦隊を大阪湾へ入れる時、事前に大阪へ調査打合せに行った渡辺戦務参謀から、

「大阪で海軍の評判が意外に悪く、長官が次官時代には次官弾劾《だんがい》の演説会なども行われたことがあるようです」

という報告を聞くと、山本は機嫌《きげん》が悪くなり、

「そんなら、大阪へは入らん」

と言い出した。西宮《にしのみや》沖へ入れるという。西宮は兵庫《ひょうご》県であって、大阪ではない。

大阪の府と市とは、怒ったり弱ったりで、すでに四万人分の土産物を用意しているからなどと苦情を言って来たが、山本は、土産がくれたければ西宮へ持って来たらいいだろうと言って、頑《がん》として諾《き》かなかった。

山本五十六弾劾演説会は、必ずしも大阪府当局や市当局の責任ではあるまいと思われるが、こういうところは、如何にも山本の傲岸《ごうがん》な一面であった。

そのかわり西宮市や兵庫県側は大喜びで、「長門」の甲板上には、灘《なだ》や西宮の銘酒がたくさん持ちこまれ、四斗樽《しとだる》の山が出来たという。

宮城前の紀元二千六百年式典にも、山本はやはり、何かでつむじを曲げて欠席したのではないかという気がするのである。

九

紀元二千六百年祝賀式から数日後、昭和十五年十一月十五日付を以《もっ》て、山本五十六は大将に進級した。

この日、彼のクラスの吉田善吾、嶋田繁太郎の二人も大将に進み、三人の新しい海軍大将が生れた。

一等大将とか二等大将とかいっても、とにかく海軍軍人として、これは最高の栄達を遂げたことである。

　本人にとってはむろん喜びであろうが、それより山本の場合、この日のあることを、三十年間ひそかに女らしい思いで待ち望んでいた人があった。

　山本の異性関係について、私は今まで梅龍の河合千代子のことしか触れなかったが、実は、山本を識《し》って最も長く、山本に対する思慕の情において、他の誰《だれ》よりも純粋だったのではないかと思われるもう一人の女性が、九州にいた。

　この人は、スーツケースに一杯持っていた山本の手紙も空襲で全部焼いてしまい、戦後は人の噂《うわさ》にのぼることを極力避け、九州のある町の陋屋《ろうおく》に病んで、毎年、山本の死んだ日に死にたいと念じながら暮していたが、昭和四十二年秋、山本の命日とはかけはなれた十一月十一日の朝、昔の海軍関係者の誰にも知られることなくひっそりと息を引きとった。

　本人の希望通り、生前世間の表面に出たことは一度も無く、元海軍報道部長の松島慶三が、「太平洋の巨鷲《きよしゆう》　山本五十六」と題する読物の中で、僅《わず》かにそれらしい女を登場させたことがあるが、松島が遠慮したのか知らなかったのか、その記事の九割方は事実と相違している。

　したがって、私がこれを書くことも好ましいことではないかも知れないが、彼女は

かつて病床で私に山本の話をしてくれる時、淋《さび》しそうに笑って、

「ある維新の志士が言ったそうですが、人間のこういうことも、六十を過ぎたらもういいんですって」

と言った。

それを私の勝手に解釈させてもらって敢《あ》えて名を出せば、その女性は長崎県諫早《いさはや》の生れで、通称鶴島《つるしま》正子、本名をツルと言い、山本の周囲のほんの一と握りの人々にだけ、昔から「山本五十六の初恋人」として知られていた人である。

正子と山本とが初めて出逢《であ》ったのは、正子が佐世保の料亭《りょうてい》「宝家」の抱えで、姉の梅千代といっしょに、小太郎という名でおしゃくに出てから間もなく、山本が、大正元年十二月一日付で佐世保鎮守府予備艦隊参謀に補せられてからすぐのことであったらしい。

山本は大尉の四年目で二十八歳、未《ま》だ独身、鶴島正子は山本と十六ちがいの十二歳であった。

山本の方は、初恋にしては少し晩《おそ》すぎるような気もするが、正子の方は文字通りの雛妓《すうぎ》で、未だまったくの子供であった。

それでも彼女は、美人で、おませで、茶目で、海軍士官たちから「スモール・ジョ

ン」といって可愛《かわい》がられていた。海軍には、たとえば新橋のことを「ニュー・ゾリッジ」というような英語の隠語がたくさんあって、これは明治時代、艦内号令詞その他の海軍用語が英国海軍に習った通りの英語で行われていた名残《なごり》だが、「スモール・ジョン」もそのたぐいで、つまり「小太郎」の洒落《しゃれ》である。

宴席で顔を合わせたのが最初で、小太郎は、指の二本足りない山本の左手に白手袋をはめて、

「ア、姉さん、入らんとよ」

とふざけて、宝家の娘のおはるに叱られたり、互いに追い追い打ちとけ、それから山本は、よく彼女をその朋輩《ほうばい》といっしょにいろいろはという佐世保の大きな料亭に呼んで、小太郎たちには踊らせ、自分は寝ころんでそれを眺めているという風な遊びをするようになった。

正子はまた、山本におんぶされて、よく菓子や果物を買いに連れて行ってもらったりした。山本が女をおぶう癖は、どうもこのあたりから始まっているらしい。

この利発な娘は、山本が好きで、山本にどこか普通の海軍士官とちがうところのあるのを感じて、きっと将来大将になる人だと信じていたが、この当時は、正子の齢《とし》から言っても、二人の間に特別な関係は無かった。

宝家の主《あるじ》は姓を土肥といい、土肥に二人の娘があって、名をとみとはるといった。とみもはるも、小太郎よりほんの少し齢上である。土肥は、小太郎の正子が気に入っていて、のちに彼女を養女分にした。

宝家の土肥の一家はみんな山本に好意を寄せていて、後年まで親交があり、土肥が亡《な》くなって東京池上《いけがみ》の本行寺《ほんぎょうじ》に葬《ほうむ》られる時、山本が墓石の字を書いたと伝えられている。この墓は本行寺境内に現存する。ただし、彫られた文字がのちの提督山本五十六のものだというようなことは一言も誌されていない。

土肥の二人娘のうち、妹のおはるは、大正五年、芸事の修業のために東京へ出て来て、魚河岸の近くに下宿した。

それは、花柳《はなやぎ》流の踊りをみっちり習って、その道の師匠になろうというつもりであったが、おはるには心臓の病気があって、身動きのはげしい踊りの修業は無理だと言われ、それで長唄《ながうた》の方に転向し、杵屋《きねや》和吉《わきち》の門に入ってやがて杵屋和千代という名取りになる。のちに新橋の福新吉小川という家からよし奴《やっこ》の名で芸妓に出たりして、東京に住みつくことになるが、大正五年上京の折、おはるは妹分の正子を連れて出て来た。

そのころ山本は海軍大学校の甲種学生で、築地《つきじ》本願寺地中《じちゅう》の敬覚寺《きょうかくじ》という寺の二階に、古賀峯一といっしょに下宿して、築地にあった海大へ通っていた。

敬覚寺の住職の息子は、そのころ金沢の四高の生徒で、休暇で帰って来ると、山本によく勉強を見てもらっていたそうである。その後、住職が亡くなり、跡をついだ息子の住職も亡くなり、四高生だった人の未亡人が女住職になって、この寺は今練馬の谷原町《やわらちょう》にある。

当時、山本は少佐になっていたが、未だ独身であった。

佐世保の宝家のおはるが小太郎を連れて東京へ出て来、日本橋の魚河岸に住んでいると聞くと、山本はすぐ訪ねて行き、それから暇があると、帝劇とか上野の展覧会とか、よく二人を連れ出して遊んでくれるようになった。

ある時、吉原見物をさせてやろうと山本がいうので、正子とおはるがついて行くと、山本は廓《くるわ》の中の一軒の大きな店にずかずかと入って行き、いきなり、

「御主人に面会したい」

と言い出した。

二人が何をするのかと見ていると、あらわれた妓楼の主に、山本は真面目《まじめ》くさった顔で、

「田舎から娘を二人連れて出て来たのだが、お宅で抱えてもらえないだろうか」

と相談を持ちかけた。

おはると正子がきゃっと言って逃げ出すと、彼も、

「おいおい、逃げちゃ困る、逃げちゃ困るよ」

と呼ばわりながら、逃げ出して来たという。

鶴島正子も杵屋和千代のおはるも、山本五十六と言われて、印象深く、先ず思い出すのは、彼の賭《か》け好きとこういういたずらとであった。

宝家の主人は佐世保の検番を受けもって働いていたが、暴力団に殺す殺さぬと脅《おど》される事件に捲《ま》きこまれて、商売にいや気がさし、やがて宝家を廃業して東京へ出、おはるともども一家で東京に暮すようになるが、そのころ、みんなで山本と四谷の三河《みかわ》屋《や》という肉屋へ牛鍋《ぎゅうなべ》を食いに行っての帰り、濠端《ほりばた》を歩いていると、向うから来る夫婦者に、山本が、

「やあ、こんにちは」

と声をかけ、知っている人かと思って聞いてみると、それが全くの見識らぬ人であったりした。

おはるは、山本が大佐時代に松野重雄という男と結婚し、銀座の松坂屋の裏に「長唄教授、杵屋和千代」の看板を出したが、山本が初めて此処《ここ》を訪ねて来た時、彼女は留守であった。

重雄が出て、

「どなた様で？」

と言うと、山本はいきなり上りこんで来、パッと逆立ちをし、逆立ちをしたまま部屋の中を一とまわりして、屁《へ》を一つひってから、

「これでも海軍大佐だ」

と言って、初対面の和千代の亭主《ていしゅ》にあいた口がふさがらないような思いをさせた。

こういう話には、少しケレン味というか、いや味なところが感じられないでもない。

「だが、どういうものか、わざとらしいところはちっとも無かった。ふざけるならふざける、質朴《しつぼく》なら質朴で、人間多少それをてらうところが出るものだが、山本さんには、不思議にそれが無かった」

と、松野重雄は言っている。人の憶《おも》い出《で》話だけでは何とも言い難《がた》い。好意的に解釈すれば、山本には敬覚寺の息子と同じ、昔の高等学校生徒のようなところが、のちのちまであったのかも知れない。

正子がはるに連れられて東京へ出て来たのも、やはり芸事の修業のためで、おはるは、このままいっしょに東京で暮そうといってすすめたが、正子は、

「姉さん、うちはやっパ、田舎の方がよか」

と言って、在京一年足らずで、一人また佐世保へ帰ってしまった。それから間もなく、彼女は、同じ小太郎の名で一本になった。

正子はもう、子供っぽい「スモール・ジョン」ではなくなった。大正初年「文芸倶《ク》楽《ラ》部《ブ》」か何かの表紙に、彼女の写真が出たことがある。

今の週刊誌が歌手や女優の写真をたくさん載せるように、当時の娯楽読物雑誌であった「文芸倶楽部」などは、毎号表紙やグラビヤ頁《ページ》に各地の花柳界《かりゅうかい》の女の写真をたくさん載せていた。小太郎の写真には、「九州一の名花」というような説明が入っていた。

ある時――というのは、大正七年に山本が結婚するより少し前ではないかと思われるが、正子が佐世保の夜店で買物をしていると、傍《そば》にバスが来てとまり、下りて来た人をふと見ると、山本五十六であった。

「あら」

と、正子は声をかけた。

それから彼女と山本との間が急に近くなった。

山本は雑誌の写真を見ていて、小太郎と花を引きながら、

「ようッ、九州一」

とよくひやかしたという。

アメリカへ発《た》つ前にも、二人は武雄《たけお》温泉で別れを惜しんだりしている。前にあげた山本の、「大正九年二月米国にて」と前書きのある、

「吹雪する外《と》の面《も》さびしくながめつつ
故郷《ふるさと》遠く君をしぞ思ふ」

は、おそらく鶴島正子のことであろう。

その後、山本と正子とは、三年、五年、時には十年近く逢わぬこともあったが、文通だけは常につづけていた。

正子は芸妓でありながら、ずっと一人で通し、何も出来ぬ自分が、ただ山本を慕うために生れて来たのではないかと思うくらい、何故《なぜ》あの時、夜店の角で声を掛けたかと悔むくらい、彼が大尉の時から大将になるまで、三十年にわたって彼を恋いつづけた。

山本の方も、旅先、寄港地から、必ず正子に手紙と品物とを届けたし、正子からの頼みごとは、何でも諾《き》いてやっていたらしい。

彼が次官で、三国同盟問題でその身辺が最も危険であったころにも、彼は護衛の憲兵に尾行されながら、百貨店へ正子の物を買いに行ったりしている。ただ、少なくと

も晩年は、山本はこの人より千代子の方に、はるかに心を傾けていた。貞女型の正子より、堀悌吉が、「山本も、港の行きずりの女ならともかく、どうしてあんな」と言っていた悪女型の千代子の方が、面白《おもしろ》かったのであろう。

正子の願いが叶《かな》って、山本が大将になってから間もなく、昭和十五年の暮「長門」は別府へ入港した。

そのころ正子は四十歳、佐世保に「東郷」という小待合を持って、その家の女将《おかみ》になっていた。

山本に逢うために、彼女は佐世保から別府へ出かけて行った。

山本は、初め幕僚たちもまじえて、愉快そうに遊んでいたが、佐伯《さえき》からの連絡電話が一つかかって来ると、飛行機のことか何か、急にむっつり考えこみ、翌朝暗いうちに眼《め》をさました正子が、

「今、何時ごろかしら？」

と聞いても、

「知らないよ。僕《ぼく》は時計じゃないんだからね」

と、甚《はなは》だ機嫌《きげん》が悪かったという。

佐伯は海軍航空隊のあったところであり、時期から見ても、真珠湾に関する何かの

ことが山本の頭を領していたのではないかと考えられる。

正子がその次、山本に逢《あ》ったのは、翌昭和十六年二月、聯合艦隊が佐世保へ入った時であった。

おはるや正子たちの間では、黙って茶目をするという意味で、「山本さんのダマ茶目」と言っていたが、この時の山本は上機嫌で、さかんにダマ茶目を発揮したらしい。三好屋という蒲焼屋《かばやきや》で鰻《うなぎ》を食べて、「東郷」へ帰るまで四、五丁の間、彼は腰を折り、足をひらいて、チョコチョコ、チョコチョコ、映画のチャップリンの歩き方を真《ま》似《ね》して歩き通して見せた。

佐世保の町には、艦隊の入港で下士官や水兵があふれていた。町角で一人の兵曹《へいそう》が、

「オイ、オイ。長官だぞ、あれ」

と、小声で言っている。

もう一人の兵曹が、

「ちがうちゃ。長官があげな恰好《かっこう》ばするわけ、なか」

と言っている。

正子は、笑いをこらえて、満足な気持でそれを聞いていた。

「東郷」は、通りから少し奥まった所にある小さな家で、女中も二、三人しか使って

いなかったが、艦隊の佐世保入港中、四、五日の間、正子は山本の身辺は一切人に手をふれさせず、十二歳から好きだったこの男の面倒を見つくして、彼女の生涯《しょうがい》での最も幸福な短い時間を味わったのであった。

（下巻につづく）

森茉莉著
恋人たちの森
頽廃と純真の綾なす官能的な恋の火を、言葉の贅を尽して描いた表題作、禁じられた恋の光輝と悲傷を綴る「枯葉の寝床」など4編。

北杜夫著
夜と霧の隅で
芥川賞受賞
ナチスの指令に抵抗して、患者を救うために苦悩する精神科医たちを描き、極限状況下の人間の不安を捉えた表題作など初期作品5編。

北杜夫著
どくとるマンボウ航海記
のどかな笑いをふりまきながら、青い空の下を小さな船に乗って海外旅行に出かけたどくとるマンボウ。独自の観察眼でつづる旅行記。

北杜夫著
どくとるマンボウ昆虫記
虫に関する思い出や伝説や空想を自然の観察を織りまぜて語り、美醜さまざまの虫と人間が同居する地球の豊かさを味わえるエッセイ。

遠藤周作著
白い人・黄色い人
芥川賞受賞
ナチ拷問に焦点をあて、存在の根源に神を求める意志の必然性を探る「白い人」、神をもたない日本人の精神的悲惨を追う「黄色い人」。

遠藤周作著
海と毒薬
毎日出版文化賞・新潮社文学賞受賞
何が彼らをこのような残虐行為に駆りたてたのか？ 終戦時の大学病院の生体解剖事件を小説化し、日本人の罪悪感を追求した問題作。

遠藤周作著　**沈黙**　谷崎潤一郎賞受賞

殉教を遂げるキリシタン信徒と棄教を迫られるポルトガル司祭。神の存在、背教の心理、東洋と西洋の思想的断絶等を追求した問題作。

遠藤周作著　**イエスの生涯**　国際ダグ・ハマーショルド賞受賞

青年大工イエスはなぜ十字架上で殺されなければならなかったのか――。あらゆる「イエス伝」をふまえて、その〈生〉の真実を刻む。

遠藤周作著　**キリストの誕生**　読売文学賞受賞

十字架上で無力に死んだイエスは死後〝救い主〟と呼ばれ始める……。残された人々の心の痕跡を探り、人間の魂の深奥のドラマを描く。

遠藤周作著　**死海のほとり**

信仰につまずき、キリストを棄てようとした男――彼は真実のイエスを求め、死海のほとりにその足跡を追う。愛と信仰の原点を探る。

城山三郎著　**総会屋錦城**　直木賞受賞

直木賞受賞の表題作は、総会屋の老練なボス錦城の姿を描いて株主総会のからくりを明かす異色作。他に本格的な社会小説6編を収録。

城山三郎著　**雄気堂々**（上・下）

一農夫の出身でありながら、近代日本最大の経済人となった渋沢栄一のダイナミックな人間形成のドラマを、維新の激動の中に描く。

城山三郎著 **硫黄島に死す**

〈硫黄島玉砕〉の四日後、ロサンゼルス・オリンピック馬術優勝の西中佐はなお戦い続けていた。文藝春秋読者賞受賞の表題作など7編。

城山三郎著 **落日燃ゆ**
毎日出版文化賞・吉川英治文学賞受賞

戦争防止に努めながら、A級戦犯として処刑された只一人の文官、元総理広田弘毅の生涯を、激動の昭和史と重ねつつ克明にたどる。

城山三郎著 **秀吉と武吉**
—目を上げれば海—

瀬戸内海の海賊総大将・村上武吉は、豊臣秀吉の天下統一から己れの集団を守るためいかに戦ったか。転換期の指導者像を問う長編。

城山三郎著 **指揮官たちの特攻**
—幸福は花びらのごとく—

神風特攻隊の第一号に選ばれた関行男大尉、玉音放送後に沖縄へ出撃した中津留達雄大尉。二人の同期生を軸に描いた戦争の哀切。

井上 靖著 **猟銃・闘牛**
芥川賞受賞

ひとりの男の十三年間にわたる不倫の恋を、妻・愛人・愛人の娘の三通の手紙によって浮彫りにした「猟銃」、芥川賞の「闘牛」等、3編。

井上 靖著 **敦（とんこう）煌**
毎日芸術賞受賞

無数の宝典をその砂中に秘した辺境の要衝の町敦煌——西域に惹かれた一人の若者のあとを追いながら、中国の秘史を綴る歴史大作。

新潮文庫の新刊

乃南アサ著 家裁調査官・庵原かのん

家裁調査官の庵原かのんは、罪を犯した子どもたちの声を聴くうちに、事件の裏に潜む問題に気が付き……。待望の新シリーズ開幕！

燃え殻著 それでも日々はつづくから

きらきら映える日々からは遠い「まーまー」な日常こそが愛おしい。「週刊新潮」の人気連載をまとめた、共感度抜群のエッセイ集。

松家仁之著 火山のふもとで 読売文学賞受賞

若い建築家だったぼくが、「夏の家」で先生たちと過ごしたかけがえない時間とひそやかな恋。胸の奥底を震わせる圧巻のデビュー作。

岡田利規著 ブロッコリー・レボリューション 三島由紀夫賞受賞

ひと、もの、場所を超越して「ぼく」が語る「きみ」のバンコク逃避行。この複雑な世界をシンプルに生きる人々を描いた短編集。

藍銅ツバメ著 鯉姫婚姻譚 日本ファンタジーノベル大賞受賞

引越し先の屋敷の池には、人魚が棲んでいた。なぜか懐かれ、結婚を申し込まれてしまい……。異類婚姻譚史上、最高の恋が始まる！

沢木耕太郎著 いのちの記憶 ―銀河を渡るⅡ―

少年時代の衝動、海外へ足を向かわせた熱の正体、幾度もの出会いと別れ、少年時代から今日までの日々を辿る25年間のエッセイ集。

山《やま》本《もと》五《い》十《そ》六《ろく》（上）

新潮文庫　あ-3-3

昭和四十八年二月二十七日　発行
平成二十年八月十日　六十一刷改版
令和七年一月三十日　七十三刷

著者　阿《あ》川《がわ》弘《ひろ》之《ゆき》

発行者　佐藤隆信

発行所　株式会社新潮社
郵便番号　一六二―八七一一
東京都新宿区矢来町七一
電話　編集部（〇三）三二六六―五四四〇
読者係（〇三）三二六六―五一一一
https://www.shinchosha.co.jp

価格はカバーに表示してあります。

乱丁・落丁本は、ご面倒ですが小社読者係宛ご送付ください。送料小社負担にてお取替えいたします。

印刷・東洋印刷株式会社　製本・株式会社大進堂

ISBN978-4-10-111003-5 C0193